Pêche en eau trouble

CARL HIAASEN

Pêche en eau trouble

DENOËL

Titre original :
DOUBLE WHAMMY
G. P. Putnam's Sons, New York
traduit de l'américain
par Yves Sarda

ISBN 2-266-08592-1

NOTE LIMINAIRE

Ce roman a pour cadre les concours de pêche au bass – abréviation de black-bass, poisson d'eau douce, voisin de la perche, originaire d'Amérique, carnassier et omnivore – et l'industrie qui en découle. Introduit il y a quelques années seulement en France, le bass est de plus en plus répandu.

Pour faciliter la lecture, on a opté dans les pages qui suivent pour l'appellation simplifiée « bass » et créé les néologismes « bassier » et « basseur » pour traduire *bass boat* et *basser*.

À la mémoire de Clyde Ingalls

1.

Le 6 janvier, deux heures avant l'aube, le dénommé Robert Clinch s'extirpa de son lit, se frottant les yeux de sommeil. Il enfila trois paires de chaussettes, une chemise de flanelle bleue, un treillis kaki, une montre étanche Timex, et se coiffa d'une casquette bordeaux portant, au-dessus de la visière, un écusson-réclame pour les « Vers plastique Mann ».

Clinch gagna la cuisine à pas de loup, se prépara du café, plus des œufs brouillés (quatre, avec du ketchup), une saucisse Jimmy Dean de 250 grammes et deux tartines de pain complet à la confiture de raisin. Tout en mangeant, il écouta le bulletin météo à la radio. La température extérieure était de huit degrés, avec un taux d'humidité de trente-cinq pour cent, et le vent soufflait du nord-est à douze kilomètres / heure. D'après M. Météo, il fallait s'attendre à d'épaisses nappes de brouillard sur la route, entre Harney et le lac Jesup. Robert Clinch adorait rouler dans la purée de pois parce que ça lui donnait l'occasion de se servir des phares orangés antibrouillard de son nouveau pick-up Blazer. Lesdits phares avaient été en option à 455 dollars et Clarisse, sa femme, qui dormait présentement à poings fermés dans la chambre, ne ratait pas une occasion de râler sur l'inutilité de cette dépense. Clinch décida *in petto* qu'à son retour du lac il raconterait à Clarisse que les phares antibrouillard lui avaient sauvé la vie sur la Route 222 ; qu'un routier bigleux et sa cargaison d'oranges de Valencia avaient franchi la ligne médiane et redressé de justesse en apercevant les antibrouillards de luxe du Blazer. Robert Clinch n'était pas du tout certain que Clarisse avalerait ce bobard ; en fait, il n'était pas certain du tout qu'elle serait ravie que le poids lourd ne l'ait pas emplafonné, venant à bout, en un flamboyant millionième de seconde, de l'onéreux Blazer, du rutilant « bassier » et de Robert Clinch *himself*. Clarisse ne faisait pas grand cas du violon d'Ingres de son mari.

Robert Clinch enfila une paire de bottes en Gore-tex à semelles souples et s'affubla d'un gilet matelassé rouge vif, couvert d'insignes de divers concours de pêche. Il se rendit dans le garage qui abritait son bateau. Tout en caressant le plat-bord luisant, il le contempla fièrement : c'était un Ranger 390V de six mètres, avec deux viviers, capitonnage et moquette bleu roi (sur commande) et un double réservoir dont la capacité permettait la traversée du lac Okeechobee aller-retour. Le bateau était équipé d'un moteur Mercury de deux cents chevaux, l'un des plus puissants jamais fabriqués. Un ami de Bobby Clinch avait un jour chronométré sa vitesse à cent dix kilomètres / heure. Il n'y avait aucune raison qui tienne d'aller si vite, sauf que c'était d'enfer de frimer à mort.

Robert Clinch aimait son bateau plus que tout au monde. L'aimait plus que sa femme. Plus que ses enfants. Plus que sa petite amie. Plus que sa maison pour laquelle il s'était endetté jusqu'au cou. Plus que les bass à grande bouche qu'il pourchassait. Quand il voguait sur le lac au lever du jour, Robert Clinch avait souvent le sentiment qu'il aimait son bateau plus que sa vie même.

Il décida ce fameux matin-là, juste pour sauver les apparences, de faire suivre une canne à pêche. Il prit à un râtelier sur le mur un équipement à lancer bon marché – pourquoi faire courir un risque à du bon matériel ? Alors qu'il s'escrimait à passer le monofilament à huit livres de résistance dans les anneaux de la canne, Clinch s'aperçut que ses mains avaient la tremblote. Il se demanda si c'était le café, la nervosité ou bien les deux. Il finit de préparer la canne et équipa le bout de la ligne d'une épinoche de plastique comme leurre. Il dénicha son spot Q-Beam portable et, après vérification, le rangea dans une écoutille avant, à l'intérieur du bateau. Puis il accrocha la remorque à l'arrière du Blazer.

Clinch démarra le pick-up et laissa chauffer le moteur. Il faisait un froid polaire dans la cabine et sa respiration se condensait à vue d'œil. Il monta le chauffage à fond. Il eut envie d'une autre tasse de café, mais y renonça ; il ne tenait pas à passer toute la matinée avec une vessie menacée d'implosion, et il faisait carrément trop froid pour se débraguetter et exhiber sa zigounette par-dessus bord.

Il songea aussi à emporter un flingue, mais ça lui parut débile. Personne ne prenait de flingue pour faire un tour sur le lac.

Robert Clinch était sur le point de déboîter de l'allée, quand une idée lui vint, quelque chose qui lui faciliterait le retour dans ses pénates. Il se faufila à nouveau dans la maison et écrivit un petit mot à Clarisse. Il le posa sur le coin-repas, près du toaster : « Ma chérie, je serai là à midi. On pourrait peut-être en profiter pour faire un tour chez Sears chercher ce rideau de douche que tu voulais. Bises, Bobby. »

Mais Robert Clinch ne revint jamais chez lui.

En milieu d'après-midi, sa femme était si remontée contre lui qu'elle se rendit d'un coup de voiture chez Sears où elle fit l'emplette non seulement du fameux rideau de douche, mais aussi de bigoudis chauffants et d'une descente de lit rose. À l'heure du dîner, elle était blême et jeta la part du Kentucky fried chicken de son époux au labrador du voisin, par-dessus la clôture. À minuit, elle téléphona à sa mère, à Valdosta, pour lui annoncer qu'elle embarquait les gosses et quittait son glandeur de mari pour de bon.

Le lendemain matin, comme Clarisse fouillait le bureau de Bobby en quête d'indices et de liquidités, le shérif du comté téléphona la mauvaise nouvelle.

Du haut des airs, un avion qui pulvérisait de l'insecticide avait repéré une nappe violacée dans un coin reculé du lac Jesup, du nom de Coon Bog. À son second passage, le pilote avait distingué la coque rutilante d'un bassier, retourné et à demi submergé, à une cinquantaine de mètres du rivage. Une masse rouge flottait tout près.

Clarisse Clinch demanda au shérif si par hasard la masse rouge en question n'avait pas les cheveux blonds, à quoi le shérif répondit plus maintenant, vu qu'une bande de cols-verts l'avait becquetée toute la nuit. Clarisse demanda si on avait retrouvé une pièce d'identité sur le cadavre, à quoi le shérif dit que non, le portefeuille de Bobby, éjecté certainement lors de l'accident, avait dû tomber à l'eau. Mrs. Clinch remercia le shérif, raccrocha et composa immédiatement le numéro du centre Carte bleue à Miami pour leur signaler la perte de sa Visa.

– Vous connaissez quelque chose à la pêche ?

– Oui, un petit peu, dit R.J. Decker.

L'entretien en était encore au stade où Decker était censé passer pour sérieux et taciturne, stade où le client potentiel le jaugeait. Decker savait que, sur ce plan-là, il assurait plutôt. Il avait le physique d'un *linebacker* : un mètre quatre-vingt-cinq, quatre-vingt-quinze kilos, le genre armoire à glace avec des bras de déménageur. Il avait le cheveu brun bouclé et l'œil vif et marron qui ne trahissait rien. S'il avait souvent l'air amusé, il souriait rarement aux inconnus. Il savait, à ses heures, très bien écouter, ou du moins faire semblant. Decker n'était ni timide ni d'une patience à toute épreuve ; il était simplement en alerte rouge permanente vis-à-vis des connards. La vie était trop courte pour la gaspiller avec eux. À moins que ça ne se révèle absolument nécessaire, comme c'était le cas à présent.

– Vous êtes un homme de plein air ? demanda Dennis Gault.

Decker haussa les épaules.

– Si vous entendez par là savoir allumer un feu de camp : oui. Si vous entendez par là tuer un buffle du Cap à mains nues : non, probablement pas.

Gault se servit un gin tonic.

– Mais vous savez vous débrouiller tout seul, je suppose.

– Vous supposez bien.

– Le gabarit, ça ne veut rien dire du tout, fit Gault. Vous pourriez aussi bien être une lavette.

Decker soupira. Encore un de ces machos à la con.

– Et quel genre de pêche vous connaissez ? continua Gault.

– Le tout-venant en offshore. Rien d'exotique. Mérou, lutjanide, dauphin.

– De la gnognote pour touristes, fit Gault d'un ton méprisant.

– Ah, je vois, dit Decker, j'ai affaire au nouvel Hemingway, pas moins.

Gault, levant le nez de son verre de gin, lui décocha un regard au vitriol.

– Je n'aime pas beaucoup votre attitude, mon vieux.

Decker avait déjà entendu ça. Cependant, le *mon vieux* était un ajout intéressant.

– Vous avez envie de me cogner, on dirait, fit Gault.

– C'est cocasse.

– Mais je ne sais pas, moi, dit Gault, agitant son verre. On dirait que ça vous démange de me flanquer un pain.

– À quoi bon ? dit Decker. Si j'ai envie de casser la gueule à un connard, j'ai qu'à zoner sur Biscayne Boulevard : y a l'embarras du choix.

Il supputa que Gault mettrait cinq ou six secondes à lui balancer un trait d'esprit. En fait, ça lui prit un peu plus longtemps.

– Je vous garantis que vous n'avez encore jamais rencontré de connard dans mon genre, fit-il.

Decker jeta un coup d'œil à sa montre, l'air de s'ennuyer à périr – un automatisme parfaitement calculé.

Gault fit la grimace. Il portait un T-shirt bleu clair très ajusté et un pantalon de lin informe. On lui donnait quarante ans, il avait peut-être plus. Il étudiait Decker derrière les verres fumés de ses lunettes d'aviateur.

– Je ne vous suis pas sympathique, hein ? fit-il.

– Mais je ne vous connais pas, Mr. Gault.

– Vous savez que je suis riche et que j'ai un problème. C'est amplement suffisant.

– Je sais surtout que vous m'avez laissé mariner pendant deux heures dans votre réception néo-moderne beigeasse, reprit Decker. Je sais aussi que votre secrétaire s'appelle Ruth et qu'elle n'a pas de Maalox en réserve dans les tiroirs de son bureau, parce que je lui en ai réclamé. Je sais encore que votre papa est propriétaire de ce gratte-ciel et votre grand-papa d'une raffinerie de sucre. Je sais enfin que votre T-shirt jure abominablement avec votre falzar. Voilà, à peu de chose près, tout ce que je sais de vous.

Ce qui n'était pas la vérité vraie. Decker savait aussi que la famille possédait deux banques à Boca Raton, un centre commercial à Daytona Beach et trente-huit mille hectares de champs de canne à sucre, à l'ouest du lac Okeechobee.

Dennis Gault trônait derrière un bureau bas en Plexiglas, qui avait l'air de provenir d'un musée X ou Y où il devait servir de vitrine d'exposition à des poteries mayas.

– Vous avez raison, je fais mon beurre avec le sucre, dit Gault. À mon tour. Ça vous amuse de savoir ce que je sais de vous, monsieur le Détective privé, monsieur Casier-Pas-Vierge ?

Allez, traîne ton boulet, mon garçon, songea Decker.

– Dites-moi quel est votre problème ou je me tire.

– Les concours de pêche, fit Gault. Vous en connaissez un bout ?

– Rien de rien.

Gault se leva et pointa un doigt révérencieux vers un gros poisson noirâtre fixé au mur.

– Vous savez ce que c'est ?

– Un baril de pétrole avec deux yeux, répondit Decker.

Il savait parfaitement ce que c'était. Impossible de vivre en Floride du Sud et de l'ignorer.

– Un bass à grande bouche ! s'exclama Gault.

Il contemplait le poisson naturalisé comme une icône sacrée. Il était facile de voir ce qui valait au bass son qualificatif ; il aurait pu enfourner un ballon de foot par la gueule.

– Quatorze livres, quatre onces, annonça Gault. Je l'ai eu avec un *crankbait* [1] sur le lac Toho. Vous avez une petite idée de ce que vaut un poisson pareil ?

1. *Crankbait* : leurre en mauvais état *(N.d.T.)*.

Decker se sentit désemparé. Comme s'il était coincé dans un ascenseur en compagnie d'un Témoin de Jéhovah.

– Soixante-quinze mille dollars, dit Gault.

– Merde alors.

– Je vous intéresse, maintenant, hein ? fit Gault tout sourire.

Il flatta le flanc plastifié du bass comme celui du chien de la maison.

– Ce poisson, poursuivit-il, m'a valu de remporter il y a deux ans le Classique régional sud-est des pêcheurs de bass. Le premier prix, c'était soixante-quinze mille tout rond et une Ford Thunderbird. J'ai filé la bagnole à des saisonniers.

– Tout ça pour *un* poisson ?

Decker était éberlué. Notre civilisation foutait vraiment le camp.

– En 1985, continua Gault, j'ai pris part à dix-sept concours et empoché la bagatelle de cent sept mille dollars, Mr. Decker. Ne faites pas l'étonné. Les prix en espèces viennent des sponsors – constructeurs de bateaux et fabricants d'articles de pêche, marques de leurres diverses et variées, industrie des moteurs hors-bord. La pêche au bass est un bizness immensément juteux, c'est le sport de plein air qui connaît le taux de croissance le plus fort aux États-Unis. Bien entendu, le milieu des concours n'a plus rien à voir avec le sport, c'est un coupe-gorge organisé.

– Vous n'avez pas besoin de cet argent, objecta Decker.

– Mais de compétition, si.

Le syndrome Ted Turner, songea Decker.

– Alors quel est le problème ?

– Le problème, c'est la délinquance, fit Gault.

– Vous pourriez préciser ?

– La triche.

– Ceux qui mentent sur la taille du poisson qu'ils ont pris...

Gault le coupa d'un rire plein d'aigreur.

– Sur la taille, impossible de mentir. Mort ou vif, le poisson est ramené à quai pour y être pesé.

– Comment peut-on tricher, alors ?

– Ah ! s'exclama Gault, qui se mit à lui déballer son histoire.

Un incident s'était produit lors d'un concours où de grosses sommes étaient en jeu dans le nord du Texas. Ledit concours était parrainé par une célèbre marque d'asticots en plastique qui offrait un pactole de 250 000 dollars. À l'issue du dernier jour, Dennis Gault entassait sur le quai vingt-sept livres de bass à grande bouche, dont un de neuf livres. En temps normal, une telle prise lui aurait assuré la victoire, les mains dans les poches, dans le premier concours venu. Et Gault posait déjà fièrement avec sa « brochée [1] » de poissons, quand le dernier bateau regagna le quai en vrombissant. Un certain Dickie Lockhart en bondit, brandissant un bass monstrueux – onze livres, sept onces – qui remporta, il va sans dire, la première place.

– Ce poisson était mort depuis deux jours, conclut Gault, retrouvant sa colère d'alors.

– Qu'est-ce que vous en savez ?

– Parce que je reconnais un macchab quand j'en vois un. Ce poisson était froid, Mr. Decker. D'un froid qui puait sa glacière à plein nez. Vous me suivez ?

– Une conserve ?

Decker fit de son mieux pour ne pas pouffer.

– Je sais ce que vous pensez : qu'est-ce qu'on en a à battre qu'un peigne-cul de plouc joue au con et triche ? Mais écoutez plutôt la suite : sur les sept derniers concours de pêche les plus friqués des États-Unis, Dickie Lockhart en a remporté cinq et a fini second des deux autres. À savoir 260 000 dol-

1. *Fish stringer* : l'équivalent français est « accroche-poisson », auquel nous avons préféré le terme canadien francophone de « brochée », plus court et plus euphonique *(N.d.T.)*.

lars, ce qui en fait un peigne-cul pas si con que ça, tout bien considéré. Ça le rend franchement respectable. Il a même une putain d'émission de télé à lui tout seul ! Ça vous en bouche pas un coin, ça ?

– Vous n'avez pas contesté son import en conserve ? demanda Decker.

– Eh non, merde. C'est vachement sérieux. Et je n'avais pas de preuve tangible.

– Personne d'autre n'a eu de soupçons ?

– Mais putain, tout le monde en avait, seulement personne n'a eu les couilles de le huer. Devant une bière, là d'accord, ils disaient qu'ils savaient que c'était du bidon. Mais pas ouvertement devant Dickie.

– Ce Lockhart, ça doit être un vrai dur, le titilla Decker.

– Non, pas si dur que ça. Il a du pouvoir, c'est tout. La plupart des pros du bass ne veulent pas le foutre en rogne. Si on tient à participer aux concours sur invitation, vaut mieux être pote avec Dickie. Si on veut du matos à l'œil, vaut mieux lui lécher le cul à Dickie. *Idem* si on a envie d'une nouvelle vedette au prix coûtant. Ceci explique cela. Y a des types qui peuvent pas blairer Dickie Lockhart, mais qui adorent passer à la télé.

– Il est le seul à truander ? demanda Decker.

Gault piqua un fou rire.

– Où ça coince, alors ? fit Decker.

– Où ça coince ? – rictus de Gault – Lockhart ne triche que dans les gros concours. Ce qui coince, c'est qu'il triche à *mon* détriment. Ça fait la même différence qu'entre une partie de ping-pong du Rotary et un match de championnat du monde, bordel ! Vous pigez le topo ?

– Tout à fait, dit Decker, qui en avait assez entendu. Je ne vois vraiment pas en quoi je peux vous aider, Mr. Gault.

– Rasseyez-vous.

– Écoutez, ce genre de truc, c'est pas mon fort...

– C’est quoi votre fort ? Les divorces ? Les récupérations de bagnoles ? Les accidents du travail ? Si ça marche aussi fort, vous ne verrez peut-être pas d’inconvénient à me dire pourquoi vous bossez au black pour cette compagnie d’assurances louchissime, où je vous ai déniché.

Decker se dirigea vers la porte.

– Les honoraires sont de cinquante mille dollars.

Decker pivota, ahuri.

– C’est un psy qu’il vous faut, pas un détective privé, dit-il enfin.

– Ce fric est à vous si vous chopez ce fumier la main dans le sac et m’en apportez la preuve.

– La preuve ?

– Vous étiez un as de la photo, autrefois, ajouta Gault. Vous avez remporté un ou deux grands prix – je suis au courant, Decker. Je sais que vous êtes une tête de lard et que vous avez eu des embrouilles avec la justice. Je sais aussi que vous préférez coucher sous la tente qu’au Hilton, et ça me plaît. On dit que vous êtes un peu barje, mais un barje, c’est exactement ce qu’il me faut.

– Vous voulez des photos ? demanda Decker. Des photos de poissons ?

– Quelle meilleure preuve ?

Gault rayonnait à cette idée.

– Vous m’apportez une photo de Dickie Lockhart pris la main dans le sac et je vous jure que je la fais publier dans tous les magazines de sports et loisirs de la planète. Ce sera tout bonus, outre vos honoraires.

Faire la couve de *Field and Stream*, songea Decker. Tu parles d’un rêve !

– Je vous répète que je ne connais rien aux concours de pêche, fit Decker.

– Si ça doit vous ôter un poids, sachez que vous n’étiez pas mon premier choix.

Decker ne se sentit pas plus léger pour autant.

– La pêche, le premier, il connaissait, dit Dennis Gault. Un vrai pro.

– Et ?

– Ça a foiré. J'ai besoin de sang neuf.

Dennis Gault avait l'air mal à l'aise. « Tracassé », c'était le mot. Il posa son verre et fouilla dans son bureau. Il en sortit un carnet de chèques en faux lézard. Ou en vrai, peut-être bien.

– Vingt-cinq mille d'avance, dit Gault, saisissant un stylo.

Decker pesa le pour et le contre, puis haussa les épaules.

– Allez jusqu'à trente, dit-il.

2.

C'est au Dr. Michael Pembroke qu'échut la tâche de disséquer le corps de Robert Clinch.

Le poids de cette lugubre mission était quasiment insupportable au Dr. Pembroke, qui n'était pas coroner, mais anatomopathologiste de formation. S'il tutoyait comme rien verrues, kystes, tumeurs et autres polypes, les cadavres le terrifiaient au même titre que tout ce qui se rapportait à la médecine légale, en général.

Si la plupart des comtés de Floride emploient à plein temps un médecin légiste, ou coroner, pour faire face à l'afflux de cadavres, le rural Harney County ne pouvait justifier un tel luxe auprès de ses contribuables; aussi chaque année la commission du comté votait-elle pour s'assurer les services à temps partiel d'un pathologiste, pour faire office de coroner en cas de besoin. Contre la somme royale de cinq mille dollars, le tour du Dr. Michael Pembroke était venu. Ce surcroît de travail ne lui prenait pas un temps excessif, étant donné qu'il n'y avait en tout et pour tout que quatre cents citoyens dans le comté, qu'il n'en mourait pas tous les jours et que la plupart avaient la délicatesse de le faire à l'hôpital, ou dans des circonstances banales ne nécessitant ni enquête ni autopsie. Les quelques habitants du Harney County qui expiraient de mort non naturelle entraient ordinairement dans les catégories suivantes : victimes a) d'orages domestiques, b) d'accidents de la route, c) d'accidents de chasse, d) d'accidents de bateau, ou bien encore e) de la foudre. Harney County détenait le triste record du plus grand nombre de foudroyés de toute la Floride, bien que personne n'eût su dire pourquoi. L'Église fondamentaliste du coin faisait ses choux gras d'une telle statistique.

Quand la nouvelle de la mort de Robert Clinch lui parvint au laboratoire, le Dr. Pembroke examinait une verrue commune *(verruca vulgaris)* provenant du pouce d'un cultivateur de pastèques. La lamelle brune et squameuse n'offrait pas un ragoûtant spectacle, mais il était nettement préférable à celui du visage bouffi du cadavre d'un « basseur ». Le médecin chercha bien à se défiler en faisant mine d'être profondément absorbé par son microscope, mais l'adjoint du shérif patienta en feuilletant des brochures de dermatologie. Le Dr. Pembroke finit par laisser tomber et grimpa à l'arrière de la voiture de patrouille, le temps du court trajet jusqu'à la morgue.

– Vous pouvez éclairer ma lanterne ? demanda le Dr. Pembroke, se penchant en avant.

– C'est Bobby Clinch, dit l'adjoint du shérif sans se retourner. Son bateau a dû chavirer sur le lac.

Le Dr. Pembroke fut soulagé. Il tenait déjà une théorie ; bientôt, il aurait une cause de décès. En un clin d'œil, il pourrait revenir s'occuper de sa verrue. Peut-être que ça ne serait pas plus empoisonnant que ça.

La voiture de police stoppa devant le bâtiment de plain-pied en brique rouge, qui faisait office de morgue. C'était un ancien Burger King que le Comté n'avait pas réaménagé depuis son acquisition. Si l'enseigne avait été démontée et vendue à une fraternité universitaire, les comptoirs, les boxes et le guichet du drive-in étaient les mêmes que sous le règne du Whopper. Le Dr. Pembroke s'était fendu d'une lettre à la commission du Comté où il faisait valoir qu'un fast-food était un lieu fort peu idoine pour une morgue, mais les membres de ladite commission lui signalèrent sèchement que c'était le seul endroit d'Harney County à être doté d'une chambre froide.

Jetant un œil par le vitrage de la devanture, le Dr. Pembroke aperçut un homme replet à face rougeaude et comme écrasée. C'était Culver Rundell, dont les épaules, se souvint le docteur, avaient connu une poussée de grains de beauté en chapelet. Après les avoir soumis à une biopsie experte, on avait découvert qu'ils étaient bénins.

– 'lut, toubib ! s'exclama Culver Rundell en voyant le Dr. Pembroke franchir la porte.

– Bonjour, fit le pathologiste. Alors, ces grains de beauté ?

Les anatomopathologistes ont si peu l'occasion de s'entretenir avec des patients au grand complet qu'ils sont notoirement peu doués pour les échanges de banalités et autres papotages.

– Sont de retour, lui rétorqua Culver Rundell. Y en a des centaines. Ma femme, elle s'amuse avec un Bic à suivre le pointillé, du cou au nombril.

– Vous n'avez qu'à passer à mon bureau, j'y jetterai un coup d'œil.

– Nân, toubib. Vous avez fait de votre mieux. Je m'suis habitué à ces machins-là, et Jeannie aussi. On tire le meilleur parti de la situation, si vous voyez c'que j'veux dire.

Culver Rundell dirigeait un camp de pêche sur le lac Jesup. Il n'était pas trop pêcheur lui-même, mais adorait le bizness des appâts naturels, asticots et autres *shiners* [1], essentiellement. Il était aussi commissaire de pesée officiel dans nombre des

1. *Shiner* : nom générique de nombreux petits poissons argentés d'eau douce, utilisés surtout pour la pêche au vif *(N.d.T.)*.

plus prestigieux concours de bass des États-Unis : honneur que Rundell devait à son amitié de toujours avec Dickie Lockhart, champion de la pêche au bass.

– C'est vous qui avez découvert le défunt ? s'enquit le Dr. Pembroke.

– Neûn, c'est les fils Davidson.

– Lesquels ? fit le docteur.

Il existait trois paires de fils Davidson dans le comté.

– Daniel et Desi. Ils ont trouvé Bobby qui flottait à Coon Bog et l'ont remorqué jusque chez moi. Les gars voulaient retourner au taf, alors je leur ai dit que j'm'occuperais du corps. Et comme on a pas de corbillard, j'ai pris mon 4 x 4.

Le Dr. Pembroke escalada le comptoir pour gagner les anciennes cuisines du Burger King. Culver Rundell le suivit, peinant et soufflant.

Le corps de Bobby Clinch était étendu sur une longue table en inox. L'odeur, épouvantable, mêlait celles d'une mort lacustre et de vieille frite.

– Seigneur tout-puissant ! lâcha le Dr. Pembroke.

– Je sais, fit Rundell.

– Combien de temps est-il resté dans l'eau ? demanda le médecin.

– On espérait un poil que vous pourriez nous le dire.

Ça, c'était l'adjoint, accoudé au comptoir comme s'il attendait un milk-shake à la vanille.

Le Dr. Pembroke, qui détestait les « flotteurs », était servi ! Les yeux de Bobby Clinch lui sortaient de la tête, comme des boules de loto à ressort. Une langue chargée dardait d'entre les lèvres du mort telle une grosse anguille cuivrée.

– Qu'est-ce qui est arrivé à sa tête ? demanda le Dr. Pembroke.

De nombreuses touffes de cheveux avaient été arrachées à vif, semblait-il, du crâne de Robert

Clinch ; ce scalp en damier lui donnait des airs de punk pas fini.

– Les canards, fit Culver Rundell. Toute une bande.

– Ils ont cru que c'était de la bouffe, expliqua l'adjoint.

– Les cheveux, ça ressemble à des plantes aquatiques. Des tifs comme ceux de Bobby surtout, continua Rundell, prenant le relais. Dans l'eau, on dirait des algues.

– À c'tte époque de l'année, les canards, y bouffent tout ce qui leur tombe sous le bec, renchérit l'adjoint.

Le Dr. Pembroke fut pris de nausée. Parfois, il regrettait de ne pas avoir choisi la radiologie comme son crétin de cousin. Il entreprit de découper les vêtements de Robert Clinch avec de gros ciseaux de chirurgien en inox, tâche que rendaient ardue le torse et les membres gorgés d'eau. À peine ôtée la salopette détrempée de Clinch et un surplus de chair violacée mis au jour, Culver Rundell et le shérif adjoint battirent en retraite comme un seul homme de l'autre côté du comptoir et, s'installant dans l'un des boxes, déblatérèrent sur le dernier scandale qui éclaboussait l'équipe de football de l'université de Floride.

Un quart d'heure plus tard, le Dr. Pembroke réapparut avec une planchette à pince. Tout en parlant, il gribouillait sur le diagramme.

– Le corps a séjourné dans l'eau au minimum vingt-quatre heures, dit-il. La cause du décès est la noyade.

– Il était soûl ? interrogea Rundell.

– J'en doute fort, mais je ne récupérerai pas les tests sanguins avant une bonne semaine.

– Dois-je informer le shérif qu'il s'agit d'un accident ? fit l'adjoint.

– Oui, ça m'en a tout l'air, dit le Dr. Pembroke. Le corps porte une blessure à la tête caractéristique d'un choc consécutif à un accident survenu à grande vitesse.

Il s'agissait à vrai dire d'une vilaine ecchymose, caractéristique d'une foultitude d'autres choses, mais le Dr. Pembroke préféra se montrer catégorique. Le peu de médecine légale qu'il savait, il l'avait puisé en regardant des redifs du feuilleton télé, *Quincy, M. E*[1]. Ledit Quincy, coroner du petit écran, se montrait toujours capable au premier coup d'œil de définir les caractéristiques de la moindre blessure, aussi le Dr. Pembroke tâchait-il de l'imiter. En fait, à peine les deux autres s'étaient-ils éloignés de la table d'autopsie, que le Dr. Pembroke avait procédé dans la plus grande hâte. Il avait effectué une prise de sang, noté la présence d'une bosse de la taille d'une balle de golf sur le crâne de Bobby Clinch et, avec une précision rien moins que chirurgicale, pratiqué une incision en Y du cou jusqu'au ventre. Plongeant la main à l'intérieur, le Dr. Pembroke en avait sorti une poignée de poumon et vite constaté qu'il était plein d'eau verdâtre en provenance du lac, c'est-à-dire exactement ce qu'il désirait y trouver. Cela signifiait que Bobby Clinch s'était noyé, comme on le supposait. Une preuve supplémentaire en était fournie par la présence d'une épinoche argentée dans la bronche droite, ce qui révélait qu'en allant par le fond, Bobby Clinch avait violemment – quoique inutilement – inhalé. Ayant déterminé ce qui précède, le Dr. Pembroke n'avait pas perdu un instant précieux de plus près du cadavre ranci ; il ne s'était même pas donné la peine de le retourner pour une brève et ultime inspection, avant de l'entreposer au congélateur comme un vulgaire hamburger.

1. Feuilleton de la NBC (148 épisodes avec Jack Klugman en vedette, à partir de 1976. Diffusé en France en 1987 sur TF1 sous le titre *Quincy*) *(N.d.T.)*.

Le pathologiste signa le certificat de décès qu'il remit à l'adjoint. Culver Rundell le lut par-dessus l'épaule du représentant de l'ordre et approuva du chef.

– Je vais appeler Clarisse, dit-il. Puis faudra que je passe le 4 x 4 au jet.

Le bass à grande bouche est le poisson le plus pêché d'Amérique du Nord, car il hante les eaux les plus chaudes de chaque État ou presque. L'attrait qu'il exerce est devenu si colossal au cours des dix dernières années que les milliers de clubs de pêche au bass, qui ont poussé comme des champignons un peu partout, sont submergés par l'afflux de nouveaux adhérents. Si l'on en croit l'industrie des produits estampillés sports & loisirs, on consacre aux États-Unis davantage de millions de dollars à la pêche au bass à grande bouche qu'à toute autre activité de plein air. Des magazines spécialisés « bass » vantent l'espèce comme le poisson de M. Tout le Monde, accessible à quiconque se trouve à faible distance, en flânant, d'un lac, d'une rivière, d'un canal, d'un réservoir, d'un trou d'eau ou d'une rigole d'écoulement. Le bass n'est pas délicat, mais résistant et prolifique ; certains jours, il avalera à peu près n'importe quelle abomination de turlutte qu'on lui agitera devant la gueule. Au combat, il est fort comme un bœuf, mais fatigue facilement ; au saut, ses aptitudes sont admirables, mais nullement comparables à celles de la gracieuse truite arc-en-ciel ou du tarpon ; au menu, il est d'une suavité acceptable, goûteux même quand on l'assaisonne convenablement. Son étonnante popularité provient de la modeste combinaison de toutes ces caractéristiques, à quoi s'ajoute le simple fait que tant de bass à grande bouche s'ébattent joyeusement que même le premier abruti venu peut en pêcher un.

Sa nature « démocratique » fait du bass le poisson idéal pour les concours et un rêve-de-marketing-devenu-réalité pour l'industrie des articles de pêche. Comme un bass à grande bouche de Seattle ne diffère en rien de son cousin des Everglades, le coûteux attirail de pêche ne nécessite ni « régionalisation » ni publicité réadaptée en fonction du marché. Ce qui explique pourquoi le noyau dur des basseurs est partout équipé exactement pareil, depuis les pick-up jusqu'aux fringues en passant par le matériel proprement dit. Sur n'importe quel cours ou plan d'eau, dans n'importe quel comté, rural ou urbain, l'uniforme et l'arsenal de la confrérie du bass sont reconnaissables au premier coup d'œil. Leur mission universelle est d'attraper l'un de ces bass d'une grosseur phénoménale que l'on connaît sous le nom de *lunkers* ou de *hawgs*. Dans de nombreuses régions, tout poisson de plus de cinq livres est considéré comme un trophée et il n'est pas rare que l'amateur de bass en ait trois ou quatre spécimens chez lui, accrochés aux murs : un premier dans le salon, un autre dans le bureau, etc. Sur le plan géographique, les représentants vraiment gargantuesques de l'espèce, à savoir dix à quinze livres, se cantonnent dans le Sud profond humide, en Géorgie et en Floride tout particulièrement. Dans ces parages, où la quête du plus grand bass du monde fait rage, la concurrence est acharnée ; pour les pêcheurs de concours, c'est l'équivalent des matches de première division : le prix maximum pour un concours de deux jours peut atteindre soixante-quinze mille dollars. Si jamais le temps est pourri ou l'eau trop froide, un bass de quatre livres, mimi comme tout, peut valoir la victoire et tout ce qui s'ensuit. Cependant, il est plus que probable qu'il faille au moins un *lunker* pour remporter l'un des grands concours, et peu de pêcheurs sont capables d'en prendre un, concours ou pas.

Les taquineurs de bass du week-end aiment à faire remarquer que le plus grand jamais capturé ne fut pas ramené à terre par un pêcheur de concours. L'auteur de cet exploit fut un garçon de ferme géorgien de dix-neuf ans, George W. Perry, et le lieu, la fondrière d'un bras mort, appelée Montgomery Lake. Comme il se doit, le jeune Perry n'avait jamais entendu parler ni des sondeurs Lowrance ni des moteurs de traîne Thruster et encore moins des cannes en graphite Fenwick. Perry partit pêcher dans un simple canot à rames, avec l'unique leurre en sa possession, un Creek Chub en piteux état. S'il se rendit à la pêche, ce fut avant tout pour nourrir sa famille, et il en revint avec un bass à grande bouche pesant ses vingt-deux livres, quatre onces. C'était en 1932. Depuis lors, en dépit des progrès technologiques de notre ère spatiale dans l'art d'attraper du poisson, plus personne n'a embarqué de bass d'une taille approchant celle du trophée de George Perry, dont lui et les siens s'empressèrent de dîner. Aujourd'hui, une plaque commémore ce Moby Dick à grande bouche sur la Nationale 117, près de Lumber City, Géorgie. Elle lance un défi urticant aux basseurs du moment et à tout leur matos électronique d'enfer. Certains ichtyologistes ont eu le front de suggérer que le monstre de Montgomery Lake était un poisson super-mutant, un record tout équipement confondu que nul autre pêcheur n'égalerait jamais. Ce à quoi Dickie Lockhart, faisant les gros yeux et menaçant du doigt la caméra, répondait à la fin de chaque numéro de sa *Fish Fever* d'émission, en décrétant : « Gaffe à tes fesses de champion, George Perry, la semaine prochaine, ton record sera de l'histoire ancienne. »

Comme il n'y avait pas de concours ce week-end-là, Dickie Lockhart enregistrait l'une de ses émissions. Le tournage avait lieu sur le lac Kissimmee, à une encablure de Disney World. Le titre de ce numéro particulier était « La chasse au hawg ». Dickie avait besoin pour cela d'un bass de plus de dix livres, car au-dessous, impossible de le qualifier de *hawg*.

Comme d'habitude, il utilisait deux bateaux : un pour la pêche, l'autre pour l'équipe de tournage. À l'instar de la plupart des animateurs d'émissions de pêche télévisées, Dickie Lockhart recourait à la vidéo, meilleur marché que le seize millimètres, et réutilisable. Le support film était impensable pour une émission de pêche au bass, car on pouvait tourner deux trois jours d'affilée et n'enregistrer que des types lançant leurs leurres et crachant du jus de chique sans voir la queue d'un seul poisson. Avec la vidéo, une mauvaise journée n'explosait pas le budget, il suffisait de rembobiner la bande et de réenregistrer par-dessus.

Dickie Lockhart avait pris du bass toute la matinée, mais des petits de deux ou trois livres. Il devinait leur poids dès qu'il les avait au bout de la ligne et, de fureur, ramenait ces pauvres bêtes d'un coup sec jusqu'au bateau. « Nom de Dieu ! hurlait-il. On rembobine cette saloperie et on essaie encore une fois. »

Pendant les creux, Dickie, tendu, devenait ordurier. « Radinez, salopards, gueules d'emplâtre », grognait-il en prospectant le rivage. « Gobez-moi ça, ou demain j'apporte de la dynamite, z'avez entendu ? »

En milieu de matinée, le vent s'en mêla et vint ébouriffer les cheveux d'un noir de jais de Dickie Lockhart. « Nom de Dieu ! Stoppez l'enregistrement », beugla-t-il. Après avoir sorti un peigne de sa boîte à pêche et s'être relustré le poil, il ordonna à l'opérateur de recommencer à shooter.

– J'ai l'air de quoi ? demanda Dickie.

– D'un champion, dit le cameraman du bout des lèvres.

L'homme rêvait du jour où Lockhart, pété comme un coing, tomberait son caleçon et montrerait son cul en gros plan à tous ses potes pêcheurs d'Amérique. Pour couronner le tout, Dickie dégringolerait du bateau, ce qui arrivait souvent quand il avait bu. L'opérateur prétendrait ensuite avoir rembobiné et effacé ce grand moment de laisser-aller, sans bien sûr en avoir rien fait. Il le garderait au frais et, en temps opportun, menacerait de faire parvenir la chose à la chaîne câblée « Sports & religion », qui chapeautait l'émission de pêche de Dickie Lockhart. Ce dernier se montrerait soudain le plus généreux des hommes et l'opérateur aurait enfin les moyens d'emmener sa femme aux îles Vierges.

Pour l'heure, la bande défilait et Dickie Lockhart s'adressait d'homme à homme au basseur de fond, dans ses foyers. Le ton de Dickie à l'écran était plus mielleux et plus grasseyant que dans la vie courante, exagération nécessaire pour se mettre au diapason de l'échantillon démographique touché par l'émission, à savoir le gogo macho lambda du Sud profond. Tout en lançant et moulinant, Dickie Lockhart leur confiait quelle marque de leurre il utilisait exactement, quel type de ligne remplissait le moulinet, quel genre de lunettes de soleil (verres verts ou ambrés) était le plus efficace par une journée très lumineuse. Son bla-bla vous avait un air familier et amical alors que le but de la manœuvre était de citer mine de rien le plus grand nombre de produits qui le sponsorisaient en vingt-quatre minutes d'antenne. Le leurre était signé Bagley, le fil de pêche Du Pont, le moulinet Shimano, les lunettes de soleil Polaroïd, etc. Bizarrement, quand Dickie fixait l'objectif bien en face et lâchait sa promo tout à trac, elle vous avait un air moins craignos.

Vers midi, un troisième bassier surgit en trombe sur les lieux. Dickie se mit à tempêter comme un forcené. « Nom de Dieu ! Arrêtez tout ! Arrêtez tout ! » Il trépignait à la proue en menaçant du poing le nouvel arrivant. « Eh dis donc, t'as pas vu qu'on est en plein tournage télé, merde ? T'as cette saleté de lac à toi tout seul, mais faut que tu viennes ici foutre en l'air nos prises de vues ! » Dickie s'aperçut alors qu'il avait affaire à Ozzie Rundell, le frère de Culver, et cessa ses vociférations. Il ne s'excusa pas pour autant, mais du moins il la boucla.

– J'voulais pas déranger, dit Ozzie.

Il mangeait ses mots. Dickie Lockhart lui dit d'élever la voix.

– J'voulais pas déranger ! fit Ozzie, un poil plus fort.

De sa vie, il n'avait jamais embarqué un bass qui dépasse quatre livres, aussi Dickie Lockhart lui inspirait-il une crainte respectueuse.

– Bon, alors ? fit Dickie.

– J'ai pensé que vous voudriez savoir.

Dickie hocha la tête. Il pressa sur une commande au pied et, à l'aide du moteur de traîne, rapprocha son bateau de celui d'Ozzie. Quand ils furent bord à bord, Dickie fit avec impatience :

– Redis-moi ça, maintenant.

– J'ai pensé que vous voudriez savoir. On a retrouvé Bobby Clinch.

– Où ça ?

– Mort.

Ozzie finissait par répondre aux questions, mais jamais dans l'ordre où on les lui posait. C'était son mode de fonctionnement mental.

– Comment ça ? fit Dickie.

– Dans le lac Harney.

– Quand ?

– Son bateau a chaviré. Il s'est noyé, fit Ozzie.

– De Dieu, dit Lockhart. C'est moche.

– Hier, fit Ozzie en guise de conclusion.

Dickie se tourna vers le cameraman.

– Bon, ça suffira pour aujourd'hui, lui dit-il.

Ozzie paraissait tout émoustillé de pouvoir effleurer le pont du bateau du champion. Il matait l'équipement de Dickie Lockhart comme un joueur de base-ball amateur zieuterait la batte de Ted Williams.

– Ben, pardon d'avoir dérangé, marmonna-t-il.

– Y a pas de mal à ça, fit Lockhart. Ça fait deux heures que ça ne mord plus.

– Z'utilisez quoi comme leurre ? s'enquit Ozzie.

– Mon chouchou, la Double Turlutte, répondit Dickie.

La Double Turlutte était le leurre tip top du circuit pro de la pêche au bass, en grande partie grâce à Lockhart. Lors des huit derniers concours qu'il avait remportés, Dickie avait déclaré que c'était la fabuleuse Double Turlutte qui avait piégé le poisson-trophée. Son succès phénoménal avec ce leurre – un spinnerbait à jupe et double cuillère d'argent – n'avait été égalé par aucun autre pêcheur, bien qu'ils aient tous tenté le coup, emplissant leurs boîtes à pêche de variantes et autres imitations soignées. La plupart des basseurs capturaient de grosses prises avec la Double Turlutte, mais jamais autant, ni à des moments aussi propices que Dickie Lockhart.

– Une vraie terreur, s'pas ? fit Ozzie.

– Tu parles, dit Dickie.

Saisissant le fil entre ses dents, il le rompit d'un seul coup d'un seul, libérant le leurre cliquetant.

– Tu le veux ? demanda-t-il.

Le visage d'Ozzie Rundell s'éclaira comme celui d'un enfant, le matin de Noël.

– Ah que ouais !

Dickie Lockhart lança le leurre vers le bateau d'Ozzie. Sans réfléchir, ce dernier tenta de l'attraper à mains nues. Il rata son coup, évidemment, et la Double Turlutte ficha fermement son hameçon, effilé comme une aiguille, dans la joue du malheureux. Ozzie parut ne rien sentir ni prendre garde au sang qui lui dégoulinait le long de la mâchoire.

– Merci ! cria-t-il à Dickie Lockhart qui démarrait son bateau. Merci mille fois !

– De rien, répondit le champion, appuyant à fond sur la manette.

3.

R.J. Decker était natif du Texas. Son père avait appartenu au F.B.I., et la famille avait vécu à Dallas jusqu'à décembre 1963. Deux semaines après l'assassinat de Kennedy, le père de Decker fut muté à Miami et affecté à une brigade d'élite dont la tâche était de s'assurer qu'aucun pote de Fidel Castro ne fasse un carton sur L.B.J. Ce fut une époque éprouvante et passionnante, mais tout a une fin. Le père de Decker échoua bientôt derrière un bureau, pour un job abrutissant typique du F.B.I., engraissa, et mourut d'artériosclérose à l'âge de quarante-neuf ans. L'un des grands frères de Decker était devenu flic à Minneapolis. L'autre vendait des Porsche à des dealers de cocaïne à San Francisco.

Athlète de bon niveau et étudiant honnête, Decker surprit tous ses camarades en devenant photographe professionnel. Les appareils photo étaient sa passion secrète ; l'art de figer le temps dans son viseur le fascinait. Il ne confia à personne que c'était le film de Zapruder, le responsable. Quand *Life* avait publié ces photogrammes granuleux de l'assassinat de J.F.K., Decker n'avait que huit ans. Pourtant, il resta absolument pétrifié devant les clichés du président blessé et de sa femme. Le rose du tailleur de Jackie, la Lincoln noire floue – images d'horreur, hypnotiques cependant. Le petit garçon qu'il était n'avait jamais imaginé qu'on puisse capturer un instant pareil et le faire entrer dans l'Histoire. Peu après, il reçut son premier appareil.

Pour Decker, la photographie était plus qu'un simple violon d'Ingres, c'était une façon de regarder le monde. Affligé d'un tempérament coléreux et d'une vision cynique des choses, sa chambre noire devint l'endroit où il recouvrait la paix, et le cérémonial du tirage l'équivalent d'une thérapie légère.

À sa plus grande frustration, le bizness de la prise de vues en studio se révéla d'un ennui insupportable mais hautement profitable. Decker faisait les mariages, les bar-mitsvah, des portraits et des jobs plus commerciaux, des pubs pour les magazines, surtout. On le paya une fois neuf mille dollars pour prendre l'image parfaite d'une bouteille de Midol [1]. L'annonce presse parut dans les principaux magazines féminins et Decker la découpa à plusieurs exemplaires pour l'envoyer à ses amis, en dérision de lui-même.

Et il y avait bien sûr les reportages de mode avec les mannequins professionnels. La première année, Decker tomba amoureux une bonne vingtaine de fois. La seconde, il laissa son Hasselblad s'en charger. Ses photos étaient excellentes, il gagnait énormément d'argent et s'emmerdait à cent sous de l'heure.

Un après-midi, à Miami Beach, tandis que Decker photographiait une pub pour une nouvelle huile solaire, parfumée à la tequila, une jeune touriste arracha soudain ses vêtements et, plongeant dans l'Atlantique, tenta de s'y noyer. Les gardes-plage la sauvèrent de justesse et Decker prit quelques clichés au moment où ils la ramenaient, après l'avoir arrachée au ressac. Les cheveux blonds de la fille étaient emmêlés sur ses joues, ses yeux gonflés et

1. Médicament ayant pour vertu de calmer les règles douloureuses *(N.d.T.)*.

mi-clos, ses lèvres décolorées. Tout l'intérêt de la photo résidait dans l'expression de l'un des gardes-plage qui avaient secouru la jeune femme. Ce dernier masquait délicatement de son bras ses seins nus pour la protéger du regard des badauds, et l'objectif de Decker avait su saisir dans ses yeux un mélange de panique et de pitié.

Juste pour voir, Decker confia son rouleau de film à un journaliste de presse, qui s'était rendu sur les lieux dans le sillage de l'ambulance. Le lendemain, le *Miami Sun* publiait la photo de Decker en première page contre la royale somme de trente dollars. Le surlendemain, le rédacteur en chef lui proposait un job à temps plein et Decker disait oui.

À certains égards, ce fut la meilleure décision qu'il ait jamais prise. À d'autres, ce fut la pire. Decker aurait seulement aimé que le tout ait duré plus longtemps.

C'est ce qui lui trottait par la tête alors qu'il pénétrait dans Harney County au volant de sa voiture, démarrant une nouvelle enquête pour le compte d'un client qui ne lui était pas sympathique du tout.

Harney, ville natale de Dickie Lockhart, était son quartier général personnel d'empereur de la pêche au bass.

À peine arrivé, la première chose que fit Decker fut de dénicher Ott Pickney, ce qui ne fut pas bien difficile. Ott n'était pas un type à courir par monts et par vaux.

Il rédigeait les notices nécrologiques de *La Sentinelle d'Harney*, qui paraissait deux fois par semaine, trois pendant la saison de la chasse au sanglier. La fréquence pépère de parution de cette feuille de chou convenait parfaitement à Ott Pickney, lui laissant toute latitude pour le golf et l'horticulture. Avant de gagner le centre de la Floride, Pickney avait travaillé dix-sept ans au *Miami Sun*, où Decker l'avait connu. Au début, Decker avait déduit de la nonchalance d'Ott qu'il avait affaire à un journaliste autrefois compétent, se languissant au crépuscule de sa carrière ; il devint bientôt clair que la carrière d'Ott Pickney avait été crépusculaire d'entrée de jeu pour devenir de plus en plus obscure au fil des années. Qu'il ait tenu si longtemps à Miami résultait de la bureaucratie obtuse d'une salle de rédaction où il semblait toujours trouver sa place, malgré son inutilité patente. Ott était l'une de ces tristes figures journalistiques qu'on se refile d'une rubrique à l'autre, au point qu'aucun rédacteur en chef, après tant d'années où ce genre d'individu a fait partie des meubles, ne désire qu'on se souvienne de lui comme de celui qui l'a viré. Par conséquent, Ott ne le fut pas. Il prit sa retraite du *Sun* avec le maximum de points et s'installa à Harney pour y tenir la rubrique nécrologique et y cultiver des orchidées plusieurs fois primées.

Decker trouva Ott Pickney dans la salle de rédaction de *La Sentinelle*, ou du moins ce qui en tenait lieu : trois machines à écrire, cinq bureaux et quatre téléphones. Ott musardait du côté de la machine à café ; rien de nouveau sous le soleil.

Son visage s'éclaira d'un large sourire quand il vit entrer Decker.

– R.J. ! Dieu Tout-Puissant ! Quel bon vent t'amène ? Ta voiture t'a laissé en rade ou quoi ?

Decker sourit à son tour en lui serrant la main. Il nota qu'Ott portait un pantalon marron informe et une chemise bleue en Banlon. La dernière chemise en Banlon d'Amérique, probablement. Comment ne pas trouver sympa un type qui n'avait pas honte de se fringuer comme ça ?

– T'as l'air de tenir la forme, fit Decker.

– Mais je me sens en pleine forme, R.J. Oh, je sais bien que par ici, c'est pas exactement la grande ville, mais ça, j'ai déjà donné, hein ?

Ott parlait un poil trop fort.

– On s'est tirés juste à temps, R.J., toi comme moi. Ce canard aurait eu notre peau un jour ou l'autre.

– C'est pas faute d'avoir essayé.

– Ouais, ça, tu l'as dit, mon garçon, fit Ott. Sandy, viens un peu par ici ! Faut que je te présente quelqu'un.

Un type à tête d'oiseau et à lunettes aux verres en cul de bouteille fit son apparition et salua Decker d'un signe de tête circonspect.

– R.J., je te présente Sandy Kilpatrick, mon rédacteur en chef. Sandy, R.J. Decker. R.J. et moi, on a travaillé ensemble dans la Ville Lumière. À moi le poids des mots, à lui le choc des photos. Tous les deux, on a couvert cette fameuse histoire de meurtre vaudou, tu te souviens, R.J. ?

Decker n'avait pas oublié. Et se rappelait surtout que ce n'était pas une histoire si fameuse que ça. Un beauf, mécano à Hialeah, avait tué sa femme en la criblant de centaines de coups d'épingle de nourrice. Le mécano avait lu un papier sur le vaudou dans le magazine *Argosy* et s'était totalement mélangé les pédales quant au rituel. Après avoir soûlé sa femme au rhum Barbancourt, il avait entrepris de la piquer jusqu'à ce qu'elle saigne à mort. Puis il avait prétendu l'avoir trouvée dans cet état en rentrant du travail et avait accusé du crime un couple d'Haïtiens, ses voisins, déclarant qu'ils avaient jeté un sort sur sa maison et son Oldsmobile. Les flics ne marchèrent pas dans sa combine et le mécano beauf atterrit pour finir dans le Couloir de la Mort.

Tandis qu'Ott enjolivait son récit, Sandy Kilpatrick dévisageait Decker de la façon qu'on réserve aux visiteurs de Miami dans cette partie de la Floride. Comme des sources d'emmerdes potentielles. Kilpatrick, ça crevait les yeux, avait entendu Ott raconter son histoire de crime vaudou un nombre incalculable de fois et se prépara bientôt à battre en retraite.

– Enchanté d'avoir fait votre connaissance, fit Decker.

Kilpatrick se fendit d'un nouveau signe de tête et s'éclipsa.

– Il est bien, ce môme, dit Ott Pickney, d'un ton paternaliste. Il apprend vite.

Decker se servit une tasse de café. Il avait les jambes engourdies après son long trajet en voiture.

– Qu'est-ce qui t'amène dans le coin, bon Dieu ? demanda Ott avec amabilité.

– Le poisson, répondit Decker.

– Ch'avais pas que tu taquinais le bass.

– Je me suis dit que j'avais envie d'essayer un coup, fit Decker. À ce qu'on raconte, Harney est un point chaud pour les grosses prises.

– Les *lunkers*, dit Ott.

Decker le regarda d'un air interrogateur.

– Dans le coin, les grosses prises, on connaît pas, on dit *lunkers*, expliqua Ott. Les bass les plus gigantesques de tout l'hémisphère. De vrais monstres.

– Les *hawgs*, dit Decker, se rappelant des propos de Dennis Gault.

– Ouais, c'est ça !

– Quel est le meilleur endroit pour tenter sa chance, à cette époque de l'année ?

Ott Pickney s'installa derrière son bureau.

– Ben, R.J., je peux pas beaucoup t'aider, là. Celui qu'il faut voir pour ça, c'est Jamie Belliroso, notre spécialiste sportif.

– Et on le trouve où ?

– Du côté de Maui, fit Ott, aussi sec.

Jamie Belliroso se révéla un spécimen de la catégorie des chroniqueurs sportifs volatils, ceux qui acceptent le moindre déplacement aux frais de la princesse pourvu que gastronomie et voyage au long cours soient au programme. Ce mois-ci, il participait à une extravagante partie de pêche au marlin, à Hawaï, parrainée par un fabricant de leurres en polyéthylène. Le billet d'avion, le vivre et le couvert étaient offerts à Jamie Belliroso contre l'assurance que le nom dudit fabricant serait cité une bonne dizaine de fois dans son reportage et que ledit nom serait orthographié correctement – ce qui, s'agissant de Belliroso, n'était pas une précision inutile. En attendant, le marlin bleu tapait l'appât et Jamie prenait un super pied au large de Maui.

– Et il rentre quand ? demanda Decker.

– Dieu sait, fit Ott. D'Hawaï, il file pêcher l'albula à l'île Christmas.

– Y a personne d'autre qui pourrait m'aider ? dit Decker. On m'a parlé d'un guide du nom de Dickie Lockhart.

– Un *guide* ? fit Ott, en éclatant de rire. Dickie, c'est pas un guide, mon ami, c'est un dieu. Le top du pro. Le pro des pros du bass.

– C'est-à-dire ?

– Qu'il ne supporterait pas d'être vu dans le même bateau qu'une bleusaille dans ton genre. D'ailleurs, Dickie ne loue pas ses services.

Decker décida de passer sous silence les graves allégations de Dennis Gault. Ott, aucun doute là-dessus, était un grand fan de Dickie Lockhart. Decker se demanda si toute la ville flashait autant sur lui.

– Y a un ou deux bons guides de pêche qui bossent sur le lac, suggéra Ott. J'crois qu'ils prennent dans les deux cents dollars par jour.

Le monde marche sur la tête, songea Decker.

– Trop cher pour ma poche, dit-il à Ott.

– Ouais, d'accord, c'est un peu raide, mais les touristes n'ont pas trop le choix. Ils ont un syndicat, tu sais.

– Un syndicat ?

C'était *too much*.

– Le Syndicat des capitaines de bassiers du lac Jesup. Je crains bien que ce ne soit eux qui fixent les tarifs de location des bateaux.

– Et merde, Ott, je suis venu ici prendre tout bêtement du poisson et tu m'apprends que le lac est mis en coupe réglée par une putain de section Izaak Walton [1] du Syndicat des camionneurs. T'habites un joli patelin, y a pas à dire.

– Ça n'a rien à voir, fit Ott sur le ton « tu piges pas ». D'ailleurs, t'as le choix. Primo, tu peux louer un skiff et tenter le coup par toi-même...

– Je saurais pas par où commencer, objecta Decker.

– Ou deuzio, tu peux aller trouver ce type qui vit au bord du lac.

– Me dis pas qu'il n'est pas syndiqué ?

– C'est le seul à ne pas l'être, répondit Ott. Quand tu l'auras rencontré, tu pigeras pourquoi.

Ott leva les yeux au ciel exagérément.

– Si je comprends bien, t'essaies de me prévenir que ce mec est salement secoué.

– À ce qu'on dit, question bass, il touche, fit Ott. On raconte aussi qu'il est dangereux.

Un franc-tireur. Decker était preneur. Le mystérieux individu paraissait une bonne solution.

– Il prend combien ? demanda Decker, continuant à jouer au con.

– Aucune idée, fit Ott. Quand tu l'auras vu, tu reviendras peut-être sur ta décision. Dans ce cas, tu pourras toujours te mettre en cheville avec l'un des réguliers à la marina de Rundell.

Decker fit non de la tête.

– Trop chiens fous pour moi, Ott, à t'entendre. Je veux seulement décompresser.

Ott plissa le front.

– J'connais ces gars, R.J., et je les aime bien, aussi. Bon, je vais pas te raconter que les basseurs sont d'une normalité à cent pour cent, parce que c'est pas vrai non plus. Y sont légèrement obsédés sur les bords. Ils ont des bateaux qui battraient une Corvette à la course, et sur l'eau ils sont complète-

1. Pêcheur légendaire, auteur du *Perfect Angler (N.d.T.)*.

ment dingues. Pas plus tard que l'autre jour, j'ai pondu une nécro sur un jeunot qui s'est retourné à plus de cent sur le lac. Il s'est payé une racine de cyprès et terminé.

– Il est mort ?

– C'était à l'aube. Y avait de la brume. D'après moi, il voulait griller ses potes sur le lieu de pêche.

Pickney ricana.

– Y a pas de freins sur un bateau, collègue.

– C'est pas la même chose qui est arrivée il y a quelques années de ça, dans un de ces grands concours ? fit Decker. J'ai lu un truc là-dessus dans les journaux d'Orlando. Deux bateaux qui sont entrés en collision au démarrage.

– Ouais, fit Ott, là-haut, sur le lac Apopka. Officiellement, c'est un départ de Grand Prix, mais les gars, ils appellent ça un « décollage ». Cinquante bateaux qui s'arrachent en même temps, faut voir ça.

Ott, mimant deux vedettes avec ses mains, lui fit une démonstration.

– Badaboum ! Merde, ces concours, c'est quelque chose, R.J. Tu devrais y consacrer un rouleau de pelloche couleurs, un de ces jours.

– J'ai entendu dire qu'il y a plein de trucs qui s'y passent. De la triche, entre autres.

– Bof, j'ai entendu ça moi aussi, mais j'y crois pas. Comment t'arriverais à truander ? Soit t'as du poisson sur ta brochée, soit t'en as pas.

Ott eut un reniflement de mépris.

– J'connais ces gars, je marche pas, pas une seule minute. Au Texas, peut-être, sûrement même. Mais pas ici.

Ott Pickney réagit comme s'il ne s'agissait là que de racontars de citadins cyniques. Comme si son poste en faisait une autorité en la matière – son bureau, sa salle de rédaction, sa ville. L'ego d'Ott s'acclimatait parfaitement à la vie rurale, songea Decker. Le vieux sage pro de Miami.

Pickney reprit du poil de la bête.
– T'as une note de frais ?
– Confortable, fit Decker.
– Tu me paies à bouffer ?
– Bien sûr, Ott.
– Le type du lac, son nom, c'est Skink. Comme je te l'ai dit, on raconte qu'il a un grain, alors gaffe où tu mets les pieds. Une fois, on a envoyé un gamin écrire un petit article sur lui, et le Skink, là, il a pris une hache et a explosé les vitres de la bagnole du môme. Il vit dans une bicoque du côté de l'ancienne Piste mormon. Tu peux pas la rater, R.J., c'est pile sur le lac. On dirait une baraque de chiottes améliorée.
– Skink comment ? demanda Decker.
– Skink, point trait, fit Ott Pickney. Dans le coin, ça suffit.
Il repoussa son fauteuil pivotant et balança bruyamment ses chaussures sur le bureau.
– Tu sais, vieux, ici c'est pas Miami.

– Tire-toi, fit celui qu'on appelait Skink.
– Faut que je vous parle.
– Il te reste trente secondes.
Le dénommé Skink était armé. Un Remington, nota Decker. Le fusil était posé en travers de ses genoux.
Larges, les genoux. Skink, fin quarantaine, petite cinquantaine, à première vue, était installé dans un pliant de toile, sur la véranda de sa cahute. Il portait des rangers de Marines et un imper orange fluo qui illuminait le crépuscule. Si la forme et les traits de son visage étaient difficiles à distinguer, sa chevelure mouchetée de gris lui tombait dans le dos, tressée comme une corde. Decker réfléchit qu'avoir les cheveux longs était périlleux dans ce coin boisé, mais Skink avait assez de personnalité pour imposer son style propre.

– Je m'appelle Decker.
– T'es un mec des impôts ?
L'homme avait une voix de basse liquide, un peu comme de la boue dégoulinant dans un égout.
– Non, fit Decker.
– J'en paie pas, dit Skink.
Il était coiffé d'un chapeau de pluie, bien qu'il ne plût pas. Il arborait aussi des lunettes noires bien que le soleil fût déjà couché.
– Les impôts, je m'en tamponne, affirma Skink, enfonçant le clou. La faute à Nixon, ce voleur de merde.
– Je ne suis pas mandaté par le gouvernement, dit Decker, marchant sur des œufs. Je suis détective privé.
Skink ronchonna.
– Comme Magnum, hasarda Decker.
Skink leva son fusil, visant Decker au cœur.
– La télé, je m'en tamponne, dit-il.
– Mettons que je n'ai rien dit. Je vous en prie.
Skink garda son Remington en position. Decker sentit une moiteur perler sur sa nuque.
– Rangez votre arme, fit-il.
– J'sais pas si je dois, reprit Skink. J'me ferais bien un carton, ce soir.
C'est bien ma veine, songea Decker.
– On m'a dit que vous faisiez le guide, lança-t-il.
Skink baissa le canon du fusil d'un centimètre.
– Ouais.
– Pour le bass ? dit Decker. La pêche au bass ?
– Cent dollars la journée, tout compris.
– Ça marche, dit Decker.
– Tu m'appelleras capitaine ?
– Si ça vous fait plaisir.
Skink finit d'abaisser son fusil. Decker mit la main dans sa poche et en sortit un billet de cent dollars. Il le déplia, le défroissa et le tendit à Skink.
– Range-moi ça. Tu me paieras quand on aura du poisson dans le bateau.

Skink avait l'air chagrin.

– On dirait que tu n'as pas encore fini de vider ton sac.

Pour une raison mystérieuse, l'air du duel au banjo du film *Délivrance* s'obstinait à tinter dans la tête de Decker. Et résonnait de plus belle dès qu'il dévisageait Skink.

– Accouche. Et vite, fit Skink.

Tendant le bras, il posa le fusil dans un coin, canon pointé vers le ciel. Puis il ôta ses lunettes de soleil. Il avait les yeux verts ; ni vert noisetier ni vert olive, mais vert foncé, celui des feuillages persistants des montagnes Rocheuses. Ses sourcils touffus, en bataille, dotaient son visage bronzé d'une expression de rogne permanente. Decker se demanda combien de clients réguliers pouvait avoir un guide tel que Skink.

– Vous participez aux concours de pêche ?

– Plus maintenant, fit Skink. Si c'est après les concours que t'en as, tu peux garder ton sale fric.

– C'est après les tricheurs que j'en ai, dit Decker.

Skink se redressa sur son pliant avec une telle brusquerie que son imper plastifié en couina. Il transperça Decker de son œil vert sapin tandis que ses lèvres mâchouillaient dur les coins de sa moustache. Skink respira un bon coup, donnant l'impression, après avoir rempli ses poumons, d'avoir doublé de carrure. C'est seulement quand il se mit debout que Decker s'aperçut qu'il avait affaire à un vrai bulldozer.

– J'ai la dalle, dit Skink.

Il fit une dizaine de pas vers son pick-up, s'arrêta et dit :

– Allez, amène-toi, Miami.

Tandis que le pick-up rebondissait sur l'ancienne Piste mormon, Decker demanda :

– Comment vous avez su d'où je venais, capitaine ?

– Ta coupe de cheveux.

– Elle craint tant que ça ?
– Très emblématique.
« Emblématique » n'était pas un adjectif que Decker s'attendait à trouver dans la bouche du capitaine. Il devenait évident que le bonhomme n'était pas du genre qu'on cataloguait en un jour, ni même en deux.
Skink engagea son véhicule sur la Route 222 en direction du sud. Il roulait beaucoup plus lentement que sur la piste. Decker remarqua qu'il conduisait courbé sur le volant, scrutant la route comme un épervier, à travers le pare-brise.
– Qu'est-ce qu'il y a ? demanda Decker.
– Chut.
Camions et voitures les croisaient, filant à cent à l'heure. Skink dépassait à peine le trente. Decker était persuadé qu'un poids lourd allait finir par leur emboutir l'arrière.
– Ça va ?
– La circulation, je m'en tamponne, dit Skink.
Il braqua à fond vers la droite et quitta la chaussée, le pick-up ripant sur le gravier. Avant que Decker ait fait ouf, le colosse sauta de la cabine et fila comme une flèche sur la route. Decker le vit s'emparer vite fait d'un truc sur la ligne médiane et le balancer sur son épaule.
– Qu'est-ce que vous fabriquez ? cria Decker.
Mais sa voix fut noyée par un camion-citerne qui passait. Il regarda prudemment dans les deux sens avant de traverser au trot la nationale pour rejoindre Skink de l'autre côté.
Ce dernier était agenouillé près d'un gros tas de fourrure grise, complètement disloqué.
Decker s'aperçut que c'était un opossum mort. Skink caressait la fourrure de son ventre.
– Il est encore tiède, observa-t-il.
Decker ne souffla mot.
– Écrabouillé, dit Skink, en guise d'explication, tirant un couteau de sa poche. T'as faim, Miami ?

– Et si on s'arrêtait quelque part et que je vous paie à dîner, qu'est-ce que vous en dites ? fit Decker, mal à l'aise.

– Inutile, dit Skink, qui trancha la tête de l'opossum.

Il souleva la carcasse par sa queue rose et regagna le pick-up à grandes enjambées. Decker commençait à comprendre la nécessité de l'imper fluorescent ; un automobiliste roulant à fond la caisse pouvait apercevoir Skink à un kilomètre. Il avait tout d'un yeti éclairé au néon.

– Question goût, tu m'en diras des nouvelles, observa Skink, au moment où Decker grimpait à ses côtés.

– Je crois que je préfère m'abstenir.

– Pas question.

– Quoi ?

– On bouffe ensemble, c'est au programme. Puis tu te casses. On causera poisson un autre jour.

Skink se vissa le chapeau de pluie sur le crâne.

– Et puis encore après, dit-il, mettant le contact, on causera peut-être bien de la triche.

– Alors vous êtes au courant ? fit Decker.

Skink eut un rire amer.

– Oui, m'sieur, et j'aimerais mieux pas.

Des nuées d'insectes tourbillonnaient dans le faisceau des pleins phares tandis que le pick-up brinquebalait sur la route de terre. Soudain, Skink coupa les phares et le contact. Le pick-up continua en roue libre avant de s'arrêter.

– Écoute ! ordonna Skink.

Decker entendit un bruit de moteur. On aurait dit celui d'une tondeuse à gazon.

Skink sauta à bas de son véhicule et courut dans les arbres. Cette fois, Decker lui collait aux basques.

– J'avais prévenu ces salopards, fit Skink, le souffle entrecoupé.

– Qui ça ? demanda Decker, ayant l'impression qu'ils se précipitaient au-devant du bruit au lieu de s'en éloigner.

– Je le leur avais bien dit, répéta Skink.

Ils quittèrent le couvert des pins et se retrouvèrent sur un à-pic. Skink se tassa immédiatement en position accroupie. Au-dessous d'eux, il y avait un petit ruisseau et un sentier qui longeait le bord de l'eau. Un phare unique soubresautait sur la piste.

Decker distingua bientôt un motard, seul sur sa trial. L'engin se rapprochait avec un bruit de tronçonneuse, dont le rugissement enflait ou s'atténuait, au gré des dénivellations de terrain. Sous peu, le motard passerait à leurs pieds.

Decker s'aperçut que Skink serrait un pistolet dans la main droite.

– À quoi vous jouez ?

– Calmos, Miami.

Skink visa, bras droit tendu. Decker plongea, mais trop tard. La détonation le renversa sur le dos.

La trial s'abattit comme un cheval fourbu. Le motard poussa un cri en volant par-dessus le guidon.

Dans le geyser de poussière de sa roue arrière, la moto dévala le talus et tomba dans le ru avec force éclaboussures, où son moteur s'étouffa et mourut dans un concours de bulles.

Plus haut sur la piste, le motard s'extirpait tout dolent d'un chou palmiste.

– Nom de Dieu ! fit Decker, respirant péniblement.

Skink fourra le pistolet dans son froc.

– En plein dans le pneu avant, précisa-t-il, souriant à demi. Je t'avais bien dit que j'étais d'humeur à me faire un carton.

De retour à la bicoque, Skink fit griller l'opossum à la broche, dehors, avant de le servir accompagné de maïs et de choux frais, plus des fraises. Decker se rabattit sur les légumes, car l'opossum avait un goût horriblement faisandé ; il n'avait que la parole de Skink pour lui assurer que l'animal était fraîchement tué et n'était pas resté sur la route plusieurs jours.

Assis près du feu, Decker se demandait pourquoi les féroces moustiques se focalisaient sur sa peau à lui, tandis que Skink semblait immunisé. Peut-être que le sang du capitaine leur était fatal.

– Qui t'a engagé ? demanda Skink, la bouche pleine de viande.

Decker lui dit qui, et pourquoi.

Skink s'arrêta de mastiquer et le dévisagea.

– Vous connaissez Dennis Gault ? fit Decker.

– Je connais plein de monde.

– Et Dickie Lockhart ?

Skink fit craquer sous sa dent un os d'opossum.

– Sûr.

– Lockhart, c'est lui, le tricheur, dit Decker.

– Tu brûles.

– Y en a d'autres ? demanda Decker.

– Oh ! foutre oui !

Skink balança l'os dans le lac. Le plouf alarma un col-vert.

– Plein, murmura Skink. Plein, plein, plein.

– Je vous écoute, capitaine, dit Decker.

– Un autre soir.

Skink cracha un truc marron dans le feu et se renfrogna.

– Combien tu touches ?

Decker fut quelque peu embarrassé de lui répondre.

– Cinquante mille.

Skink ne cilla pas.

– Pas assez, fit-il. Allez, Miami, achève ton dîner, bordel.

4.

Ott Pickney fit un saut au motel, le lendemain matin avant huit heures. Il cogna sans ménagements à la porte de Decker.

Ce dernier, dans le coaltar, le fit entrer.

– Alors, comment c'était ? lui demanda Ott.

– Plutôt animée, la soirée.

– Il est aussi frappadingue qu'on le raconte ?

– Difficile à dire, fit Decker.

Vivre à Miami avait tendance à vous faire relativiser vos opinions personnelles sur la santé mentale.

Ott lui dit qu'il se rendait à un enterrement.

– Celui de ce pauvre bougre dont je t'ai entretenu.

– Le pêcheur ?

– Oui, Bobby Clinch, dit Ott. Sandy veut un papier à vous tirer les larmes pour le numéro du week-end – c'est le moins qu'on puisse faire pour un gars du coin. Toi et Skink, vous allez taquiner le bass ?

– Pas ce matin.

Skink avait laissé la proposition en suspens. Decker prévoyait de le rejoindre un peu plus tard.

– Pourquoi tu m'accompagnerais pas ? fit Ott Pickney.

– À un enterrement ?

– Toute la ville ferme à cause de ça, fit Ott. Et puis je me disais que t'aimerais peut-être voir de près quelques pointures de la pêche au bass. Bobby avait des tas d'amis.

– Laisse-moi prendre une douche d'abord.

Decker détestait les enterrements. Quand il travaillait au journal, il avait dû couvrir beaucoup trop de ces lugubres cérémonies tombales, depuis celle du flic descendu par un connard bourré de coke jusqu'à celle de la gamine au berceau, violée et assassinée par son baby-sitter. Les meurtres d'enfants se taillaient la part belle dans la presse et un cliché des malheureux parents garantissait quatre colonnes minimum. Un enterrement entrant dans cette catégorie était le reportage le plus redouté des journaleux. Decker ne savait pas trop à quoi s'attendre à Harney. Pour lui, c'était strictement du bizness, où il tiendrait le rôle d'observateur détaché. Peut-être même Dickie Lockhart s'y montrerait-il, songea Decker en se séchant avec sa serviette. Il lui tardait d'avoir un aperçu de la gloire locale.

Ils se rendirent au cimetière dans le pick-up d'Ott Pickney. Tous les autres habitants d'Harney, ou quasiment, possédaient un Ford ou un Chevrolet, seul Ott roulait dans un *flatbed* Toyota tout neuf.

– Les orchidées, expliqua-t-il, légèrement sur la défensive, ça ne prend pas beaucoup de place.

– Chouette engin, avança Decker.

Ott alluma une Camel, si bien que Decker baissa la vitre. La matinée était froide, la brise soufflait du nord en droite ligne.

– Je peux te poser une question indiscrète ? fit Ott.

– Vas-y, balance.

– On m'a dit que t'avais divorcé.

– Juste, dit Decker.

– C'est scandaleux, R.J. Elle était sensass, cette môme.

– Le fric a fait problème, dit Decker. Il en avait, moi pas.

Sa femme l'avait quitté pour un vendeur d'apparts en *time-share*, qui avait viré au chiropracteur. Pire que ça, tu meurs.

– Ah merde, excuse-moi.

Ott ne tenait pas vraiment à parler divorce.

– On m'a dit aussi autre chose, ajouta-t-il.

– La vérité, probablement, dit Decker. J'ai fait dix mois à Apalachee, si c'est de ça qu'on t'a causé.

Pickney tirait tellement sur sa cigarette que la cendre frôla les dix centimètres. Decker craignit qu'elle ne tombe sur les genoux d'Ott et ne foute le feu à son froc, ce qui lui était déjà arrivé une fois dans la salle de rédaction du *Miami Sun*. Tous les extincteurs étant H.S., Ott avait été contraint d'enfourcher la fontaine d'un distributeur d'eau fraîche pour éteindre les flammes.

– Ça te gêne d'en parler ? demanda Ott. Je comprendrais si tu préfères pas.

– C'est arrivé après un match des Miami Dolphins, commença Decker. Je m'étais garé à quatre, cinq rues du stade. En regagnant ma voiture, j'ai aperçu un p'tit branleur en train de braquer le coffre pour me chourrer mes appareils. Je lui dis d'arrêter ça, et le voilà qui se tire avec deux Nikon et un Leica flambant neuf. J'allais pas le laisser se carapater tranquillou.

– Tu l'as rattrapé ?

– Ouais, il a glissé et je lui suis tombé sur le poil. Je crois que j'ai eu la main un peu lourde.

Pickney hocha la tête et cracha le mégot de la Camel par la vitre de la portière.

– Dix mois ! J'peux pas croire qu'ils t'aient filé autant pour avoir cassé la gueule à un p'tit braqueur.

– C'était pas n'importe qui, mais la star de foot du lycée de Palmetto, dit Decker. Trois de ses sœurs ont déclaré sous serment qu'elles avaient tout vu et que leur Grand Frère n'avait pas volé mes appareils. D'après elles, il répétait des feintes de jeu bien peinard dans son coin quand j'étais arrivé en bagnole et lui avais demandé où j'pourrais trouver de l'herbe. Elles ont ajouté que leur Grand Frère m'avait dit de dégager, qu'alors j'avais bondi de la voiture et l'avais réduit en bouillie. Tout ça n'était qu'un tissu de mensonges pourris.

– Et ensuite ?

– Alors le bureau du procureur a laissé tomber l'accusation de vol avec effraction, n'a pas poursuivi M. le Héros Footballistique et m'a épinglé pour voies de fait graves. Lui, il a obtenu une bourse pour U.S.C., et moi, j'ai récolté des travaux d'utilité générale. Fin de la belle histoire.

Pickney soupira.

– Et t'as perdu ton boulot.

– Le journal n'avait pas le choix, Ott.

Surtout avec le père du gosse qui avait fait un raffut de tous les diables. Ledit père, Levon Bennett, gros bonnet du comité de l'Orange Bowl, siégeait par ailleurs au conseil d'administration d'une bonne centaine d'établissements bancaires. Decker avait toujours pensé que le journal l'aurait réembauché à sa sortie d'Apalachee si Levon Bennett n'avait pas été membre du même *foursome*, le dimanche au golf, que le directeur de la publication.

– T'as toujours eu un caractère de cochon.

– Et beaucoup de pot, aussi. Parmi tous les voleurs de Miami qui méritent une dérouillée, il a fallu que je tombe sur un futur lauréat de l'Heisman Trophy, fit Decker avec un rire amer.

– Alors maintenant, t'es devenu...

– Détective privé, compléta Decker.

Ça crevait les yeux qu'Ott avait un peu de mal à en venir au fait. À savoir : qu'est-ce que Decker foutait dans la peau d'un « privé » ?

– J'étais grillé pour la presse, dit-il à Ott.

– Avec ton portfolio, t'aurais pu bosser pour n'importe quel magazine, R.J. Ou encore en free-lance ou pour les agences de New York. T'avais que l'embarras du choix.

– Pas avec un casier, rectifia Decker.

C'était un mensonge commode. Un avocat de ses amis avait fait en sorte que son casier judiciaire retrouve une virginité légale et soit effacé du fichier électronique, si bien que le problème n'était plus vraiment là.

La vérité, c'était que Decker devait prendre du champ avec le bizness de l'info. Il avait besoin de divorcer de la photo parce qu'il commençait à envisager la vie et la mort comme une planche-contact et à fonctionner dans sa tête comme un de ses foutus appareils, et ça lui flanquait la trouille. Le soir qui emporta sa décision fut celui où le service des pages locales l'avait expédié sur ce qui, de l'avis général, n'était qu'un banal homicide lié à la drogue. Un truc nauséabond dégouttait du coffre d'une Seville neuve, parquée au dernier étage du garage numéro cinq, à l'aéroport international de Miami. Decker arriva sur place à l'instant où les flics attaquaient les serrures à la perceuse. Vérifia le moteur de son Leica. Posa un genou à terre. Sentit une humidité froide imprégner son pantalon. *Il tombait des cordes.* Le coffre s'ouvrit d'un coup. *Une jeune femme, enfin ce qu'il en restait.* Talons, bas nylon, jolie robe de soie, les taches brunâtres exceptées. *Une puanteur à tuer raide un asticot.* Il s'attendait à l'habituel Señor X – latino de sexe masculin, vingt-cinq trente ans, ruisselant d'or, aucune pièce d'identité, blessures multiples par balles. *Pas à une fille avec un portemanteau tordu autour du cou.* Pas à Leslie. Decker refit le point. *Leslie.* Bon Dieu, il la connaissait, cette fille. Il avait travaillé avec elle au journal. Decker rechargea de la pellicule dans son Leica. Elle était journaliste de mode – mais putain, qui peut bien avoir envie de trucider une journaliste de mode ? *Son mari, fit un mec de la crime.* Decker mitraillait à tout va, changeant d'angle pour avoir les cheveux, en évitant la figure. Par déontologie, le journal ne publiait pas le visage des cadavres. Et tout en continuant à mitrailler, il songeait : tu la connais cette fille, pourquoi tu n'arrêtes pas ? *Le Leica chuintant sous la pluie, clic-clic-clic.* Mon Dieu, c'est une consœur et amie, pourquoi je peux pas arrêter, bordel ? *Son mari lui a dit qu'ils allaient s'envoler pour Disney World passer un long week-end en amoureux, disait le gars de la crime.* Decker rechargea, sans pouvoir s'en empêcher. *Il l'a étranglée ici même, l'a fourrée dans le coffre, a ramassé sa valise et a sauté aussi sec dans un avion pour Key West avec une barmaid de Miami Beach nord.* Elle était mariée depuis combien de temps, trois mois ? *Quatre, précisa le mec de la crime. Bienvenue au Royaume magique de Mickey. Mais merde, t'as pas assez pris de photos comme ça ?* Si, dit Decker, qui ne supportait de regarder le corps de Leslie qu'à travers l'objectif ; aussi courut-il à sa voiture et dégobilla-t-il ses tripes.

Trois jours après, le rejeton de Levon Bennett tentait de voler ses appareils à l'extérieur du stade, Decker le pourchassait et le dérouillait jusqu'au coma. C'est comme mes yeux, répétait-il à ce naze en le tabassant. Je suis aveugle sans eux, putain, tu comprends pas ça ?

À Apalachee, il fit la connaissance d'un médecin très sympa qui tirait quatre ans pour escroquerie à Medicare et qui lui fila le nom d'une compagnie d'assurances à la recherche d'un enquêteur. Parfois ledit enquêteur devait prendre des photos – « parfois » était bien tout ce que Decker se sentait capable d'assurer. En outre, il était fauché et ne voulait plus jamais remettre les pieds dans une salle de rédaction. Aussi accepta-t-il un boulot en free-lance pour la compagnie d'assurances – il photographia un Bertram de treize mètres, ayant censément sombré au large de Cat Island – et empocha deux mille dollars. Decker trouva cette tâche hautement lucrative et parfaitement indolore. Une fois son casier judiciaire épuré, il sollicita une licence de détective privé et fit l'achat de deux appareils photo, un Nikon et un Canon, tous deux d'occasion. Le boulot était de la petite bière, pas de prix Pulitzer au bout, mais pépère. Le plus important de tout, il avait découvert au fil des affaires qu'il aimait toujours les appareils, mais pouvait très bien voir sans eux – plus de sang ni de carnage dans la chambre noire, rien que des photos anthropométriques et de plaques minéralogiques, plus des clichés avec du grain, pris au télé, de mecs mariés quittant en douce un motel.

Il ne confia rien de tout cela à Ott Pickney. Détective privé, c'est pas si mal et ça paie bien, se contenta-t-il de lui dire.

– Je fais ça en attendant, mentit Decker, le temps que je décide ce que j'ai vraiment envie de faire.

Ott se fendit d'un sourire compréhensif. Tâchant de jouer les bons potes.

– T'étais un super photographe, R.J.

– Je le suis encore, dit Decker, avec un clin d'œil appuyé. Je me suis tiré du canard, le coffre bourré d'Ektachrome gratos.

Les funérailles ne ressemblaient à rien de ce que Decker avait déjà connu, et il avait assisté à quelques perles rares dans le genre : Jonestown. Beyrouth. Benghazi.

Mais celles-ci étaient dignes des annales. Celles du catalogue L.L.Bean, pour être précis.

On enterrait Bobby Clinch dans son bateau, son bassier.

Une partie du bateau, en fait. La coque bleu métallisé avait été sciée et le cercueil « taillé » dedans. Ce n'était pas du vilain travail, d'ailleurs, surtout dans un laps de temps aussi court.

Clarisse Clinch trouva l'idée abominable jusqu'à ce que le Club des As du bass d'Harney County lui propose de payer la note. Le directeur des pompes funèbres étant un pêcheur invétéré, lui faire fermer les yeux sur la réglementation funéraire de l'État concernant le matériau des cercueils fut une simple formalité.

Decker résista à l'envie de s'emparer d'un F-1 et de faire quelques clichés. La dernière chose dont il avait envie dans le viseur, c'était bien d'une veuve éplorée.

Le cimetière – douze hectares – était connu dans le coin sous le nom de Notre-Dame-de-Tropicana, car on l'avait créé en excavant un verger de citronniers moribond. Les endeuillés se tenaient au flanc d'une pente douce et verdoyante, en plein soleil. Le pasteur avait terminé les prières et se préparait à confier l'âme de Bobby Clinch au repos éternel.

– Je sais que certains d'entre vous se trouvaient sur le lac Jesup ce matin et ont manqué le service religieux, dit-il. Clarisse a eu la bonté de nous permettre de rouvrir le cercueil pour que vous tous les gars, copains de pêche de Bobby, puissiez lui dire un adieu éternel.

Decker se pencha vers Ott Pickney.

– Lockhart, c'est lequel ?

– Je ne le vois pas, fit Ott.

Un cortège d'hommes – nombre d'entre eux vêtus de combinaisons kaki ou de gilets gonflables de couleurs vives, quelques-uns pataugeant encore dans leurs cuissardes – défila devant le cercueil bleu électrique. Le croque-mort avait fait un boulot qui tenait du miracle, tout bien considéré. La bouffissure des traits avait été atténuée par une épaisse couche de fond de teint rosé et une utilisation judicieuse de l'ombre à paupières. Bien que l'individu couché dans le cercueil ne ressemblât plus guère au Bobby Clinch que ses potes avaient connu, il aurait pu facilement passer pour son frère aîné rubicond. Certains des pêcheurs se penchaient pour tirer avec affection sur la visière de la casquette de Bobby, dissimulant les outrages que les canards avaient fait subir à ses cheveux, tandis que d'autres déposaient des gages d'amitié dans le cercueil près de feu leur compagnon. Des leurres, pour la plupart : Rapalas, Bombers, Jitterbugs, Snagless Sallies, Gollywompers, Hula Poppers, River Runts. Certains d'entre eux étaient fendus, cabossés ou leur couleur avait fané, leurs hameçons étaient tordus ou rouillés, mais chacun évoquait le souvenir particulier d'un jour passé sur l'eau avec Bobby Clinch. Clarisse fit un effort pour paraître émue par cette cérémonie fraternelle, mais ses pensées étaient ailleurs. Elle avait déjà en vue un éventuel acheteur du Blazer de son mari.

Ott Pickney et Decker furent parmi les derniers à passer devant le cercueil, dont l'intérieur à présent avait tout de la vitrine d'un magasin d'articles de pêche. Une canne à pêche était disposée comme une épée le long du corps.

– Les frères Pearl ont fait un boulot fantastique, tu ne trouves pas ? observa Ott.

Decker fit la grimace.

– On voit bien que tu ne l'as pas connu vivant.

– Personne n'en jette quand il est mort, dit Decker.

Surtout pas un « flotteur ».

Finalement on scella le couvercle du cercueil. On débarrassa la bière de ses fleurs, y compris de l'impressionnante couronne, envoi du Syndicat des capitaines de bassiers du lac Jesup : un *lunker* en plein saut, confectionné intégralement en pétunias. La cérémonie terminée, les endeuillés se fractionnèrent en petits groupes, avant de repartir d'un pas lourd vers leurs pick-up.

– Faut que j'aille arracher quelques mots à la veuve pour mon article, murmura Ott à Decker.

– Va. Je ne suis pas particulièrement pressé.

Ott s'éloigna pour s'installer avec une certaine hésitation sur une chaise pliante, près de Clarisse

Clinch. En le voyant sortir son calepin, la veuve eut un mouvement de recul comme si une tarentule l'avait piquée. Decker pouffa dans son coin.

– Ça vous amuse, les enterrements ?

Une voix de femme. Decker se retourna.

– Je vous ai entendu rire, dit-elle.

– Chacun a sa manière de faire son deuil, répliqua Decker, de l'air le plus sérieux du monde.

– Arrêtez vos conneries, reprit la femme d'un ton presque amical.

Trente-cinq ans, yeux d'un bleu profond, cheveux châtain clair bouclés, aux épaules. Decker était sûr de l'avoir déjà vue quelque part. Elle avait un bronzage dispendieux, fraîchement rapatrié de Curaçao ou des îles Caïmans. Elle arborait une robe noire bien trop décolletée pour un enterrement standard. Une robe de soirée de récital.

– Je me présente : Decker.

– Moi, c'est Lanie.

– Pour Elaine ?

– Jadis. Maintenant, c'est Lanie.

Elle lança un coup d'œil vers Ott Pickney. Ou bien était-ce vers Clarisse ?

– Vous ne connaissiez pas Bobby, hein ? demanda-t-elle.

– Neûn.

– Alors qu'est-ce que vous faites ici ?

– Je suis un ami d'Ott.

– On ne le croirait pas à vous voir. Et j'aimerais bien que vous arrêtiez de me mater les seins.

Decker rougit. Comme il ne trouvait rien d'intelligent à répliquer, il se contenta de se taire en contemplant le bout de ses chaussures.

– Alors, vous les avez trouvés comment, les adieux ? fit Lanie.

– Impressionnants.

– Glauques est le terme exact, le reprit-elle.

Un bruit à tout casser s'éleva du côté de la tombe. Le cercueil de Bobby Clinch, taillé sur mesure dans son bassier, avait glissé des courroies et s'était libéré du treuil, au moment où on le descendait dans la fosse. À présent, il se tenait à la perpendiculaire dans le trou, comme une sucette géante à la myrtille.

– Ah merde, dit Lanie, détournant la tête.

Des employés du cimetière en salopette se démenaient pour restaurer le décorum. Decker remarqua que Clarisse Clinch hochait la tête, écœurée. Ott griffonnait comme un perdu, son cou emmanché tel celui d'un héron.

– Vous le connaissiez vraiment bien ? demanda Decker.

– Mieux que personne, dit Lanie.

Elle lui montra du doigt l'allée où les endeuillés avaient garé leurs véhicules.

– Vous voyez cette Corvette mandarine ? Bobby m'en a fait cadeau, quand il a fini deuxième à Atlanta. J'ai taillé que deux pipes dans ma vie, Mr. Decker, et cette Corvette, c'est l'une d'entre elles.

Decker se retint de lui demander des détails sur l'autre. Il tâchait de se rappeler les politesses d'usage quand une belle inconnue entamait une conversation portant sur les pratiques sexuelles buccales. Aucune des réponses évidentes ne semblait appropriée à un enterrement.

– Vous avez jeté un coup d'œil dans le cercueil ? fit la dénommée Lanie.

– Ouais, assez étonnant, dit Decker.

– C'était la canne préférée de Bobby. Avec un moulinet Bantam Maglite monté sur une Fenwick en graphite d'un mètre cinquante.

Decker songea : pitié, pas elle.

– Je lui en ai fait cadeau pour Noël, fit Lanie, qui ajouta rapidement : pas dans l'idée de l'enterrer avec.

– Ça ne me m'aurait pas effleuré l'esprit, dit Decker.

Ils observèrent les employés du cimetière basculer le cercueil dans la fosse, où il tomba avec un choc sourd des plus embarrassants. Les fossoyeurs, ramassant leur pelle en hâte, se mirent au travail. Lanie chaussa son nez de lunettes noires et s'arrangea les cheveux. L'élégance de ses gestes avait été étudiée dans des miroirs inconnus d'Harney County. Elle n'était pas du coin, nul doute n'était permis.

– Ce n'était pas ce que vous croyez. Bobby et moi, je veux dire.

– Je ne crois rien du tout, fit Decker.

Pourquoi avaient-elles toujours cette propension à se confesser à lui ? Il avait la gueule d'un prêtre ou quoi ? Est-ce qu'il avait l'air de s'intéresser à leurs histoires ?

– Il m'aimait vraiment, lui assena Lanie.

– Bien entendu, dit-il.

La Corvette en était une preuve. Rien ne trahit davantage l'amour d'un homme qu'une voiture de sport orange aux jantes alu et au toit ouvrant en T.

– J'espère que vous découvrirez ce qui s'est vraiment passé, fit-elle. C'est bien pour ça que vous êtes ici ? Faut dire que vous volerez pas vos honoraires dans cette affaire.

Là-dessus, elle s'éloigna. Et l'attention de Decker se focalisa sur sa façon de se mouvoir. Sa démarche, d'une sensualité sidérante, était affectée d'un déhanchement qui laissait soupçonner qu'elle avait bu un coup de trop au petit déjeuner. Même si Decker avait déjà fait pire qu'admirer les jambes d'une femme à l'occasion d'un enterrement, il n'ignorait pas qu'il aurait dû avoir autre chose en tête. Comment il se faisait, par exemple, que la maîtresse éplorée en sût davantage sur lui que lui sur elle. Il se leva et la suivit d'un pas nonchalant. Quand il prononça son nom, Lanie se retourna et lui sourit, sans cesser d'avancer. Le temps que Decker la rattrape, elle était déjà au volant de la Corvette, portières verrouillées. Elle lui fit un petit signe derrière les vitres teintées avant de s'éloigner sur les chapeaux de roue, manquant lui écraser les pieds.

Quand Decker revint près de la tombe, Ott Pickney terminait son interview.

Il salua Clarisse d'un signe de tête.

– Plutôt froide comme bonne femme, dit-il à Decker. Mon petit doigt me dit que Bobby passait beaucoup trop de temps sur le lac.

Comme ils se dirigeaient vers le pick-up, Decker revint sur la canne à pêche dans le cercueil.

– M'a eu l'air d'une vraie splendeur, acquiesca Ott.

– Oui, mais un truc me chiffonne, fit Decker. Le mec part pêcher sur le lac un beau matin à l'aube, son bateau chavire, il tombe à l'eau...

– Ouais ?

– D'où vient qu'on a retrouvé sa canne ?

Ott haussa les épaules.

– Et merde, R.J., comment veux-tu que je sache ? Peut-être qu'on l'a repêchée au fond.

– Par dix mètres d'eau trouble ? J'y crois pas.

– O.K. Peut-être qu'il l'avait pas fait suivre. Qu'il l'avait laissée à la maison.

– Mais c'était sa préférée.

– Où tu veux en venir ?

– Je trouve ça bizarre, c'est tout.

– Les mordus de la pêche au bass comme Bobby Clinch, ils ont des centaines de cannes, R.J. Une préférée par jour. Tout est bon pour choper un *lunker*.

– Tu as peut-être raison.

– T'as besoin de décompresser, sérieux, fit Ott.

Ils grimpèrent dans le Toyota et, réglé comme un métronome, Pickney s'alluma une Camel. Il pouvait pas faire ça dehors, à l'air pur, se dit Decker, non, il lui fallait un habitacle confiné. Il fut à deux doigts de sortir et de rentrer au motel en stop. Pour s'accorder un léger temps de réflexion sur le cas Lanie.

– Clarisse m'a filé que couic pour mon article, se plaignit Ott. Une aigrie de première, cette femme-là. J'aurais préféré interviewer ta nouvelle copine, ce joli petit lot.

– C'est qui au juste ? demanda Decker.

– Une bombe, répondit Ott. Me dis pas qu'elle te mène déjà par le bout du gland.

– Elle semblait savoir qui je suis. Ou du moins ce que je fais.

– Ça ne m'étonne pas.

– Elle m'a dit qu'elle s'appelait Lanie.

– Lanie, jolie, jolie, chantonna Ott.

– Alors tu la connais.

– Tout le monde connaît Lanie Gault, R.J. Son frère est le plus gros basseur de la région.

Dickie Lockhart manqua les funérailles, car il dut s'envoler pour La Nouvelle-Orléans pour une réunion au sommet avec son boss.

Ledit boss était le révérend Charles Weeb, P.-D.G. et « commandeur des croyants » du Canal Chrétien de Plein Air, qui diffusait sur son réseau l'émission de Dickie Lockhart.

Comme la religion n'étouffait pas Lockhart – qui consacrait tous ses dimanches à la pêche –, il ne s'était même pas donné la peine de s'assurer quelle confession avait embrassée au juste le révérend Weeb. Chaque fois que les deux hommes se rencontraient, Weeb ne faisait jamais la moindre allusion dans la conversation ni au péché, ni à Dieu, ni à Jésus-Christ, ni à la Vierge Marie ni même à Pierre, Paul ou Jean. *A contrario*, Weeb n'avait à la bouche qu'audimat et parts de marché ou expliquait pourquoi certains gros sponsors de Lockhart n'étaient plus autant emballés par lui. Au cours de ces échanges, le révérend Weeb s'échauffait souvent la bile et lâchait des expressions du style « tête de nœud » ou encore « enculé de mes deux » avec une facilité que Dickie Lockhart n'avait jamais rencontrée chez aucun autre homme d'Église.

Deux, trois fois par an, Lockhart était convoqué à La Nouvelle-Orléans pour un examen au crible de *Fish Fever*, son émission télévisée à succès. Le révérend Weeb, qui, comme il va de soi, avait son propre show évangélique sur le Canal Chrétien de Plein Air, semblait attacher un intérêt hors du commun au travelogue de pêche à petit budget de Lockhart.

Le jour de l'enterrement de Bobby Clinch, les deux hommes se retrouvèrent dans la suite rose d'un grand hôtel de Chartres Street. La pièce regorgeait de corbeilles de fruits et de bouteilles de spiritueux, gracieusement offertes. Sur un buffet près de la porte s'alignait une étrange collection de minuscules statuettes – saints en plastique pour tableau de bord que divers employés de l'hôtel avaient déposés là afin que le révérend les honore d'une petite bénédiction, s'il en trouvait le temps.

– Ils sont dingos, ces cathos, grommela Weeb. Savent faire que deux trucs : baiser, puis *mea culpa*.

– Je peux avoir une pomme ? demanda Lockhart.

– Non, fit Charles Weeb.

Il était vêtu d'un jogging bordeaux, qu'il avait payé une fortune sur Rodeo Drive, à Beverly Hills. Comme d'habitude, sa coupe de cheveux, qu'il avait blond-roux, était la perfection même. Ses sourcils, roux également, étaient brossés avec le même soin que ses cheveux, supputait Dickie Lockhart.

Weeb, ses Reebok sur la table basse, chaussa une paire de verres demi-lune et se mit à étudier les derniers audimats de l'agence Nielsen.

– Pas trop mal, dit-il.

– Merci, fit Lockhart.

Ce genre de réunion n'était pas sa tasse de thé ; il rêvassait déjà à Bourbon Street et à la suite du programme.

– Tu peux m'expliquer pour Macon ? fit Weeb, le regardant par-dessus ses lunettes.

Lockhart se fit tout petit sur le canapé. Il ne voyait absolument pas ce que le boss voulait dire. Avait-il raté un concours de pêche ? Ou bien la sauterie promotionnelle de l'un des principaux sponsors, peut-être ? N'était-ce pas à Macon (Géorgie) qu'on fabriquait l'Arôme Super Glande ?

– Macon, soupira Weeb, sur un ton de parent déçu. Macon nous a lâchés pour l'autre enfoiré, qui pète plus haut que son cul.

– Spurling ?

– Qui d'autre ?

Weeb froissa la feuille des Nielsen.

Ed Spurling présentait une émission intitulée *La Pêche d'Eddie le Rapido* qui arrosait par satellite cent dix-sept stations de télévision. Plus une, en comptant Macon.

Dans la lutte féroce pour garder la suprématie en matière de pêche au bass télévisée, Ed Spurling était l'ennemi juré de Dickie Lockhart.

– Macon, répéta Dickie, tout morose.

La Géorgie était une sacrée bonne région pour le bass, aussi.

– Nous en sommes donc à cent vingt-cinq stations contre cent dix-huit, observa le révérend Weeb. C'est trop tangent pour qu'on s'endorme.

– Mais y a celles qui sont à cheval, fit remarquer Lockhart. Mobile, Gulfport et Fort Worth.

Weeb opina du chef.

– Little Rock, aussi, ajouta-t-il.

Ils faisaient référence aux réseaux câblés qui diffusaient les deux émissions « spécial bass » ; quelques marchés pouvaient en absorber aisément plus d'une.

– Je crois que j'ai oublié de te prévenir, dit Weeb. Tu as perdu le créneau d'avant prime time à Little Rock. Ils t'ont balancé le dimanche matin, juste après *Bowling dans les Ozarks*.

Lockhart poussa un gémissement. Spurling était précédé par la retransmission des matches de baseball des Kansas City Royals, qui cassaient la baraque. Ça lui parut d'une injustice totale.

– Tu piges la situation, fit le révérend d'un ton menaçant.

– Mais l'émission marche très bien. Vous avez vu celle qu'on a tournée sur le lac Jackson ?

– L'objectif avait la tremblote, ricana Weeb. Ton as de la vidéo est parkinsonien ou quoi ?

– On fait de notre mieux pour mille malheureux dollars le numéro, marmonna le pro de la pêche.

C'était là le budget de *Fish Fever*, salaire de Dickie Lockhart non compris. Les frais de déplacement étaient si ric-rac que Lockhart conduisait un camping-car Winnebago entre les lieux de tournage pour économiser sur les chambres de motel.

– Ton émission a sacrément besoin d'être boostée, conclut Weeb.

– Mais j'ai pêché trois bass de dix livres au lac Jackson !

– Spurling a un nouvel indicatif, poursuivit Weeb. Avec des banjos et Mac Davis pour la partie chantée. Tu l'as entendu ?

Lockhart fit non de la tête. Même peu enclin à la controverse avec son boss, parfois son orgueil l'emportait.

– Vous avez vu le dernier CAB ?

Publiés par le magazine *Les As du bass*, le Classement des As du bass (CAB, pour simplifier) dénombrait les meilleurs pêcheurs du pays dans la catégorie. Le CAB était pour la pêche au bass ce que les Nielsen étaient pour les chaînes de télévision.

– Vous avez remarqué qui est numéro un ? *Une fois de plus*, insista Dickie Lockhart.

– Ouais.

Weeb ôta ses baskets de sur la table basse et se redressa.

– Et c'est un putain de bon point, parce que, à partir de maintenant, le seul truc qui roule pour nous, c'est ton nom, Dickie. T'es un gagnant et le public télé aime ceux qui gagnent. Bien entendu, j'ai vu aussi que Spurling a remporté un concours en plein Tennessee...

– De seconde zone, révérend Weeb. Je l'ai ratiboisé à l'Atlanta Classic. Il a fini à la huitième place, et sans aucune prise aux normes.

Weeb se leva, défroissa les plis de son superbe jogging, avant de se rasseoir.

– Je répète, nous sommes ravis que tu sois au top. C'est juste que je détesterais te voir dégringoler la mauvaise pente, voilà tout. Ce sont des choses qui arrivent si on ne fait pas attention. Ça arrive dans le bizness, ça arrive en pêche, aussi. C'est du pareil au même.

Weeb déchira la cellophane d'une corbeille de fruits et lança une pomme à Lockhart. Ce dernier eut bien envie de lui dire que son jogging avait tout d'un vulgaire pyjama.

– On joue dans la cour des grands, Dickie, dit le révérend Weeb. Si tu gagnes pas, t'es bon pour finir sur la touche.

Il ôta ses lunettes.

– J'espère sincèrement que tu vas continuer à gagner. En fait, je te le conseille vivement.

Sur ce chapitre, Dickie Lockhart ne l'avait pas attendu.

5.

Decker klaxonna deux fois en arrivant à la baraque de Skink. Deux coups brefs et polis. Il ne tenait surtout pas à surprendre un type d'humeur à tirer à tout va.

La bicoque, de guingois, donnait l'impression que le premier coup de vent l'aplatirait comme rien. À l'exception du zonzon des taons, l'endroit était silencieux. Decker, mains dans les poches, descendit vers le lac. De l'autre côté de l'eau, à plusieurs centaines de mètres, voguait un bateau flambant neuf avec deux pêcheurs à son bord qui prospectaient la rive au plug [1]. Chaque fois que l'un d'eux lançait son leurre, le monofilament étincelant se déployait en un arc arachnéen au-dessus de la surface avant de s'y abattre. La coque framboise du bassier effilé rutilait sous le soleil de midi. Decker ne se fatigua pas à les héler. Si Skink pêchait, c'était en solo. Et jamais dans un bateau comme ça.

Decker revint vers la bicoque en traînant des pieds et s'installa sur la véranda. Quelques instants plus tard, il entendit un craquement au-dessus de sa tête et Skink se laissa choir d'un vieux pin.

En se relevant, il lança :

1. Type particulier de leurre dit « poisson nageur » *(N.d.T.)*.

– Mon mépris pour toi a nettement tendance à diminuer.

– Ça fait plaisir à entendre, dit Decker.

– Tu n'es pas entré.

– Je ne suis pas chez moi, fit Decker.

– Justement, grogna Skink, faisant crier le porche sous son poids. Il y en a que ça n'aurait pas arrêtés.

Le plein jour ne rajoutait aucune nuance à l'apparence de Skink ; il portait aujourd'hui un treillis de camouflage, des lunettes noires et un bonnet de douche à fleurs d'où jaillissait sa longue tresse gris argent.

Il servit du café à Decker, mais lui n'en prit pas.

– J'ai du lapin frais pour le déjeuner, dit Skink.

– Merci, sans façons.

– *Frais*, j'ai dit.

– J'ai déjà mangé, fit Decker, peu convaincant.

– L'enterrement, c'était comment ?

Decker haussa les épaules.

– Vous connaissiez Robert Clinch ?

– Je les connais tous, répondit Skink.

– Et Lanie Gault ?

– Son frère, c'est le nabab qui t'a engagé.

– Exact.

Decker avait été soulagé quand Ott lui avait appris que Dennis Gault était le frère de Lanie. S'il avait été son mari, ça aurait été plutôt déconcertant comme nouvelle.

– Miss Gault trouve un peu étrange la façon dont Bobby Clinch est mort, dit Decker.

Skink, à croupetons, s'activait avec le feu. Il ne répondit pas immédiatement. Une fois que le petit bois eut pris, il dit :

– C'est que ça devient duraille de trouver un bon lapin. Ils ont une fâcheuse tendance à se faire écrabouiller et pour la chair, alors, on peut toujours repasser. Les meilleurs, ils se font à peine percuter et sont renvoyés, assommés sur le bas-côté.

Celui-là, difficile de voir qu'il a été touché. Sa chair est intacte. Il aurait pu aussi bien succomber à une crise cardiaque, version Bugs Bunny.

Skink disposait les morceaux dans une poêle à frire.

– J'en prendrai une bouchée ou deux, juste pour goûter, fit Decker, se soumettant.

Skink se fendit enfin d'un sourire. C'était l'un des sourires les plus invraisemblables que Decker ait jamais vus, car Skink avait une denture parfaite. Des dents blanches à l'ivoire éblouissant, d'une régularité impeccable, le genre qu'on n'a jamais de naissance. Des dents caractéristiques d'un présentateur-vedette de télévision. Celles de Skink avaient cette qualité-là.

Decker ne savait trop s'il devait puiser du réconfort dans ce détail anatomique ou en nourrir de l'inquiétude. Il ne s'était pas encore sorti ces dents de la tête quand Skink lui dit :

– J'étais à Coon Bog samedi matin.

– Au moment où ça s'est passé ?

– Juste avant.

– On raconte que le bateau devait filer à soixante nœuds quand il s'est retourné.

Skink arrosa le lapin grésillant de beurre. Il releva les yeux et dit :

– Quand j'ai vu le bateau, il était immobile.

– Clinch était vivant ?

– Ah pour ça oui, merde.

– Alors l'accident a dû se produire après votre départ, conclut Decker.

Skink eut un reniflement de mépris.

– Il vous a aperçu ? demanda Decker.

– Nenni. J'étais accroupi entre les arbres à écorcher un crotale. Personne ne m'a vu.

Il tendit un gros morceau de viande grillée à Decker, qui souffla dessus pour le refroidir. Il grignota du bout des dents, c'était vraiment très bon.

– Comment se fait-il que vous ayez remarqué Clinch ? demanda-t-il à Skink.

– Parce qu'il ne pêchait pas.

Decker, qui avalait sa viande, émit un petit bruit interrogatif.

– Il ne pêchait pas, répéta Skink. Et je me suis dit que c'était vachement bizarre. Se lever à l'aube, accourir comme un fou jusqu'à un poste à poisson pour se contenter de taquiner avec sa pagaie les feuilles de nénuphar ! J'ai guetté parce que je voulais savoir s'il trouverait ce qu'il cherchait.

– Et il a trouvé ?

– Ch'ais pas. Je suis parti avant, fallait que je mette mon serpent dans la glace.

– Bon Dieu, lâcha Decker.

Il tendit la main vers la poêle où il pêcha prudemment un autre morceau de lapin. Skink l'approuva du chef.

– Qu'est-ce que vous en pensez ? questionna Decker.

– C'est ton travail que tu me demandes de faire, je me trompe ? répliqua Skink.

– Si vous acceptiez, ça m'aiderait beaucoup, c'est sûr.

– Sans déc.

La poêle était vide. Skink versa le reste de graisse dans un vieux berlingot de lait.

– Le bass sautait bien, ce matin-là, dit-il, et pas une fois cet enfoiré n'a pris sa canne ni lancé. Tu trouves pas ça bizarre ?

– Peut-être, fit Decker.

– Nom de Dieu, t'as besoin d'un ou deux cours de rattrapage, maugréa Skink. Les mecs comme Clinch, ils aiment mieux la pêche au bass que la baise. C'est la vérité vraie, Miami. T'as qu'à les foutre à l'aube sur un bon lac à bass si tu veux les faire *bander*. Donc la question est : pourquoi Bobby Clinch ne pêchait pas samedi dernier à Coon Bog ?

Decker n'avait pas la réponse.

– Tu veux que je te dise un truc encore plus bizarre ? continua Skink. Y avait un autre bateau dans le coin, pas très loin. Avec deux types à bord.

– Et ils ne pêchaient pas non plus, hein, capitaine ? fit Decker.

– Ah ah ! croassa Skink. Voyez-moi ça, les glandes du lapin t'ont monté directo au cerveau !

Le café de Decker avait refroidi, mais aucune importance, il engloutit ce qui restait.

Skink s'animait, les tendons de son cou se raidissaient. Decker n'aurait su dire si c'était sous l'effet de la colère ou de l'extase. Tirant un canif de sa poche pour curer ses dents parfaites, Skink déclara :

– Alors, Miami, tu vas encore me demander ce que ça signifie ?

– Ça fait partie de la liste de mes questions, ouais.

– Tu entendras ma théorie, ce soir, sur le lac.

– Sur le lac ?

– Ton baptême de l'eau, ajouta Skink avant de regrimper dans le grand pin.

Ott Pickney avait quitté Miami pour prendre ses distances en douceur avec le journalisme en milieu urbain. Il savait qu'il aurait pu rester au *Sun* jusqu'à la fin de ses jours, mais sentait qu'il en avait plus ou moins fait le tour. N'ayant rien écrit de substantiel depuis une bonne décennie, il avait quitté néanmoins le journal dans un état d'esprit triomphal. Il avait survécu au passage à la photocompo, à l'avènement des syndicats, à l'invasion des portées de prépas, à l'ascension des directeurs « flamboyants ». Ott avait assisté à l'arrivée des stars et des groupies et, avec une ambition minimum, avait duré plus longtemps que la plupart. Il se sentait la preuve vivante qu'un journaliste à succès n'a pas besoin d'être foncièrement agressif ou retors, même en Floride du Sud.

Aux yeux d'Ott, c'était la même chanson à Harney, mais en moins speed.

Cela expliquait pourquoi il était un brin vexé par le scepticisme infernal que manifestait Decker concernant la mort de Bobby Clinch. Un pêcheur imprudent chavire et se noie – et puis après ? À Miami, l'info ferait un paragraphe de rien du tout en page 12-D ; personne n'y regarderait à deux fois. Decker, insinuant timidement qu'une ténébreuse affaire mijotait juste sous le nez d'Ott Pickney, irrita ce dernier au plus haut point. C'était pas Dade County par ici, songeait-il, et les gens du cru n'avaient non plus rien à voir avec ceux du comté de Dade. Si concevoir une organisation de tricheurs sévissant dans les concours de pêche semblait à Ott simplement tiré par les cheveux, suggérer qu'il y eût malveillance derrière la mort de Robert Clinch, c'était insulter gravement la communauté. Ott était bien résolu à montrer à Decker l'étendue de son erreur.

Après l'enterrement, Ott regagna la salle de rédaction où il cuisit dans son jus un certain temps. Les délais de parution de *La Sentinelle* étant ce qu'ils étaient, il avait deux jours pour faire joujou avec l'article sur Clinch. En compulsant les notes de son calepin, Ott conclut qu'il avait juste assez de matière pour pondre une ou deux colonnes.

En un accès inhabituel d'opiniâtreté, il décida de tenter le coup une nouvelle fois auprès de Clarisse Clinch.

Il trouva la maison en plein chambardement. Un camion de déménagement jaune était garé devant ; une équipe d'armoires à glace vidait l'endroit. Clarisse avait établi son poste de commandement dans la cuisine et, sous ses ordres cinglants, les déménageurs officiaient prestement.

– Je m'excuse de vous déranger, lui dit Ott. Mais j'ai oublié de vous poser une ou deux questions.

– Dont je ne connais pas les réponses, répliqua sèchement Clarisse. Nous déménageons à Valdosta.

Ott tenta de se représenter Clarisse en robe moulante, comme mouillée, faufilant ses longues jambes dans une voiture de sport mandarine. Impossible à visualiser. Clarisse n'était pas de la même race que Lanie Gault.

– J'ai simplement besoin de quelques anecdotes, à propos du hobby de Bobby, dit Ott.

– Des anecdotes ! se récria Clarisse. Pour quoi faire ? C'est un roman que vous écrivez ?

– Un article de fond, c'est tout, répondit Ott. Les amis de Bobby disent qu'il se posait un peu là comme pêcheur.

– Vous avez vu son cercueil, fit Clarisse. Et vous avez vu ses amis.

Elle frappa deux fois très fort dans ses mains.

– Eh oh ! Doucement avec l'ottomane, Pablo, à moins que tu tiennes à m'en racheter une !

Le dénommé marmonna une obscénité entre ses dents.

– Vous êtes pêcheur ? fit Clarisse, se retournant vers Ott.

Il fit non de la tête.

– Dieu merci, il en reste au moins un de votre espèce, dit-elle.

Ses yeux se portèrent soudain sur une bibliothèque du salon. Ott nota qu'il n'y avait aucun livre sur les étagères, seulement des coupes. Chacune était couronnée d'un poisson doré en plein saut, plutôt craignos. Un bass, supposa Ott. Il compta les coupes et inscrivit le chiffre « 18 » sur son calepin. L'un des déménageurs, déployant un gros carton, se mit à emballer et ranger les trophées.

– Non, pas ça ! fit Clarisse. Ça va directo à la poubelle.

Le déménageur haussa les épaules.

Ott suivit la veuve jusqu'au garage.

– Faut que je bazarde toute cette camelote, disait-elle.

Le matériel de pêche de Bobby Clinch. Cannes en bambou refendu, cannes au coup, cannes à carnassier, cannes à lancer, cannes à mouche. Ott Pickney les dénombra et nota « 22 » dans son calepin. Chacun des équipements semblait en parfait état.

– Ça représente une grosse somme, dit Ott à Clarisse.

– Je devrais peut-être passer une annonce dans votre journal.

– Oui, bonne idée.

Tous les journalistes de *La Sentinelle d'Harney* n'ignoraient rien de la paperasserie des petites annonces classées, juste au cas où. Ott alla chercher un carnet de formulaires dans la boîte à gants de son pick-up.

– Vingt-deux cannes à pêche, commença-t-il à énumérer.

– Trois paires de cuissardes, dit Clarisse, farfouillant dans le trésor de son basseur de mari.

– Deux épuisettes, nota Ott.

– Quatre gilets, dit-elle. Dont un avec des poches Velcro.

– Ça, c'est bien un aiguiseur d'hameçons électrique ?

– Il n'a jamais servi, fit Clarisse. N'oubliez pas de préciser qu'il est flambant neuf.

– Noté.

– Par contre, je ne sais pas quoi faire de *Ça*.

De sous un établi, elle tira ce qui ressemblait à une valise en plastique portant le mot « PLANO » estampillé sur le couvercle.

– Je peux même pas soulever cette vacherie de truc, dit-elle. J'ai peur de regarder à l'intérieur.

– C'est quoi ? demanda Ott.

– Le Saint-Sacrement, dit Clarisse. La boîte à pêche de Bobby.

Ott la souleva par la poignée, puis la déposa sur le comptoir de la cuisine. Elle pesait bien ses vingt-cinq kilos.

– Y a là-dedans des saloperies qui remontent à quand il avait dix ans. Des leurres, ce genre de bricoles.

Clarisse parlait avec une petite voix ; elle papillotait comme si elle était sur le point de pleurer ou du moins comme si elle luttait pour s'en empêcher.

Ott défit les attaches de la mallette et l'ouvrit. Il n'avait jamais vu une telle collection de gadgets : depuis les vers et grenouilles irisés, en passant par les épinoches en plastique et jusqu'à de minuscules serpents en caoutchouc, tout hérissés d'hameçons affûtés au diamant. Les leurres étaient soigneusement disposés sur huit plateaux rabattables. Couteaux, pinces, dégorgeoirs en inox, plombs, émerillons et bobines de moulinet garnissaient le fond de la mallette.

Dans une pochette de velours violet se trouvait une petite balance en bronze, optimistement graduée jusqu'à vingt-cinq livres, car on n'avait jamais pris de bass à grande bouche de cette taille.

Clarisse, parlant de la balance, déclara :

– Cette foutue machine a coûté quarante dollars. Bobby disait qu'elle était homologuée pour les concours, voyez le genre. D'après lui, tous les gars en avaient une du même modèle, comme ça personne ne pouvait tricher sur le poids.

Ott Pickney remit précautionneusement la balance en place dans son velours violet. Puis la redéposa dans la mallette de Bobby Clinch dont il rassujettit les attaches.

Clarisse s'assit sur les marches en béton du garage, fixant d'un œil tristounet cette brassée de cannes orphelines.

– Toute la vie de Bobby tournait autour de ça, Mr. Pickney, dit-elle. Ni autour de moi, ni des enfants, ni de son job à la compagnie de téléphone... mais de ça et seulement de ça. Il n'était heureux que lorsqu'il sortait sur le lac.

Enfin un propos qu'on pouvait rapporter, songea Ott, qui écrivit fébrilement sur son calepin : *Il n'était heureux que lorsqu'il pêchait sur le lac*. Fidèle à un mot près.

Ce fut bien plus tard, alors qu'il s'en retournait en voiture vers les bureaux du journal, qu'un détail frappa Ott Pickney comme un coup de poing à l'estomac : Decker avait raison. Il y avait du louche là-dessous.

Si Bobby Clinch avait fait suivre sa boîte à pêche lors de sa sortie funeste, elle aurait disparu lors de l'accident de bateau.

Qu'était-il donc allé faire sur le lac Jesup sans elle ?

Le bateau de Skink était un skiff tout simple de quatre mètres avec des avirons qui s'écaillaient et des échardes plein les planches du banc.

– Installe-toi, dit-il à Decker.

Ce dernier s'assit à l'avant et Skink poussa l'embarcation au large. La soirée était glaciale sous un ciel voilé ; le plafond nuageux d'un gris soutenu était chassé vers le sud par une brise froide. Skink posa une lampe tempête au milieu du skiff, près du sac photo étanche de Decker.

– Pas d'insectes avec un vent pareil, observa Skink.

Il avait fait suivre deux cannes à pêche qui avaient tout l'air de « la bonne affaire du jour » d'un marché aux puces quelconque. La fibre de verre était d'un brun passé, les moulinets ternis et éraflés. Cet attirail ne ressemblait en rien aux rutilantes reliques que Decker avait vues disposées avec tant de vénération dans la châsse de Bobby Clinch.

Skink ramait sans effort ; des vaguelettes venaient lécher l'étrave de la petite embarcation fendant le lac Jesup. Decker jouissait de la tranquillité de cette traversée dans la fraîcheur du soir. Skink le mettait toujours un peu mal à l'aise, mais il commençait à apprécier l'individu, même s'il était barje. Decker avait déjà rencontré quelques numéros comme Skink, solitaires excentriques blanchis sous le harnois. Certains se terraient, d'autres étaient en cavale, d'autres encore attendaient simplement que quelque chose – ou quelqu'un – passe à leur portée. Skink était de ceux-là. Et Decker entendait garder ses distances.

– On dirait que personne d'autre n'est dehors ce soir, dit-il à Skink.

– Bah, ils sont partout, fit Skink.

Il ramait en tournant le dos à Decker. Ce dernier aurait préféré qu'il enlève ce bonnet de douche à la con, mais ne trouvait pas de biais pour aborder le sujet.

– Comment vous arrivez à vous diriger ? dit-il.

– Il y a un parc de caravaning au nord-ouest. On voit les lumières à travers les arbres, fit Skink. Ils les laissent brûler toute la nuit. Les vieux qui habitent là, ils ont la trouille sans éclairage : les bruits de la nature sont amplifiés dans l'obscurité – t'as déjà remarqué ça, Miami ? Tends bien l'oreille : imagine que le bateau est une horloge et que tu te tiens sur minuit. Les lumières du parc de caravaning sont sur dix heures...

– Je les vois.

– Bien. Maintenant, tourne la tête jusqu'à deux heures et demie à peu près. Y es-tu ? Autres lumières. Celles d'une supérette Zippy Mart sur la Route 222.

Skink décrivit tout cela sans tourner la tête une seule fois.

– Quelle direction on a prise en partant du campement, Miami ?

– Plein nord, je dirais.

– Bravo, fit Skink. Je m'paye un putain de louveteau dans mon rafiot.

Decker ignorait ce que ce frappadingue grave avait derrière la tête, mais un tour en barque avec lui valait cent fois une planque nocturne dans une affaire de divorce, c'est sûr.

Skink s'arrêta de ramer au bout d'une vingtaine de minutes. Il posa la lampe sur le banc et s'empara de l'une des cannes. Depuis l'avant, Decker le vit se débattre avec la ligne et l'entendit jurer entre ses dents.

Skink finit par pivoter sur son siège et tendit la canne à Decker. Accroché à l'extrémité de la ligne, se balançait un long leurre de plastique violet. Decker supposa qu'il figurait une anguille, un serpent ou un ver souffrant de la thyroïde. Decker avait déjà vu plus serré que le nœud confectionné par Skink.

– Voyons voir un peu comment tu lances, fit ce dernier.

Decker, tenant la canne de la main droite, la projeta par-dessus son épaule avec un mouvement apparenté au lancer d'une balle de base-ball. Le leurre frappa l'eau à un mètre cinquante du bateau.

– Ça craint, commenta Skink. Essaie d'ouvrir le pick-up.

Il montra à Decker comment faire et comment contrôler la ligne du bout de l'index. Il lui expliqua qu'au lancer, toute la puissance devait venir du poignet, et non pas du bras. Après une demi-douzaine de tentatives, Decker balançait l'anguille violette à une vingtaine de mètres.

– Très bien, fit Skink, qui éteignit la lampe tempête.

Le bateau dériva jusqu'à l'embouchure d'une petite anse, où l'eau reposait aussi lisse qu'un miroir fumé. Même par une nuit sans étoiles, le lac diffusait une lueur grisâtre. Decker distingua un bouquet de pins le long de la rive ; le bateau était cerné de feuilles de nénuphar à tige épaisse, de souches de cyprès et de hautes touffes de roseaux.

– Vas-y, dit Skink.

– Où ça ? demanda Decker. Je vais pas m'emmêler le fil dans tous ces nénuphars ?

– T'as un hameçon antiherbes au bout de ta ligne. Lance comme tu l'as fait jusqu'à présent, puis fous-toi dans la peau d'un ver de terre. Fais-moi danser ça comme un asticot de malheur qui sait qu'il va être bouffé.

Decker réussit son lancer. Le leurre fit plof entre les feuilles de nénuphar. En le ramenant, il agita la canne en un essai maladroit pour manier l'appât de plastique.

– Bordel de merde, c'est pas du surgelé pané, mais un reptile.

Skink, arrachant la canne des mains de Decker, effectua un lancer du feu de Dieu. Le leurre émit un plof lointain en s'abattant tout près de la rive.

– Maintenant mate le bout de la ligne, ordonna Skink. Et mate mes poignets.

Le ver-serpent-anguille frétillait à travers les feuilles de nénuphar en se faufilant à la surface plane de l'eau. Decker dut reconnaître que la chose avait l'air vivante.

Une fois la turlutte à un mètre cinquante du bateau, elle parut exploser. Ou plutôt quelque chose explosa sous elle. Skink eut beau tirer en arrière, fort, l'anguille, volant hors de l'eau, vint gifler son bonnet de douche.

Decker avait le cœur au bord des lèvres. Quelques bulles et de l'écume flottaient sur l'eau, à l'endroit où la chose s'était trouvée.

– Merde, c'était quoi, ça ? balbutia-t-il.

– Un *hawg*, dit Skink. Et une beauté, qui plus est.

Il décrocha la fausse anguille de son bonnet et rendit la canne à Decker.

– À toi d'essayer. Fais vite, tant qu'il en veut.

Decker lança dans la même direction. Ses mains tremblaient pendant qu'il faisait se trémousser la créature de plastique souple à la surface de l'anse.

– Les eaux sont nerveuses, fit Skink, se séchant la barbe. Vas-y un poil plus mollo.

– Comme ça ? chuchota Decker.

– Ouais.

Decker entendit avant de sentir. Une secousse, un ébranlement, comme si on avait balancé un parpaing dans l'eau, près du bateau. Au même instant, quelque chose faillit lui arracher la canne des mains. Decker tira instinctivement en arrière. Le fil se dévidait en crissant du vieux moulinet, par saccades, faisant plier la canne en forme de U inversé. La touche décrivit un cercle et creva la surface à l'arrière tribord. Son dos portait des rayures d'un noir verdâtre, ses flancs étaient couleur bronze et son ventre gras était pâle comme un bloc de glace. Ses ouïes cliquetaient comme des dés dans un cornet, chaque fois que le bass agitait son énorme gueule.

– Vacherie ! grogna Decker.

– C'est une grosse fille, dit Skink, se contentant d'être spectateur.

Le poisson sonda, tira un peu, donna un peu de mou avant de s'enfoncer entre les racines de nénuphars. Terrorisé, Decker tint plus ou moins bon. Skink savait ce qui allait arriver et qui effectivement arriva. Le poisson entortilla malignement la ligne dans l'herbier et se libéra avec un claquement sonore. Le combat n'avait duré que trois minutes.

– Merde, fit Decker.

Rallumant la lampe, il examina l'extrémité rompue du monofilament.

– Dix livres, au moins, dit Skink. Facile.

Il enjamba le banc d'un bond, cala ses bottes contre le tableau et se remit à ramer.

– Vous avez une autre de ces anguilles ? s'enquit Decker.

– On rentre, fit Skink.

– Encore un essai, capitaine – je ferai mieux la prochaine fois.

– Tu t'en es bien tiré, Miami. T'as eu ce dont t'avais besoin, une petite poussée de fièvre couillue. Ça m'évitera de subir un flot de questions connes en chemin.

Skink augmenta la cadence des avirons.

– Je dois avouer que c'était le pied, fit Decker.

– C'est ce qu'ils disent tous.

Pendant le trajet de retour, Decker ne put s'empêcher de repenser au grand bass, au choc de sa force de traction discontinue opposée à celle de ses muscles à lui. Peut-être l'obsession de Bobby Clinch avait-elle quelque chose de mystique. L'expérience, admit Decker à part soi, avait été d'une pureté vivifiante; l'isolement et l'obscurité du lac fracassés par la brutalité d'un monstre des profondeurs. Rien à voir avec la pêche sur les *drift boats* à touristes ou la palangrotte à la crevette sur les ponts des Keys. Ça, c'était autre chose. Decker se sentait redevenu môme, excité comme une puce.

– Faut que je réessaye encore un coup, dit-il à Skink.

– Plus tard, peut-être, quand le sale boulot sera fini. Tu veux entendre ma théorie maintenant ?

– Et comment.

Decker attendait ce moment depuis le début de cette sacrée soirée.

– Robert Clinch a découvert la triche, fit Skink. Il savait qui et comment. À mon avis, il cherchait une preuve quand ils l'ont chopé à Coon Bog.

– Qui l'a chopé ? Dickie Lockhart ?

– Dickie n'était pas dans l'autre bateau que j'ai vu, fit Skink. Il n'est pas bête à ce point.

– Mais il a envoyé quelqu'un liquider Bobby Clinch.

– Pas si sûr, Miami. C'était peut-être un piège, ou bien Clinch s'est juste trouvé au mauvais endroit au mauvais moment.

– Il cherchait quoi, Bobby ? demanda Decker.

Skink donna trois coups d'aviron avant de répondre.

– Un poisson, dit-il. Un poisson bien particulier.

C'était la théorie de Skink, du moins ce qu'il entendait en livrer. Decker lui demanda par deux fois ce qu'il voulait dire, quel était ce poisson bien particulier, mais Skink ne lui répondit pas. Il ramait mécaniquement. On n'entendait plus sur le lac que ses reprises de souffle rauques et le grincement rythmé des tolets rouillés. Lentement, les détails de la rive sud, la forme biscornue de la bicoque comprise, rentrèrent dans le champ de vision de Decker. La balade tirait à sa fin.

– Vous faites ça tous les soirs ? demanda Decker.

– Seulement quand j'ai envie de poisson pour dîner, répondit Skink.

– Et vous utilisez toujours ce gros asticot violet ?

– Neûn, dit Skink, échouant le bateau d'un dernier coup d'aviron. D'habitude, je pêche au calibre douze.

À son retour au motel, Decker trouva sur sa porte un petit mot du veilleur de nuit, disant qu'Ott Pickney avait appelé, sans préciser pourquoi.

Decker avait déjà enfoncé la clé dans la serrure quand il entendit une voiture se garer derrière lui. Jetant un coup d'œil par-dessus son épaule, il s'attendait presque à apercevoir le *flatbed* Toyota d'Ott.

Il vit à sa place une Corvette mandarine.

6.

Decker n'avait pas la mémoire des noms. Un œil redoutable pour les visages, mais aucun souvenir des patronymes.

– C'était une prise de vues pour une collection de printemps, l'aiguilla Lanie Gault. À votre comportement, on aurait juré que vous auriez préféré opérer au Salvador.

– Je crois que je me souviens maintenant, fit Decker. Sanibel Beach, c'est ça ?

Lanie opina du chef. Assise au bord du lit, elle avait l'air à son aise. Zarbi la chambre de motel, zarbi le mec, mais à l'aise, Blaise. Decker était loin d'être aussi détendu.

– Cinq, six ans, ça doit faire, dit-il, tâchant de la jouer pro et de ne pas mater ses jambes.

– Vous avez pris du poids, observa Lanie. Mais pas une once de mauvaise graisse, rassurez-vous.

Decker alluma la télévision, chercha le *David Letterman Show*. Il cessa de zapper en tombant sur un de ces jeux épouvantables. Il se rassit lourdement, faisant mine d'être captivé par le poste.

– Et moi, j'ai changé ? demanda Lanie, d'un ton qui ne semblait pas mendier un compliment.

– Toujours aussi canon, dit Decker, décollant ses yeux de la télé.

– Croyez-le ou pas, je dois encore avoir quelque part le maillot de bain que je portais pour la prise de vues.

Sur ce point de détail, la mémoire de Decker n'était pas en défaut. Un string, jaune. Du genre qui impose d'être rasée de près.

– Au fait, vous avez bien baisé l'une des autres filles ? fit Lanie.

Decker poussa un soupir.

– Elle a pas arrêté de nous bassiner avec ça, pendant qu'on rentrait à Boca Raton.

– Elle ne m'a pas trop débiné, j'espère, dit Decker.

Elle s'appelait Diane. Une très gentille fille. Elle n'avait pourtant pas l'air du genre bavarde comme une pie, et voilà le résultat. Il avait gardé son numéro de téléphone, sauf que maintenant elle était mariée à un capitaine de police, un Portoricain baraqué. Decker avait classé son numéro de téléphone à la lettre S. S comme Suicide.

Lanie Gault envoya valser ses sandales et s'assit, jambes croisées, sur le dessus-de-lit. Elle portait un débardeur fluo et un short blanc. Ses bras et ses jambes, jusqu'au cou-de-pied, étaient d'un brun doré. De même que son cou et sa poitrine, du moins ce que Decker en distinguait. Il s'interrogeait sur le reste, se demandant si ça valait le coup de chercher à savoir. Pas le moment, trancha-t-il.

– On peut pas baisser cette merde, par pitié ? demanda Lanie.

Sur l'écran de télé, un jeune couple de Napa (Californie) venait de gagner une Oldsmobile Cutlass et le public délirait sec.

Decker diminua le volume sonore.

– Écoutez, je m'excuse pour ce matin, dit-elle. J'avais avalé un ou deux martini-gin de trop pour me donner du cœur au ventre.

– Ce n'est pas moi qui vous le reprocherai, fit Decker.

– J'ai dû vous paraître la dernière des putes, pourtant je n'ai rien d'un cœur de pierre.

Decker abonda dans son sens.

– Cet enterrement, c'était pas du gâteau, surtout en présence de la veuve, fit-il.

– Ça, vous l'avez dit.

– Avant que vous ne me parliez de Bobby, dit Decker, j'aimerais savoir comment vous saviez qui j'étais et la raison de ma présence.

Il supposait que ça venait de son frère mais voulait en être sûr.

– Dennis m'a téléphoné, dit Lanie.

– Pourquoi ?

– Peut-être parce qu'il me savait concernée au premier chef. Ou plus simplement parce qu'il se sentait peut-être coupable vis-à-vis de Bobby et qu'il voulait que je sache qu'il ne laisserait pas tomber.

Ou peut-être voulait-il que tu me mettes à l'épreuve, songea Decker.

– J'ai rencontré Bobby Clinch à un grand concours de pêche au bass, il y a deux étés de ça, à Dallas, commença Lanie. Je faisais des prises de vues en extérieur pour le catalogue Neiman-Marcus – tenues de bain, de pique-nique, ce genre-là. Dennis se trouvait en ville pour le concours et je me suis rendue au lac artificiel d'un coup de voiture, histoire de lui faire un petit coucou. Il y avait bien là une soixantaine de bateaux et une centaine de types, qui se ressemblaient tous comme deux gouttes d'eau. Ils étaient habillés pareil, marchaient pareil, parlaient pareil, chiquaient pareil. Et trimbalaient tous du poisson à la pesée, avant de se rassembler autour d'un grand tableau noir pour voir qui était en tête. Bon Dieu, j'ai bien cru que j'étais morte et condamnée à l'Enfer des Beaufs.

– Et puis Bobby est arrivé.

– Oui, fit Lanie. Il m'a saluée, s'est présenté. Je sais, ça a l'air cucul dit comme ça, mais je l'ai trouvé différent des autres.

« Cucul » n'était pas l'adjectif adéquat. Decker n'en écouta pas moins poliment la suite, se disant que la scène d'amour n'allait pas tarder.

– Ce soir-là, poursuivit Lanie, pendant que le reste des mecs jouaient au poker et se pétaient la gueule, Bobby m'a emmenée faire un tour en bateau sur le lac. On n'était rien que nous deux. Je n'oublierai jamais, il y avait un croissant de lune et pas un nuage, nulle part.

Elle rit gentiment et baissa les yeux.

– On a fini par faire ça sur l'eau. À l'avant du bateau, il y avait un de ces sièges pivotants haut de gamme... c'est là-dessus qu'on l'a fait. Encore heureux qu'on ait pas fini à la baille.

Cette fille a une imagination prodigieuse, songea Decker.

– Bobby n'était pas un de ces accros de concours à plein temps, dit Lanie. Il avait un bon job de poseur de câbles dans sa compagnie de téléphone. Il participait à quatre, cinq concours de pêche pro chaque année, donc il ne menaçait sérieusement personne. Il n'avait pas d'ennemis, Decker. Tous les gars aimaient bien Bobby.

– Qu'est-ce qu'il avait de différent, alors ? demanda Decker.

– Il prenait beaucoup plus son pied que les autres, fit Lanie. Il était tellement heureux de se trouver sur l'eau... et les meilleures nuits qu'on a passées ensemble, c'était toujours après une journée sur le lac. Même s'il n'avait rien pris, il était heureux. Bon Dieu, comme il riait, tout ce satané rituel le faisait mourir de rire. Bobby adorait la pêche, aucun doute là-dessus, mais du moins il avait assez de recul pour savoir que tout ça paraissait dingue vu de l'extérieur. Je ne peux pas en dire autant de mon frère.

Decker se leva et éteignit la télévision. C'était là qu'il avait attendu qu'on en vienne.

– Dennis vous a dit pourquoi il m'a engagé exactement ?

– Non, fit Lanie. Mais ça ne peut être que pour une seule raison : la triche.

Comme si ça n'avait rien d'un secret d'État.

– Dennis sait que Dickie Lockhart a truqué les concours, dit-elle. Il ne parle que de ça. En fait, il a d'abord essayé d'engager des tueurs. D'après lui, c'est ce que Hemingway aurait fait.

– Non. Hemingway s'en serait chargé lui-même.

– Il y a environ six mois de ça, Dennis a fait venir du Queens deux mafiosi à qui il a payé le billet d'avion. Il leur a proposé quatre-vingt-cinq mille dollars pour liquider Dickie et réduire son corps en chair à pâté. Mais mon frère ignorait que l'une de ces raclures travaillait pour les Fédés – Sal truc machin chose. Il a déballé toute cette histoire de folie. Heureusement que personne au F.B.I. ne l'a cru. Pendant un moment, Dennis a eu une trouille noire. Du moins, ça l'a guéri de l'envie de tuer Dickie Lockhart. Maintenant, il dit qu'il se contentera d'une mise en examen.

– Et donc l'idée suivante de votre frère, ça a été de m'engager, moi, conclut Decker.

Lanie fit non de la tête.

– Bobby.

Decker avait espéré qu'elle ne dirait pas ça.

– Dennis a rencontré Bobby sur le circuit pro et ils sont tout de suite devenus copains comme cochons. Ils ont même pêché ensemble dans des concours entre potes où ils raflaient tout à la fin. Dennis a fait part à Bobby de ses soupçons sur Lockhart et lui a proposé un max de blé s'il lui fournissait une preuve.

– Qu'est-ce que Bobby pouvait faire de plus que votre frère ?

– Fouiner, l'air de rien, dit Lanie. Tout le monde sait que Dennis ne bande pas pour Dickie Lockhart. Dickie, le premier. Il fait vachement gaffe quand Dennis est dans les parages. Le plan de mon frère, c'était de se retirer des prochains concours –

en prétextant des affaires de famille – dans l'espoir que Dickie se tienne moins à carreau.

– Avec Bobby Clinch qui l'aurait eu à l'œil.

– Exactement.

– Combien Dennis lui a offert ? demanda Decker.

– Beaucoup. Bobby n'était pas gourmand, mais désirait une somme qui lui permette de liquider son mariage. Il voulait que Clarisse garde la maison sans reliquat à payer. Il ne se serait jamais tiré en plantant là femme et enfants.

Decker n'était pas vraiment ému aux larmes. L'histoire de Lanie était crade et Decker, prêt à lui souhaiter bonne nuit.

– Votre frère était au courant pour vous et Bobby ? demanda-t-il.

– Évidemment. Dennis ne m'en a jamais soufflé mot, mais je suis sûre qu'il savait.

Lanie Gault appuya son menton sur ses mains.

– J'ai pensé qu'il amènerait ça sur le tapis, après la mort de Bobby. Un petit mot ou un coup de fil – un truc pour me montrer qu'il savait que j'avais de la peine. Mais pas Dennis. Ce fils de pute a de l'azote liquide dans les veines, j'aime mieux vous prévenir. Mon frère veut coincer Dickie Lockhart et, s'il vous arrive de mourir dans l'affaire, il n'enverra ni fleurs ni couronnes à votre enterrement. Il vous remplacera. Comme vous, vous avez remplacé Bobby.

L'éventualité d'être assassiné pour du poisson même pas frais ne titillait guère le goût de l'aventure de Decker. Il avait tiré le portrait d'individus morts pour bien moins et d'autres gus, pour beaucoup plus. Au fil des années, il avait adopté sur la mort le point de vue peu reluisant d'une mouche bleue sur la charogne : peu importe comment on en arrive là, de toute manière, ça pue.

– Vous croyez que Lockhart a tué votre petit copain ? demanda Decker à Lanie.

– Qui d'autre ?
– Vous êtes sûre que ce n'est pas un accident ?
– Affirmatif, dit Lanie. Bobby connaissait le moindre bras de ce lac. Il aurait pu naviguer dessus les yeux bandés.
Decker était enclin à la croire.
– Qui produit l'émission télé de Dickie ? demanda-t-il.
– Le Canal Chrétien de Plein Air. Vous connaissez ?
– De la téloche qui vous recrache la Bible en geysers à la gueule, dit Decker.
Lanie se redressa comme mue par un cric.
– Rien à voir avec la religion d'antan, dit-elle. Le C.C.P.A. a tout d'une entreprise d'aujourd'hui, à plusieurs casquettes : assurance-maladie, sicav, options sur les pétroles, promotion immobilière...
– Je vérifierai ça, promit Decker. Je suis crevé, Lanie, et demain j'ai une sacrée trotte.
Elle opina, se leva et enfila ses sandales. Elle fit une station devant la glace et se brossa vivement les cheveux d'une main experte.
– Encore une chose, dit Decker. Au cimetière, comment vous m'avez reconnu ? Sanibel, ça fait une paie.
Lanie éclata de rire.
– Vous plaisantez ?
– Ne me dites pas que je sortais du lot.
– Oh que si ! fit-elle. Mais Dennis m'avait envoyé une photo, au cas où j'aurais une hésitation.
– Quelle photo ?
Lanie fouilla dans son sac.
– Avec les compliments du service d'accueil de la prison de Dade County.
Decker reconnut l'une de ces bonnes vieilles photos anthropométriques. Bien joué, Dennis. Pile poil au point sensible.
– J'ai connu des sourires plus aimables, dit Lanie, examinant les clichés de police. Vous mitraillez toujours, Decker ?

– Ça m'arrive.
– Peut-être que vous pourriez me prendre un de ces quatre. Je songe à redevenir mannequin.
Lanie coinça son sac sous son bras et ouvrit la porte.
– Mais ça fait si longtemps que j'ai probablement oublié comment on pose.
Tu te débrouilles pas si mal, songea Decker.
– Bonne nuit, lui dit-il.

Decker devait retourner à Miami mettre de la pelloche au bain pour un procès d'escroquerie à l'assurance, qui se tiendrait la semaine suivante. Il pensait mettre à profit le long trajet pour décider quoi faire au sujet de Dennis Gault et de l'arnaque à la pêche. Son flair, au vu des personnages concernés, lui soufflait de laisser tomber – mais quid de la mort de Bobby Clinch ?
En faisant sa valise, Decker se surprit à dire tout haut : et puis merde ! Il détesta le son de sa voix, celui du premier cossard d'enfoiré de flic ou de privé venu. Grosses affaires, grosses emmerdes. Va au fric facile, c'était le conseil qu'on lui donnerait.
Mais Decker savait qu'il ne pouvait plus laisser tomber maintenant. Bobby Clinch avait été tué en essayant de « soulever un poisson » ; on pouvait difficilement ignorer un crime si remarquable. L'idée que quelqu'un soit devenu un assassin à cause d'un bass à grande bouche séduisait Decker de perverse façon et lui donnait une furieuse envie de prendre en photo les individus en question.
Mais avant ça, il lui fallait revoir Gault, perspective peu ragoûtante. Il pouvait liquider cette corvée le soir même, à peine rentré à Miami ; ça serait bref. De la chambre du motel, Decker réserva par téléphone une place sur le vol United du lendemain soir sept heures à destination de La Nouvelle-Orléans. L'Invitational Bass Classic Cajun – étape

de la semaine du circuit pro – fournirait à Decker l'occasion propice de jeter un premier coup d'œil sur Dickie Lockhart en action. Il avait déjà vu le visage du célèbre pêcheur télévisuel sur un panneau d'affichage en face d'une boutique d'articles de pêche, sur la Route 222. « DICKIE LOCKHART RAFFOLE DE L'ARÔME SUPER GLANDE ! LE LUNKER BASS AUSSI ! » Ce panneau avait tellement intrigué Decker qu'il avait demandé à un type de la boutique si le groupe Super Glande avait mis au point une formule pour les humains. Le type vérifia scrupuleusement derrière son comptoir et lui dit que non.

Avant de quitter Harney, Decker tenta de joindre Ott Pickney au journal. Sandy Kilpatrick, le rédacteur en chef à tête d'oiseau, lui apprit qu'Ott était parti de bon matin faire quelques interviews. Le ton légèrement inquiet de Kilpatrick suggérait que cette initiative préprandiale dénotait chez Ott un comportement fort peu caractéristique. Decker laissa un message, demandant à Ott de l'appeler le soir même à Miami.

Au même instant, Ott Pickney lampait du café noir à la boutique d'articles de pêche de Culver Rundell, sise sur la rive sud du lac Jesup. Ce dernier trônait derrière le comptoir tandis que dehors son frère Ozzie faisait faire trempette à des *shiners*. Ott tentait d'embrayer une conversation sur Bobby Clinch. Il avait eu beau poser son calepin sur le comptoir une vingtaine de minutes plus tôt, les pages en étaient toujours vierges.

– J'voudrais bien vous aider plus, je m'excuse, disait Culver Rundell. Bobby, c'était un type sympa, un basseur tout ce qu'il y a de bon. C'est à peu près tout ce que j'peux vous dire. Et aussi qu'il préférait les spinnerbaits.

– Les spinnerbaits ?

– Aux vers en plastique, expliqua Culver Rundell.

Ott Pickney ne put se résoudre à transcrire ce détail.

– À ce que j'ai cru comprendre, vous étiez là quand on a ramené le corps, reprit Ott.

– Oui. C'est les frères Davidson qui l'ont trouvé. Daniel et Desi.

– Quelle épouvantable histoire ! fit Ott.

– On l'a emmené à la morgue dans mon pick-up.

Ott ne parla pas de l'autopsie. Le Dr. Pembroke était en troisième position sur la liste des personnes qu'il comptait cuisiner.

– J'ai regretté de pas pouvoir assister à l'enterrement, dit Culver Rundell. Mais on a eu une matinée super chargée.

– On a fabriqué le cercueil avec le bateau de Bobby.

– C'est ce qu'on m'a dit ! s'exclama Culver. Quelle idée géniale ! J'aurais aimé voir ça.

Ott tapota le comptoir du bout de son Bic et dit aimablement :

– Magnifique comment ils ont fait ça, j'en suis resté baba.

– À ce qu'on m'a raconté, reprit Culver Rundell, on a pris un cercueil de chêne tout bête de chez les Frères Pearl, on a poncé le vernis et on l'a plaqué avec des morceaux de coque de son bateau. Ça a coûté deux mille dollars de plus, je le sais de source sûre. C'est le club de bass qui a payé.

– Et qui s'est chargé du travail ? Le salon de pompes funèbres ? demanda Ott.

– Nân, l'atelier de Larkin.

Larkin était menuisier. On lui devait la totalité des bancs du tribunal d'Harney County, et aussi les portes d'entrée de la nouvelle poste.

– C'est le meilleur de la ville, observa Culver Rundell, se disant qu'il rendait service à Larkin en lui faisant un peu de publicité gratuite.

– En tout cas, il a fait du sacré beau boulot avec le cercueil, dit Ott.

Il laissa deux billets d'un dollar sur le comptoir, prit congé et sa voiture, et gagna immédiatement la menuiserie Larkin. Ott espérait qu'il resterait quelque chose à voir, bien qu'il n'eût pas la moindre idée de ce qu'il lui fallait chercher exactement.

L'atelier avait tout d'une vieille grange en forme de A avec une porte de garage électrique flambant neuve, du genre de celles dont sont dotés les grands entrepôts d'import-export, à l'ouest de Dade County. La porte de l'atelier était relevée. Ott aperçut une pléthore de meubles en bois brut, mais pas l'ombre d'un menuisier. Il se trouva que Larkin était absent ; la matinée étant calme, il était allé à la pêche. Comme de bien entendu.

Un jeune apprenti noir du nom de Miller demanda au journaliste ce qu'il voulait.

– J'écris un article sur Bobby Clinch, le jeune homme qui s'est tué dans ce terrible accident de bateau à Coon Bog.

– Ah ouais, fit Miller.

Sa chemise était trempée de sueur. De la sciure et des copeaux de pin en arabesque étaient collés sur ses bras couleur de charbon. Il donnait l'impression d'être en plein ouvrage et d'avoir envie de s'y remettre.

Pour faire avancer les choses, Ott Pickney dit :

– C'est dans cet atelier qu'on a façonné le cercueil, hein ?

– Ouais, fit Miller. Avec le rafiot.

– C'était vraiment quelque chose, dit Ott. Comment vous avez fait ça, les gars ? Ça vous dérange pas si je prends des notes...

– Mr. Larkin a tout fait tout seul, dit Miller. Je crois qu'il connaissait le défunt.

Ce dernier mot fit tiquer Ott. Levant les yeux de son calepin, il surprit le regard glacial de Miller. Regard qui signifiait clairement : le prends pas de haut avec moi, mon pote, j'ai des choses plus importantes à faire.

– Un cercueil bleu métallisé, man. On aurait dit une putain de pastille géante pour la toux.

Ott s'éclaircit la gorge.

– Je suis sûr que ça partait d'une bonne intention... c'était censé être symbolique, je pense. Un geste d'adieu, en quelque sorte.

– Je t'en foutrais des gestes d'adieu..., commença Miller, mais le téléphone se mit à sonner au fond de l'atelier.

L'apprenti s'éloigna en vitesse et Ott put fureter tranquillement. Il se demanda pourquoi il n'avait jamais pigé comment parler avec les Noirs, pourquoi ils le regardaient toujours comme s'il était une sombre merde.

Miller s'exprimait d'une voix forte au téléphone. Il était question d'une table de salle à manger en noyer et d'un impayé.

Ott Pickney s'échappa par l'entrée, contournant l'atelier pour gagner l'arrière où Miller ne pourrait pas le voir. Contre un mur s'alignaient deux longs conteneurs verts, pleins à ras bords de débris de bois fraîchement coupé. C'étaient les conteneurs à ordures les plus odoriférants sur lesquels Ott soit jamais tombé. Il se mit sur la pointe des pieds pour jeter un coup d'œil à l'intérieur. Dans le premier, il ne vit qu'un tas de copeaux, des tronçons, d'étranges triangles et rectangles de bois, plus un chevalet de sciage cassé, un tonneau et des bidons de vernis et de résine, vides ; rebut prévisible chez un Larkin.

Dans le second conteneur, Ott découvrit un fatras identique de sciure, contre-plaqué et autres planchettes, mais aussi quelque chose de nouveau : de gros fragments de fibre de verre moulée, bleu métallisé, tout ce qui restait du Ranger, le bassier de Bobby Clinch, scié en mille morceaux pour la confection de son cercueil.

Ott se haussa, grâce à un bidon vide de cinq litres de Formsby retourné. Fourrant son calepin dans sa poche revolver, il se pencha par-dessus le conteneur et put atteindre les débris. Examinant avec minutie les déchets de fibre de verre, Ott jugea impossible d'imaginer comment ces pièces de puzzle avaient constitué un jour un bateau long de six mètres.

Le seul fragment qu'Ott reconnut fut la console, qu'il dénicha tout au fond du conteneur.

Tout bassier qui se respecte possède une console, un cockpit encastré, conçu pour donner aux pêcheurs la sensation de participer aux 500 miles de Daytona, au lieu de se contenter de bousiller la tranquillité lacustre.

Aux yeux d'Ott Pickney, le cockpit du bateau de Bobby Clinch ressemblait à s'y méprendre au tableau de bord d'un 747. Au nombre des cadrans concaves, on trouvait un compas, un sondeur, un tachymètre digital, un thermomètre à cristaux liquides indiquant la température de l'eau à cinq profondeurs différentes, des indicateurs de *power-tilt*, des contacts d'équilibrage, une radio de bord et un tuner AM-FM stéréo, avec lecteur de cassettes. Tout cet appareillage électronique, qui avait visiblement souffert de son séjour dans le lac, n'en fascinait pas moins Ott. Il hissa la console hors du conteneur pour y regarder de plus près.

Il posa le bloc pesant sur ses genoux et se plut à s'imaginer aux commandes d'une vedette de deux cents chevaux. Il fit mine de s'aplatir derrière le pare-brise en Plexiglas et de guider le bateau le long des méandres d'une petite rivière. Le hic, c'est que le volant refusait de tourner entre ses mains.

Ott retourna la console, croyant que l'axe s'était pris dans l'entrelacs des fils arrachés. Or le problème ne venait pas de là, mais d'une longueur de corde de nylon noir. On l'avait entortillée autour de la base de l'axe de direction, sous la console, où elle était invisible. Ott tira en vain sur les nœuds ; la corde avait été fermement attachée. La direction était complètement bloquée.

Ce qui signifiait, évidemment, qu'on avait trafiqué le bateau de Bobby Clinch ; ce qui signifiait aussi que Bobby n'était pas nécessairement à la barre au moment de l'accident. Ce qui signifiait enfin que le pêcheur agonisait probablement ou était déjà grièvement blessé quand son bassier fantôme s'était retourné et enfoncé dans les flots glacés, l'étrave la première.

Ott Pickney ne pigea pas ce scénario aussi vite qu'il l'aurait pu. L'idée faisait lentement son chemin en lui, et il s'absorba tellement dans sa contemplation qu'il en oublia où il se trouvait. Entendant des pas, il leva la tête ; il s'attendait à voir Miller, le jeune apprenti noir. À sa place, il aperçut trois hommes en tenue d'autochtones : casquettes, jeans et chemises de flanelle. L'un des nouveaux venus tenait un morceau de bois de charpente, un autre un nœud coulant de solide fil de fer ; le troisième, l'œil éteint, était bêtement campé là, les poings sur les hanches. Ott ouvrit la bouche, mais ses salutations furent noyées sous le crissement déchirant d'une scie circulaire : Miller se remettait au travail dans l'atelier. Les trois hommes se rapprochèrent. Un seul était du coin ; reconnaissant Ott Pickney, il sut que le journaliste pourrait l'identifier. Malheureusement pour Ott, aucun de ces trois individus ne désirait voir son nom imprimé noir sur blanc.

7.

Dennis Gault vint lui ouvrir, les bras chargés de cassettes vidéo. Il portait un short saumon et un débardeur à mailles extra-larges, parfait pour la pêche au mulet. Gault escorta Decker jusqu'au salon, encombré de meubles bas, presque plats. La tonalité framboise écrasée régnait dans la déco.

Gault enfourna une cassette dans le magnétoscope et invita Decker à s'asseoir.

– Vous buvez quelque chose ? demanda-t-il.

Il empestait la vodka comme s'il en était à sa dixième Smirnoff.

Decker opta pour une bière bien fraîche.

Une émission de pêche apparut sur l'écran. À l'aide de la télécommande, Gault fit défiler la bande en avance rapide. Deux types dans un bassier, à ce que voyait Decker ; ils lançaient et moulinaient, lançaient et moulinaient, remontant à l'occasion du menu fretin. Seul l'accéléré rendait la chose supportable, estima Decker.

À l'arrivée d'une pub, Gault appuya tout à coup sur le bouton pause.

– Et Voicîîî Dickîîîe ! chantonna-t-il, d'un ton de dérision.

À l'image, Dickie Lockhart, au bord d'un lac, clignait des yeux face au soleil. Il arborait une combinaison de basseur sortant du pressing et le hâle d'un aventurier du désert ; il avait ôté sa casquette et il n'y avait rien à redire à son brushing. Il tenait à la main une bombe de soixante-dix centilitres d'Arôme Super Glande qu'il brandissait avec un large sourire.

– Et ça marche ce truc ? demanda Decker.

C'était un peu hors sujet, mais il était curieux.

– Difficile à dire, répliqua Gault. En tout cas, ça pue comme une couvée de chats crevés.

Il fit avancer la bande à toute vitesse jusqu'au passage voulu. Il gela l'image au moment où, à l'avant du bateau, le pêcheur soulevait un gros black-bass pour le montrer à la caméra.

– C'est là ! Faites bien attention ! avertit Gault.

Au comble de l'excitation, il se traîna sur les genoux jusqu'à l'écran du poste de télé, une de ces monstruosités fabriquées sur commande, dont le mètre cinquante d'envergure vous bouffe un mur comme rien.

– Là, Decker, regardez ! Ce poisson est bidon !

– Qu'est-ce qui vous permet de l'affirmer ?

– Là, voyez, il a l'œil terne. Pas encore vitreux, mais terne, ça oui. Et ses flancs n'ont plus de couleur. Plus une seule rayure verticale. Ce poisson est couleur de merde.

– Il n'a pas l'air très frais, concéda Decker.

– Frais ? Ce poisson est H.S., mon pote. Regardez bien sa nageoire dorsale. Le type est en train de l'éventer pour la caméra. Et pourquoi ça ? Parce que sinon elle piquerait du nez. Putain, y a un bail que ce bass a bu la tasse.

– Mais on vient de voir le pêcheur le ramener à bord, objecta Decker.

– Intox. Ouvrez l'œil et le bon maintenant.

Gault rembobina la bande et repassa le combat. La canne pliait, l'eau autour du bateau bouillonnait d'écume – mais les angles de prise de vues choisis et le montage rendaient impossible de se faire une vraie idée de la taille du bass. Avant que le pêcheur ne le présente devant l'objectif.

– Ce manche a bien pêché un poisson, dit Gault, mais pas *celui-là*.

Il appuya sur une touche et rembobina la bande.

– Vous voulez un autre exemple ?

– Ce ne sera pas nécessaire, fit Decker.

– Vous voyez comme c'est facile de fausser la donne.

– Pour la télé, oui, bien sûr.

– C'est encore plus facile dans un concours, dit Gault. Surtout quand votre coéquipier est dans le coup et le commissaire de pesée, itou. Je ne parle même pas de ces sponsors de merde.

Il passa dans la cuisine d'où il rapporta une bière pour Decker et une nouvelle vodka-tonic pour lui.

– Racontez-moi ce que vous avez fait à Harney, dit-il.

– J'ai rencontré un type du nom de Skink, dit Decker.

Gault haussa le sourcil en émettant un petit sifflement.

– Un chtarbé pur jus. J'ai pêché une fois avec lui sur le lac Saint-Jean.

– Il va m'aider à coincer Lockhart.

– Pas avec mes sous ! protesta Gault.

– J'ai besoin de lui.

– C'est un fou furieux.

– Je ne crois pas.

– Il bouffe des bêtes écrabouillées par les bagnoles !

– Tout fait ventre à l'affamé, dit Decker. Il est le seul à qui je fasse confiance par là-haut. Sans lui, je laisse tomber.

Gault croisa les doigts. Decker éclusa sa bière.

– D'accord, dit Gault. Mais faites gaffe. Ce mec est un baril de T.N.T. à lui tout seul, aucune envie d'être là si jamais il allume la mèche.

Ce qui, traduit, signifiait : en cas d'embrouille, mon nom ne doit figurer nulle part.

– À part ça, quoi d'autre ? demanda Gault à Decker.

– J'ai assisté à un enterrement.

Gault se pourlécha nerveusement les lèvres.

– Celui de Robert Clinch, dit Decker. Votre avant-dernière recrue. Merci de m'avoir prévenu.

Gault jouait avec sa pile de vidéocassettes de pêche, faisant mine de les ranger. Sans lever les yeux, il demanda :

– On sait ce qui s'est passé exactement ?

– Le coroner a conclu à un accident.

Gault eut un léger sourire.

– On sait que tout ça c'est des conneries, hein ? La seule question que je me pose, c'est : « Comment ont-ils fait ? »

– Moi, c'est « qui ? », renchérit Decker.

– Qui ? Mais Dickie Lockhart, voilà qui ! s'exclama Gault. Soyez pas bête, mon vieux. Dickie savait que je brûlais et que Bobby travaillait pour moi. Vous voulez dire quoi avec votre *qui* ?

– Vous avez sans doute raison, mais j'aimerais en être certain à cent pour cent, fit Decker.

– Vous n'avez pas entendu ce que je viens de dire ? Merde, ne me dites pas que j'ai engagé un débile profond.

– J'ai fait la connaissance de votre sœur, dit Decker, qui aimait toujours garder le meilleur pour la fin.

– Elaine ? fit Gault.

Il eut l'air très mal à l'aise, tout juste comme Decker l'avait espéré. Ça avait valu le coup d'attendre.

– On a bavardé gentiment, dit Decker.

Il voulait que ce soit Gault qui mène la conversation à son terme. Il ne voulait pas être celui qui la pousserait plus avant. Mais il y était obligé. Il fallait qu'il sache si Gault savait tout.

– Il y a deux trois choses importantes que vous m'avez cachées. Vous ne m'avez pas parlé de Clinch ni averti que vous aviez une sœur à Harney.

Decker avait doté sa voix d'une pointe d'irritation.

– Elle traîne un peu partout, ma sœur.

Gault vida son verre. Son visage était légèrement congestionné.

Salopard de tête de mule, songea Decker. Tu l'auras voulu.

– Vous étiez au courant qu'elle sortait avec Bobby Clinch ? dit-il, l'air de ne pas y toucher.

– Qui vous a dit ça ? gueula Gault, virant au rouge brique.

– Lanie.

– *Lanie ?*

– C'est comme ça qu'on l'appelle.

– Ah vraiment ? C'est nouveau, ça.

– Personnellement, je me contrefous qu'elle se tape toute la NASA, dit Decker. Mais j'ai besoin de savoir ce que vous savez.

– Je vous conseille de la boucler, mon pote.

Le visage de Gault était violet à présent.

Decker songea : j'ai vraiment touché un point sensible, là ! Mais à en juger par les regards assassins qu'il récoltait, ce n'était pas le moment d'aller plus loin. Il se leva et se dirigeait déjà vers la porte quand Gault lui agrippa le bras.

– Minute, papillon ! maugréa-t-il.

Decker se libéra d'une secousse et – plutôt gentiment, à son avis – reconduisit Gault jusqu'au canapé sans le lâcher avant qu'il y eût posé son cul.

– Et maintenant, je vous salue bien, dit Decker.

Mais Gault avait perdu la boule. Se jetant sur Decker, il le prit à la gorge. Ce dernier, suffoquant à demi, sentit des ongles manucurés s'enfoncer dans la chair de son cou. Sur les bras bronzés de Gault, chaque veine et chaque tendon saillait, gonflé à bloc. Sur sa figure congestionnée, ses lèvres retroussées ressortaient comme deux vers exsangues.

Les deux hommes dégringolèrent sur le canapé bas, Gault ayant le dessus, ses lunettes ambrées de guingois. Il écumait, braillant que Decker était une ordure qui pétait plus haut que son cul pendant que ce dernier se tortillait, tentant de se libérer de cet étranglement avant de tourner de l'œil. Sa vision virait au kaléidoscopique et ça tempêtait dur sous son crâne. Le sang dans sa tête voulait migrer vers le sud, mais Dennis Gault faisait barrage.

La règle numéro un d'un privé à succès lui dicte de ne pas casser la gueule à ses clients. Mais des exceptions infirment parfois cette règle. Decker en fit une. Il renonça à agripper en vain les poignets de Gault et, d'un mouvement en tenaille, maladroit mais efficace, lui martela les côtes de ses deux poings. Gault le souffle coupé net au niveau des poumons, il fut facile à Decker de le désarçonner et de lui sauter sur le râble.

Même si Dennis Gault n'avait jamais douté de la force de Decker, il n'était pas préparé au poids qui lui écrasait à présent le sternum. Alors que sa propre crise de fureur refluait, il commençait à redouter que Decker, lui, ne se soit à peine échauffé.

Gault sentit sans les voir venir les deux coups de poing qui lui aplatirent le nez, brisèrent sa monture de lunettes griffée et lui pochèrent un œil. En reprenant conscience un peu plus tard, il se traîna dans la salle de bains et s'émerveilla devant la glace qu'un si petit nombre de coups de poing aient pu causer autant de dégâts. Il découvrit un seau rempli de glaçons posé sur la table de nuit, près d'un flacon d'aspirine.

Il y avait aussi ce mot de la main de Decker : « Mon tarif passe à cent mille, connard. »

Harney County était un si petit comté qu'il était difficile d'y conduire une politique sportive sérieuse dans le secondaire. On n'y comptait en tout et pour tout qu'un seul lycée. Le nombre d'élèves variant de cent soixante-quinze à deux cent dix, le réservoir des sportifs de talent était relativement limité. Les années rares et précieuses où Harney High alignait une équipe victorieuse sur le terrain, on encourageait les athlètes vedettes à redoubler un an ou deux leur terminale pour prolonger le filon gagnant de l'établissement. Quelques profs idéalistes s'insurgeaient contre cette manifestation peu orthodoxe d'esprit de corps mais à vrai dire, comme nombre de ces dieux du Stade étaient des cancres avérés, ils avaient bien l'intention de passer six ou sept ans au lycée.

Le football était le sport qu'on idolâtrait à Harney ; malheureusement, l'équipe de foot d'Harney High n'avait jamais enregistré une seule victoire. Lors d'une saison, en désespoir de cause, on alla même jusqu'à organiser trois matches contre les écoles paroissiales les plus nullardes de Duval County. Harney n'en remporta aucun. Le coach, viré, quitta la ville.

En conséquence de quoi, le département d'éducation physique de Harney High décida de se focaliser sur un autre sport : le basket, en l'occurrence. Le premier effort consenti en ce sens consista à construire un gymnase doté d'un terrain de basket et de gradins démontables. Le second fut d'expédier une délégation prudente d'entraîneurs et de professeurs dans le quartier noir pour y recruter quelques bons éléments. Une poignée de vieux beaufs racistes tempêtèrent et jurèrent à la perspective de devoir admirer un ramassis de mal blanchis, n'ayant que la peau sur les os, faire la loi sur le terrain ; ils affirmaient que c'était par ailleurs faire preuve d'injustice envers ces bons chrétiens de gosses blancs ; mais on leur objecta que la majorité desdits bons chrétiens, obèses et lents, ne réussiraient pas un *lay-up* même en s'aidant d'un trampoline.

Une fois l'équipe de basket réunie, elle se débrouilla mieux que prévu. La première année, elle participa aux championnats régionaux, la suivante, aux *playoffs* de l'État en division 4A. D'accord, le pivot vedette d'Harney avait vingt-sept ans bien sonnés, mais faisait beaucoup plus jeune. Personne ne pipa mot. Comme l'équipe continuait à gagner, le basket-ball conquit, lentement mais sûrement, le cœur d'Harney County.

L'équipe de basket d'Harney High s'appelait les Tatous. Ce nom ne représentait pas le choix d'origine. Au départ, le lycée désirait que son équipe s'appelle les Crotales, mais une équipe de première division d'Orlando revendiquait déjà ce surnom. Le second choix se porta sur les Lynx, sauf qu'un établissement catholique de Leensburg fit valoir ses droits sur celui-là. Ça continua ainsi plusieurs mois – les Tigres, les Faucons, les Panthères ; tous les noms valables étaient pris – jusqu'à ce qu'au final le choix se limite aux Boucs et aux Tatous. Le conseil d'administration du lycée vota en faveur des Boucs, qui avait une lettre de moins, ce qui ferait baisser le prix des maillots, mais les élèves se rebellèrent et réunirent des centaines de signatures au bas d'une pétition dactylographiée affirmant que les Boucs d'Harney était « un nom puant et que jamais personne n'irait voir un de leurs matches ». Sans commentaire, le conseil d'administration inversa son vote.

Dès que les Tatous d'Harney se mirent à déménager sérieusement sur le terrain de basket, les anciens élèves du coin décidèrent que le lycée avait besoin d'une mascotte, un truc du même ordre que le célèbre Poulet de San Diego, mais meilleur marché. *La Sentinelle* sponsorisa un concours d'idées et on choisit un vainqueur parmi les seize propositions soumises. Travaillant sur commande, l'une des dames de l'Ouvroir de couture confectionna un costume incroyable à base de vieilles housses de sièges et de vieux tapis de sol d'automobile.

C'était celui d'un tatou de deux mètres de haut, au grand complet : carapace cuirassée et luisante, long nez de fourmilier fait d'un tuyau d'aspirateur-traîneau Hoover et queue écailleuse.

La mascotte, affublée du nom de Tony Tatou, devait jouer son rôle à chaque match à domicile. La tradition voulait qu'il apparaisse avant le coup d'envoi, faisant un numéro de *breakdance* au son de *Billie Jean* de Michael Jackson. Tony Tatou effectuait ensuite à la mi-temps diverses cascades calamiteuses en skateboard, sur l'air que l'orchestre avait appris cette semaine-là.

Le numéro de Tony Tatou n'avait rien de raffiné, mais les jeunes (en tout cas, les moins de quatre ans) trouvaient que c'était le truc le plus marrant que le gymnase d'Harney ait jamais abrité. Les adultes, eux, trouvaient que le type à l'intérieur du costume de tatou ne manquait pas d'estomac.

Dans la soirée du 12 janvier, les Tatous d'Harney s'apprêtaient à affronter les Vaporisateurs de Valencia, match comptant pour la première place de la division 4A. Le gymnase accueillait ce soir-là deux cents supporters : on n'en avait jamais vu autant de mémoire d'entraîneur ou de pom-pom girl ; ce nombre élevé de fans fit aussi que lorsqu'ils entonnèrent l'hymne national, il parut sonner juste – pour une fois.

Les dernières paroles – *demeure des braves !* – donnaient d'habitude à Tony Tatou le signal de son entrée sur le terrain de basket, agitant l'unique gant pailleté enfilé à l'une de ses pattes. Puis il se mettait à danser.

Mais ce soir-là, la célèbre mascotte n'apparut pas.

Après quelques instants de flottement, quelqu'un arrêta la cassette de Michael Jackson qu'il remplaça par du country rock de Ricky Scaggs, tandis que les entraîneurs demandaient aux joueurs de fouiller le gymnase. En deux années d'existence, jamais Tony Tatou n'avait manqué le moindre événement sportif à Harney High – pas même les épreuves d'athlétisme – aussi personne ne savait que penser. Bientôt la foule, supporters de Valencia High compris, se mit à scander : « Le Tatou ! Le Tatou ! »

Mais Tony Tatou n'était ni en train d'enfiler son costume dans le vestiaire ni en train d'huiler les roulettes de son skateboard, et pas davantage en train de raccommoder la langue en tissu-éponge rose de son déguisement.

Tony Tatou – ou plutôt l'homme qui avait créé son rôle – manquait à l'appel.

Son identité était le secret le plus mal gardé d'Harney County. Il s'agissait, bien entendu, d'Ott Pickney.

8.

Decker habitait dans un parc de caravaning à environ deux kilomètres de la voie express de Palmetto. Sa caravane, douze mètres de long sur trois de large, avait été taillée dans l'aluminium le plus précieux. À l'intérieur, le placage cheap des « boiseries » s'était gondolé sous l'effet de l'humidité tropicale ; la moquette usée jusqu'à la trame était couleur foie de veau. En guise d'agréments, la caravane offrait une kitchenette à l'installation électrique défectueuse, une douche goutte-à-goutte, et un climatiseur délabré qui répandait un fluide grisâtre dans tous les coins. Decker avait transformé la penderie principale en chambre noire, l'espace lui suffisant amplement ; quand il l'utilisait plus d'une ou deux fois par semaine, c'est qu'il était charrette.

Il n'avait aucune envie d'habiter dans un parc de caravaning – l'idée même lui donnait des boutons – mais c'était tout ce qu'il avait pu se payer après son divorce. Non pas que sa femme l'ait mis sur la paille, loin de là ; elle s'était contentée d'emporter ce qui était à elle, à savoir à peu près tout ce qui avait de la valeur. Les appareils photo exceptés. Pris en bloc, le matériel de Decker valait deux fois plus que la caravane dans laquelle il vivait. Il ne prit aucune mesure particulière pour protéger ou dissimuler lesdits appareils parce que tous ses voisins immédiats étaient propriétaires de pitbulls lâchés en liberté, véritables psychopathes canins auxquels aucun cambrioleur qui tienne n'aurait osé se frotter.

Pour une raison mystérieuse, les chiens des voisins ne s'en prenaient jamais à Catherine. Decker procédait à un tirage quand elle fit un saut. À peine l'avait-il fait entrer qu'elle fronçait le nez.

– Beurk ! Ça pue l'hyposulfite.

Elle connaissait bien l'odeur de fixateur.

– J'en ai pour une seconde, dit-il, se refaufilant dans la chambre noire.

Il se demanda ce qui se passait et où était James. James, le chiropracteur qu'elle avait épousé moins de quinze jours après leur divorce.

Catherine s'était remariée le jour même où Decker avait dérouillé le jeune braqueur. Catherine s'était toujours sentie coupable, comme si elle avait mis le feu aux poudres. Elle lui avait écrit deux trois fois par mois pendant son séjour à Apalachee ; elle lui avait même envoyé une fois un polaroïd d'elle en slip et soutien-gorge noirs, qui avait échappé – Dieu sait comment – à la vigilance de la censure de la prison. « En souvenir du bon vieux temps », avait-elle écrit en caractères d'imprimerie au dos du cliché, pour plaisanter. Decker était sûr que le Dr. James n'était pas au courant. Des années après son mariage, Catherine l'appelait encore ou passait le voir à l'improviste, toujours le soir, jamais le weekend, et à la suite de ses visites Decker se sentait toujours rasséréné – un court moment.

Il rinça deux 13 x 18 et les suspendit à une corde à linge tendue en travers de la chambre noire. Il aurait pu allumer le plafonnier sans nuire aux photos, mais il préférait travailler à la lueur rouge de la lumière inactinique. Catherine frappa deux fois et entra, refermant la porte très vite. Elle connaissait les usages.

– Où est le seigneur et maître ? demanda Decker.

– À Tampa, répondit Catherine. À un congrès maousse. Un week-end sur deux, se tient un congrès maousse. Qu'est-ce que t'as là ?

Elle se dressa sur la pointe des pieds pour examiner les tirages.

– C'est qui l'haltérophile ?

– Un pompier invalide à quatre-vingt-dix pour cent.

– Alors qu'est-ce qu'il fabrique dans cette salle de gym à jouer les M. Muscle ?

– C'est ce que la compagnie d'assurances aimerait bien savoir, fit Decker.

– Plutôt tristoune, cette affaire, Rage.

Catherine l'appelait parfois Rage au lieu de R.J. Ce petit nom faisait allusion à son tempérament soupe au lait. Venant de sa part, Decker n'y voyait pas d'objection.

– J'ai plus juteux sur le feu, dit-il.

– Ah bon ? Quoi ?

Elle était superbe dans la chaude lumière rouge. Catherine était canon. Passé, présent, à venir. Un canon auquel il fallait mettre le prix.

– J'enquête sur un pro de la pêche, expliqua Decker. Il truande dans les concours auxquels il participe. À ce qu'on prétend.

– Tu charries, Rage.

– Sérieux.

Catherine croisa les bras, le couvant d'un œil maternant.

– Pourquoi tu ne demandes pas au journal de te reprendre ?

– Parce qu'on m'y filerait pas cent mille dollars pour aller à la pêche.

– Wouah, fit Catherine.

Elle sentait merveilleusement bon. Elle savait que Decker aimait un parfum en particulier, aussi le mettait-elle toujours pour lui – comment s'appelait-il déjà ? Il ne s'en souvenait jamais. Un truc délicieusement névrotique. Compulsion, c'était ça.

Un parfum qui ne faisait probablement aucun effet sur le Dr. James, du moins Decker l'espérait-il. Il se demanda si Catherine puisait encore au flacon de 115 ml qu'il lui avait offert pour son anniversaire, il y avait trois ans de ça.

Decker retira du fixateur avec des pinces un autre cliché noir et blanc du pompier tire-au-flanc et le rinça.

– Aucune photo de poisson ? demanda Catherine.

– Pas encore.

– Quelqu'un va vraiment te filer cent mille dollars ?

– Cinquante mille, minimum. Le reste si j'obtiens ce qu'il veut.

– Qu'est-ce que tu vas faire d'une somme pareille ? dit-elle.

– Tenter de racheter ton retour.

Le rire de Catherine lui resta en travers de la gorge. Elle eut l'air blessée.

– Pas très drôle, R.J.

– Je te l'accorde.

– Tu ne le pensais pas vraiment, hein ?

– Non.

– T'as mauvais fond.

– On m'a trop battu quand j'étais petit, dit Decker.

– On peut pas sortir d'ici ? Tes produits chimiques commencent à me faire planer salement.

Decker l'emmena dans un troquet à barbecue sur South Dixie Highway. Catherine commanda un demi-poulet et du thé glacé, lui, de la bière et des spare ribs. Ils parlèrent de mille petits riens, et Decker songea comme c'était drôlement agréable d'être avec elle, encore et toujours. Il ne se sentait pas triste, à peine mélancolique ; il savait que ça passerait. Les meilleures choses ont toujours une fin.

– Tu as réfléchi à propos de New York ? demanda Catherine.

Le couplet sur le free-lance. Decker le connaissait par cœur.

– Regarde Foley. Une de ses photos a fait la couverture de *Sports Illustrated* pas plus tard que l'été dernier.

Foley était un autre photographe qui avait quitté le journal pour devenir free-lance.

– Hale Irwin, fit Decker avec dérision.

– Quoi ?

– C'est ça la photo du siècle de Foley. Un golfeur. Un putain de golfeur, Catherine. Je ne veux pas faire ça. Suivre à la trace une bande de polos Lacoste sur un terrain de golf chauffé à blanc toute la sainte journée pour une photo à la con.

– C'était rien qu'un exemple, Rage, dit Catherine. Foley croule sous le boulot depuis qu'il est à New York. Il ne s'en tient pas aux golfeurs. Et arrête de me regarder comme un chien méchant.

– Mitrailler, il s'y entend.

– Mais t'es meilleur de cent coudées.

Tendant la main à travers la table, elle lui pinça gentiment le bras.

– Écoute, rien ne te forcerait à te coltiner le sale boulot. Ni Salvador, ni meurtres, ni cadavres de nanas dans les Cadillac. Rien que des reportages soft, Rage, tu l'as bien mérité.

Decker pressentit que le tour du refrain « tant de talent gâché » était venu.

Catherine ne dérogea pas à la règle.

– C'est juste que je déteste te voir gâcher ton talent, dit-elle. Fureter dans les coins comme un voleur à prendre des photos de...

– De types qui arnaquent leur compagnie d'assurances.

– Ouais.

– Tu as peut-être raison, fit Decker.

– Tu réfléchiras à l'option New York ?

– Aide-moi à finir ma viande, j'en ai trop.

– Non merci, je n'ai plus de place.

– Alors parle-moi du toubib.
– Arrête ça, dit Catherine. Les patients de James l'adorent. Il est très généreux de son temps.
– Manipuler les colonnes vertébrales, c'est une affaire qui roule.
– Qui roule, mais pas assez, dit Catherine. James parle de bouger.
Decker eut un large sourire.
– Je devine où.
Catherine rougit.
– Son frère a un cabinet à Long Island. Il sait plus où donner de la tête, d'après James.
– Ah ouais ?
– Prends pas ton air suffisant, R.J. Ça n'a rien à voir avec toi.
– Alors tu ne viendrais pas me voir, fit Decker. Je veux dire, si je partais pour New York et que toi, tu atterrisses à Long Island, tu ne passerais plus me faire la causette ?
Catherine s'essuya les mains à une serviette en papier.
– Mon Dieu, j'en sais rien.
Sa voix avait changé à présent, moins sûre d'elle, moins désinvolte.
– Je ne sais plus trop où j'en suis, R.J. Parfois je me pose la question. James est quelqu'un de vraiment bien, je suis très consciente de la chance que j'ai et pourtant... il repasse lui-même ses chaussettes, je te l'avais dit ?
Decker opina du chef.
– Tu m'as passé un coup de fil en pleine lune de miel pour me l'annoncer.
Elle l'avait appelé d'Honolulu.
– Ah ouais.
– Te frappe pas, ça m'a pas du tout dérangé, fit Decker.
Il avait préféré ça à la perdre complètement. Elle allait lui manquer si le chiropracteur repasseur de chaussettes l'embarquait à New York.

– Le bouquet, tu sais ce que c'est ? dit Catherine. C'est que mon dos me fait toujours un mal de chien.

Le téléphone de Decker sonnait quand il retourna à la caravane. L'individu à l'autre bout du fil n'eut pas besoin de se faire connaître.

– Salut, Miami.

– Salut, capitaine.

Decker était surpris. Skink évitait le téléphone comme la peste.

– Le Tatou est mort, fit Skink.

Decker crut que Skink faisait allusion à son dîner.

– T'as entendu ? fit Skink.

– Le tatou ?

– Ouais, ton pote du journal.

– Ott ?

– Officiellement, il n'est que porté disparu. Officieusement, il est mort. Tu ferais mieux de rappliquer. Il est temps de se foutre au boulot.

Decker s'assit sur le comptoir de la cuisine.

– Commence par le commencement, dit-il.

D'un ton bourru, Skink lui résuma les circonstances de la disparition, terminant sur l'évocation de l'alter ego d'Ott Pickney : Tony Tatou.

– Il était très convaincant, à ce qu'on dit, fit Skink, en guise d'oraison funèbre.

Decker eut carrément du mal à s'imaginer Ott déguisé en tatou sur un skateboard. Mais encore plus de mal à s'imaginer Ott en cadavre.

– Peut-être qu'on l'a emmené quelque part pour lui foutre la trouille, et c'est tout, conjectura-t-il.

– Ça ne tient pas, dit Skink. Je te vois bientôt. Ah ouais – quand tu arriveras à Harney, descends pas au motel, c'est trop risqué. Viens plutôt crécher chez moi.

– J'aimerais mieux pas, fit Decker.

– Oh, écoute, on s'amusera comme des petits fous, maugréa Skink. On se fera rôtir des marshmallows et des francforts.

Decker roula toute la nuit. Il fonça tout droit sur l'Interstate 95 qu'il quitta pour la Route 222, pile à l'ouest de Wabasso. Quatre-vingt-dix minutes plus tard, il pénétrait dans Harney County. Le temps qu'il rejoigne la bicoque de Skink sur le lac, il était quatre heures et demie du matin. Un ou deux bassiers étaient déjà de sortie sur l'eau ; Decker perçut leurs puissants moteurs grignoter l'obscurité.

En entendant la voiture de Decker, Skink fit résonner la véranda de son pas lourd. Il était vêtu de pied en cap – bottes, lunettes noires, imper orange fluo. Decker se demanda s'il dormait dans cet uniforme.

– Ça fait une trotte en bagnole, dit Skink. Prends ton barda et entre.

Decker emporta son sac de marin dans la baraque. C'était la première fois qu'il s'aventurait au-delà du seuil et il ne savait trop à quoi s'attendre. À des peaux de bêtes, peut-être. Et à de la fourrure de lapin comme papier mural.

En franchissant la porte-moustiquaire, Decker resta stupéfait devant ce qui s'offrait à ses yeux : des livres. Sur chaque mur, des étagères de pin naturel montaient jusqu'au plafond et sur chaque étagère s'alignaient des livres. Le mur est était réservé aux classiques du roman : Poe, Hemingway, Dostoïevski, Mark Twain, Jack London, Faulkner, Fitzgerald et même Boris Pasternak. Le mur ouest, aux biographies d'hommes politiques : Churchill, le Lincoln de Sandburg, Hitler, Huey Long, Eisenhower, Joseph McCarthy, John F. Kennedy, et même le Lyndon Johnson de Robert Caro, bien qu'il ait tout l'air d'une édition club. Le mur sud était consacré uniquement aux ouvrages de référence : la *Britannica*, les *Florida Statutes*, et jusqu'au *Reader's Guide to Periodic Literature*. C'était le mur de la bicoque qui penchait si vertigineusement et Decker savait maintenant pourquoi : il soutenait les ouvrages les plus pesants.

Les étagères du mur nord étaient divisées en deux sections. En haut, la philosophie et les lettres. En bas, les livres pour enfants : Les Hardy Boys, Tom Swift, Dr. Seuss, *Charlotte's Web* et les Contes de Grimm.

– Qu'est-ce que tu regardes ? demanda Skink.

– Rien que de super bouquins, dit Decker.

– Sans blague ?

Au milieu de la pièce, il y avait un matelas nu posé par terre, une couverture de l'armée, mais pas d'oreiller. Le Remington était appuyé dans un coin ; la lampe tempête, accrochée à une traverse du plafond, ne dispensait qu'une lueur blanche diffuse qui variait d'intensité suivant l'état du manchon. Decker se dit que Skink devait lire à la lumière du jour, s'il ne voulait pas s'esquinter la vue.

Une autre voiture s'arrêta devant la baraque. Decker lança un coup d'œil à Skink. Il avait l'air d'attendre quelqu'un. Il poussa la porte-moustiquaire et un flic entra, un policier de la route [1]. Chapeau rigide de cow-boy, uniforme gris (à manches longues, bien entendu) sortant du pressing. Il arborait sur l'une de ses épaules un badge en forme d'orange de Floride. Le flic, du même gabarit que Skink, mais plus jeune que lui cependant, n'était qu'un triangle de muscle jusqu'à la taille.

Decker nota que ce policier de la route différait de la plupart de ses semblables, tous grands, minces, jeunes et... blancs. Lui était noir. Decker ne pouvait imaginer pire endroit qu'Harney County pour un flic black.

1. Jim Tile est en fait un *State Trooper*, donc un fonctionnaire fédéral, plus important qu'un banal policier de la route et surtout qu'un flic *local* à juridiction limitée *(N.d.T.)*.

– Je te présente Jim Tile, dit Skink. Jim, lui, c'est le type dont je t'ai parlé.

– Salut, Miami, fit Tile, en serrant la main de Decker.

Skink rentra de la véranda un rocking-chair et un fauteuil pliant. Tile ôta son couvre-chef et s'installa dans le rocking-chair, Decker opta pour le pliant et Skink s'assit à même le plancher de pin.

– Qu'est-ce qui est arrivé à Ott ? demanda Decker.

– Il est mort, fit Skink.

– Mais qu'est-ce qui s'est passé, merde ?

Skink soupira et fit signe à Jim Tile.

– Hier matin à l'aube, commença le flic de la route, d'une voix si basse qu'elle parut faire trembler la lampe tempête, j'étais sur les routes à patrouiller. Exactement dans la partie de la Gilchrist Highway qui traverse Morgan Slough.

– Il y a des mecs qui pêchent par là à marée haute, le coupa Skink. Il faut pour ça une plate, pas une vedette. À dix minutes de la nationale, t'es en plein territoire des bass.

– Donc, j'aperçois des phares entre les broussailles, reprit Jim Tile. Ceux d'un pick-up, c'est clair. Je m'arrête, je me gare. Je laisse passer dix minutes, le pick-up n'a pas bougé, et ses phares sont toujours allumés. Si c'était deux ados en train de baiser, ils auraient pas laissé les phares. Alors je suis allé vérifier.

– Tout seul ? demanda Decker.

Tile éclata de rire.

– Putain, les renforts le plus proches sont à Orlando. Ben ouais, tout seul, disons ça comme ça. Alors j'empoigne mon fusil à pompe et ma torche électrique, et je commence à me couler vers le pick-up à travers les taillis, en restant le plus près possible des cyprès pour que celui ou ceux qui se trouvent là-bas ne puissent pas me repérer. Tout à coup, j'entends une portière qui claque et le pick-up sort à toute vitesse des fourrés. Je m'accroupis et glisse une cartouche dans mon fusil, mais il ne ralentit pas, rejoint la grand-route et disparaît.

– Trois types, dit Skink.

– Dans un pick-up vert foncé, dit Tile. J'suis pratiquement sûr que c'était un Ford, mais pas du coin. J'ai pas pu voir la plaque.

– Et ces types, ils vous ont vu, vous ? demanda Decker.

– Celui qui était sur le siège passager, ça ne fait aucun doute.

– Et vous l'avez reconnu ?

– Laisse-le finir, Miami, fit Skink.

– Puis je me suis rendu là où la camionnette était garée, poursuivit Tile. Tout au bord du marécage. J'veux dire, d'après les traces de pneus, on pouvait voir qu'ils avaient quasiment reculé dans l'eau. J'ai pensé qu'ils braconnaient l'alligator ou avaient ébloui un daim venu boire. Ça paraissait évident, sauf que le sol était impec, pas de sang, pas de peau, pas d'écailles, rien de rien.

– Que ça, dit Skink.

Plongeant la main dans son imper, il en sortit un carnet qu'il tendit à Decker. Un calepin de journaliste standard : de poche, à spirales. Il portait sur la couverture, écrits à l'encre bleue, les mots : « PICKNEY / NÉCRO CLINCH. » À sa minceur, Decker déduisit qu'on avait arraché de nombreuses feuilles. Celles qui restaient étaient blanches.

– Je l'ai trouvé sous un chou palmiste, dit Jim Tile. À dix mètres environ de l'endroit où était garé le pick-up.

– Et vous n'avez rien découvert d'autre ? demanda Decker.

– Non, m'sieur.

– Vous l'avez signalé ?

– Signalé quoi ? fit Tile. Un pick-up garé dans les broussailles ? Faudra me montrer la loi qui interdit ça.

– Mais vous avez trouvé un calepin qui appartient à une personne disparue.

Skink secoua la tête.

– L'équipe de basket dit qu'il a disparu, mais personne n'a encore signalé sa disparition. Et seul le shérif peut décider ou pas d'aller plus loin, à condition qu'il trouve le temps.

– Qu'est-ce que vous racontez ? fit Decker.

– Le shérif s'appelle Earley Lockhart, expliqua Skink. Lockhart, comme Dickie. C'est son oncle. Et, si ça peut t'être d'une utilité quelconque, il a un bass de douze livres accroché au mur derrière son bureau. Jim, tu devrais narrer à Mr. Decker ta collaboration hors du commun avec le bureau du shérif d'Harney County.

– L'absence de collaboration plutôt, dit Jim Tile. Pour eux, je n'existe tout bonnement pas. Je me suis gouré de couleur de peau et d'uniforme.

– Jim et moi, on se connaît depuis un bail. On s'épaule mutuellement quand il y a du grabuge. Ce qui explique pourquoi Jim m'a apporté le calepin du Tatou.

– Mais comment vous savez qu'il est mort ? insista Decker.

Skink se leva et éteignit la lampe tempête. Sur la véranda, il prit l'une de ses cannes à pêche.

– Tu conduis, tu veux bien ? dit-il à Jim.

– Et comment, fit le flic de la route. On va fai'e fai'e une petite p'omenade à Miste' Decker dans une v'aie voitu'e de police.

– J'ai déjà eu ce privilège, fit Decker.

– Le type du pick-up qui vous a reconnu, c'était qui ? demanda Decker.

Il était assis dans le panier à salade. Jim Tile, qui tenait le volant, jeta un coup d'œil vers la masse orange froissée de Skink, sur le siège passager ; ce dernier lui fit signe de la tête que c'était bon.

– Ozzie Rundell, il s'appelle, fit Jim Tile.
– Un débile, grommela Skink.
– Il n'a pas un frère ?
Decker avait entendu Ott mentionner un certain Culver Rundell à l'enterrement de Bobby Clinch. Il s'était montré surpris que ledit Culver n'assiste pas à la cérémonie.
– Si, Culver, fit Jim Tile. Il tient un magasin d'articles de pêche sur le lac Jesup.
Decker en conclut que c'était probablement là qu'il s'était arrêté quelques jours auparavant. Culver devait être celui qui trônait derrière le comptoir.
– Il est moins con qu'Ozzie, observa Skink. Mais même la lune est moins con qu'Ozzie.
Ils roulaient sur une route à deux voies, sans ligne médiane ni panneau de signalisation. Decker ne la reconnut pas. Jim Tile conduisait vite, d'une seule main. À travers le grillage du panier à salade, Decker vit que l'aiguille du compteur flirtait avec le cent cinquante. Encore heureux qu'il n'y eût pas de brouillard.
– Comment vous avez connu le capitaine ? demanda-t-il à Jim.
– Je travaillais pour lui, dit le policier de la route.
– À Tallahassee, compléta Skink. Autrefois.
– Quel genre de travail ? insista Decker.
– Petit boulot, fit Skink.
Decker était trop crevé pour poser d'autres questions. Il s'allongea sur la banquette et sombra dans la somnolence. Il s'interrogeait toujours sur le compte d'Ott Pickney et se demandait ce qu'on allait lui montrer. À l'avant, Skink et Jim Tile ne disaient plus un mot. Au bout d'un quart d'heure à peu près, Decker sentit que le véhicule de patrouille freinait et quittait l'asphalte. Puis il se mit à tressauter tandis que des branches feuillues griffaient le dessous de la carrosserie.
Decker rouvrit les yeux et se redressa. Ils étaient à Morgan Slough.

Jim Tile descendit le premier et vérifia les environs. L'obscurité et la fraîcheur refluaient du marécage ; dans une demi-heure, ce serait l'aube. Skink sortit sa canne de la voiture et gagna le bord de l'eau, qui avait la couleur de brûlé du thé noir. Le marécage était un entrelacs de nénuphars et autres plantes aquatiques, de branches mortes et de racines de cyprès vivaces. Aux hautes branches pendaient des tresses enchevêtrées de mousse d'Espagne. L'endroit semblait remonter à la préhistoire.

Jim Tile se tenait debout, mains sur les hanches. Skink se mit à lancer, mouliner, lancer à nouveau.

– Qu'est-ce qui se passe ? fit Decker, en s'ébrouant.

L'air vif hivernal avait une légère odeur de fumée.

– Le leurre dont je me sers s'appelle le Bayou Boogie, dit Skink. Avec un plomb moyennement rapide et deux hameçons triples. Je les ai aiguisés avant ton arrivée. T'as probablement remarqué que j'ai mis un nouveau fil sur le moulinet depuis notre sortie de la dernière fois.

– Non, j'avais pas remarqué, murmura Decker.

Avoir fait tout ce chemin pour se faire administrer une leçon de pêche à la con ! Ça ne leur arrivait jamais de dire les choses simplement ?

– Du Trilene quinze lb, continua Skink. Tu sais quel poids ça peut soulever, ce machin ?

– Aucune idée, avoua Decker.

– Bien – c'est parti !

La canne de Skink se plia en deux. Au lieu de laisser filer l'hameçon, il pompait lentement, mettant en action son impressionnante masse de muscles. Ce qui se trouvait au bout de la ligne – quoi que ce fût – bougea à peine.

– T'as accroché une souche, dit Decker à Skink.

– Je crois pas.

Doucement, ça venait ; tant mal que bien, Skink ramenait la chose à lui. Il pompait si fort que Decker était persuadé que la canne allait péter, puis Skink relâchait, moulinait vite fait, avant de recommencer à pomper. La ligne était tellement tendue qu'on l'entendait vibrer.

– T'y es presque, l'encouragea Jim Tile.

– Tiens-toi prêt ! dit Skink, la voix cassée par l'effort.

Il tira d'un seul coup de toute sa puissance et quelque chose brisa la surface de l'eau. Une chaîne de fer. Le leurre de Skink s'était pris dans l'un des maillons. Jim s'agenouilla et l'agrippa avant qu'elle ne replonge dans le marécage. Il détacha l'appât et Skink rembobina le fil.

À présent, Decker savait ce qui allait surgir.

Une main après l'autre, Jim Tile hala la chaîne. Le mauvais bout apparut en premier ; c'était une ancre. Une ancre toute neuve, en fonte. Une touffe d'herbes flottantes pendillait de sa fourche comme une perruque verte détrempée.

Jim Tile la hissa sur la rive. Sans souffler mot, il s'attaqua à l'autre extrémité de la chaîne, celle encore immergée.

Decker songea instinctivement à ses appareils. Ils étaient restés enfermés dans sa voiture, là-bas près de la cahute de Skink. Il se sentait tout nu sans eux, comme au bon vieux temps. Certaines choses étaient plus faciles à supporter à travers l'objectif d'un appareil photo ; c'était parfois l'unique protection qu'on avait sous la main : l'objectif installait une distance essentielle entre l'œil et l'horreur de la chose vue. L'horreur de découvrir le cadavre d'une amie dans le coffre d'une Seville, par exemple. Cette distance n'était qu'une vue de l'esprit, bien sûr, mais parfois il faisait bon se réfugier derrière les lentilles d'un objectif. Decker n'avait pas ressenti la nécessité d'un tel bouclier depuis fort longtemps, mais il la retrouvait intacte en cet instant précis. Il aurait tout donné pour avoir ses appareils ; leur poids familier autour de son cou lui manquait.

Sans eux, il n'était pas sûr de pouvoir regarder, et pourtant il le fallait, il le savait. Après tout, il avait abandonné le métier précisément dans ce but. Pour être capable de regarder à nouveau et d'éprouver quelque chose.

Jim bataillait avec la chaîne. Skink s'agenouilla à ses côtés et ajouta tout son poids dans la traction.

– Ça y est, dit Skink, soufflant fort.

L'autre extrémité de la chaîne sortit de l'eau au bout de sa main droite.

– Achève le boulot, dit Jim Tile.

Attachée à l'extrémité de la chaîne, il y avait une cordelette de nylon. Skink plongea jusqu'au coude ses bras massifs dans l'eau en suivant la cordelette ; ses doigts fourragèrent à l'aveuglette sous la surface ; on aurait dit un raton laveur géant chassant une écrevisse.

– Ah ! s'exclama-t-il.

Jim se redressa, s'essuyant les mains sur son uniforme, et prit du champ. Avec un grognement de primitif, Skink arracha sa prise morbide du fond de Morgan Slough.

– Oh, mon Dieu, gémit Decker.

Le corps d'Ott Pickney flottait au bout d'une brochée. Comme un *lunker*, on l'avait proprement ferré aux lèvres.

9.

Ils revenaient vers Harney par la Gilchrist Highway.

– On peut quand même pas le laisser là, dit Decker.

– On n'a pas le choix, fit Skink, depuis l'arrière de la voiture de patrouille.

– Qu'est-ce que tu veux dire ? On a un meurtre sur les bras. Aux dernières nouvelles, c'est toujours interdit par la loi, même dans un patelin de merde comme ici.

– Vous ne pigez pas le topo, dit Jim Tile.

Skink se pencha en avant, écrasant son visage contre le grillage du panier à salade.

– Comment on expliquera notre présence dans le marécage ? Un flic black et un frappadingue certifié tel que moi.

Plus un ex-taulard, songea Decker. Sous son bonnet de douche, Skink lui fit un clin d'œil de connivence.

– C'est pour Jim que je me bile en fait, Miami. Les poulets du coin seraient trop contents de se farcir un Jim Tile, policier d'État, j'ai pas raison ?

– Qu'ils aillent se faire foutre, alors. On va trouver le procureur général de l'État et on passe devant un grand jury. Ça fait déjà deux morts, d'abord Clinch, et maintenant Ott Pickney. On ne peut pas rester les bras croisés.

– Non, fit Jim Tile.

Magnifique, songea Decker, les Trois Mousquetaires.

– De quoi vous avez tellement peur ? demanda-t-il au flic de la route. Vous croyez vraiment qu'ils essaieraient de nous coller ça sur le dos ?

– Pire, répondit Jim. Ils n'en tiendraient aucun compte. Clinch a déjà été déclaré victime d'un accident.

– Mais pas Ott Pickney, qui flotte là-bas au bout d'une brochée, insista Decker. Je pense qu'on pourrait avec un semblant de légitimité arguer d'un crime avec malveillance.

Jim Tile fit quitter la chaussée à son véhicule et s'arrêta. Ils étaient à trois kilomètres de la ville. Des phares s'approchaient en sens inverse.

– Planquez-vous, fit Jim.

Skink et Decker firent le gros dos jusqu'à ce que l'autre voiture se soit éloignée. Puis Skink descendit, armé de sa canne à pêche.

– Allez, sors, dit-il à Decker. On va y aller à pattes à partir d'ici. Vaut mieux que personne ne voie Jim en notre compagnie.

Decker descendit de voiture à son tour. À l'est, le ciel devenait d'un rose métallique.

– Explique-lui, dit Jim à Skink, avant de démarrer.

Decker commença à se traîner le long de la route. Il avait l'impression d'avoir cent ans. Il aurait encore préféré être à Miami, tant il se sentait minable. Il tenta de se rappeler si Ott Pickney avait des mômes ou une ex-femme, quelque part. Il était tout à fait possible qu'il n'eût personne, ses orchidées mises à part.

– Je regrette pour ton ami, disait Skink. Mais faut que tu comprennes.

– Je t'écoute.

– À midi, le corps ne sera plus là, si ce n'est déjà fait. Ils vont retourner le chercher. Ils ont aperçu Jim zoner près du marécage, ceci explique cela.

– On aurait dû rester là-bas. Jim aurait pu appeler du renfort par radio.

Skink, qui ouvrait la marche, se retourna vers Decker, puis avança à reculons pour l'avoir bien en face.

– Le bureau du shérif capte par radar toutes les fréquences de police. Ils auraient repéré l'appel et envoyé là-bas deux trois voitures de patrouille. Avant d'avoir pu faire ouf, les locaux faisaient jouer la juridiction, et on avait droit à un interrogatoire en règle, toi comme moi. Plus coup de fil à Tallahassee au sujet de ce cher Jim Tile – de toutes les irrégularités dont son rapport est truffé et du manque de coopération et de l'arrogance dont il a fait preuve. Bref, toutes les conneries qu'ils pourront inventer, ils ne s'en priveront pas. Tu sais combien il y a de Noirs policiers de la route dans toute la Floride ? Pas même assez pour monter une équipe de basket, nom de Dieu. Jim est un mec bien, je ne vais pas le laisser se faire lyncher par une bande de beaufs. Et surtout pas à cause d'une histoire de poisson à la con, nom de Dieu.

Decker n'avait jamais entendu Skink en dire autant d'un seul tenant.

– Alors, c'est quoi le plan ? dit-il.

Skink cessa de marcher à reculons.

– Pour l'heure, le plan nous enjoint de quitter la route.

Decker fit volte-face et aperçut un pick-up qui approchait lentement. Les rayons du soleil matinal réfléchis par le pare-brise empêchaient de distinguer le conducteur et s'il y avait d'autres personnes à l'avant.

Skink tira Decker par la manche.

– Prom'nons nous dans les bois, qu'est-ce que t'en dis ?

Quittant l'asphalte, ils pénétrèrent d'un bon pas dans une plantation de grands pins. Ils entendirent le pick-up qui accélérait. Parvenu à leur hauteur, il s'arrêta. Une portière claqua, puis une autre.

Skink et Decker étaient à vingt-cinq mètres de la route quand les premiers coups de feu éclatèrent. Decker se jeta sur le sol, entraînant Skink à sa suite. Une balle fit voler en éclats l'écorce d'un arbre, à leurs pieds.

– Je suis ravi que tu portes cet imper orange, capitaine. D'après moi, ils ne nous voient pas à plus de deux trois kilomètres.

– Semi-automatique ? demanda Skink, les dents serrées.

Decker opina du chef.

– Au bruit, on aurait dit un Ruger Mini-14.

Très en vogue dans le milieu « Porsche et Poudre » de Miami, mais pas le genre de pétard qu'on s'attend à trouver plus au nord.

Le fusil crépita à nouveau, si vite qu'il était impossible de distinguer les nouveaux coups de feu de l'écho des anciens. Les balles criblaient les feuilles comme un orage de grêle mortel. De là où ils se pelotonnaient, ni Decker ni Skink n'apercevaient le pick-up sur la route, mais ils entendaient des voix d'hommes entre les salves.

– Ils vont venir nous chercher ? chuchota Decker.

– J'imagine.

Skink pressait sa joue contre un tapis d'aiguilles de pin. Une fourmi rouge s'était emberlificotée dans la brousse de sa moustache ; Skink ne fit pas un geste pour la chasser. L'oreille collée au sol, il écoutait.

– Ils ne sont que deux, annonça-t-il.

– *Que* deux ?

Un seul, et avec un Ruger, c'était déjà bien assez.

De la main droite, Skink plongea dans son imper. Il en sortit le pistolet.

Decker entendit des craquements de brindilles à l'orée des pins.

– Sauve qui peut, dit-il.

Ils n'auraient pas l'ombre d'une chance dans une fusillade.

– Toi, tu te sauves, dit Skink.

Et je fais dévier leur tir sur moi, songea Decker. Idée de génie. À Beyrouth, du moins, les encoignures de portes vous donnaient une chance ; elles faisaient d'excellents abris. Il suffisait de courir en zigzags de l'une à l'autre. Ici et maintenant, pas d'encoignure de porte en vue. Même les arbres étaient trop malingres pour offrir une protection.

Decker entendit des pas écraser des broussailles à quelques mètres derrière lui. Skink l'encouragea du geste à y aller.

Il se mit à genoux, en position, enfonça ses orteils dans le terreau humide et détala comme un sprinter. Il courut à l'aveuglette, slalomant entre le tronc des pins et sautant par-dessus les buissons de choux palmistes. Un homme hurla et la fusillade reprit. Decker tressaillait chaque fois que les balles sifflaient entre les arbres – en bas, en haut, toujours à quelques mètres dans son dos. Celui qui le canardait courait aussi, mais visait mal.

Decker ne connaissait pas le terrain, aussi s'engouffrait-il dans ses percées comme elles se présentaient. Repérant un couvert prometteur de l'autre côté d'une clairière pelée, il tricota des jambes dans sa direction, tête baissée. Il allait l'atteindre quand quelque chose le frappa dans les yeux et il se recroquevilla de douleur.

Une rafale avait sectionné une branche de pin, qui était venue cingler Decker au visage de plein fouet. Il était étendu par terre, le souffle court, les deux poings pressés sur ses yeux. Peut-être croiraient-ils l'avoir eu. Peut-être se lanceraient-ils aux trousses de Skink.

Soudain, la fusillade avait cessé.

Decker entendit qu'on klaxonnait. Quelqu'un pesait de tout son poids sur l'avertisseur du pick-up, dont il tirait de longs appels pressants. Depuis la route, un homme beugla un nom que Decker ne réussit pas à saisir. Il retira ses mains de son visage et constata avec soulagement qu'il y voyait clair. Ses joues étaient baignées de larmes, les yeux lui piquaient mais semblaient en bon état de marche.

Ce ne fut qu'en entendant ronfler le pick-up qui s'éloignait que Decker osa remuer, sans être très sûr du chemin qu'il devait prendre. La direction qu'il lui paraissait le plus sage de suivre était celle opposée à la route, mais il ne voulait pas abandonner Skink, si ce dernier était encore en vie.

Decker rampa jusqu'à un arbre, puis se releva, se coulant prudemment dans l'alignement du tronc. Rien ne bougeait dans la clairière ; le matin était d'un silence de mort. Les oiseaux chanteurs se taisaient, encore apeurés.

Et puis merde, se dit Decker, qui cria à pleins poumons :

– Skink !

Une grosse masse blanchâtre se déplaça à l'orée du bois, de l'autre côté de la clairière, faisant un boucan de tous les diables.

– Je t'ai déjà dit de m'appeler capitaine ! beugla-t-il.

Skink était en pleine forme, nu comme un ver, ne portant que ses rangers.

– Regarde dans quel état ce connard a mis ma tenue !

Il souleva l'imper, qui portait trois impacts de balles entre les omoplates.

– Je l'ai enlevé juste à temps, expliqua Skink. Je l'ai accroché à une branche et, quand je l'ai agitée, le mec s'est retourné et a canardé à tout va. Il a pas visé au bon endroit, c'est peu de le dire.

Tout nu et tout poilu, Skink conduisit Decker près du corps. Le mort portait une croûte noirâtre et ronde entre ses sourcils roux. Sa bouche dessinait un O.

– T'avais raison pour le Ruger, dit Skink.

Le fusil gisait près de l'homme. On en avait retiré le chargeur.

– Et pour répondre à ta question : non, je ne l'ai jamais vu avant, ajouta Skink. On a loué ses services, un vague cousin de l'un ou de l'autre, qu'habite pas en ville. Son pote est resté en bordure des arbres pour faire le guet.

– Je parie qu'ils se sont dit qu'un fusil suffirait, fit Decker.

– Il a la trentaine à tout casser ce type, murmura Skink d'un ton rêveur. Pauv'con.

– Dois-je en conclure que nous n'en référerons pas aux autorités ? demanda Decker.

– T'apprends vite, reconnut Skink.

Au milieu des années 70, un dénommé Clinton Tyree devint gouverneur de Floride. Il avait tout pour plaire aux électeurs : grand, d'une beauté virile, ex-star du football (homme de ligne de très, très haut niveau), vétéran du Vietnam décoré (*sniper*, il était demeuré en une occasion seize jours derrière les lignes ennemies sans vivres ni munitions), célibataire et bon parti, homme de plein air convaincu – et pour couronner le tout, enfant du pays, une rareté par les temps qui couraient en Floride. Au début, Clinton Tyree affichait des idées politiques conservatrices, quand ça l'arrangeait, et de gauche, quand ça ne faisait pas de différence. Plafonnant à un mètre quatre-vingt-quinze, il ne passait pas inaperçu quand il faisait campagne et les médias raffolaient de lui. Il remporta le poste de gouverneur sous l'étiquette Démocrate, mais s'avéra un spécimen unique en son genre, tel que, Démocrates et Républicains confondus, la Floride n'en avait jamais connu. À la confusion générale à

Tallahassee, Clinton Tyree se révéla un individu d'une honnêteté à toute épreuve. Les premiers qui tentèrent de le corrompre en furent pour leurs frais. Ils supposèrent que c'était le montant du pot-de-vin qui posait problème. Riches promoteurs immobiliers qui avaient dans le collimateur certaine réserve naturelle côtière, ils revinrent à la charge auprès du nouveau gouverneur avec une nouvelle offre. La somme aurait suffi à lui assurer une retraite dorée sur n'importe quel point du globe. Ces promoteurs-là n'étaient pas nés non plus de la dernière pluie. Le bakchich émanerait d'une société *offshore*, avec compte bancaire à Nassau. Les fonds seraient virés par dépêche de Bay Street à une holding de la Grande Caïman, puis de là à un *blind trust*, ouvert à la toute spéciale intention de Clinton Tyree dans une banque panaméenne. La fortune fraîchement acquise du gouverneur fraîchement élu aurait été ainsi sous la protection du secret bancaire de trois gouvernements étrangers.

Les promoteurs ripoux pensaient que c'était là un plan ingénieux et à toute épreuve, et ils restèrent comme deux ronds de flan quand Clinton Tyree les envoya se faire foutre. Avec une certaine dose de naïveté, ils avaient généreusement contribué à la campagne électorale de Tyree et n'arrivaient pas à croire que c'était le même homme qui maintenant – sur papier à en-tête de l'État ! – leur infligeait une fin de non-recevoir en les traitant de « sous-vermines, indignes de boulotter la vase d'une fosse septique ».

Ces richards de promoteurs furent encore plus ébahis d'apprendre que toutes leurs conversations avec le gouverneur avaient été enregistrées à leur insu par le chef de l'exécutif *himself*. Ils découvrirent le pot aux roses quand de pleines voitures d'agents du F.B.I. taciturnes vinrent se garer devant leur élégante tour de bureaux de Brickell Avenue où ils firent irruption, dûment mandatés, et arrêtèrent toute leur bande de criminels en col doré. Le fisc sauta à pieds joints sur l'occasion et, au bout de six petits mois de rien du tout, l'une des plus grosses firmes immobilières du sud-est des États-Unis se retrouva ventre en l'air, comme un vulgaire poisson d'eau trouble crevé.

Ce fut une date exaltante dans l'histoire de la Floride. Les éditos des journaux célébrèrent le courage et la probité du gouverneur Clinton Tyree, et les grands manitous des *networks* le sacrèrent vaillant pionnier d'un Sud Nouveau.

Inutile de préciser qu'aux yeux de ceux qui comptaient vraiment – à savoir les puissants et les fortunés – le nouveau gouverneur ne passait pas pour un héros. Ils le considéraient comme un chieur de première des plus dangereux. Bien sûr, tout homme politique floridien se faisait adroitement le chantre d'une gestion honnête, mais ils étaient peu à avoir ne serait-ce qu'une vague compréhension de ce concept et encore moins à le mettre en pratique. Clint Tyree différait d'eux ; c'était un empêcheur de tourner en rond, qui n'émettait pas sur la même longueur d'onde.

La Floride ayant cessé depuis longtemps d'être un territoire vierge, la compétition entre spéculateurs âpres au gain était féroce. L'avantage allait à ceux pourvus de la thune adéquate et du meilleur réseau de relations. Dans l'État du Soleil, la croissance avait toujours été arrosée de pots-de-vin ; quiconque étant contre la corruption étant évidemment contre le progrès, il fallait donc faire quelque chose.

Le monde de la promotion immobilière avait le choix : soit attendre l'expiration du mandat de Tyree et s'arranger pour qu'il ne soit pas réélu, soit le neutraliser.

Ce qu'ils firent. Ils consacrèrent toutes leurs ressources et tous leurs soins à corrompre quiconque devait l'être en priorité, tâche qu'ils menèrent à bien en rencontrant fort peu de résistance. Le gouverneur ne disposait que d'une seule voix au cabinet de l'État, et ce fut un jeu d'enfant pour ses adversaires politiques de s'y assurer de la loyauté d'une majorité d'opposants. Cela ne nécessitait que de l'argent. Pareillement, il fut fort simple (quoique légèrement plus onéreux) d'affermir le soutien des deux chambres, afin que le droit de veto que Clinton Tyree exerçait si souvent fût automatiquement annulé.

Très vite, le nouveau gouverneur se retrouva du côté perdant dans pratiquement toute bataille politique d'importance. Il découvrit qu'être interviewé par David Brinkley ou avoir sa photo en couverture de *Time* ne servait à rien tant que ses collègues continuaient à voter la reddition du moindre centimètre carré de littoral dès que des nababs du « condo [1] » levaient leur petit doigt bagouzé. À chacune de ses défaites, Clint Tyree devenait plus taciturne, déprimé et solitaire. La teneur des lettres qu'il dictait devint si sombre et si grossière que ses assistants, terrifiés de les expédier revêtues du sceau de l'État, les récrivaient subrepticement. On murmurait aussi que le gouverneur maigrissait à vue d'œil, que ses costumes étaient tout sauf impeccables, que sa coiffure tendait à l'hirsute. Certains Républicains firent même courir la rumeur que Tyree souffrait d'une M.S.T. épouvantable.

Entre-temps, les promoteurs qui avaient tenté de l'acheter passèrent finalement en justice, le gouverneur étant le principal témoin à charge. On assista, comme on dit, au cirque médiatique. Les amis de Clinton Tyree furent d'avis qu'en l'occurrence il tint le choc à peu près correctement ; ses ennemis,

1. *Condo*, abriévation du terme *condominium*, désigne un appartement en copropriété situé dans de petits ensembles résidentiels. Pour l'auteur, le *condo* est l'une des sept plaies du boom économique de la Floride *(N.d.T.)*.

eux, furent d'avis qu'à la barre des témoins, l'œil vitreux, débraillé, il avait tout du toxico.

Le procès se solda par une victoire mitigée. Les promoteurs convaincus de corruption active ne récoltèrent qu'une sentence de liberté conditionnelle. Ils étaient soutiens de famille, expliqua le juge ; et d'ardents pratiquants, aussi.

Par une fâcheuse coïncidence, le lendemain du verdict, le cabinet de Floride vota par six voix contre une la fermeture de la Réserve naturelle de Sparrow Beach [1] et sa cession pour douze millions de dollars à la Société immobilière du même nom. La raison invoquée pour cette vente fut le trépas malencontreux (dû à la frustration sexuelle ou bien à son grand âge ?) de l'ultime représentant de l'espèce des moineaux de l'éphédra de Karp. C'était pour sa préservation que cette oasis verdoyante avait été créée à l'origine. Suite à l'extinction du dernier de ces oiseaux rares, avança le cabinet, pourquoi continuer à immobiliser de l'excellent front de mer ? L'unique vote contre cette transaction émanait du gouverneur, comme de bien entendu ; il devait découvrir par la suite que le principal actionnaire de la Société immobilière de Sparrow Beach n'était autre que son fidèle second dans sa campagne, autrement dit son lieutenant-gouverneur.

Le lendemain du vote, le gouverneur Clinton Tyree fit ce que nul autre de ses prédécesseurs n'eût jamais fait : il démissionna.

Il ne souffla mot de sa décision à âme qui vive à Tallahassee. Il sortit simplement du palais du gouverneur, monta dans sa limousine et dit au chauffeur de rouler droit devant lui.

Six heures plus tard, Clinton Tyree lui demanda de s'arrêter. Ce qu'il fit devant une gare routière au centre d'Orlando, où le gouverneur prit congé de lui en lui disant d'aller où bon lui semblait.

1. Littéralement plage des Moineaux *(N.d.T.)*.

Pendant deux jours, le gouverneur Clinton Tyree fit l'objet de la plus imposante battue de toute l'histoire de la Floride. Le F.B.I., la police de la route, la police maritime, toutes les forces de l'ordre de Floride et la Garde nationale déployèrent leurs agents, effectifs, médiums, chiens-limiers et hélicoptères. Le chauffeur du gouverneur fut soumis sept fois au détecteur de mensonges et, bien qu'ayant toujours satisfait à cette épreuve, il était encore considéré comme le suspect numéro un dans cette disparition.

Les recherches cessèrent quand la démission de Clinton Tyree certifiée conforme parvint au Capitole. Dans une courte missive adressée à la presse, l'ex-gouverneur déclarait qu'il quittait ses fonctions à la suite de « conflits moraux et idéologiques perturbants ». Remerciant chaudement ses amis et partisans, il terminait en citant quelques paroles poignantes, mais à tout le moins dénuées de pertinence, d'une chanson des Moody Blues.

Après la démission de Clinton Tyree, le bizness faux derche visant à brader la Floride au plus offrant redémarra de plus belle dans la capitale de l'État. Les fidèles du jeune gouverneur commencèrent à donner des interviews où ils suggéraient à mots couverts que pendant deux ans ils avaient su qu'ils avaient affaire à un fou intégral. Quelques journalistes intrépides engloutirent de précieux frais de mission dans leurs tentatives de dénicher Clinton Tyree pour obtenir de lui le fin mot de l'histoire. Mais en vain. On vit le gouverneur pour la dernière fois en public l'après-midi de sa disparition à la gare routière d'Orlando. Sous le nom de Black Leclere, il avait pris un aller simple pour Fort Lauderdale, où il n'était jamais arrivé. En route, l'autocar panoramique Greyhound s'était arrêté pour refaire le plein dans une station Exxon et le chauffeur n'avait pas remarqué que le passager balèze en costume rayé bleu, descendu pour se rendre aux toilettes messieurs, n'avait pas regagné sa place. La station-service en question était située en face d'un étal de fruits sur la Route 222, à moins de sept kilomètres des premières maisons d'Harney.

Clinton Tyree avait choisi Harney non seulement en raison de ses beautés naturelles – le lac et les *ranchlands*, les cyprès et les pins – mais aussi à cause de sa profonde arriération politique. Harney County avait le taux d'abstentionnisme le plus élevé de toute la Floride. C'était l'un des rares endroits à figurer sur la liste noire des instituts de sondage Gallup ou Harris, du fait que 63 % des interrogés étaient incapables de citer, sans écorcher son nom, un seul vice-président de toute l'histoire des États-Unis. Lors de la dernière élection d'un gouverneur, quatre citoyens d'Harney sur cinq ne s'étaient pas donné la peine d'aller déposer leur bulletin dans l'urne, avant tout parce que la vente aux enchères annuelle de sperme de taureau tombait le même jour.

C'était donc là une ville où Clinton Tyree était sûr qu'on ne le reconnaîtrait jamais, où il pouvait creuser son trou et s'occuper de ses affaires en se rebaptisant Rajneesh, Buzz, ou encore Skink, et où rien ni personne ne viendraient le déranger.

Skink attendit toute la journée avant de se débarrasser du cadavre. À la nuit tombante, il prit la camionnette et laissa Decker à la baraque. Ce dernier ne posa aucune question : il préférait ne rien savoir.

Skink s'absenta une heure. À son retour, il était renippé fluo. Il franchit d'une enjambée la porte-moustiquaire et envoya valdinguer ses rangers de Marine. Il était pieds nus et tenait sous le bras deux écureuils tout mous, des victimes de la route encore fraîches.

– Le Tatou est toujours là-bas, lâcha-t-il.

Decker devina immédiatement de quoi il retournait : Skink avait transporté l'autre corps à Morgan

Slough et l'avait probablement accroché à la même brochée.

– J'peux pas rester ici, fit Decker.

– À ton aise. Y a des voitures du shérif un peu partout. J'en ai vu plusieurs stationnées sur la Piste mormon et ils doivent pas beaucoup aimer zoner par là-bas, crois-moi. Y a peut-être anguille sous roche.

Decker était assis à même le plancher, le dos frottant contre les planches en bois brut d'une des étagères à livres. Il tombait de sommeil, mais chaque fois qu'il fermait les yeux, il revoyait le cadavre d'Ott Pickney. Cette vision était indélébile. S'il avait eu un appareil, il aurait pris trois clichés.

Primo : le sommet du crâne d'Ott apparaissant à la surface, les cheveux ruisselants d'un côté, tels des goémons.

Deuzio : le front exsangue et les yeux grands ouverts du même, fixant un point quelconque de l'éternité.

Tertio, enfin : le masque mortuaire au complet, blême, grotesquement agrafé à la brochée par un nœud de fil de pêche résistant, tenu en suspension au-dessus de l'eau par les bras formidables de Skink, visibles bord cadre dans le coin inférieur gauche.

C'est ainsi que Decker était condamné à se rappeler Ott Pickney. C'était là la malédiction de celui doté d'un œil de photographe que de ne jamais oublier.

– T'as l'air prêt à laisser tomber, dit Skink.

– Quoi faire d'autre ? Dis-moi.

– Continuer comme si de rien n'était. Et coller au cul de Dickie Lockhart. Il y a un concours de bass ce week-end...

– À La Nouvelle-Orléans.

– Ouais. Eh bien, allons-y.

– Tous les deux ?

– Avec ton Nikon. T'as un trépied qui assure, j'espère.

– Évidemment, dit Decker. Dans la voiture.

– Et un télé de six cents millimètres, minimum.

– Oui.

Son fidèle objectif, spécial N.F.L. : avec, on pouvait voir jusqu'au fond des trous de nez d'un quarterback.

– Alors ? fit Skink.

– Alors, ça vaut pas le coup, dit Decker.

Skink arracha son bonnet de douche, qu'il balança dans un coin. Il retira l'élastique de sa queue de cheval et libéra ses cheveux en secouant la tête.

– J'ai rapporté un truc pour le dîner, dit-il. Je vais tout manger si t'as pas faim.

Decker se massa les tempes. Se sustenter ne lui disait rien.

– J'arrive pas à croire qu'on ait tué quelqu'un pour une sordide histoire de poisson.

Skink se leva, tenant les écureuils morts par les pattes de derrière.

– C'est pas seulement une histoire de pêche.

– Bon. Pour du fric, alors, fit Decker.

– C'est qu'une partie du truc. Si on laisse tomber, on loupe le reste. Si on laisse tomber, Dickie Lockhart nous échappe, probablement pour toujours. Rien ne peut le relier aux assassinats, pas encore en tout cas.

– Je sais, fit Decker.

Il n'y avait pas l'ombre d'une preuve. Ozzie Rundell passerait sur la chaise plutôt que de balancer son idole.

– Tu crois qu'ils savent que c'est nous ? demanda Decker.

– Ça dépend, fit Skink. Ça dépend si l'autre type du pick-up a vu notre tronche ce matin. Et aussi si le Tatou avant de mourir leur a parlé de toi. S'il leur a dit qui tu étais, alors là t'as un problème.

– Moi ? Et toi ? C'est ton flingue qui a effacé le mec.

– Quel flingue ? dit Skink, levant les mains. De quel flingue vous parlez, inspecteur ?

Il décocha son sourire de présentateur télé.

– Te bile pas pour moi, Miami. Si t'as envie de te biler, inquiète-toi plutôt de prendre quelques bonnes photos de pêche.

Skink fit cuire les écureuils, embrochés sur un bâton, au-dessus du feu, à l'extérieur. Decker but une bière fraîche et sentit la nuit tomber sur le lac Jesup. Ils mangèrent en silence ; Decker était plus affamé qu'il ne l'aurait cru. Ensuite, ils décapsulèrent chacun une autre bière et regardèrent les braises s'éteindre.

– Jim Tile marche avec nous à cent pour cent, dit Skink.

– C'est sans risque ? demanda Decker. Pour lui, je veux dire.

– Ni pour lui ni pour nous. Mais Jim est un homme prudent. Moi aussi. Et toi – t'es en train de piger le truc.

Skink posa la boîte de bière en équilibre sur son genou.

– Y a un vol Eastern direct pour La Nouvelle-Orléans, dit-il. Il décolle d'Orlando vers midi.

Decker lui lança un coup d'œil en biais.

– C'est quoi l'idée ?

– Vaudrait mieux qu'on s'y rende séparément, répondit Skink.

Decker acquiesça. On ne l'acceptera jamais à bord, songea-t-il. Pas dans cette tenue.

– Bon, je te retrouve à l'aéroport.

Skink versa de l'eau sur les derniers charbons ardents.

– Et ce soir, qu'est-ce que tu fais ? demanda-t-il.

– J'ai quelqu'un à voir, dit Decker. Même si je ne sais pas très bien où elle habite. En fait, je sais même pas si elle est encore en ville. C'est la sœur de Dennis Gault.

Skink eut un reniflement de mépris.

– Elle est encore en ville.
Il ôta son imper.
– Elle est au Days Inn. Du moins, sa Corvette à la gomme est garée devant.
– Merci, je trouverai. Et les adjoints du shérif sur la Piste mormon, au fait ?
– Barrés depuis longtemps, dit Skink. Leur service est terminé depuis une demi-heure.
Il accompagna Decker jusqu'à la voiture.
– Fais gaffe avec cette fille, dit Skink. Si tu sens un besoin pressant de lui raconter ta vie, ce que je peux comprendre, laisse juste de côté ce qui s'est passé aujourd'hui.
– Je suis vachement trop crevé, soupira Decker.
– On dit ça, on dit ça.

10.

Elle était toujours au Days Inn. Chambre 135. Elle lui ouvrit la porte en nuisette. Une pas donnée, avec le haut en soie; elle couvrait à peine son slip jaune pâle. Decker nota la couleur du slip quand elle leva le bras pour dépendre un peignoir du crochet de la porte intérieure du placard. Decker fit des efforts pitoyables pour ne pas mater.

– Il y a quoi dans ce sac? dit Lanie.

– Du linge de rechange.

– Vous partez?

– Demain.

– Où ça?

– Un peu plus au nord.

Lanie s'installa au beau milieu du lit et Decker prit une chaise. La télévision diffusait un vieux James Bond.

– Sean Connery, c'était le meilleur, laissa tomber Lanie. Celui-là, j'ai dû le voir une bonne vingtaine de fois.

– Qu'est-ce que vous faites encore en ville? demanda Decker.

– Je m'en vais demain, moi aussi.

– Vous n'avez pas répondu à ma question. Pourquoi êtes-vous encore ici? Pourquoi ne pas être rentrée juste après l'enterrement de Bobby?

– Je suis allée au cimetière aujourd'hui, répondit Lanie. Et hier aussi. Je n'ai pas eu envie de partir, c'est tout. À chacun sa façon de faire son deuil – c'est pas ce que vous m'aviez dit ?

Touché, songea Decker. Il adorait ça, quand elles faisaient un effort de mémoire.

– Vous savez ce que je crois ? fit-il. Qu'il faudrait soumettre la famille Gault à des tests. Des tests scientifiques, j'entends. À mon avis, un défaut génétique doit empêcher ses membres de dire la vérité. Je pense que vous intéresseriez la Mayo Clinic[1] au plus haut point.

Elle leva les yeux au ciel, telle une collégienne à qui on ne la fait pas. Cette mimique destinée à prouver son calme ne fit que trahir sa nervosité.

– Je ne vais pas rester longtemps, dit Decker, mais il faut qu'on parle.

– J'ai pas envie de parler. Mais vous pouvez rester autant que vous voudrez. Je n'ai pas sommeil.

Elle croisa les jambes sous le peignoir et lui jeta un regard en dessous. Dans l'air confiné de la chambre du motel, une note de fraîcheur embaumait merveilleusement l'atmosphère, un truc qui n'avait rien à voir avec l'Essence du Days Inn ; c'était Lanie, une de ces femmes qui fleurent au naturel comme une matinée de printemps. Ou peut-être cette impression venait-elle tout bêtement du fait qu'elle en jetait tellement. Quelle que soit l'origine du phénomène, Decker eut le bon sens de comprendre qu'il était en mauvaise posture, qu'en entrant dans sa chambre et la laissant se fourrer au lit d'un bond, il avait perdu tout ascendant sur elle, et partant tout espoir qu'elle réponde à ses questions. Il savait qu'il perdait son temps, mais n'avait pas envie de partir.

– Vous avez une mine épouvantable, dit Lanie.

– La journée a été longue.

1. Très célèbre établissement médical de recherche du Minnesota *(N.d.T.)*.

– Vous brûlez ?
– Ouais, c'est ça.
– Du nouveau sur la mort de Bobby ?
– Je croyais que vous n'aviez pas envie de parler ?
– Je suis curieuse, c'est tout. Enfin, plus que curieuse. Je l'aimais, vous vous souvenez ?
– Vous n'arrêtez pas de le répéter, fit Decker. Comme si vous aviez peur de l'oublier.
– Pourquoi vous ne me croyez pas ?
Du pur Actor's Studio. Lanie, l'amante blessée. Les intonations étaient parfaites – voix peinée, mais pas sur la défensive. Et nul nuage de doute ne venait ternir ce regard magnifique ; en fait, elle avait l'air à deux doigts d'éclater en sanglots. Le numéro était tellement réussi que Decker réenvisagea la question : pourquoi donc ne la croyait-il pas ?
– Parce que Bobby Clinch n'était pas votre type, dit-il.
– Qu'est-ce que vous en savez ?
– Cette Corvette garée devant la porte, ça c'est vous, Lanie. Bobby, c'était du pick-up pur jus. Peut-être que vous l'aimiez bien, que vous avez baisé avec, peut-être même que vous lui avez taillé cette fameuse pipe dont vous êtes si fière, mais vous n'étiez pas amoureuse de lui.
– Vous ne pouvez pas déduire tout ça à partir d'une bagnole !
– Je suis un spécialiste, dit Decker. C'est mon boulot.
Ce qui était vrai concernant les bagnoles : pas de meilleur révélateur de la personnalité. Le premier bon flic venu vous le dira. Decker n'avait pas beaucoup réfléchi à ce qui reliait typologie et automobiles avant de devenir détective privé et de devoir passer la moitié de son temps à en retrouver, filer et photographier de toute sorte. Lors de ses longues périodes de planque dans des parkings très commerçants, il s'amusait à marier les clients à

leurs véhicules et était devenu bon à ce petit jeu. La marque, le modèle, la couleur et jusqu'au brillant des enjoliveurs étaient autant de pièces du puzzle. Decker pour sa part roulait dans une Plymouth Volaré 79 d'un gris uni, le spécimen automobile le plus oubliable, esthétiquement parlant, à être jamais sorti des chaînes de production de Detroit. Decker savait qu'elle lui convenait à merveille. Elle comblait son besoin d'être invisible.

– Alors comme ça, d'après vous, je ne serais plausible qu'à Miami ? fit Lanie d'un ton sarcastique. Avec qui vous plaît-il de m'imaginer, Decker ? Je sais – un jeune macho colombien ! Rolex, chaîne en or et Ferrari noire. À moins que vous ne me jugiez trop vieille pour jouer les putes à narcos et qu'à la place vous me voyiez me trimbaler au bras d'un vieux schnock poivre et sel, qui parie sur les canassons à Hialeah Park.

– Avec n'importe qui, sauf Bobby Clinch, conclut Decker. Entre nous, vous n'aviez rien de Roméo et Juliette tous les deux.

Les larmes jaillirent évidemment, et en deux temps trois mouvements Decker était près du lit, avait pris Lanie dans ses bras et lui demandait d'arrêter de pleurer. S.V.P. Dans sa tête, il se voyait embarqué dans la séquence mélo d'un polar de série Z, où il tenait le rôle du bourru mal embouché, consolant gauchement l'héroïne en pleurs, nana canon aux jambes fuselées, tout en sachant pertinemment qu'il devrait réagir en gros dur mais se sentant moralement obligé de montrer son côté affectueux et sensible. Decker avait beau savoir qu'il se conduisait comme un imbécile, il n'avait aucune envie de lâcher Lanie Gault. Il y avait quelque chose de magnétique, de réconfortant et de parfaitement naturel dans le fait d'étreindre une femme en nuisette de soie et qui sentait si bon, sur le lit inconnu d'une chambre inconnue d'un motel d'une ville inconnue, où elle et vous n'étiez que deux étrangers.

Un hélicoptère Jet-Ranger Bell attendait le révérend Charles Weeb à l'aérodrome privé de Fort Lauderdale. Weeb arborait un costume rayé bleu marine, des lunettes noires griffées et des bottes en lézard. Il était en déplacement, accompagné de l'un des vice-présidents du Canal Chrétien de Plein Air et d'une jeune femme brune, soi-disant secrétaire, qui s'arrangea pour glisser au pilote de l'hélico son numéro personnel au cours du vol. Qui fut bref. L'hélicoptère transporta le révérend Weeb jusqu'à une digue étroite, limitrophe des Everglades. De là, en tournant leurs regards vers l'est, Weeb et Cie avaient une vue imprenable sur un immense chantier d'autoroute. On avait aplani le terrain au bulldozer, déversé le revêtement et érigé les piles des toboggans de la future rocade. Outre le va-et-vient des camions-bennes charriant de la terre meuble, des niveleuses se traînaient dans des nuages de poussière, le long des terre-pleins centraux.

– Refaites-moi le topo, dit Weeb au vice-président.

– Le terrain dont nous sommes propriétaires commence à peu près par là, fit ce dernier, soulignant du geste ses paroles, et se trouve contigu à la voie express sur huit kilomètres en direction du sud. La commission des ponts et chaussées de l'État nous a généreusement octroyé trois échangeurs.

Généreusement, mon cul, songea Weeb. Vingt mille dollars en obligations à chacun de ces salopards de morfales.

– Passez-moi les jumelles, dit Weeb.

– Excusez-moi, monsieur, mais je les ai laissées à l'aérodrome.

– Moi, je retourne m'asseoir dans l'hélicoptère, fit d'une voix geignarde la jolie brune.

– Toi, tu bouges pas d'ici, gronda Weeb. Et comment suis-je censé examiner le réseau lacustre sans jumelles ?

– On peut le survoler au retour, fit le vice-président. Les canaux sont presque terminés.

Weeb agita vigoureusement la tête.

– Nom de Dieu, Billy, voilà que je vous y reprends. Les gens n'achètent pas de résidence qui donne sur un *canal*. « Canal » ça fait pas propre comme mot. Un canal, ça fait épandage, ça fait égout, eaux usées. Un canal, c'est là que baisent les canards et pisse le bétail. Qui a envie d'habiter près d'une saloperie de canal ! Vous seriez prêt à aligner cent cinquante mille dollars pour ça, vous ? Que nenni, vous voudriez vivre au bord d'un *lac*, un lac paysager, au calme et tout. C'est du lac qu'on vend par ici.

– Je comprends, dit le vice-président.

Va pour du lac. Du lac en goulet d'étranglement, tout en longueur. Du lac qu'on peut sauter à pieds joints. Du lac grand comme mon petit doigt.

La compagnie dont le C.C.P.A. avait loué les services était une firme de dragage des fonds marins dont les contremaîtres avaient, comme il se doit, l'esprit linéaire. Ils avaient autrefois dévasé l'embouchure de Port Everglades et de Government Cut ainsi qu'un long tronçon de la route des cargos dans la Tampa Bay. Ils avaient procédé avec une rapidité et une efficacité impressionnantes, et de façon parfaitement rectiligne – ce qui est souhaitable quand on creuse un chenal maritime, mais se révèle un handicap majeur quand c'est un lac qu'il s'agit de creuser. Chaque fois qu'on avait soulevé ce problème devant le révérend Weeb, il s'était contenté de souligner la crétinerie financière de posséder de grands lacs ronds. Plus grand était le lac, plus il y avait d'eau. Plus il y avait d'eau, moins il y avait de terrain à vendre. Moins il y avait de terrain à vendre, moins encore y avait-il de résidences à bâtir.

– Un lac n'a pas besoin d'être rond, dit le révérend Weeb. Comptez pas sur moi pour vous le répéter.

– Oui, monsieur.

Weeb, se tournant vers l'ouest, contempla les Everglades.

– Ça me rappelle ce putain de Sahara, la vase en plus, lâcha-t-il.

– L'eau est haute à la fin du printemps, début de l'été, signala le vice-président.

– Dickie m'a promis du bass.

– Oh pour ça oui, monsieur, le meilleur que l'on pêche au sud.

– Il a intérêt à pas se gourer.

Weeb arpentait la digue, admirant l'épine dorsale de la nouvelle autoroute. Le vice-président lui collait aux basques tandis que la secrétaire, restée où elle était, jetait des coups d'œil furtifs vers le cockpit aux reflets bleutés du Jet-Ranger.

– Vingt-neuf mille modules, disait Weeb. Vingt-neuf mille familles. Notre cité radieuse chrétienne, rien qu'à nous !

– Oui, dit le vice-président.

Mais l'intitulé de l'ensemble immobilier tarabustait ce dernier : Lunker Lakes. À ses yeux, ce nom posait un problème marketing de taille ; il faisait trop couleur locale, trop cul un peu terreux. Le révérend Weeb n'était pas d'accord. Ça s'adressait à son public, dit-il, et il savait vachement bien ce qu'ils achèteraient ou pas. Lunker Lakes, c'était parfait, insista-t-il. Ça ne pouvait pas foirer.

Charles Weeb revenait vers l'hélico.

– Billy, il faut qu'on commence à penser aux pubs qu'on va tourner, fit-il. Sur la Future Capitale Américaine du Bass, un truc dans ce goût-là. Faites venir Dickie d'un coup d'avion pour foutre du métrage en boîte. Il peut employer sa propre équipe, mais j'aimerais bien que vous ou le diacre Johnson me supervisiez le tout.

– Il n'y a pas encore de poisson dans ces lacs, fit observer le vice-président.

Weeb grimpa dans l'hélico et le vice-président s'y tassa tant bien que mal à ses côtés. La secrétaire était devant, près du pilote. Weeb paraissait s'en foutre.

– Je sais bien qu'il n'y a pas la queue d'un poisson dans ces lacs de merde. Il n'y aura qu'à dire à Dickie d'aller de l'autre côté de la digue et de filmer là. Il saura quoi faire.

Le Jet-Ranger décolla et vira vers l'est à basse altitude.

– Volez dans cette direction, dit le vice-président au pilote. Là où on creuse les lacs.

– Quels lacs ? demanda le pilote.

À l'aéroport, Skink avait du retard. Decker n'en fut pas autrement surpris. Il se glissa dans une cabine téléphonique et appela *La Sentinelle d'Harney* pour savoir si on avait eu vent de la fusillade. Il avait une histoire toute prête comme quoi il devait retrouver Ott dans une crêperie et qu'il n'était jamais venu.

Sandy Kilpatrick prit l'appareil.

– J'ai de très mauvaises nouvelles, Mr. Decker.

Decker retint sa respiration.

– Il s'agit d'Ott, fit Kilpatrick.

Sa voix n'était plus qu'un murmure forcé, celui d'un prêtre dans le confessionnal.

– Que lui est-il arrivé ? demanda Decker.

– Un terrible accident de la route tôt ce matin, continua Kilpatrick. Sur la Gilchrist Highway. Ott a dû s'endormir au volant. Son pick-up a quitté la route et emplafonné un gros cyprès.

– Ah merde, fit Decker.

On avait élaboré cette mise en scène avec l'épave pour dissimuler le meurtre.

– Il a brûlé pendant deux heures, ça a même flanqué sérieusement le feu aux broussailles, continua Kilpatrick. Quand ça a été fini, on n'a pas retrouvé grand-chose. On a transporté ses restes à la morgue, maintenant, mais... eh bien, on espère récupérer assez de sang pour découvrir s'il avait bu. On marche beaucoup à l'alcootest par ici.

Le corps d'Ott devait être carbonisé. Personne ne soupçonnerait qu'il avait séjourné dans l'eau de même que personne n'aurait une petite idée de la cause réelle de sa mort. Le tour le plus usé du sac, mais ça marcherait à Harney. Decker les voyait déjà repeindre le panneau à tête de mort sur la Route 222 : « CONDUISEZ PRUDEMMENT. NE SOYEZ PAS LA ÉNIÈME VICTIME DE LA ROUTE. »

Il ne savait plus quoi dire à présent. Les conversations sur les défunts récents le mettaient mal à l'aise, mais il ne voulait pas passer pour indifférent.

– Je ne savais pas qu'Ott levait autant le coude, dit-il gauchement.

– Moi non plus, repartit Kilpatrick. Mais je me suis dit que quelque chose clochait quand il ne s'est pas pointé avant-hier soir au match de basket. C'était lui la mascotte de l'équipe, vous savez.

– Tony Tatou ?

– Oui.

Il y eut un silence au bout du fil. Kilpatrick se demandait-il comment lui décrire le costume de tatou d'Ott ?

– Il existe une sorte de règle tacite ici au journal, continua le rédacteur en chef, tout le monde verse son obole à l'United Way. Oh, rien que quelques dollars sur le chèque de fin de mois – dans la boîte, on donne dans l'entraide sociale, vous voyez.

– Je vois, fit Decker.

– Eh bien, Ott se refusait obstinément au moindre don, il disait qu'il n'avait pas confiance, je ne l'ai jamais connu aussi intransigeant.

– Il a toujours été près de ses sous, dit Decker.

Ott Pickney était l'un des individus les plus radins qu'il ait rencontrés. Alors qu'il couvrait le palais de justice de Dade County, il avait manqué un jour le verdict d'un procès criminel à sensation pour n'avoir pas réussi à dénicher un parcmètre H.S. pour se garer.

– Notre patron est plutôt à cheval en ce qui concerne l'United Way, continua Sandy Kilpatrick. En apprenant la pingrerie d'Ott, il m'a donné l'ordre de le virer. Pour lui sauver son job, j'ai trouvé ce compromis.

– Tony Tatou ?

– L'équipe de l'école avait besoin d'une mascotte.

– À vrai dire, je vois mal Ott dans ce rôle, observa Decker.

– Au début, il s'est fait tirer l'oreille, mais il a très vite adoré ça. Je l'entends encore me l'avouer. Faut dire qu'il pétait le feu sur ce skateboard, malgré son costume encombrant. Pour quelqu'un de son âge – les gosses disaient qu'il aurait dû être surfer.

– Ça devait valoir le coup d'œil, à vous entendre, dit Decker, tentant vainement de s'imaginer la chose.

– Il ne manquait jamais un match, c'est pourquoi je me suis fait de la bile quand il ne s'est pas présenté l'autre soir. La seule chose que j'ai envisagée c'est qu'il était sorti samedi soir et avait pris une cuite. Et qu'il avait peut-être poussé jusqu'à Cocoa Beach, rencontré une fille et décidé de terminer le week-end là-bas.

Ott se tapant une abominable pétasse des plages – l'histoire devait avoir fait le tour d'Harney, à l'heure qu'il était.

– C'est peut-être ce qui s'est passé, fit Decker. Probablement qu'il a eu l'accident en rentrant.

Et dire que c'était le vieux pote d'Ott à Miami qui mentait comme un arracheur de dents. Si seulement Kilpatrick savait la vérité, songea Decker.

– Sandy, ça me fend tellement le cœur, fit-il. J'arrive pas à croire à sa mort.

Cette partie-là était presque vraie, et ses regrets n'étaient pas bidon.

– La cérémonie a lieu demain, dit Kilpatrick. La crémation a paru s'imposer, vu les circonstances.

Decker prit congé et raccrocha. Puis il appela un fleuriste de Miami et demanda qu'on expédie une orchidée à l'enterrement d'Ott Pickney. La plus belle qu'ils avaient en magasin.

11.

Jim Tile était natif de Wilamette, chiure de mouche sur la carte de Floride, où la corruption le disputait à l'aridité et que les bizarres notions d'intégration raciale, de droit légitime à un logement décent et d'égalité des droits civiques n'avaient pas atteinte. Jim Tile était l'un des rares Blacks à avoir échappé à son quartier misérable en faisant l'économie d'une balade en bus jusqu'au pénitencier de Raiford ou d'une bourse footballistique. Il attribuait ce succès à ses parents, sévères mais justes, qui l'avaient maintenu à l'école contre vents et marées ainsi qu'à des dispositions physiques impressionnantes. Si pour la plupart des gosses de la rue, balancer des coups de poing était *la* façon cool de se battre, Jim préférait le corps à corps, plus « personnel ». Ses potes le charriaient un peu là-dessus, du moins jusqu'au jour où des gamins blancs lui rentrèrent dans le chou et tentèrent de lui plonger la tête dans une bouse de vache. Ils étaient trois et attendirent naturellement que Jim Tile soit seul pour agir. En fait, ils ne le plaquèrent au sol qu'un laps de temps très bref, car celui qui était censé lui bloquer les bras n'assura pas bien sa prise, et ceci expliqua cela. Le premier des petits babtous s'en tira avec une clavicule cassée, le second avec les deux coudes grotesquement déboîtés et le troisième avec quatre côtes brisées par le ciseau de Jim. Et ils terminèrent tous à l'hôpital, le nez barbouillé de bouse.

Après le lycée, Jim Tile s'inscrivit à la Florida State University, à Tallahassee, fit une licence de droit pénal, obtint son diplôme et entra dans la police de la route. Ses amis et condisciples lui dirent qu'il était dingue, qu'un jeune Noir avec une excellente moyenne et une licence pouvait dicter ses conditions à la D.E.A. ou aux Douanes, et peut-être même au F.B.I. Jim n'aurait eu que l'embarras du choix. En outre, la police de la route, tout le monde savait de quoi il retournait : dans les forces de l'ordre de l'État, c'était le job le plus mal payé pour le quotient de risque le plus élevé – sans parler de sa réputation d'enclave de beaufs, racistes grand teint qui, tout en n'excluant pas les recrues des minorités ethniques, n'allaient pas jusqu'à les accueillir en fanfare et en sablant le champagne.

Dans les années 70, le sort commun des policiers de la route noirs était de se voir affecter les voies les plus pourries des comtés ploucs les plus réacs. Ils passaient ainsi leurs journées à verbaliser des fermiers orduriers, membres du K.K.K., qui s'obstinaient à conduire leur tracteur au beau milieu de la chaussée, contrevenant à une bonne vingtaine de règles du code de la route. Deux trois années de ce travail éprouvant suffisaient à inspirer l'envie à la plupart des flics blacks de se trouver un emploi ailleurs, mais Jim Tile tint bon. Quand ses collègues lui demandaient pourquoi, il répondait qu'il entendait bien un jour ou l'autre obtenir le commandement de la patrouille. Ses amis croyaient qu'il blaguait, mais quand des échos de l'ambition affichée par Jim revinrent aux oreilles de certains colonels ou lieutenants de Tallahassee, on le réaffecta aussitôt à la surveillance des sentiers les moins battus d'Harney County et à la protection des citoyens éclairés du coin, dont la plupart s'obstinaient à le traiter d'engeance de Zoulou.

Un beau jour, on demanda à Jim Tile, policier de la route d'État, d'escorter un obscur candidat au poste de gouverneur en tournée électorale dans Harney County. La journée, commencée par un petit déjeuner dans une crêperie, se termina par un barbecue de porc rôti, au bord du lac Jesup. Le candidat, Clinton Tyree, délivra à neuf reprises, pas moins, le même discours, si bien que, plus par ennui qu'autre chose, Jim mémorisa son baratin. En fin de journée, il marmonnait inconsciemment les phrases les plus applaudies juste avant qu'elles ne sortent de la bouche du candidat. À en juger par les réactions – et la parcimonie des dons – de plusieurs « pleins aux as », financiers de la sphère politique, il ressortait qu'ils s'étaient mis en tête que Clinton Tyree se laissait dicter ses déclarations par un Noir balèze.

Au crépuscule, après que politicards et journaleux, s'étant bien goinfrés au barbecue, furent rentrés chez eux, Clinton Tyree prit Jim Tile à part et lui tint à peu près ce langage :

– Je sais que mon discours ne vous emballe pas beaucoup, mais en novembre je serai élu gouverneur.

– Je n'en doute pas, répondit Jim. Mais ce sera pour vos belles dents, pas pour vos idées.

Une fois Clinton Tyree élu, l'une de ses premières décisions fut d'ordonner la mutation du policier de la route Jim Tile d'Harney County à Tallahassee dans le détachement spécial du gouverneur. Cette unité était l'équivalent pour l'État des Services secrets au niveau fédéral, et l'une des affectations les plus prestigieuses pour un membre de la police de la route. Jamais jusque-là un Noir n'avait été choisi comme garde du corps d'un gouverneur, et nombre de copains de toujours de Tyree ne se firent pas faute de lui dire qu'il établissait là un dangereux précédent. Le gouverneur leur rit au nez. Et leur rétorqua que Jim Tile était l'individu le plus lucide qu'il ait rencontré de toute sa campagne.

Une enquête à l'issue du scrutin effectuée par le sondeur Pat Caddell révéla que ce que les électeurs de Floride avaient préféré chez le candidat Tyree, ce n'était pas la franchise de ses déclarations sur la peine de mort, les décharges de déchets toxiques ou l'impôt sur le revenu des sociétés, mais bien l'éclat de son sourire. Et celui de ses dents, plus particulièrement.

Durant la courte – et ô combien mouvementée – période où il fut en fonction, Clinton Tyree se confia souvent à Jim Tile. Le flic de la route apprit à l'admirer; pour lui, le nouveau gouverneur était courageux, visionnaire, sérieux et condamné à échouer. Jim Tile fut probablement le seul habitant de Floride à ne pas être surpris par la démission de Clinton Tyree et sa disparition de la sphère publique.

Dès le départ de Tyree, Jim Tile fut révoqué du détachement du gouverneur et renvoyé à Harney dans l'espoir que, faisant preuve de bon sens, il quitterait les forces de l'ordre.

Pour une raison ou une autre, il persista.

Jim Tile demeura fidèle à Clinton Tyree, qui se faisait appeler Skink à présent et subsistait en se nourrissant de bass frit ou d'animaux écrasés sur la route. La fidélité de Jim alla jusqu'à conduire l'ex-gouverneur à l'aéroport d'Orlando pour l'une de ses rares incursions hors de Floride.

– Je pourrais prendre des jours de récup et venir avec toi, lui proposa Jim spontanément.

Skink voyageait dans le panier à salade pour moins attirer l'attention. De toute façon, il avait l'air d'un taulard.

– Merci de ton offre, dit-il, mais on se rend à un concours en Louisiane.

Jim fit un signe de tête compréhensif.

– Pigé.

S'il se voyait bien zoner dans Bourbon Street, pêcher dans les bayous, c'était une autre paire de manches.

– Ouvre grandes tes oreilles pendant mon absence, lui recommanda Skink. À ta place, j'éviterais aussi Morgan Slough.

– T'inquiète.

Skink aurait parié que Jim se faisait du mauvais sang ; il se montrait distrait au volant ; il conduisait en pensant à autre chose et dépassait à peine le quatre-vingt-dix.

– C'est à moi ou à toi que tu penses ? lui demanda Skink.

– Non, à quelque chose qui s'est passé hier matin, fit Jim Tile. Environ vingt minutes après vous avoir largués tous les deux sur la route, j'ai coincé un gus en pick-up qui a failli faire sauter mon radar.

– Mmmm, fit Skink, l'air de s'en foutre royalement.

– Je lui ai filé une contredanse pour excès de vitesse. Il était à cent quarante et a prétendu qu'il était en retard à son boulot. Je lui ai demandé où il bossait et il m'a fait comme ça à la Menuiserie Miller. Alors je lui ai dit qu'il devait être nouveau, et il m'a fait ouais, juste, Auguste. Puis je lui ai fait ce doit être votre premier jour parce que vous roulez pile en sens inverse, alors là il l'a bouclée.

– Tu l'avais déjà vu ce gars-là ?

– Non, fit Jim Tile.

– Et son pick-up ?

– Non plus. Il avait des plaques de Louisiane. Jefferson Parish.

– Mmmm, refit Skink.

– Mais tu sais pas le plus marrant, continua Jim. Il y avait un chargeur posé sur le siège avant. Pas de fusil, rien qu'un chargeur qu'avait pas servi. Avec trente balles dedans. Je dirais qu'il correspondait à un Ruger. Le type m'a dit qu'on lui avait volé son flingue dans sa camionnette à West Palm. D'après lui, c'est des p'tits négros qu'ont fait le coup.

Skink se rembrunit.

– Il t’a dit ça en face ? Des *p’tits négros* ? Putain, Jim, t’as fait quoi quand il t’a dit ça ? Tu lui as fendu son crâne de beauf réac, j’espère.

– Mah non, fit Jim. Tu sais ce qu’il y avait d’autre de bizarre ? J’ai aperçu deux gobelets de café sur le siège avant. Pas un, deux.

– Peut-être qu’il avait super soif, fit Skink.

– Ou peut-être encore que le second n’était pas à lui, mais à un de ses poteaux.

Le policier, se redressant sur son siège, bâilla en s’étirant à bout de bras.

– Peut-être que le pote du mec, c’était lui qu’avait le flingue. Peut-être qu’il y a eu du grabuge en amont de la route et qu’il lui est arrivé quelque chose.

– T’as une sacrée dose d’imagination, dit Skink. Tu devrais écrire des scénarios.

Il ne voyait pas l’utilité de mettre son ami au courant de la tuerie. Un jour peut-être, ça se révélerait nécessaire ; mais pas maintenant ; le policier de la route avait bien assez de chats à fouetter sans ça.

– Alors t’as relevé le nom du bonhomme, du conducteur, dit Skink.

Jim Tile fit oui de la tête.

– Thomas Curl.

– Je crois pas qu’il bosse chez Miller, observa Skink.

– Moi non plus.

– Et si je me rencardais à La Nouvelle-Orléans ?

– Ça t’ennuie pas ? fit Jim. Simple curiosité.

– On peut pas t’en vouloir. Un mec ment pas à un flic sans raison. Je verrai ce que je peux dénicher.

Ils roulèrent les derniers quinze kilomètres en gardant le silence ; Jim Tile souhaitait que Skink le brise et lui raconte tout, mais savait qu’il devait avoir de bonnes raisons de ne pas le faire. Le deuxième homme était mort, Jim en était persuadé. Apprendre les détails n’était peut-être pas très important.

En s'arrêtant près du terminal de l'aérogare, Jim Tile dit :

– Ce Decker, tu dois penser qu'il est réglo.

– Il m'en a plutôt l'air.

– Rappelle-toi quand même qu'il a d'autres priorités. Il ne travaille pas pour toi.

– Peut-être que si, fit Skink. Et qu'il ne le sait pas.

– Pas encore, ajouta Jim.

Decker faisait les cent pas devant le comptoir de la Easter Airlines quand Skink parut, les bras ballants comme un motard qui aurait égaré ses amphés. Cependant, Decker dut le reconnaître, son apparence générale était en net progrès.

– J'ai pris un bain, annonça Skink. Tu me félicites pas ?

– Si.

– Je déteste prendre l'avion.

– Allez viens, notre vol est à l'embarquement.

Au guichet, Skink entra en conflit avec une hôtesse, qui ne voulait pas le laisser garder avec lui sa tenue de plongée.

– Ça ne rentrera pas sous le siège, lui expliquait-elle.

– Je vais vous montrer, moi, où ça rentre, grogna Skink.

– Enregistre au moins le bloc avec les bagages, dit Decker.

– Ils vont le péter, protesta Skink.

– Si jamais, je t'en payerai un neuf.

– Nos manutentionnaires sont très soigneux, précisa vivement l'hôtesse.

– Des primates, oui ! s'exclama Skink, en montant à bord de l'avion.

– Votre ami est un peu mal luné, ce matin, on dirait, fit l'hôtesse en prenant le coupon du billet des mains de Decker.

– L'avion, ça le rend nerveux. Il va se calmer.

– J'espère bien. Signalez-lui à l'occasion que nous avons à bord un « policier du ciel » armé.

Oh, je n'y manquerai pas, songea Decker, quelle excellente idée !

Il retrouva Skink tassé sur lui-même à la dernière rangée dans la queue de l'appareil.

– J'ai échangé nos places avec un couple de missionnaires catholiques, expliqua Skink. La dernière rangée, c'est l'endroit le plus sûr si jamais l'avion se crashe. Où est ton matériel photo ?

– Dans une malle, ne t'en fais pas.

– T'as pas oublié le trépied ?

– Non, capitaine.

Skink était tout tourneboulé. Il pestait, ne tenant pas en place, au supplice. Il grattait nerveusement les poils de barbe sur ses joues. Decker ne l'avait jamais vu dans un état pareil.

– T'aimes pas voler ?

– J'ai passé la moitié de ma vie dans les airs. Les avions me foutent pas la trouille. Je déteste ces saletés d'engins, mais j'ai pas la trouille, si c'est ce que tu veux me faire dire.

Il plongea la main dans l'une des poches de sa veste en jean noir, d'où il sortit ses lunettes de soleil et son bonnet de douche à fleurs.

– S'il te plaît, ne mets pas ça, fit Decker. Du moins, pas tout de suite.

– Putain, t'es membre de la Federal Aviation Administration ou quoi ?

Skink s'enfonça le bonnet sur la tête.

– Rien à foutre, conclut-il.

Il avait une dégaine pas possible, se dit Decker, un psychopathe vrai de vrai. Mais ça n'avait rien à voir avec l'avion, et tout avec les passagers. Il était clair que Skink ne supportait pas de se retrouver en public. Sous son sacré chapeau de pluie, il parut se calmer. Derrière les verres anthracite de ses lunettes, Decker pressentit que Skink avait fermé ses yeux verts.

– T'occupe pas de moi, dit-il tranquillement.
– Fais un petit somme, lui conseilla Decker.
Le vacarme des réacteurs du jet, plantés semblait-il juste au-dessus de leurs têtes, noya ses paroles ; l'avion se mit à rouler sur la piste. Skink ne rouvrit la bouche qu'une fois le décollage effectué.
Il s'agita alors sur son siège et annonça :
– Mauvaises nouvelles, Miami. Les frères Rundell sont à bord de ce zinc. Ils se prélassent en classe affaires. Incroyable, mais vrai. Ça me donne envie de gerber.
Decker ne les avait pas remarqués à l'embarquement ; Skink lui prenait trop la tête.
– Ils t'ont vu ?
– À ton avis ? répliqua Skink d'un ton mordant.
– Bonjour l'incognito.
Skink pouffa.
– Culver a failli faire dans son froc.
– Il va passer un coup de fil à Lockhart dès qu'on touchera terre.
– Faut éviter ça, dit Skink.
Il regarda par le hublot jusqu'à ce que les hôtesses commencent à descendre la travée avec les plateaux-repas. Skink abaissa la tablette de son siège, sur laquelle il croisa ses bras de bûcheron.
– Ozzie et Culver, ils ne t'ont jamais vu.
– Je crois pas, fit Decker. Mais j'en jurerais pas. Je pense que je me suis arrêté une fois dans leur boutique.
– Merde.
Skink aplatit le bonnet de plastique sur son crâne, tripotant sa longue tresse. Decker ne voyait que trop clairement qu'il mijotait un plan.
– Où va cet avion après La Nouvelle-Orléans ? demanda Skink.
– Tulsa.
– Bien, fit Skink. Tu vas y aller. À peine arrivé, tu sautes dans un autre avion qui te ramène. T'as assez de liquide sur toi ?

– Ouais, et une carte de crédit.

– C'est de liquide que t'auras besoin, insista Skink. La plupart des agences de cautionnement ne prennent pas la MasterCard.

Quel que soit le plan, Decker n'aimait pas ça, d'entrée.

– C'est toi ou c'est moi qui vais avoir besoin d'une caution ?

– Relax, Max, fit Skink.

Mais à présent, impossible.

Quand l'hôtesse lui présenta le plateau-repas, Skink, l'œil noir sous son bonnet, lui lança d'un ton cinglant :

– Seigneur Jésus, c'est quoi ce festin ?

– Bœuf Wellington, muffins, salade fraîche du jardin, gâteau à la carotte.

– Vous servez pas de l'opossum ? fit Skink.

L'hôtesse aux yeux bleus en boutons de bottine cilla légèrement.

– Je ne pense pas, monsieur, mais il nous reste peut-être du poulet à la mode de Kiev du vol d'Atlanta.

– Et de l'écureuil ? persista Skink. De l'écureuil à la mode de Kiev, ce serait charmant.

– Je regrette, mais nous n'avons pas ça au menu, dit l'hôtesse, de moins en moins enjouée, perdant patience. Désirez-vous une boisson ce matin ?

– Des hormones d'opossum, rien d'autre, fit Skink. Et si on m'en sert pas, je vais tout bousiller dans cet avion à la con.

Là-dessus, comme si de rien n'était, il arracha la tablette de ses charnières et la tendit à l'hôtesse terrorisée qui battit en retraite dans la travée.

Elle en référait à son chef de cabine quand Skink hurla en se levant de son fauteuil.

– Vous m'avez promis de l'opossum ! Quand j'ai téléphoné, on m'a promis un repas à base d'opossum. Et kascher, en plus !

Decker était tétanisé sur son siège. Le plan de Skink était maintenant évident, et irréversible.

– De l'opossum frais – ou on va tous mourir ensemble ! proclama-t-il.

À présent, la section de queue était un vrai pandémonium ; femmes et enfants décampaient vers l'avant de l'avion tandis que les représentants du sexe masculin conféraient sur la meilleure conduite à tenir. Le gabarit, l'accoutrement et l'attitude de fou furieux de Skink n'incitaient guère à jouer les héros à neuf mille mètres d'altitude.

Decker eut l'impression que tous les passagers de l'avion s'étaient retournés et avaient les yeux fixés sur le frappadingue au bonnet de douche à fleurs.

La travée se vida devant un homme à la chemise ornée d'un badge qui, surgissant de la classe affaires, se pressait vers le lieu du remue-ménage.

– N'oublie pas, tu me connais pas ! murmura Skink.

– Sans blague.

Le policier de l'air, nabot à la moustache fournie, demanda à Decker si ça le dérangerait de s'installer à quelques rangées de là pour le reste du vol.

– Au contraire, fit Decker.

Le policier, armé seulement d'une courte matraque et d'une paire de menottes, prit la place de Decker.

– C'est vous l'homme à l'opossum ? demanda Skink.

– Sage, dit le policier, d'un ton sévère. Et je n'aurai pas à me servir de ça.

Il fit cliqueter les menottes, de façon menaçante.

– S'il vous plaît, fit Skink. Je suis médicalisé à mort.

Le flic du ciel opina du chef.

– Tout va très bien se passer, maintenant. Nous serons à La Nouvelle-Orléans dans une demi-heure.

Bientôt le calme régnait à nouveau dans l'appareil où la distribution des repas avait repris. Quand Decker se retourna, il aperçut Skink et le flic discutant le coup comme de vieux amis.

Après l'atterrissage à La Nouvelle-Orléans, le pilote demanda à tous les passagers de rester à leur place quelques minutes. La porte de la cabine livra passage à trois membres de la police municipale et à deux agents fédéraux en costume sombre qui montèrent à bord de l'avion et emmenèrent Skink dûment menotté et les pieds entravés. En sortant, il mit un point d'honneur à embrasser l'une des hôtesses sur le lobe de l'oreille et à conseiller au pilote de se méfier de se faire cisailler par le vent au-dessus de Little Rock.

Les frères Rundell le regardaient, fascinés.

– Où ils l'emmènent ? demanda Ozzie.

– Au cabanon, j'espère, fit Culver. Bon, nous on y va.

Decker resta dans l'avion jusqu'à Tulsa. À l'exception d'un touriste éméché, affublé d'un débardeur Disney World et d'oreilles de Pluto, le vol se déroula sans incident notable.

12.

Dans la soirée du 15 janvier, Dickie Lockhart se bourra la gueule à Bourbon Street avant de se faire éjecter d'une boîte topless où il lançait des asticots en caoutchouc sur les filles. Lesdits vermisseaux étaient un cadeau-promotion d'une importante marque d'appâts dont les représentants étaient venus assister en ville au grand concours de bass. Ces derniers avaient lesté Dickie Lockhart de quatre sacs d'un assortiment d'hameçons et de leurres, plus mille dollars en liquide pour l'inciter à remporter le concours en utilisant un de leurs produits. Dickie claqua toute la somme dans le French Quarter, payant du crack et des cocktails de toutes les couleurs de l'arc-en-ciel à des femmes fardées à la perfection, dont la plupart se révélèrent des travelos flamboyants, cherchant à harponner une queue. Dickie Lockhart, écœuré, avait battu en retraite dans les boîtes de strip, où du moins les nibards n'étaient pas bidon. Ses ennuis commencèrent quand il se trouva à court de billets de cinq dollars pour ses pourboires ; ne découvrant plus en raclant le fond de ses poches que les asticots caoutchouteux, il se mit à les expédier sur les danseuses nues. Dans son état d'ivresse avancée, ça le divertissait grandement de voir les vers gluants se coller sur les cuisses ou les tétons des filles, ou même, à l'occasion, s'emberlificoter dans leurs poils pubiens. Les asticots semblaient à la vue (et au toucher) si authentiques que les strip-teaseuses se mirent à glapir et à s'égratigner partout en se grattant ; une frêle acrobate dégringola même sur la scène, où elle se roula comme si elle avait pris feu. Dickie se dit que le spectacle relevait de l'hystérie pure et simple : ces filles n'étaient jamais allées à la pêche, ça crevait les yeux. Il fut légèrement interloqué quand les videurs le soulevèrent de terre pour le jeter dehors (ils ne l'avaient jamais vu à la télé ?), mais ne fut pas peu satisfait quand d'autres clients huèrent la manière expéditive dont on l'expulsa.

Quelques verres supplémentaires plus tard, il se mit en quête de son patron, le révérend Charles Weeb. Dickie Lockhart n'avait pu prendre une telle décision que soûl ; en règle générale, personne ne se présentait à l'improviste devant le révérend Weeb sans y être invité.

Dickie grimpa en titubant jusqu'à la suite, au dernier étage du palace de Chartres Street, et tambourina à la porte. Minuit approchait.

– Qui c'est ? demanda une voix féminine.

– L'antidrogue ! fit Dickie Lockhart. Ouvrez, bordel !

La porte s'entrebâilla sur une jolie femme aux longs cheveux défaits ; Dickie du moins la trouva jolie. Une véritable apparition. Elle portait des cuissardes de toile et rien d'autre. Ses seins ravissants pointaient de façon avenante sous les bretelles. Un instant, Dickie en oublia qu'il était censé être de la D.E.A.

– J'ai un mandat contre Charles Weeb, grogna-t-il.

– Et la canne à pêche, elle sert à quoi ? demanda la Vénus en cuissardes.

Dickie Lockhart s'était trimbalé toute la soirée avec une canne à mouche en fibre de bore de trois mètres. Il n'arrivait pas à se rappeler le pourquoi de la chose. Quelqu'un la lui avait refilée dans un bar ; un autre de ces satanés représentants, probablement.

– C'est pas une canne, alors on la boucle !

– Mais si, c'en est une, fit la fille.

– C'est un détecteur d'héroïne, rétorqua Dickie. Maintenant, du balai.

Il la poussa de côté et pénétra dans le salon de la suite, mais le révérend ne s'y trouvait pas. Dickie se dirigea vers la chambre à coucher, la fille en cuissardes clopinant sur ses talons.

– Vous me le montrez votre mandat ? insistait-elle.

Dickie trouva le révérend Weeb au lit, couché sur le dos. Une autre jeune femme le chevauchait allégrement. Celle-ci portait un maillot des Saints, numéro 12.

Dickie Lockhart entendit dans son dos la fille aux cuissardes et aux seins nus annoncer :

– Charlie, y a un type qu'est venu t'arrêter.

Weeb souleva la tête avec irritation, fusilla d'un regard furieux Dickie Lockhart et fit :

– Hors d'ici, misérable pécheur !

Dickie songea alors que d'avoir fait un saut sans prévenir n'était peut-être pas une idée si géniale. Il retourna au salon, alluma la télévision et s'affala sur le canapé. La fille en cuissardes lui servit un bourbon. Elle lui dit s'appeler Ellen O'Machintruc et avoir été récemment promue au poste de secrétaire exécutive de la Première Église Pentecôtale d'Exemption de la Rédemption, dont le révérend Weeb était le fondateur et le pilier spirituel. Elle s'excusa d'avoir répondu à la porte à demi dévêtue, précisant que l'idée des cuissardes ne venait pas d'elle. Dickie Lockhart dit qu'il comprenait parfaitement, et qu'elles faisaient d'ailleurs un effet bœuf sur elle. Il lui conseilla cependant de prendre garde aux frottements qui écorchaient la peau. Il parlait d'expérience.

– Jolie, cette canne à mouche, observa-t-elle.

– Oui, mais elle ne vaut rien pour le bass, dit Dickie Lockhart. Son action est trop rapide pour les poppers.

La fille approuva de la tête.

– Je verrais mieux des streamers, fit-elle. Un Muddler Minnow par exemple. Du quatre ou du six, disons.

– Oui, bien sûr, dit Dickie Lockhart, abasourdi, pris de vertige, amoureux comme un fou. C'est sûr qu'avec de la fibre de bore on peut lancer du numéro quatre, et comment. Vous pêchez ?

À cet instant précis, le révérend Weeb entra en trombe dans le salon, une serviette mauve nouée autour de la taille. L'apparition s'excusa et disparut clopin-clopant dans une autre chambre. Le cœur de Dickie Lockhart saignait. Il ne la reverrait jamais, Charles Weeb y veillerait, aucun doute là-dessus.

– Qu'est-ce qui te prend, mon fils, au nom du Père, du Foutre et du Saint-Esprit ? attaqua l'homme d'Église. Quel diable au corps t'a possédé, quel serpent venimeux t'a piqué, quel microbe infectieux de merde t'a contaminé le cerveau et t'a ravi ta jugeote ? À quoi songeais-tu, au nom du Seigneur Jésus-Christ Notre Sauveur, de venir toquer ainsi à ma porte ce soir ?

– Je suis bien bourré, dit Dickie Lockhart.

– D'accord. Mais regarde ce que tu as fait. Cette jeune dame là-dedans...

– La quarterback ?

– Chut ! Cette jeune dame était sur le point d'accéder à une profonde révélation quand tu es entré en trombe et as interrompu notre méditation collective. Je n'ai pas vraiment apprécié, Dickie. Elle non plus.

– La nuit est encore longue, dit Dickie Lockhart. Vous pouvez vous y remettre.

Le révérend Charles Weeb ne décolérait pas.

– Qu'est-ce que tu viens faire ici ?

Dickie haussa les épaules.
– J'avais besoin de parler avec vous.
– De quoi ?
Weeb remonta un poil la serviette pour dissimuler le pneu pâlichon de son ventre couleur crevette.
– Qu'y a-t-il de si foutrement important pour que tu envahisses ma vie privée à cette heure indue ?
– Mon émission, fit Dickie, enhardi par le bourbon d'Ellen. Je pense que vous n'appréciez pas mon émission à sa juste valeur. Je crois que vous me prenez trop à la légère, révérend Weeb.
– Ah ouais ?
Dickie Lockhart se leva. Rude tâche. Il pointa les trois mètres de la canne à mouche au bore directo sur le bedon du révérend, si bien que le bout vint en chatouiller les poils gris frisés.
– Pêcher le bass n'est pas une partie de plaisir, dit Dickie, la moutarde lui montant au nez, alimentée qu'elle était par une vision de sa chère Ellen O'Machintruc à dada sur la panse de ce porc plein aux as.
– Pêcher le bass ne va pas de soi.
– Je te reçois cinq sur cinq, Dickie, fit Weeb.
Ayant déjà eu maille à partir avec des soûlards furibards, il savait que la prudence restait la meilleure stratégie. S'il n'appréciait que moyennement la canne à pêche qui lui taquinait l'estomac, il comprit toutefois que seul son amour-propre était en danger.
– Globalement, je pense que tu fais du sacré bon boulot avec *Fish Fever*, et je te le dis comme je le pense.
– Ah oui, alors pourquoi vous me traitez comme de la merde ?
– Voyons, tu oublies que je te paie très bien, dit Weeb.
D'un simple mouvement du poignet, Dickie Lockhart se mit à fouetter la ligne d'avant en

arrière et un sifflement remplit la pièce. Weeb eut le pressentiment que ça lui ferait un mal de chien si jamais l'extrémité venait à cingler sa peau nue, aussi recula-t-il d'un bon pas.

– J'ai entendu dire que vous avez contacté Ed Spurling, fit Dickie Lockhart.

– Qui t'a raconté ça ?

Le regard de l'homme d'Église trahissait une certaine nervosité.

– Des gars qui pêchent avec lui. D'après eux, Ed leur a dit que le Canal Chrétien de Plein Air voulait racheter son émission.

– C'est ridicule, Dickie. On a la meilleure émission de pêche au bass de toute l'Amérique, et c'est la tienne. Pas besoin d'une autre.

– C'est ce que je leur ai répondu, mais les gars qui pêchent avec Ed m'ont appris autre chose. Ils m'ont dit qu'Ed se vantait que vous lui aviez promis de faire de lui le numéro un d'ici deux ans. Dans les deux ans qui viennent, m'ont-ils dit, *Fish Fever* ne sera plus qu'un vieux souvenir.

Empaffés de beaufs, songea Weeb. Le téléphone arabe, ça fonctionne bien chez eux. Dommage qu'Ed Spurling ne sache pas fermer sa gueule.

– Dickie, reprit Weeb. On t'a fait marcher. Je n'ai jamais contacté Spurling. Je ne te reproche pas d'être à cran, mon vieux, mais je te jure que tu n'as aucune raison de t'inquiéter. Écoute, parmi tous les pros mondiaux de la pêche au bass, à qui j'ai demandé d'assurer le film de promo de Lunker Lakes ? À qui ? À toi, Dickie, parce que t'es le meilleur. Et tous tant qu'on est au C.C.P.A., on pense la même chose : tu es notre numéro un.

Lockhart abaissa la canne à pêche. Il avait l'œil trouble, les bras comme du plomb. S'il ne tombait pas dans les pommes, il allait avoir besoin d'un autre bourbon sous peu.

Le révérend Weeb ajouta d'un ton apaisant :

– Ne t'inquiète pas, mon garçon, rien de ce qu'on t'a dit n'est vrai.

– C'est sûr que ça fait plaisir à entendre, reprit Dickie. Parce que impossible de prévoir ce qui se passerait si jamais je découvrais le contraire. Impossible. Vous vous souvenez du type de la commission du P.O.S. de Fort Lauderdale, celui que vous m'avez demandé d'emmener à la pêche cette fois-là ? La vache, c'était une vraie mine d'histoires de folie sur ce projet de Lunker Lagon.

– Lunker Lakes, rectifia Weeb, d'un ton sec.

– Il m'a dit qu'il avait eu une piscine flambant neuve grâce à vous. Avec sauna incorporé !

– Je ne veux pas le savoir.

Dickie eut un large sourire de siphonné.

– Et j'essaie de m'imaginer comment vos fidèles ouailles réagiraient si elles découvraient que leur pasteur jouait à la bête à deux dos avec une paire d'adorables jeunes filles de son Église. Ça m'interroge quelque part, révérend Weeb.

– Compris.

– Vraiment ?

Dickie Lockhart brandit la canne à mouche comme une épée et d'une pichenette fit sauter habilement le nœud de la serviette de bain de Charles Weeb, qui lui tomba aux chevilles.

– Oh, la mignonne petite chose, fit Dickie avec un clin d'œil. Mignonne tout plein. On jurerait une crevette grise.

Weeb rougit. Il n'en revenait pas de ce renversement si brusque de situation ni d'avoir sous-estimé ce petit salopard de Sudiste, méchant comme une teigne.

– Qu'est-ce que tu veux ? demanda-t-il à Lockhart.

– Un nouveau contrat. De cinq ans. Non résiliable. Plus dix pour cent des droits de syndication au premier passage. Ne faites pas cette tête, révérend Weeb. Je vais vous faciliter les choses : vous n'aurez pas à annoncer la nouvelle tant que je n'aurai pas remporté le concours de cette semaine.

Je me pointerai à la conférence de presse avec la coupe, ça fera bien dans le tableau.

– D'accord, dit Weeb, se masquant les parties de ses mains. Quoi d'autre ?

– Je veux que le budget de l'émission soit doublé et passe à deux mille dollars par numéro.

– Mille cinq cents maxi.

– Tope là, fit Dickie. Je ne suis pas gourmand.

– Rien d'autre ? demanda le révérend Weeb.

– Si, allez me chercher Ellen et dites-lui que je la raccompagne.

Le lac Maurepas, où devait se dérouler l'Invitational Bass Classic Cajun, est une réplique miniature en forme de vessie de l'immense lac Pontchartrain. Situé non loin de l'Interstate 5, au nord-ouest de La Nouvelle-Orléans, le lac Maurepas, marécageux et riche en bass, est relié à son grand frère aux eaux boueuses par la passe Manchac, à quelques kilomètres au sud de la ville de Hammond. Ce fut là que Decker et Skink prirent une chambre dans un motel Quality Court. À la marina dite Le Refuge du pêcheur, ils louèrent une petite plate en aluminium, avec un moteur hors-bord de quinze chevaux, en disant à la caissière qu'ils ne sortiraient qu'au crépuscule. La dame en conçut des soupçons jusqu'à ce que Skink se fasse passer pour Philippe Cousteau, le célèbre explorateur, et lui explique qu'il tournait un documentaire sur la non moins célèbre fraie des anguilles de Louisiane, qui n'avait lieu qu'au cœur de la nuit. Ah oui, je suis au courant, admit la caissière. Elle réclama alors un autographe à Philippe et Skink lui répliqua (avec un accent français merveilleusement imité) que, pour une aussi jolie femme, un banal autographe n'était pas suffisant. À la place, il lui promit de baptiser en son honneur une nouvelle variété de mollusque.

La comparution puis la libération sous caution de Skink avaient pris une bonne partie de la matinée ; on était maintenant en milieu de journée ; il ne faisait pas chaud, mais la luminosité était vive jusqu'à la douleur, comme c'est le cas en janvier dans le Sud profond. D'après Skink, il était inutile de faire pour l'heure une incursion sur l'eau, car le bass resterait embusqué dans les profondeurs. Il se coucha en chien de fusil sur le sol de la chambre du motel et s'endormit tandis que Decker se plongeait dans la lecture du *Times-Picayune* de La Nouvelle-Orléans. À la dernière page du supplément local, un court entrefilet signalait la disparition d'un natif du coin, au cours d'un séjour de pêche en Floride ; il était censé s'être noyé quelque part dans la sombre immensité du lac Okeechobee. Le jeune homme en question s'appelait Lemus Curl et, exception faite du trou noirci laissé par la balle dans son front, la photo du journal correspondait au visage du type que Skink avait descendu près de Morgan Slough ; le type qui avait cherché à les assassiner à coups de fusil. Il devenait évident que c'était le frère de Lemus Curl que Jim Tile avait arrêté pour excès de vitesse peu de temps après. Il était intéressant de noter, d'après une citation du journal, que ce même Thomas Curl avait déclaré que son frère avait glissé sur la digue et était tombé à l'eau sur la rive ouest du grand lac. L'article rapportait que Lemus Curl se colletait avec un bass, un *hawg* pour être précis, lors du tragique accident. Decker se dit que ce dernier détail, bien que faux, colorait l'histoire d'une jolie touche d'ironie.

Skink ronflait à tout va et Decker se sentait seul. Il eut envie d'appeler Catherine et dégota une cabine dans le hall du Quality Court. Elle répondit à la cinquième sonnerie, d'une voix ensommeillée.

– Je t'ai réveillée ?

– Ah, Rage. Où es-tu ?

– Dans un motel, près de La Nouvelle-Orléans.

– Hmmm, ça m'a l'air romantique tout plein.

– Très, fit Decker. Je partage ma chambre avec un ermite criminel qui pèse ses cent vingt kilos. Pour dîner, il me préparera le renard qu'il a récupéré écrabouillé sur la route, près de Ponchatoula, et après ça on ira faire une virée dans une plate en alu pleine de voies d'eau, sur un lac balayé par le vent, et tout ça pour espionner des pêcheurs légèrement attardés. Ça ne te dirait pas d'être ici avec moi ?

– Je pourrais venir demain d'un coup d'avion et prendre une chambre dans le French Quarter.

– Joue pas les allumeuses, Catherine.

– Oh, Decker.

Elle s'étirait et, pour finir de se réveiller, devait envoyer valser la literie d'un coup de pied. Il voyait la scène comme s'il y était.

– J'ai dû me lever tôt pour accompagner James à l'aéroport, fit-elle.

– Il allait où cette fois ?

– San Francisco.

– Et bien sûr, il n'a pas voulu de toi.

– C'est pas vrai, objecta Catherine. Ces congrès sont très chiants et, en plus, j'ai des projets de mon côté. Mais toi, qu'est-ce que tu fabriques dans les bayous ?

– Je réévalue les lois de Darwin, fit Decker. Certains de ces individus n'ont pas évolué : ils ne descendent pas du singe, ce serait plutôt le contraire.

– Tu aurais dû te prendre une chouette chambre en ville.

– Je ne parle pas des autochtones, mais des gens de la pêche, fit Decker.

– Prends des notes, dit Catherine. À t'entendre, ça ferait un super film. Genre *Les gens de la pêche attaquent*. Trêve de plaisanterie, Rage, et ne mens pas : tu préférerais pas mitrailler des golfeurs à la place ?

– Faut que je raccroche, fit Decker.

– Comme ça, c'est tout ?

– J'ai des masses de choses à te raconter, mais pas au bigo.

– C'est comme tu choises, dit Catherine. Quand t'en auras envie, te gêne pas.

Il aurait aimé qu'elle ait parlé sérieusement quand elle lui avait dit qu'elle monterait d'un coup d'avion jusqu'à La Nouvelle-Orléans, même si c'était un plan dingo. Elle aurait été plus en sécurité à San Francisco avec son chiropracteur.

– Je t'appelle à mon retour, fit Decker.

– Sois prudent, dit Catherine. Et gobe une huître à ma santé.

Au crépuscule, Skink était opérationnel. Bonnet de douche, imper, moustiquaire, lampes, palmes, détendeur, bloc, couteau de plongée, fusil à harpon et, rien que pour la galerie, une paire de cannes à lancer bas de gamme. Decker redoutait que la plate ne coule sous le poids. Il décida que ça ne rimait à rien d'emporter ses appareils la nuit ; un flash ne serait d'aucune utilité à très grande distance. S'il supposait bien, Dickie Lockhart n'approcherait pas du lac, de toute façon.

Ils s'assurèrent qu'ils étaient seuls sur le quai avant de charger le bateau et de prendre le large. La nuit était fraîche et une brise du nord picotait le nez et les joues de Decker. Skink, la main posée sur la manette des gaz, avait l'air parfaitement serein et réchauffé derrière ses lunettes de soleil. Il semblait savoir où il allait. Il suivait le ruban de l'Interstate 55 qui s'enfonçait dans les terres marécageuses, supporté par d'énormes piliers de béton. Ces derniers, ronds et lisses, de la grosseur de troncs de séquoias, étaient parfaitement déplacés ; les voitures filant au-dessus de leurs têtes faisaient sauvagement intrusion dans la paix brumeuse des bayous. Au bout de vingt minutes, Skink coupa le moteur.

– Je préfère ramer, fit-il.

Mais il n'y avait pas de rames dans le bateau.

– On entend plus de choses quand on va à la rame, remarqua-t-il.

Decker prit conscience du bien-fondé de cette observation. Sur l'eau, se répercutant de pilier en pilier, leur parvenaient des voix d'hommes; des bribes de conversation, des éclats de rire sonores que leur apportait le vent.

– Laissons-nous dériver un moment, suggéra Skink.

Il s'empara de l'une des cannes et lança sa ligne nonchalamment à plusieurs reprises. L'obscurité était tombée et la surface du lac, grise. Skink, inclinant la tête, tendit l'oreille vers l'autre embarcation, à l'affût du moindre indice.

– Je crois que je les aperçois, dit Decker.

Une tête d'épingle de lumière blanche diffuse se balançait.

– Ils ont une lampe tempête, dit Skink. Ils sont à deux cents mètres minimum.

– À les entendre, ils ont l'air vachement plus près.

– Illusion nocturne.

Au bout de quelques minutes, la lumière s'éteignit. Skink et Decker entendirent le démarrage d'un gros moteur. Il s'agissait probablement d'un bassier. Skink lança vite fait le moteur hors-bord à la manivelle et pointa la plate en direction de l'autre bateau. Il manœuvrait, jambes écartées, bien que Decker eût du mal à concevoir comment il pouvait louvoyer sans risque parmi les piles de l'autoroute, sans oublier les souches submergées et autres herbiers qui infestaient les rives du lac. De temps à autre, Skink coupait le moteur et s'assurait à l'ouïe que l'autre bateau avançait toujours; tant que leur moteur tournerait, ils ignoreraient qu'ils étaient suivis. Avec deux cents chevaux dans les oreilles, on ne s'entendait pas penser.

Quelques minutes encore s'écoulèrent, puis l'autre bateau fit halte et la lampe tempête ralluma sa lumière vacillante. Les voix d'hommes étaient faibles et plus éloignées qu'auparavant.

– On ne comblera jamais la distance, maugréa Skink, sauf à pattes.

Le vent poussa par hasard la plate dans un banc de feuilles de nénuphar. Une main après l'autre, Skink se servit de leurs racines pour les ramener à terre, où Decker attacha le bateau à une robuste branche. Ramassant une torche électrique, il sauta sur la rive derrière Skink. Ils suivirent un parcours accidenté sur quatre cents mètres environ, tâtant du pied le terrain spongieux et n'utilisant la torche qu'avec parcimonie. Ils traversèrent un parc de caravaning à un pas particulièrement furtif, n'ayant aucune envie d'être pris pour des ours et explosés dans le néant. Même loin de son territoire d'élection, les instincts nocturnes de Skink demeuraient fiables ; son itinéraire les conduisit hors des tourbières, à trente mètres à peine de l'endroit où le bassier était à flot.

La lampe tempête éclairait deux types qui n'étaient pas les frères Rundell.

– Des gars du coin, murmura Skink. Ça tombe sous le sens. Faut quelqu'un qui a la science de l'eau.

Les pêcheurs ne lançaient pas leurs lignes ; ils semblaient plutôt examiner la surface de l'eau. Le pont du bateau était hérissé de cannes à pêche, chacune munie de son fil. Dans la pénombre, on distinguait cinq, six flotteurs rouges qui se dandinaient des deux côtés du bateau.

– Ils pêchent au vif, expliqua Skink. Des vers, je dirais.

– Ça pourrait être n'importe qui de sortie sur le lac un soir parmi d'autres, fit observer Decker.

– Non, reprit Skink, ces gars-là sont là pour faire le plein.

C'était bien le cas. De temps en temps, l'une des cannes pliait et tressaillait, puis un bass surgissait entre les feuilles de nénuphar qu'il éclaboussait. L'un des deux hommes empoignait prestement le manche et remontait la touche aussi vite que possible. Dans la foulée, le bass était décroché de l'hameçon et relâché dans un vivier sous une écoutille, à la poupe.

Cette méthodique récolte de poissons se poursuivit deux heures d'horloge, pendant lesquelles Skink ne desserra presque pas les dents et ne bougea pas un muscle. Decker avait des crampes dans les jambes à force de se tenir accroupi, mais impossible de se redresser et de s'étirer sans être vu. Grâce à Dieu, alors que le vent soufflait plus âpre et la température baissait, les deux braconniers finirent par déclarer forfait. Ils remontèrent leurs vers, rangèrent leurs cannes, lancèrent leur puissant moteur et suivirent lentement – de façon déconcertante – la rive sud-est du lac. Le bateau restait étonnamment proche du toboggan, slalomant entre les piles; à l'occasion, la lueur vacillante de la lampe tempête éclairait le visage des deux hommes quand ils se penchaient par-dessus les plats-bords pour scruter quelque chose que ni Skink ni Decker ne pouvaient voir.

Bien entendu, ce fut Skink qui prit la tête quand ils rebroussèrent chemin pour rejoindre la plate. Le temps de l'atteindre, le marais était redevenu désert et silencieux; les autres avaient bouclé leur affaire et dégagé pleins gaz.

Skink se déshabilla, ne gardant que ses sous-vêtements, et entreprit de faire entrer sa masse imposante dans une combinaison de plongée.

– C'est bien ce que je craignais, fit Decker.

Noir comme dans un four, température de l'air douze degrés, et l'autre fou furieux qui allait entrer dans l'eau. Decker mourait d'envie de voir la tête du garde-pêche.

– Tu sais barrer ? demanda Skink.
– Je crois que je m'en sortirai.
– Emmène-moi le long des piles en prenant le même chemin que nos potes de tout à l'heure.
– Moi, je plongerais pas dans cette purée de pois, dit Decker.
– On te l'a demandé ? Allez, en avant.
Ils naviguèrent sur le lac jusqu'au trou à bass des braconniers. Skink, sanglé d'un bloc jaune, fixa sa lampe frontale puis se laissa glisser par-dessus bord. Il passa autour de sa taille une corde de nylon qu'il attacha au tableau. Un coup bref signifiait stop, deux, retour, et trois, danger.
– Dans ce cas-là, fais de ton mieux pour me remonter, recommanda Skink. Si tu y n'arrives pas, tire-toi dare-dare ; c'est que les crocos seront en train de me bouffer.
Decker menait le bateau anxieusement, tout en surveillant les évolutions de Skink à la traînée de bulles qui crevaient en surface, dans son sillage écumeux. Il se demanda ce que tortues et poissons pouvaient bien penser, confrontés dans leur élément d'un noir d'encre à une telle créature, chenue et gargouillante. Avec la manette des gaz baissée au minimum, la plate allait comme un escargot ; Skink était un sacré poids lourd à remorquer.
Quand il eut trouvé ce qu'il cherchait, Skink tira si fort sur la corde qu'elle manqua expédier la poupe sous l'eau. Decker passa aussitôt au point mort pour éviter que les pales de l'hélice ne mettent Skink en péril quand il remonterait.
Ce dernier refit surface en s'ébattant comme un marsouin. Il tenait une cage grillagée carrée, d'un mètre cinquante de côté. À l'intérieur de la nasse, trois bass à grande bouche des plus vigoureux se cognaient en vain contre le treillis métallique de leur prison que Skink hissa au fond du bateau. Il ferma le détendeur, cracha son embout et arracha son masque.

– Bingo ! fit-il à bout de souffle. Regarde-moi ça.

Pendaient de la nasse deux mètres cinquante de monofilament résistant, invisible à plus d'un mètre. Skink l'avait tranché avec son couteau de plongée.

– Ils l'avaient attachée à une branche de saule. Impossible à déceler sauf si l'on sait où regarder, dit-il. Sors la pince coupante, Miami.

Decker cisailla les charnières de la cage. Skink tendit la main, sortit les bass l'un après l'autre et les relâcha avec précaution dans leur lac d'origine. Ce fut un instant d'une étrange douceur ; le large sourire de Skink était aussi chaleureux que la lueur de la lampe. Une fois les bass libérés, il replongea la cage vide dans l'eau et la rattacha au même rameau mort.

Decker dut reconnaître que l'arnaque était ingénieuse. Truffer le lac de poissons pêchés d'avance pour mieux les récupérer, le jour du concours. Dennis Gault avait vu juste : pour gagner, ces gars-là feraient n'importe quoi. Plus Decker y pensait, plus ça l'écœurait. Les braconniers avaient perverti ce lieu magnifique, pollué son mystère et ses brumes. Il lui tardait de voir leurs têtes quand ils découvriraient le pot aux roses, mourait d'impatience de les prendre en photo.

En sondant l'eau aux alentours des piles de l'autoroute, Decker et Skink localisèrent trois autres cages submergées, chacune avec son contingent de bass pêchés de frais. En tout, ils dénombrèrent onze poissons, dont quatre dans la dernière nasse ; soulevant le plus grand par sa lèvre inférieure, Skink évalua son poids à neuf livres et demie.

– Rien que ce balèze-là aurait garanti la première place à ce salopard de Dickie, bicha-t-il. *Adiós, ma grosse*, fit-il en le libérant.

Restaient deux bass plus petits qui flic-flaquaient dans le treillage, claquant leurs mâchoires en signe de protestation muette et agitant leurs ouïes lie-de-vin que l'inanition faisait flamboyer.

– Désolé, les mecs, fit Skink. Vous allez nous servir d'appât.

Avec des pinces à bout rond, il poinçonna délicatement les deux premières arêtes de l'épine dorsale de chacun des bass.

– Mais qu'est-ce que tu fais ? lui demanda Decker.

– Je les marque, répliqua Skink. C'est tout.

Les poissons toujours captifs, il répara solidement la porte de la nasse, qu'il laissa filer en douceur sous l'eau. Il s'assura qu'elle était bien assujettie à la poutre de béton où Dickie Lockhart viendrait la chercher. À ce moment-là, évidemment, le champion de bass serait dans un état de panique avancée, se demandant non seulement qui sabotait ses pièges secrets, mais aussi comment il allait faire pour remporter le concours.

13.

Le jour d'ouverture de l'Invitational Bass Classic Cajun, Dennis Gault se trouvait à des centaines de kilomètres de là, à Miami. Bien que cela le tarabustât de manquer la compétition, sa stratégie lui dictait de s'abstenir du concours. Il voulait que Dickie Lockhart se sente tout à fait à l'aise dans ses baskets en sachant que son ennemi juré n'était pas dans les parages à l'espionner. Il voulait que Dickie et sa bande baissent leur garde.

Gault fut d'une humeur massacrante une bonne partie de la matinée ; il houspilla ses secrétaires et raccrocha au nez des courtiers du marché à terme des matières premières qui voulaient un scoop sur la prochaine récolte de canne à sucre. Dans son quotidien du matin, il vérifia le temps qu'il faisait à La Nouvelle-Orléans et fut aux anges de lire : venteux et froid ; cela signifiait que la pêche serait rude. Decker l'appela brièvement et lui dit que les choses roulaient, sans plus de détails. Il ne s'excusa pas non plus de lui avoir esquinté le portrait. Gault, vexé de l'attitude glaciale de Decker, n'en était pas moins excité à l'idée que la pièce avait enfin commencé. La haine que Gault vouait à Dickie Lockhart le dévorait : il ne connaîtrait pas de repos tant que primo il n'aurait pas brisé les reins de cet individu, deuzio ne l'aurait pas éclaboussé d'un scandale.

La triche n'entrait qu'en partie dans cette détestation ; Gault aurait lui-même truandé dans certains concours, eût-il trouvé des complices dignes de confiance. Le ferment le plus virulent du ressentiment de Dennis Gault, c'était qu'un connard de plouc comme Dickie fasse partie de la confrérie du bass – incarne le « brave et bon garçon » que lui, Gault, ne serait jamais. Dickie était le champion, la vedette de télévision, le sportif de plein air à la renommée mondiale ; il savait à peine tenir ses comptes ou nouer sa cravate, mais connaissait personnellement Curt Gowdy. Dans un univers strictement masculin, ce n'était pas rien.

Si perdre devant un Lockhart était déjà assez pénible, regarder, impuissant, cet enfoiré rouler tout le monde dans la farine était intolérable. Dennis Gault puisait son venin à l'encontre de Dickie et consorts à une source profonde. La façon par exemple qu'ils avaient de le toiser quand il se présentait aux concours ; il était l'intrus, le dilettante friqué. Leurs regards disaient : t'es pas à ta place sur ce lac, coco, mais sur un terrain de golf. On n'arrêtait pas de le chambrer en l'appelant le Plein aux as de Miami. Coral Gables, passe encore, mais *Miami !* Il aurait pu tout aussi bien débarquer de Bolivie, en ce qui concernait les autres basseurs. Ils étaient tous des paysans du Sud profond, affublés de noms tels que Jerry et Larry, Chet et Greg, Jeb et Jimmy. Quand ils ouvraient la bouche, ce n'était que mon pote par-ci, frangin par-là, entre deux jets de jus de chique. Quand Dennis Gault ouvrait la sienne et qu'il sortait des trucs du genre « faudra que j'en touche un mot à mon cambiste », les basseurs le regardaient comme un pestiféré.

Gault, qui avait cru naïvement que cet antagonisme diminuerait au fur et à mesure que sa maestria de pêcheur augmenterait, commença à remporter quelques concours. Cela ne fit qu'empirer les choses, évidemment, à cause surtout d'erreurs de jugement abyssales. Par exemple, Dennis Gault tenait à se rendre à tous les concours au volant de sa Rolls Royce Corniche lie-de-vin. Le spectacle d'un tel véhicule, violet de surcroît, remorquant un bassier sur l'autoroute à péage de Floride suffisait à provoquer un embouteillage, et foutait définitivement en l'air l'ambiance bucolique de tout rassemblement à quai. Maintes fois, Gault, à l'issue d'une dure journée de pêche, avait retrouvé les pneus de sa voiture à plat ou découvert qu'un plaisantin avait garé son objet de fierté lie-de-vin sous un arbre où nichaient des corbeaux diarrhéiques. Mais Gault avait des goûts personnels bien arrêtés : son père avait conduit une Rolls, Dennis ne conduirait rien d'autre, bon Dieu. Il n'aimait pas les camionnettes, pourtant un pick-up l'aurait aidé à briser la glace avec la clique du bass. Avec sa Rolls Corniche, aucune chance.

Puis l'incident des hélicoptères scella son excommunication.

Bien longtemps avant d'avoir réuni la moindre preuve contre Lockhart, Dennis Gault avait proposé certaines procédures de contrôle pour décourager toute tentative de tricherie dans les concours top niveau. Même les magazines de sports & loisirs, pour qui, en règle générale, tout était pour le mieux dans le meilleur des mondes, avaient rapporté des rumeurs faisant état de cas flagrants de « bass planqués » et une poignée de scandales des plus malséants avaient éclaté au grand jour. En conséquence de quoi, les organisateurs de concours professionnels avaient une furieuse envie de redorer leur blason. Plus pour frapper un grand coup médiatique qu'autre chose, ils avaient accepté de tenter l'expérience plutôt inhabituelle de Dennis Gault.

Son plan était le suivant : pendant la compétition, des observateurs indépendants suivraient les pêcheurs en hélico pour les tenir à l'œil. Gault proposa même de payer de sa poche la location des appareils, offre qui fut saisie au vol.

Le hic de ce plan-là, c'était que le bass à grande bouche n'est pas du tout friand de bruit et que les hélicoptères en faisaient beaucoup. Les poissons n'appréciaient ni le vrombissement strident des moteurs ni les vagues que soulevait cette véritable flottille aérienne. Cela fut très vite évident lors du concours de Tuscaloosa, où l'opération héliportée de Gault fut mise au banc d'essai pour la première et dernière fois. Dès que les hélicos survolaient les bassiers, les poissons sondaient et cessaient d'être mordeurs. Le souffle des rotors interdisait tout lancer et envoya valser casquettes et lunettes polarisantes à quarante dollars, ce qui ne manqua pas d'irriter nombre de concurrents. L'idée se révéla vraiment catastrophique et, le second jour de l'expérience, deux des hélicos furent chassés du ciel à coups de fusil par des basseurs en colère. En l'absence de blessés graves, on se contenta de pénaliser chacun des contrevenants de dix livres sur sa brochée finale. Dennis Gault, qui termina le concours à la quatorzième place, fut rayé à vie du Comité de compétition national.

Ce qui était probablement aussi bien. Peu après, Gault s'était mis à soupçonner Dickie Lockhart de tricherie et son obsession irrationnelle s'enracina en lui comme une vigne vierge anarchique. Elle s'était si sauvagement vrillée autour de son âme que le simple fait d'apprendre que Decker progressait en Louisiane ne fit qu'agiter Gault davantage ; ça le démangeait d'être là-bas pour participer à la traque, tout en sachant que ce serait une grave erreur. Au téléphone, Decker s'était adressé à lui sur ce même ton froid que les pêcheurs adoptaient toujours à son endroit, comme s'il n'était qu'une mauviette d'enfant gâté, et ça aussi, ça commençait à le courir sérieusement. Decker semblait oublier parfois qu'il avait loué ses services, point final.

Au train où vont les choses, songea Gault, je serai le dernier prévenu si quelque chose se déclenche. Aussi passa-t-il un coup de téléphone à Lanie, à qui il demanda de lui rendre un nouveau service.

Decker se leva avant l'aube, enfila tant bien que mal son blue-jean et un caban sentant le moisi. Le D.J. du radio-réveil annonça qu'il faisait 11 degrés à Hammond centre. Decker enfila deux paires de chaussettes en frissonnant ; vivre en Floride du Sud, constamment à la chaleur, vous donne du sang de navet.

Skink, assis par terre dans la chambre du motel, se passait un fil entre les dents. Il ne portait qu'un slip Jockey, ses lunettes noires et son bonnet de douche à fleurs. Decker lui demanda s'il voulait venir avec lui, mais Skink fit non de la tête. Le fil dentaire passait entre ses étincelantes prémolaires avec des accents d'ukulélé miniature.

– Tu veux que je te rapporte du café ? s'enquit Decker.

– J'aimerais mieux un lapin, fit Skink.

Decker soupira et dit qu'il serait de retour avant dix heures. Il prit la voiture de location et la direction de l'embarcadère de la passe Manchac. Sur la vieille Route 51, il se coula dans un flot continu de Jeep, de Bronco et de Blazer, astiqués comme un sou neuf, qui s'en allaient tous au lac Maurepas avec un bassier en remorque. Beaucoup de ces pick-up avaient des pneus surdimensionnés, des vitres teintées et de puissants phares antibrouillard qui perçaient de leurs flèches orangées les bayous plongés dans la purée de pois. Ces véhicules tenaient lieu de carrosse royal au « dessus du panier » des pros du bass, qui les avaient gagnés dans divers concours de pêche ; ça ne valait même pas la peine de s'inscrire si l'un de ces 4 x 4 ne figurait pas parmi les prix. Nombre de basseurs en gagnaient trois ou quatre par an.

Au camp de pêche, l'humeur était d'une solennité toute professionnelle : les bateaux rutilants une fois détachés des remorques en acier galvanisé étaient mis à flot dans l'eau d'un vert laiteux. Tous les pêcheurs arboraient casquettes, gilets et combinaisons, constellés de badges publicitaires multicolores, vantant les produits de leurs sponsors ; tout, depuis la bombe insecticide jusqu'au tabac à chiquer et aux asticots, était estampillé de cette manière. La plupart des pêcheurs portaient des « goggles », petites lunettes rondes en plastique pour se protéger le visage pendant la course casse-cou jusqu'au trou à poisson. Le petit monde du bass avait adopté récemment cette innovation après la mort de l'un des siens qui avait eu la malchance de se prendre de plein fouet un vol de hannetons, en filant à cinquante nœuds ; l'un de ces fragiles coléoptères lui était entré dans l'œil comme une balle et lui avait perforé tout net le cerveau.

Decker sirotait son café dans un gobelet en plastique, noyé dans une affluence d'épouses, petites copines et autres mécaniciens qui attendaient le début du concours. Un grand tableau noir pour l'affichage des résultats, posté à l'extérieur du Refuge du pêcheur, dénombrait quarante concurrents, dont certains des pêcheurs de bass les plus célèbres de tous les temps : Jimmy Houston, de l'Oklahoma, Larry Nixon, du Texas, Orlando Wilson, de Géorgie, et bien entendu le légendaire Roland Martin, de Floride. Adulés dans l'univers de la pêche, ces noms ne signifiaient absolument rien pour Decker, qui n'en reconnut qu'un seul sur le tableau de l'Invitational Cajun : celui de Dickie Lockhart.

Mais où était donc ce fils de pute ? Dans l'éclat sporadique des phares des pick-up sur l'eau, Decker scrutait le visage des pêcheurs, tassés maintenant derrière la console de leurs bateaux. « Goggles », casquettes, joues bouffies et rubicondes leur donnaient à tous un air de famille. Le bateau de Dickie était quelque part là-bas, Decker le savait, mais il devrait attendre la pesée pour avoir une chance de l'apercevoir.

À cinq heures trente précises, un type barbu en pantalon kaki, chemise de flanelle et cravate-lacet, gagna à grandes enjambées l'extrémité du quai et annonça au mégaphone :

– Basseurs, parés au décollage !

Ces derniers mirent le contact à l'unisson, et le lac Maurepas commença à bouillonner, rugir et moutonner. Les volutes de fumée bleue des puissants moteurs s'élevèrent dans le ciel avant de se fondre en un seul nuage âcre, pièce rapportée au-dessus du marais. Les bateaux prirent un peu de distance avec l'embarcadère bondé, avant de se traîner jusqu'à l'endroit où l'embouchure de la passe s'ouvrait sur le lac. La procession s'arrêta près d'une bouée lumineuse.

– C'est maintenant que ça devient intéressant, dit une jeune femme près de Decker, deux bébés endormis dans les bras.

Le starter leva son pistolet et tira un coup en l'air. Instantanément, un mur sonore s'éleva du lac Maurepas : la course débutait. Les bassiers hoquetèrent, puis grondèrent et enfin gémirent en prenant de la vitesse. La manette des gaz à fond, l'arrière plongeant sauvagement dans l'eau, l'avant cabré selon des angles alarmants, Decker était persuadé que certains des bateaux allaient chavirer entre ciel et lac. Cependant, ils s'arrangeaient pour amerrir parfaitement en vol plané et glissaient à la surface de l'eau en froissant à peine sa texture cristalline. Le chant puissant des moteurs était celui d'un million d'abeilles en furie, déchirant l'aube dans un bruit d'enfer.

Ce fut l'un des spectacles les plus mémorables auquel il fut donné à Decker d'assister dans sa vie, d'une absurdité guerrière hautement technologique : quarante bateaux filant comme des flèches dans la même direction à cent kilomètres / heure. Et dans l'obscurité la plus totale.

La plupart des spectateurs applaudirent à tout rompre.

– Et y a jamais de blessés ? demanda Decker à la mère des deux bébés, qui piaillaient à qui mieux mieux, à présent.

– Quels blessés ? se récria-t-elle. M'en parlez pas. À cette vitesse-là, on crève sur le coup.

À son retour, Decker trouva Skink qui l'attendait devant le motel.

– T'as tes appareils ? demanda-t-il.

– Je suis fin prêt, dit Decker.

Ils regagnèrent d'un coup de voiture le Refuge du pêcheur où ils relouèrent la même plate que la veille au soir. Mais cette fois Skink réclama une pagaie. La caissière, enjouée, apostropha Skink en ces termes :

– Vous trouvez toutes les anguilles qu'il vous faut, Mr. Cousteau ?

– *Sí*, répliqua Skink.

– *Oui !* lui souffla Decker.

– *Oui !* répéta Skink. Plein, plein d'anguilles.

– Je suis bien contente pour vous, dit la caissière.

Ils chargèrent le bateau en vitesse. Le matériel photo de Decker était rangé dans des mallettes en alu étanches. Skink mit un soin tout particulier à répartir également le poids pour éviter que la plate ne gîte. Après la parade matinale des bassiers rapides comme l'éclair, les quinze chevaux faiblards de la plate parurent d'une lenteur anémique à Decker. Ils atteignirent la cache secrète une heure après le lever du soleil.

Skink aventura la plate au cœur de la jonchaie du marais. Le moteur cala quand l'hélice s'entortilla les pales dans les herbiers. Skink les hala hors de vue à mains nues, loin de la passe. Bientôt, quenouilles, laîche et autres plantes aquatiques parurent emmurer Decker et Skink, avec, juste au-dessus de leur tête, le toboggan de l'Interstate 55, dont l'ombre fraîche les dissimula. Sans un mot, Skink se débarrassa de son imper orange et enfila une panoplie complète de camouflage, du genre de celles des chasseurs de daims. Il en jeta une à Decker en lui disant de l'imiter. La tenue léopard flambant neuve était encore toute froissée de son séjour dans le sac.

– Où tu t'es procuré ça ? demanda Decker.

– C'est un emprunt, fit Skink. Installe le trépied à l'avant.

D'un coup de moulinet de sa pagaie en plastique parmi les joncs, il dégagea la visibilité. Puis désigna un point de la main.

– C'est là qu'on a remonté le dernier piège.

Decker déploya le trépied à l'avant, le calant solidement et y fixant un boîtier Nikon muni d'un téléobjectif de six cents millimètres ; l'ensemble avait tout d'un bazooka à canon court. Il avait opté pour du film noir et blanc ; en tant que pièce à conviction, son rendu était plus spectaculaire que celui d'une mini diapo Kodachrome. La couleur, c'était bon pour les photos de vacances, le noir et blanc pour la réalité bien saignante. Grâce au télé, le cliché aurait cette texture granuleuse qui semblait à elle seule suinter la culpabilité et fournir la preuve qu'on avait pris quelqu'un sur le fait.

Decker, un œil fermé, fit le point en bon professionnel sur le brin de monofilament noué au pilier de béton.

– On va attendre longtemps ? demanda-t-il.

Skink grogna.

– Aussi longtemps qu'il le faudra. Mais ils ne vont pas tarder.

– Comment tu peux en être sûr ?

– Les poissons, dit Skink.

Il faisait allusion aux deux bass qu'il avait remis dans la nasse, ceux qu'il avait marqués avec les pinces.

– Plus on les laisse là, moins présentables ils sont. Ils se cognent la tête contre le treillis, s'esquintent grave. Ils la foutent mal à la pesée. Le truc, c'est de les radiner encore frais.

– Ça tombe sous le sens, dit Decker.

– Ben, ces mecs-là ne sont pas bêtes.

Sur ce point précis, Decker et Skink étaient en désaccord.

Au bout d'un quart d'heure, ils entendirent le moteur d'un autre bateau. Skink glissa à genoux et Decker se posta derrière l'appareil sur trépied. Un bateau à la coque vert métallisé entra dans le cadre du Nikon ; l'homme à l'avant tenait une canne à pêche et contrôlait avec une commande au pied un petit moteur électrique, qui ronronnait ; il était conçu pour manœuvrer le bateau en silence et éviter ainsi d'effrayer le bass. Le pêcheur assis à la poupe lança un ver violet en plastique souple, travaillant le leurre comme un serpent ; il procéda comme Skink en avait fait la démonstration à Decker, cette fameuse nuit sur le lac Jesup.

Malheureusement, aucun des deux hommes du bassier vert n'était Dickie Lockhart relevant ses nasses ; ce n'étaient que de simples pêcheurs anonymes. Au bout d'un moment, ils s'éloignèrent au fil de l'eau, n'arrêtant pas de prospecter la rive avec acharnement et n'échangeant que de rares paroles. Decker, ignorant s'ils participaient au grand concours, se dit que ce devait être probablement le cas, à en juger par la crispation de leurs mâchoires.

Une heure s'écoula ; nulle autre embarcation ne se montra dans les parages. Skink se laissa aller en arrière, carrant ses épaules contre le plastique du capot du moteur. Il avait l'air totalement détendu, beaucoup plus heureux que dans la chambre du motel. Un héron bleu vint se joindre à eux à l'ombre du toboggan. La tête haute, pataugeant au ralenti dans les hauts-fonds, il harponna pour finir un petit poisson-lune. Skink éclata d'un rire sonore, applaudissant en connaisseur.

– Ben, ça c'est ce que j'appelle pêcher ! s'exclama-t-il.

Mais le bruit fit tressaillir l'oiseau dégingandé qui s'envola d'un coup d'aile avec un couic rauque en lâchant sa proie. Pas plus gros qu'un dollar d'argent, le poisson abîmé se mit à nager en cercles confus, jetant des éclairs dans l'eau marronnasse. Skink se pencha et le cueillit d'une main sûre.

– Je t'en prie, protesta Decker.

Skink haussa les épaules.

– Va mourir de toute façon.

– Je te promets qu'on va se faire un gueuleton à tout casser chez Middendorf...

Mais trop tard. Skink avait gobé le poisson tout cru.

– Et merde, fit Decker en détournant la tête.

Il espéra de tout son cœur qu'ils ne tomberaient pas sur des serpents.

– C'est plein de protéines, fit Skink, étouffant un rot.

– Pour ma part, je m'en tiendrai aux corn flakes.

Decker, ankylosé, se releva pour se dégourdir les jambes. Il commençait à penser que Lockhart ne se montrerait pas. Et s'il avait eu la frousse en découvrant ses autres pièges vidés de leurs occupants ? Et s'il avait décidé de jouer la sécurité et de pêcher à la loyale ? Skink lui avait assuré qu'aucun changement de plan de ce genre n'était possible, vu la hauteur des enjeux. Il ne s'agissait pas seulement de la somme attribuée au premier, mais aussi de marquer des points décisifs pour asseoir son standing de basseur au plan national – sans oublier le prestige. Et l'ego, bordel ? avait ajouté Skink. À côté de ces gars-là, un Reggie Jackson[1] était l'humilité même.

– Les frères Rundell ont donné signe de vie ce matin ? demanda Skink.

– Pas vus, fit Decker.

– Je te parie tout ce que tu voudras qu'ils ramèneront leur cul à la pesée. Faudra faire gaffe. Tu m'as l'air soucieux, Miami.

– Impatient, rien de plus.

Skink se redressa.

– C'est ce mec qui est mort à Harney qui te tarabuste, je me goure ou pas ?

– *Ces* mecs qui sont morts, nuance.

– Tu comprends pourquoi on a buté Bobby Clinch à Coon Bog, fit Skink. Il cherchait des nasses, comme toi et moi hier au soir. Sauf que Bobby n'a pas pris assez de précautions. Coon Bog, c'est probablement là que Dickie planque quelques grosses mères *hawgs*.

– Il n'y a pas que Clinch qui me turlupine, les deux autres aussi, dit Decker.

Skink, le menton dans ses mains, faisait de son mieux pour sembler compatir.

– Il faut que tu voies les choses comme ça : le fumier que j'ai buté est sans doute le même qui a buté ton pote le Tatou.

– C'est comme ça que tu les vois, toi ?

– Non. Moi, je les vois pas. Point à la ligne, dit Skink.

– Il nous a tiré dessus, le premier, fit Decker, se parlant à lui-même ou presque.

– Juste.

– Mais on aurait dû aller trouver les flics.

– Sois pas débile. Tu veux lire ton nom dans les canards ? Pas moi, fit Skink. La célébrité, j'en ai rien à cirer. J'ai déjà donné.

1. Joueur de base-ball célèbre pour son côté frimeur *(N.d.T.)*.

Decker mourait d'envie de le questionner depuis longtemps.

– Qu'est-ce que tu faisais exactement, avant ? demanda-t-il à Skink.

– Avant ?

Skink arracha ses lunettes noires.

– J'ai fait des erreurs.

– Ton visage ne m'est pas étranger, poursuivit Decker. Quelque chose dans la bouche.

– J'arrêtais pas de l'ouvrir, dit Skink.

– Les dents, je dirais, continua Decker.

Les yeux vert forêt étincelèrent.

– Les dents, tiens, tiens.

Et il se fendit d'un large sourire, tout ce qu'il y a de naturel.

Mais Decker ne fit pas le rapprochement. La brève carrière de gouverneur de Clinton Tyree s'était déroulée avant la période journalistique de Decker et avant que la politique de l'État n'accapare son attention. En outre, le visage qui lui souriait sous le bonnet de douche était si couturé et buriné que même les amis intimes du gouverneur auraient eu du mal à le reconnaître.

– C'est quoi le fin mot de l'histoire ? demanda Decker, avec le plus grand sérieux. On te recherche ?

– Non, dit Skink. On m'a perdu, c'est pas la même chose.

Mais avant que Decker ait pu le pousser dans ses derniers retranchements, Skink posa un doigt d'un brun douteux sur ses lèvres. Un autre bateau approchait.

Il arrivait à toute vitesse de la direction opposée. Skink fit signe à Decker et ils se recroquevillèrent dans le fond étroit de la plate. Le bruit de l'autre moteur cessa brusquement et Decker entendit des voix d'hommes dans leur dos. Les voix semblaient très proches, mais il eut peur de se relever pour vérifier.

– Faut que tu causes à l'autre enfoiré ce soir ! dit l'un des types.

– J't'ai déjà dit que j'le ferai, non ?

Autre voix.

– Faut savoir s'il était suivi ou quoi.

– Il aurait dit kék'chose.

– P't-être. P't-être qu'il a juste joué au gros futé. T'y as pensé à ça ?

– J'lui parlerai. Merde, la pile, c'était la troisième ou la quatrième ?

– Quatrième, reprit la première voix. Regarde, v'là le fil.

Les pêcheurs avaient repéré la nasse immergée. Decker se releva avec précaution dans la plate et se coula jusqu'à l'appareil sur son trépied, à l'avant. Skink lui fit oui de la tête et signe qu'il pouvait y aller sans crainte. Les voix des braconniers se répercutaient contre le béton, sous l'Interstate 55.

– Celle-là, au moins, ces enculés l'ont pas trouvée.

– Remonte-la rapido.

Decker examina les deux hommes à travers son viseur. Ils lui tournaient le dos. Sous leurs casquettes, l'un avait l'air blondasse, l'autre avait le cheveu brun et dru, comme Dickie Lockhart. Tous deux semblaient balèzes, bien qu'il fût difficile de faire la part de la carrure et celle des vêtements d'hiver. Le nom du bassier, sur la coque bleu et argent, était illisible, parce que manuscrit de façon fantaisiste. Decker gardait l'appareil braqué sur les pêcheurs, pressant le déclencheur de l'index et actionnant le rembobinage du pouce. Il avait déjà pris six clichés et les hommes ne s'étaient toujours pas retournés.

C'était infernal. Decker voyait pourtant qu'ils avaient retiré la nasse de l'eau.

– Ils se retourneront jamais, chuchota-t-il à Skink. J'ai pas pu encore prendre LA photo.

Depuis l'arrière, Skink acquiesça d'un grognement et abaissa ses lunettes noires d'une pichenette.

– Tiens-toi prêt, dit-il.

Alors il lança un cri, celui, perçant, d'une bête féroce, qui donna la chair de poule à Decker. L'écho non humain et trémulant fit sursauter les deux pêcheurs qui lâchèrent la cage grillagée dans un beau tintamarre. Agrippant les bass, leurs précieux captifs, ils virevoltèrent comme un seul homme, prêts à affronter un lynx, feulant et crachant, ou peut-être même une panthère, mais se trouvèrent nez à nez avec le vide narquois des marais. Decker les mitrailla illico. L'objectif captura dans le moindre détail l'ébahissement qui se peignit sur la physionomie des deux individus, jusqu'à l'éclair apeuré dans leur regard.

Deux individus dont ni l'un ni l'autre – aucun doute là-dessus – n'était Dickie Lockhart.

14.

– Alors, qu'est-ce qu'on fait maintenant ?

– On mange, fit Skink, la bouche pleine de poisson-chat frit.

Ils étaient attablés dans un coin chez Middendorf. Personne ne semblait prendre garde à leur tenue de camouflage.

– Attends seulement que Gault apprenne qu'on a pas filé les bons gugusses, dit Decker.

Skink concentrait momentanément son attention sur un saladier de chou cru dégoulinant.

– Peut-être que si, fit-il. Peut-être qu'ils bossent pour Lockhart.

Decker avait déjà envisagé cette possibilité. Peut-être Dickie était-il trop timoré pour relever les nasses lui-même. Tout ce qu'il avait à faire, c'était recruter des potes à lui et leur donner rendez-vous sur le lac, une fois le fait accompli, pour récupérer les bass dérobés. Certains de ces gars-là feraient n'importe quoi pour Dickie Lockhart, s'il leur promettait de les faire passer à la télé.

Il y avait une autre explication tout aussi plausible de ce qui était arrivé ce matin-là : Decker n'avait tout bêtement pas photographié la bonne équipe de tricheurs.

Quoi qu'il en soit, les visages gravés sur pellicule n'étaient pas ceux que Dennis Gault voulait voir.

– Tu sais bien que Dickie a truqué le concours, bordel.

– Évidemment, dit Skink. Mais il y a x millions de caches possibles par ici. Du bayou en veux-tu en voilà. Et merde, il n'aurait qu'à immerger ses cages dans le lac Pontchartrain et on serait bons pour fouiner dans cette mélasse jusqu'à l'heure de notre mort.

– Alors on a surveillé le coin le plus évident, fit Decker, d'un ton maussade.

– Et on s'est récolté des connards non moins évidents.

Skink fit signe à une serveuse de le resservir en poisson-chat.

– Ça va se résoudre, Miami. Assiste à la pesée et vois ce qui s'y passe. Et avale-moi tes saloperies de boulettes de maïs, O.K. ? Dans le pire des cas, je descendrai l'enfoiré et basta.

– Pardon ?

– Lockhart, précisa Skink.

– Déconne pas.

Decker chercha vainement sur le visage de Skink un signe trahissant qu'il plaisantait.

– Gault adorerait ça, dit Skink. Merde, je me paie une bouchée pleine d'arêtes. C'est si dur que ça de dépiauter un poisson ? Putain, pas besoin d'être chirurgien pour ça, non ?

Une serveuse s'approchait prudemment de la table, mais Decker l'éloigna d'un geste.

– On ne tuera pas Dickie, chuchota-t-il à Skink.

– J'ai réfléchi à la question, fit Skink, ne baissant même pas d'un ton. Qui en a quelque chose à foutre qu'il casse sa pipe ou non ? Ses sponsors ? La chaîne ? Tu parles.

Skink se tut pour mieux mâcher.

– Je prendrai cette sacrée photo, affirma Decker.

– Ce serait des masses plus facile de le buter. Un mec de Thibodaux que je connais, il me passerait son flingue pour tirer le daim.

– Non ! fit Decker sèchement, conscient que l'idée s'était déjà logée quelque part derrière ces lunettes de soleil d'enfer, comme une tique.

– C'est de la folie, reprit Decker. Encore une allusion à ça, capitaine, et je me barre.

– Calmos, dit Skink.

– Je ne plaisante pas !

Skink se pencha et piqua une boulette de maïs dans l'assiette de Decker.

– Trop tard, fit-il gaiement. Je t'avais prévenu.

Autant le départ des bassiers avait été enrégimenté, autant leur retour eut lieu dans la débandade la plus complète. La pesée devant avoir lieu à quatre heures et demie, les pêcheurs traçaient comme des fous sur le lac Maurepas pour arriver avant le gong. Il en surgissait de toutes les directions, ne semblant connaître qu'une seule vitesse : pleins gaz. À la passe Manchac, le débarcadère grouillait de spectateurs, de sponsors et même d'une équipe de télévision locale. On avait dressé un aquarium monumental – concession accordée à contrecœur aux écologistes – près du tableau d'affichage, censément pour conserver en vie les bass pêchés avant de les remettre à l'eau. Au fur et à mesure qu'on les apportait, les prises étaient pesées, mesurées et photographiées par un biologiste mandaté par l'État de Louisiane. Puis on lâchait les poissons dans le réservoir verdâtre, où la plupart se retrouvaient promptement le ventre en l'air, frappés d'hydrocution.

On portait les totaux de poids les plus importants sur le grand tableau. L'auteur de la plus grosse prise recevait dix mille dollars ; la brochée la plus conséquente en rapportait vingt mille, plus un bassier flambant neuf, une caravane et un 4 x 4 Dodge Ram, qui serait très vraisemblablement négocié contre du liquide.

Decker était seul à attendre, car Skink était rentré au motel. Il avait marmonné qu'il n'avait pas envie de se cogner aux frères Rundell – et voilà qu'ils étaient là à écluser bière sur bière près des pompes à essence. Ozzie, malgré ses airs de couillon pitoyable, était pourtant celui qui, au volant du pick-up, avait emmené tout ce joli monde loin du lieu du crime d'Ott Pickney. Decker caressa l'idée de se faufiler près de lui et de lui chuchoter un truc terrifiant à l'oreille, rien que pour voir sa réaction. Il succomberait peut-être à une attaque d'angine de poitrine foudroyante.

Mais Decker décida de garder prudemment ses distances au cas où Culver se souviendrait de l'avoir vu dans sa boutique.

Au début, le rituel de la pesée – poignées de main, attroupement muet autour de la balance, affichage des résultats – capta toute l'attention de Decker. Mais au bout d'un moment, ses pensées se reportèrent sur Skink. Il se dit que ce dernier commençait à délirer sec ou peut-être même arrivait au terme du processus, et que malgré tout son savoir-faire d'homme des bois, il risquait de devenir un sérieux handicap. Decker aurait aimé que Jim Tile soit dans les parages pour tempérer Skink ou du moins le conseiller, lui, sur la meilleure façon de prendre le bonhomme.

Des applaudissements crépitèrent autour de l'estrade et le reste de la foule, dressée sur la pointe des pieds, s'efforça d'apercevoir quelque chose. Un pêcheur mince et hâlé, très connu apparemment, faisait étalage d'une brochée de trois énormes bass, à l'image du vainqueur d'un match de boxe brandissant sa ceinture de champion. Le marqueur grimpa sur un escabeau et inscrivit « 21 – 7 » à la craie, près du nom d'Ed Spurling. Pour quatre livres, il venait de prendre la première place de l'Invitational Bass Classic Cajun.

Avec un large et beau sourire, Ed Spurling le « Rapido » relâcha ses grosses prises dans le gigantesque aquarium, puis leva les mains en les joignant au-dessus de sa tête. Par réflexe, et sans dessein précis, Decker prit quelques clichés.

Les tricheurs du bateau vert surgirent dix minutes avant la fin. Eux n'affichaient pas de sourire pour leurs fans. Leur brochée ne comptait que quatre bass, dont les deux spécimens pâlots marqués par Skink la veille au soir. Decker les mitrailla à quatre reprises, avant qu'ils ne jettent leurs touches sur la balance et ne s'éloignent, boudant et traînant les pieds. « 8 – 14 » bourdonna le commissaire de pesée dans le mégaphone. Dixièmes, nota Decker ; même si ce n'était pas Lockhart, ça faisait plaisir.

Le bateau de Dickie fut le dernier à rallier le quai. Un frémissement parcourut la foule, qui s'agita ; si certains pêcheurs tendirent le cou en exprimant verbalement leur nervosité, d'autres firent mine de ne pas remarquer l'arrivée du champion. Ed Spurling se décapsula une Budweiser, tournant ostensiblement le dos à l'estrade. Il s'entretenait avec un gros bonnet de la compagnie Stren.

Dickie Lockhart retira vite fait ses goggles, défroissa sa combinaison du plat de la main et ratissa d'un peigne sa chevelure aux reflets si peu naturels. Le tout avant de sauter de son bateau.

– Eh là ! fit-il, quand un fan cria son nom. Salut tout le monde ! Ça fait rud'ment plaisir d'vous voir.

Et il se faufila parmi les spectateurs. Une équipe de *Fish Fever* filmait sa marche triomphale.

Le pilote de Dickie, un gars du coin, à genoux à l'arrière du bassier, tentait d'extraire les poissons du vivier. Ça parut lui prendre un temps fou. Bientôt, même Ed Spurling se retourna pour voir ce qui se passait.

Il y avait cinq bass au total, loin d'être vilains. Decker estima le plus petit à quatre livres ; le plus gros confinait au grotesque : couleur de mousse calcinée, il adoptait la forme d'une vieille souche d'arbre. Il avait l'œil exorbité et la gueule aussi large qu'un four.

L'aide de Dickie Lockhart apporta la brochée au commissaire de pesée sous les murmures de l'assistance. Ce dernier les laissa choir dans une corbeille en plastique de lavomatic. Le *hawg* passa le premier sur la balance : douze livres, sept onces. Quand le poids s'afficha en chiffres digitaux sur le décompte officiel Rolex, il y eut quelques sifflets et applaudissements épars dans la foule.

Dix mille, les doigts dans le nez, songea Decker, qui prit une photo de Dickie nettoyant ses lunettes de soleil avec un bandana.

Puis vint le tour de la brochée au grand complet.

– 30 – 09, beugla le commissaire. Nous tenons le vainqueur !

Decker remarqua que les applaudissements n'étaient ni unanimes ni nourris, sauf ceux des Rundell, exsudant leur admiration imbibée de bière, en bons et loyaux sectateurs de Dickie.

– Au détecteur de mensonge ! s'écria avec colère un basseur de Reserve.

– Ouais, c'est ça, interrogez sa boîte noire ! hurla un autre, membre de la clique d'Ed Spurling.

Dickie Lockhart les ignora. Saisissant la brochée par chaque bout, il souleva les bass à l'intention des photographes. Des clichés pris sur le vif représentaient, il était bien placé pour le savoir, la quintessence des annonces publicitaires dans les magazines de sports & loisir. Chacun des nombreux sponsors de Dickie désirait une photo de sa star en exclu et de la prise qui lui avait assuré la victoire. Lockhart se prêta à la chose avec une complaisance débordante. Quand il eut fini de poser et libéré les poissons dans le réservoir, les bass, bel et bien morts, coulèrent au fond comme des pierres. Le marqueur inscrivit à la craie « 30 – 9 » près du nom de Dickie, sur le grand tableau.

Decker n'avait plus de pellicule dans son appareil, mais ne se donna pas la peine de le recharger. Tout ça n'était qu'une perte de temps.

Le commissaire remit à Lockhart deux chèques et trois jeux de clés.

– Un autre rafiot, exactement ce qui m'fallait, plaisanta la star du petit écran.

Decker ne voulut pas en voir davantage. Il poussa au maxi les quatre cylindres anémiques de sa deux-portes de location. Sur la Route 51, une Jeep Wagoneer rutilante le dépassa, roulant à cent quarante mini. Le conducteur ressemblait à Ed Spurling. Son passager, aux cheveux d'un blond ardent hallucinant, portait un survêt de jogging saumon. Tous deux avaient l'air passablement préoccupés.

Le réceptionniste maigrichon arrêta d'un geste Decker dans le hall du motel.

– J'ai donné la clé à la dame, votre amie, dit-il avec un clin d'œil. J'ai pensé que vous n'y verriez pas d'inconvénient.

– Vous avez bien pensé, répondit Decker.

Catherine ! Elle était venue, malgré tout. Il gagna la chambre en courant presque.

À l'instant où il ouvrit la porte, Decker comprit qu'on ne pouvait plus ranger Skink parmi les sains d'esprit ; il avait franchi d'un seul bond le gouffre qui sépare l'excentrique du psychopathe.

Lanie Gault était ligotée sur le sol.

Non seulement ligotée, mais littéralement entortillée des épaules aux chevilles, comme une momie de ses bandelettes, de monofilament de nylon à 80 lb.

Mais vivante, du moins. Elle avait les yeux grands ouverts, mais la tête à la renverse, il était difficile d'y lire ce qu'elle éprouvait. Decker remarqua qu'elle était nue, exception faite du bas d'un bikini et de Reebok grises. Sa bouche était close par du gaffeur que Skink lui avait enroulé plusieurs fois autour de la tête et qui collait à ses bruns cheveux bouclés. Decker décida de garder le gaffeur pour la fin.

– Bougez pas, dit-il.

Comme si elle allait sortir acheter des cigarettes !

Decker pêcha un couteau de poche dans la sacoche de son appareil. S'agenouillant près de Lanie, il entreprit de trancher les épaisseurs de monofilament. Skink l'avait saucissonnée une bonne centaine de fois, la vrillant comme une toupie, sans nul doute ; la délivrer prit une bonne demi-heure. Decker y alla très doucement pour retirer le gaffeur collé sur la bouche de Lanie.

– Bon Dieu, hoqueta-t-elle, examinant les traînées violâtres qui marbraient sa peau.

Decker l'aida à gagner le lit et lui tendit un chemisier qu'il tira de son baise-en-ville.

– Votre copain, il a complètement pété les plombs, vous savez, fit Lanie, cool comme toujours.

– Qu'est-ce qu'il vous a fait ?

– Vous avez vu.

– Rien d'autre ?

– Ça ne vous suffit pas ? s'exclama Lanie. Il m'a ficelée comme une dinde de Noël. Le plus bizarre, c'est qu'il n'a pas desserré les dents.

Decker redoutait presque de poser la question :

– Pourquoi vous a-t-il ôté vos vêtements ?

Lanie fit non de la tête.

– C'est pas lui, c'est moi. Je comptais vous faire une surprise quand vous rentreriez. Il ne me restait que le strict minimum sur le dos quand King Kong est arrivé.

– On partage la chambre, expliqua Decker d'une petite voix.

– Super.

– Il dort par terre.

– Tant mieux pour vous.

– Il était en colère ? demanda Decker.

– Pas vraiment. Contrarié, plutôt. Il m'a ligotée, a ramassé ses affaires et il s'est barré. Mais regardez-moi ça, Decker, regardez un peu ce qu'il m'a fait ! J'ai des marques sur les seins, je suis striée de partout.

– Ça partira quand la circulation reprendra, fit Decker.

– Ce fil de pêche m'a entaillée derrière les jambes, fit Lanie en s'inspectant dans la glace.

– Désolé, fit Decker, stupéfait que Lanie prenne les choses aussi bien. Il n'a pas dit où il allait ?

– Il n'a pas desserré les dents, je vous l'ai déjà dit, mais il a pas arrêté de fredonner sa rengaine.

Rien ne pouvait plus surprendre Decker.

– Quelle rengaine ? fit-il en écho. Skink chantait ?

– Ouais. *Nights in White Satin.*

– Ah.

Les Moody Blues. Digne choix d'un ex-fan des sixties.

– Et il n'a absolument rien d'un crooner, râla Lanie.

– Tant qu'il ne vous a pas fait de mal.

Elle le fusilla du regard.

– À part vous avoir ficelée, bien sûr, s'empressa-t-il d'ajouter.

– Ben non, il a pas essayé de me baiser, fit Lanie. Et il ne m'a pas non plus crevé les yeux, si c'est ce que vous voulez dire. N'empêche que c'est un barjo pur jus.

– J'en suis tout à fait conscient.

– Je pourrais prévenir les flics, vous savez.

– À quoi bon ? Il est loin depuis longtemps.

Pas si longtemps que ça, songea Lanie. Un quart d'heure à peine.

– Je peux prendre une douche ? Pas d'objection ?

– Faites donc.

Decker s'effondra sur le lit et ferma les yeux. Il entendit bientôt couler l'eau dans la salle de bains. Il aurait préféré que ce soit la pluie.

Lanie sortit, encore ruisselante. Déjà les traces rougeâtres de ses liens s'estompaient.

– Bon, rebelote, dit-elle, un brin trop primesautière. Autre nuit, autre motel. On se répète, Decker, ça fait vieux couple.

– Si on peut dire.

– Vous vous souvenez de la dernière fois ?

– Comme si j'y étais.

– Eh bien, vous excitez pas trop, fit-elle d'un ton renfrogné en se drapant dans sa serviette.

Decker avait toujours craqué sur le cliché « femme au sortir du bain ». Il fournit un effort considérable pour remettre la conversation sur ses rails.

– C'est Dennis qui vous a dit que j'étais ici ?

– Ouais, il m'en a parlé.

– Et de quoi d'autre, il vous a parlé ?

– Seulement de Dickie et du concours, c'est tout, fit Lanie, qui vint s'asseoir sur le lit, jambes croisées. Qu'est-ce qui vous prend ? Dire que j'ai fait tout ce chemin pour me voir traitée comme si j'étais contagieuse.

– J'ai eu une rude journée, fit Decker.

Elle se pencha et lui prit la main.

– Ne vous en faites donc pas pour votre copain, le frappadingue. Il saura bien rentrer tout seul à Harney.

– Il a oublié son billet d'avion, fit Decker.

Sans parler du tenace agent de cautionnement [1] de La Nouvelle-Orléans. Atteinte au bon déroulement d'un vol aérien était un délit fédéral.

– Il se débrouillera très bien, insista Lanie. Suffit de le poser sur une route et il rentre en dévorant... les kilomètres.

Decker dressa l'oreille.

1. *Bail bondsman*, il avance la caution du contrevenant qui lui est rendue quand ce dernier se présente devant le tribunal, et empoche un dixième du montant, que lui verse ce même contrevenant *(N.d.T.)*.

– Alors vous savez tout sur Skink ?

– C'est une légende, reprit Lanie, commençant à déboutonner la chemise de Decker. On raconte que c'est un *serial killer* de l'Oregon. Ou encore que c'est un ex de la C.I.A. qui aurait trempé dans l'assassinat de Trujillo. D'après un autre bruit qui court, il se cacherait pour échapper à la commission Warren.

– Tout ça est de première bourre, dit Decker.

Mais il n'avait rien de plus plausible à offrir comme théories sur Skink : poseur de bombes pour le groupe terroriste des Weathermen ? Chimiste clandestin d'Owsley [1] ? Soliste du groupe des Grass Roots ? Faites votre choix.

– Allez ouste, au lit, dit Lanie.

Et avant que Decker ait pu faire ouf, la serviette de bain était par terre et Lanie se glissait entre les draps de mousseline.

– Allez, viens un peu me raconter ta rude journée.

Qui aurait cru que cette nana venait de se faire saucissonner, nue comme la main, par un givré de première ? Chère Lanie Gault, d'une énergie à toute épreuve.

Plus tard, elle eut faim. Decker dit qu'il y avait un bon fast-food un peu plus bas dans la rue, mais Lanie le titilla pour qu'il la ramène à La Nouvelle-Orléans. Elle lança son baise-en-ville sur la banquette arrière, lui annonçant qu'elle allait prendre une chambre dans le French Quarter, ne voulant pas rester au Quality Court, au cas où Skink reviendrait. Decker n'y trouva rien à redire.

Ils allèrent à l'Acmé où ils se régalèrent d'un plateau d'huîtres arrosé de bière. Lanie n'arrêtait pas de faire de fines et suggestives plaisanteries sur les huîtres auxquelles Decker souriait poliment, sou-

1. Célèbre fabricant de L.S.D. dans les années 60 *(N.d.T.)*.

haitant diablement être de retour à Miami, et seul dans sa caravane. Il avait bien aimé batifoler au lit en sa compagnie – du moins l'avait-il cru sur le moment, car il avait déjà du mal à se remémorer le moindre détail croustillant.

Peu après minuit, il s'excusa, gagna un taxiphone sur Iberville et passa un coup de fil en Floride. À Jim Tile. Decker lui narra les derniers événements concernant Skink, Lanie et le concours de bass.

– Nom de Dieu, fit le policier de la route. Il l'a ficelée ?

– Et il s'est tiré.

– Rentrez, dit Tile.

– Et Skink ?

– Il s'en sortira. Ce genre de crise, ça le connaît.

Decker raconta à Tile la comédie de Skink à bord de l'avion.

– Il a une mise en accusation demain, dit Decker. Et doit se présenter à l'immeuble fédéral sur Poydras. Si jamais il vous lance un coup de bigo, Jim, ayez l'amabilité de le lui rappeler.

– Flippez pas, dit Tile.

Lanie avait commandé une autre demi-douzaine d'huîtres, pendant que Decker téléphonait.

– J'ai plus la dalle, dit-il, en avalant une tout de même.

– D'après Dennis, tu talonnes Lockhart.

Toute la soirée, elle avait tenté d'en savoir plus sur ce qui s'était passé pendant le concours. Decker n'avait pas lâché grand-chose.

– J'ai entendu à la radio que Dickie avait gagné.

– C'est exact.

À la radio ? Quel genre de station couvrait un concours de pêche ? se demanda Decker.

– Il a encore truandé ? fit Lanie.

– J'en sais rien. Probablement.

Decker laissa un ange passer.

– J'enverrai un rapport détaillé à ton frère.

– Il va avoir les boules.

Pas de bol, faillit dire Decker. Mais au lieu de ça :

– On ne renonce pas.

– Qui ça, on ? Toi et King Kong ?

– Il a une botte secrète.

– Pas avec les femmes, énonça Lanie.

Decker la déposa à côté du Bienville House. Et ne fut pas du tout froissé de ne pas être invité à finir la nuit avec elle.

Il prit son temps pour rentrer à Hammond. Il avait beau être plus de deux heures du matin, l'Interstate 10 grouillait de gros camions et autres semi-remorques fonçant vers la ville. Leurs phares faisaient pleurer les yeux de Decker.

À l'embranchement près de Laplace, il décida d'emprunter la R 51 au lieu de la nouvelle Interstate. La route à deux voies, défoncée, pas éclairée, avait le profil qu'affectionnait Skink. Decker mit ses phares plein pot et roula lentement, espérant contre toute raison apercevoir l'imper orange hanter le bas-côté. Mais tout ce que Decker vit avant d'atteindre la passe Manchac se monta à un renard gris, deux bébés ratons laveurs et un mocassin d'eau, fraîchement tué.

Decker freina en passant devant le Refuge du pêcheur. Quelqu'un avait laissé les projecteurs allumés sur le quai. Ça n'avait pas de sens ; le concours terminé, les basseurs étaient partis depuis longtemps. Decker effectua un demi-tour léthargique et rebroussa chemin.

En descendant de voiture, il remarqua que l'air du lac n'était pas aussi glacial que la veille au soir. Trop tard pour les pêcheurs, le vent avait enfin tourné du nord au sud. Une brise parfumée soufflant du golfe faisait trembler les projecteurs en haut de leurs mâts.

L'un des faisceaux était braqué sur le tableau d'affichage, un autre éclairait à demi l'aquarium géant. Decker se demanda si quelqu'un avait songé à libérer les bass. Il gagna le quai d'un pas nonchalant pour vérifier. La pompe de l'aquarium ahanait, éructant des bulles à grand bruit. L'eau avait viré au brun vaseux. Du dos de la main, Decker se ménagea une fenêtre dans la buée et scruta l'intérieur du réservoir de verre. Avant toute autre chose, il vit au fond trois poissons morts, l'œil vitreux et la gueule béante, ballottés au ralenti par le courant. Decker se fit l'effet d'un touriste devant un Marineland revu et corrigé par le caricaturiste Charles Addams.

L'ombre de quelque chose de bien plus volumineux flottait au-dessus des bass crevés. Decker leva la tête vers le haut du réservoir de trois mètres, mais la détourna quand la lumière du projo lui tapa en plein dans l'œil.

Pour éviter d'être ébloui, il grimpa les marches de bois de la plate-forme du commissaire de pesée, qui surplombait à la fois le tableau d'affichage et l'aquarium. Depuis cette position avantageuse, Decker aperçut de nouveaux bass crevés flottant à la surface, mais aussi autre chose, que le remous de la pompe faisait tournoyer lentement en spirale. C'était brunâtre et large d'échine – Decker songea de prime abord qu'il s'agissait peut-être d'un veau marin, blague bien digne d'un barje.

La chose se rapprocha au fil de sa dérive et il la vit mieux.

C'était un homme, flottant sur le ventre ; un type trapu en combinaison marron.

Decker regarda le cadavre effectuer un nouveau tour de bassin. Cette fois, quand il passa à sa portée, il l'agrippa par les épaules, rigides et glacées, puis le retourna à grand renfort d'éclaboussures.

Dickie Lockhart, les yeux béants, ne fixait plus rien depuis belle lurette. Sa tempe droite s'ornait d'une ecchymose de la taille d'une prune. Si le coup ne l'avait pas tué net, il l'avait mis définitivement hors d'état de prendre un bain de minuit.

La touche finale de l'assassin était diabolique, et non dépourvue de sel : un leurre, la redoutable Double Turlutte, perçant la lèvre de Dickie Lockhart, pendillait sur sa figure comme une étrange décoration de Noël. Malheureusement pour eux, les bass de l'aquarium, crevés tout autant que Dickie, ne pouvaient apprécier à sa juste valeur le piquant de l'invention du meurtrier.

Decker replongea le corps dans l'eau et regagna prestement sa voiture. Si la scène réclamait à cor et à cri une photo, elle hurlait aussi autre chose, que Decker ne cessa d'entendre tout le long du trajet de retour jusqu'au motel, et même après, au tréfonds de moult rêves récurrents.

15.

Selon la bio officielle de son Église, Charles Weeb s'était tourné vers Dieu après une enfance marquée par la pauvreté, la maltraitance et l'abandon. Son père était mort alcoolique et sa mère, d'une overdose, mais non sans avoir vendu au préalable les deux sœurs de Charlie à un réseau chinois de traite des Blanches contre soixante-cinq dollars et trois grammes d'opium premier choix.

Le triste sort hypothétique des sœurs disparues de Charlie Weeb était l'un des leitmotive de ses sermons télévisés sur le Canal Chrétien de Plein Air ; rien ne pompait rapido plus de fric que l'interminable gros plan de la photo des deux fillettes, June-Lee et Melissa, surtitré d'un plaintif MAIS QU'A DONC FAIT SATAN DE CES DEUX ANGES-LÀ ?

Le révérend Weeb ne connaissait que trop la réponse. Lesdits anges, vivantes et pétantes de santé, s'adonnaient toujours sans doute, au profit de Mr. Hugh Hefner, à la même discipline, qui avait de prime abord tiré l'œil du révérend. Il avait lui-même découpé leurs photos d'enfant dans les pages de *Playboy* – le cahier central nunuche où s'étale l'album de famille de la Playmate du mois, petite fille. Charlie Weeb avait oublié depuis belle lurette le véritable nom de ces deux modèles de même que le mois et l'année où elles avaient tenu la vedette dans le magazine. Il ne craignait cependant pas qu'on reconnaisse ces photos-là ni que sa combine éclate au grand jour, étant donné qu'aucun bigot de spectateur du C.C.P.A. n'avouerait jamais qu'il lui arrivait de feuilleter pareille revue. Par mesure préventive, le révérend Weeb ne manquait jamais de rappeler régulièrement à ses ouailles que *Playboy* était un vrai passeport pour l'enfer.

En réalité, Charlie Weeb n'avait pas de sœurs, rien qu'un frère aîné du nom de Bernie, qui s'était fait piquer à vendre des concessions de pétrole bidon depuis une officine de Miami nord et purgeait pour l'heure une peine de sept ans pour escroquerie par téléphone. Le père de Weeb, représentant de chaussures affligé d'un ulcère, ne tolérait pas l'alcool ; sa mère, loin d'être une junkie, prospérait comme agent immobilier ; c'est d'ailleurs son exemple qui avait inspiré Charlie Weeb pour son projet de rêve floridien, Lunker Lakes.

La famille Weeb n'avait jamais été particulièrement branchée religion, aussi leurs voisins se montrèrent-ils surpris, et quelque peu sceptiques, en apprenant que le petit Charlie devenu grand avait viré au prêcheur fondamentaliste. Après tout, les Weeb étaient juifs. La perplexité de leurs relations ne connut plus de bornes quand, allumant leur télévision, ils entendirent Charlie radoter sans fin sur les malheurs de ses parents et le kidnapping de ses sœurs. Bernie le Glandu était le seul autre rejeton Weeb dont se souvenait le voisinage.

Pour accéder à ce statut religieux de premier plan, Charlie avait suivi un itinéraire des plus curieux et des plus accidentés. Après son renvoi de la Citadelle [1] pour turpitude morale, il avait passé dix ans à courir derrière la tendance en vogue, espérant chaque fois toucher le jackpot. « Je veux les 18-25 ans vivants ! », tel était le slogan de Charlie,

1. The Citadel, célèbre école militaire, basée à Charleston, Caroline du Sud *(N.d.T.)*.

qui les avaient toujours eus dans le collimateur. Mais ses trouvailles, qui avaient toujours deux ans de retard minimum, étaient à cinquante pour cent sous-capitalisées. Ainsi, et tour à tour, il dirigea une boutique de produits diététiques à Tallahassee, puis une discothèque à Gulf Shores, enfin une usine de jacuzzis à Orlando. Mais sous les airs de loser que lui donnaient ses antécédents, Charlie Weeb restait un homme fondamentalement intelligent ; et malgré l'échec parfois catastrophique de ses entreprises, son compte en banque était toujours florissant. À la fin des années 70, le fisc exprima soudain un vif intérêt pour les ressources de Charlie Weeb ; ce dernier prit cela comme un signe du Ciel : il lui fallait rencontrer Dieu, dare-dare. Ainsi naquit la Première Église Pentecôtale de l'Exemption de la Rédemption.

Si Charlie Weeb n'était pas à vrai dire propriétaire d'une Église, il possédait mieux : une chaîne de télévision.

Il avait acquis pour deux millions de dollars une petite station de télé locale dont la programmation consistait en émissions de jeux, retransmissions des matches de base-ball des Atlanta Braves et du *Best of Hi-han*. Pendant quatre mois, il n'y eut aucun changement notable et puis, un beau dimanche matin, un homme blond-roux aux sourcils messianiques se présenta, derrière un pupitre en stuc, comme le Très Vénérable révérend Charles Weeb. À partir de dorénavant, dit-il, WEEB-T.V. serait la Voix de Jésus-Christ.

Là-dessus, en direct à l'antenne, Charlie Weeb effectua la guérison d'un chat estropié.

Des centaines de spectateurs assistèrent au miracle. Le chaton bigarré boitilla sur l'estrade ; après une ardente prière pour le salut de son âme, le révérend Weeb procéda à une imposition des mains sur la tête fourrée du minou qui détala, complètement tiré d'affaire.

Le dimanche suivant, Charlie Weeb renouvela la même cure miraculeuse sur un beagle bancroche. Celui d'après, ce fut le tour d'un goret. Quinze jours plus tard, celui d'un bébé lama, que lui avait prêté un cirque itinérant.

Weeb réserva son coup de maître pour le dimanche de Noël, qui marqua le début d'une semaine à fort taux d'audience. Devant son plus large public à ce jour, il guérit un agneau.

Ce fut une performance magnifique, à forte connotation biblique. Peu nombreux furent les spectateurs, en voyant la créature à poil laineux et à l'œil éteint se lever et marcher, à ne pas être saisis d'une profonde émotion. Aucune des ouailles de Charlie Weeb ne parut s'offusquer que le fameux miracle ait réclamé une bonne heure de plus que prévu ; ils se figurèrent qu'étant donné la cohue de Noël, Dieu avait pris un peu de retard sur son programme. La vraie raison du délai de cette guérison ovine multi-claironnée, c'était que l'assistant de Charlie Weeb avait injecté une trop forte dose de lidocaïne dans les pattes arrière de la bête avant l'émission ; l'effet de l'anesthésiant mit d'autant plus longtemps à se dissiper.

Le révérend Weeb, qui frôla l'extinction de voix à force d'exhorter cet agneau, se jura, à la suite de ce miracle de la Nativité, que les guérisons, c'était bel et bien terminé. Aucune importance, d'ailleurs, car dès lors sa réputation n'était plus à faire. Bientôt, de nombreuses stations de télé un peu partout dans le Sud programmaient le Weeb Show, *Jésus à Domicile*, et les dons par courrier se chiffraient hebdomadairement par centaines de milliers de dollars. Avec le télévangélisme, Charlie Weeb avait fini par taper dans un courant porteur avant qu'il ne paie plus.

Cette fois, il décida de tenter un grand coup. Cette fois, il orienta les profits vers son expansion au lieu d'en étoffer des comptes bancaires aux

Bahamas. Avec l'heure de prêche de Weeb comme méga locomotive, le Canal Chrétien de Plein Air fut créé avec soixante-quatre stations affiliées d'avance. La formule du C.C.P.A. était simple : religion, chasse, pêche, bulletins du cours du bétail plus concours de musique country. Alors même que Charlie Weeb diversifiait l'empire C.C.P.A. dans l'immobilier, la finance et autres opérations, il avait du mal à croire au succès exceptionnel de sa formule télévisuelle, qui confirmait ses dires de toujours sur le niveau mental de la race humaine.

Initialement, Weeb avait refusé de croire que des adultes, majeurs et vaccinés, resteraient assis des heures durant à visionner des émissions de pêche sur le câble. La pêche était déjà, *in vivo*, une activité plutôt chiante ; regarder autrui s'y livrer lui semblait une preuve de masochisme aigu. Pourtant, les résultats des études de marché persuadèrent Weeb du contraire – les Hommes, les Vrais, étaient branchés pêche télévisée et les chiffres étaient béton pour les pubs de bière, de tabac et d'automobile, sans parler de l'industrie nautique.

Weeb, après avoir épluché les projections, passa sur-le-champ commande d'une heure de programme de pêche au bass. Il auditionna personnellement trois pêcheurs très connus. Ben Geer, le premier, fut écarté à cause de son poids (cent quatre-vingt-quinze kilos) et de son habitude invétérée d'expectorer des mollards en direction du micro. Le numéro deux, Art Pinkler, spirituel, connaissant bien son affaire et d'une photogénie burinée, était affligé d'un accent nasillard de la côte Est, dont les aigus étaient meurtriers pour le vumètre. Le budget étant trop mince pour envisager des leçons de diction ou un doublage, exit Pinkler ; Charlie Weeb avait besoin d'un beauf pur jus.

Ce qui ne laissait que Dickie Lockhart en lice.

Pour Weeb, le premier numéro de *Fish Fever* fut l'émission de télé la plus nulle qu'il lui ait été donné de voir. Dickie parlait à tort et à travers, les prises de vues étaient statiques et les monteurs, stone, ça crevait les yeux. Et pourtant, Dickie avait ramené à bord trois énormes bass à grande bouche et les publicitaires avaient adoré chaque minute de cette merde au rabais. Complètement déphasé, Weeb maintint l'émission. En trois ans, *Fish Fever* devint une méga source de profits pour le C.C.P.A., même si ces derniers mois elle avait rendu d'importants points de marché à l'émission de bass rivale d'Ed Spurling. Cette dernière, bénéficiant d'un montage nerveux et d'un habillage mode, séduisit Charlie Weeb à l'instar de tout ce qui rapportait un max de blé sans qu'on doive vraiment se fatiguer. Flairant que les jours de Dickie Lockhart comme baron du Bass pourraient bien être comptés, le révérend Weeb avait fait des ouvertures à Eddie Spurling le « Rapido » pour voir s'il pouvait se le payer. Les deux hommes chipotaient encore sur le montant du salaire quand survint le concours de pêche de l'Invitational Cajun où Dickie surprit le prédicateur en compagnie des deux filles en tenue légère.

L'exigence d'un nouveau – et lucratif – contrat par Lockhart était une extorsion que le révérend ne pouvait se payer le luxe d'ignorer ; la concurrence à couteaux tirés entre les télévangélistes faisait que le moindre soupçon d'entorse à la morale suffisait à vous interdire d'antenne.

Fidèle à sa promesse, Dickie Lockhart remporta haut la main le concours de La Nouvelle-Orléans. Charlie Weeb ne se donna pas la peine de faire une apparition à la fête célébrant cette victoire. Il avait prévu une conférence de presse pour le lendemain matin où il annoncerait le nouveau contrat-câble de Dickie Lockhart et téléphona au chroniqueur télé du *Times-Picayune* pour le mettre au courant. Puis il fit monter une paire de putes.

Sur le coup de cinq heures du matin, un policier frappa à la porte à double battant de la suite de

Charlie Weeb. Le flic reconnut l'une des filles, mais s'abstint de toute remarque.

– Mauvaises nouvelles, révérend, dit-il. On vient d'assassiner Dickie Lockhart.

– Jésus Marie Joseph, dit Charlie Weeb.

Le flic opina du chef.

– On lui a filé un bon coup sur la tête. On a volé son pick-up, son bateau et tout son attirail de pêche. Plus le fric qu'il a gagné au concours.

– Un vol ? Mais c'est épouvantable, dit le révérend Weeb.

– On en saura davantage demain, quand on aura les résultats du labo, dit le flic battant en retraite vers la porte. Tâchez de récupérer un peu.

– Merci, fit Charlie Weeb.

Il était pleinement éveillé à présent. Après avoir réglé les putes, il s'installa à sa table de travail pour rédiger son prochain sermon dominical.

À son réveil dans la chambre du motel, Decker ne fut pas à vrai dire estomaqué de constater que Skink n'était pas rentré. Decker avait de bonnes raisons de soupçonner que c'était lui l'assassin de Dickie Lockhart – primo, parce que Skink avait évoqué devant lui cette éventualité avec une certaine désinvolture ; et deuzio, parce que le meurtre semblait porter sa marque, vu le raffinement pervers de la mise en scène.

Decker se doucha dans le coaltar et se rasa sauvagement, comme si la douleur allait lui désembrumer le cerveau. Non seulement l'affaire était devenue plus sanglante, mais plus malsaine aussi. Les journaux allaient être dingues de cette histoire, qui virerait probablement à l'événement national. Événement par lequel Decker souhaitait ardemment ne pas se faire happer.

Après avoir réglé la note, il empila son matériel dans la voiture de location et quitta le motel pour la passe Manchac. Il était neuf heures du matin – quelqu'un avait certainement fait la macabre découverte à l'heure qu'il était.

Comme Decker roulait au-dessus de l'eau, son cœur se mit à battre la chamade ; il aperçut des gyrophares bleus lançant leurs éclairs près de l'embarcadère. Il s'arrêta au Refuge du pêcheur, descendit de voiture et fendit la foule qui faisait cercle autour de l'énorme aquarium. Il y avait là cinq véhicules de patrouille, deux ambulances et un camion de pompiers, tout ça pour un seul cadavre. Cela faisait trois bonnes heures qu'on avait repêché la dépouille de Dickie Lockhart dans le réservoir, qu'on l'avait sanglée sur une civière et dissimulée sous une couverture de laine verte ; mais personne ne semblait pressé d'effectuer le trajet jusqu'à la morgue.

L'attroupement était en majorité masculin ; même sans leurs casquettes, Decker reconnut certains des concurrents du concours. Deux inspecteurs de la police locale armés de calepins et de stylos cuisinaient les spectateurs, espérant avoir la chance de tomber sur un témoin. Une jolie jeune femme, adossée à l'une des voitures radio, répondait en sanglotant à l'un des flics en uniforme, qui remplissait une fiche rose. Decker entendit la fille donner son nom : Ellen. Ellen O'Leary. Elle avait l'accent de La Nouvelle-Orléans.

Decker se demanda ce qu'elle savait, à quoi elle avait bien pu assister.

Il nourrissait dans sa tête la crainte que Skink ne se pointe sur le quai pour admirer son ouvrage, mais rien ne signalait nulle part sa présence. Decker se faufila dans une cabine et appela Dennis Gault chez lui, à Miami. À l'entendre, il n'était qu'à demi réveillé.

– Qu'est-ce que tu veux ?

Qu'est-ce que tu veux ? Le charme personnifié, ce mec.

– Ton pote Dickie a remonté son dernier *lunker*, dit Decker.
– Qu'est-ce que tu veux dire ?
– Qu'il est mort.
– Merde, fit Gault. Qu'est-ce qui s'est passé ?
– Je te raconterai tout ça plus tard.
– Ne quitte pas La Nouvelle-Orléans, dit Gault. Bouge pas de là.
– Pas question.
Tout juste ce qu'il me faut, que ce connard radine d'un coup de jet pour un brunch chez Brennan, songea Decker. Probable qu'il a déjà mis un Dom Pérignon au frais.
D'un ton étrangement pressant, Gault demanda :
– Tu as ces photos ?
Comme si ça faisait une différence maintenant.
Decker ne répondit pas. À travers la vitre de la cabine, il surveillait du coin de l'œil Thomas Curl et les frères Rundell dans le parking de la marina. L'un des inspecteurs interrogeait en bloc le trio ; quand Ozzie parlait, sa tête dodelinait comme celle d'un chiot de tableau de bord. Le flic gribouillait énergiquement sur son calepin.
– T'es à quel numéro ? demanda Gault à l'autre bout du fil.
– Au quatre-vingt-dix, répliqua Decker. Comme dans limitation de vitesse.

Le pneu éclata sur l'Interstate 10, non loin de Kenner. La roue de secours était l'un de ces minuscules pneus jouets, selon la norme en vigueur sur les nouveaux véhicules. Pour l'atteindre, Decker dut vider le coffre de son sac polochon et de son matériel photo, qu'il empila soigneusement au bord de la route. Il avait surélevé à demi la voiture de location quand il entendit une autre auto se garer derrière lui, sur la bande d'arrêt d'urgence ; aux sifflements asthmatiques du moteur, Decker sut que ce n'était pas la flicaille.

Ni même rien d'approchant. C'était une Cordoba 74 marron, au toit de vinyle gondolé et comme cloqué par le soleil. Avec plus que deux enjoliveurs sur quatre. Trois types descendirent de ce vieux tank rouillé ; à leurs tricots de corps et leurs tatouages, Decker déduisit qu'ils n'étaient pas membres de l'Automobile Club. Il ôta la manivelle du cric et la tint dissimulée dans son dos.

– Messieurs, fit-il.

– Qu'est-ce qui s'passe par ici ? dit le plus grand du trio.

– J'ai un pneu à plat, dit Decker. Mais je m'en sors.

– Ah ouais ?

– Ouais. Merci quand même.

Les types semblèrent ne pas bien saisir l'allusion. Deux d'entre eux gagnèrent sans se presser l'endroit où Decker avait posé sac photo et appareils, trépied et mallettes métalliques contenant les objectifs. L'un des zozos tisonna les appareils du bout de sa botte.

– C'est quoi ça ? fit-il.

– De quoi se payer une bière, fit l'autre.

Decker n'en croyait ni ses yeux ni ses oreilles. En plein jour et malgré le va-et-vient des voitures, camions et autres camping-cars Winnebago sur l'Interstate, ces larves allaient le dépouiller. Nikon à la con, songea-t-il ; ils lui semblaient parfois à la source de toutes ses emmerdes.

– Je suis photographe professionnel, dit Decker. Vous voulez que je vous tire le portrait ?

Les deux plus maigrichons lancèrent un regard inquisiteur au plus gros des trois. Decker savait que sa proposition les alléchait même si leur chef était loin d'être aussi partant.

– Un beau tirage 13 x 18, fit Decker, l'affabilité même. Rien que pour le plaisir.

Il savait aussi ce que le gros avait derrière la tête : Bof, pourquoi pas – ça nous empêchera pas de lui faucher ses trucs.

– Mettez-vous devant la voiture, je vais vous prendre les trois ensemble. Allez, on y va, maintenant.

Decker se dirigea vers la sacoche dans laquelle il glissa subrepticement la manivelle du cric. Il prit le boîtier d'un F-3 sur lequel il ne se donna même pas la peine de visser un objectif. Ces abrutis ne verraient pas la différence. Avec force haussements d'épaules, murmures et aplatissage de cheveux de leurs mains brunes et osseuses, nos bandits de grand chemin prirent une pose impayable de débilité devant la Cordoba cabossée. En déclenchant l'obturateur, Decker en vint presque à souhaiter que l'appareil fût chargé.

– C'est parfait comme ça, les gars, dit-il. Et maintenant, une de profil.

Le gros tiqua.

– Je plaisante, dit Decker.

Les deux maigrelets n'avaient pas pigé sa vanne.

– Assez déconné, décréta le meneur du trio. C'est ta bagnole qu'on veut.

– Pour quoi faire ?

– Pour aller en Floride.

Comme de bien entendu, songea Decker. La Floride. Il aurait dû s'en douter. Chaque criminel en cavale d'Amérique, accro au speed, atterrit en Floride, un jour ou l'autre. Le facteur Lie de l'Humanité – ça coule toujours vers le Sud.

– Encore une photo, suggéra Decker.

Il lui fallait précipiter les choses ; il n'avait aucune envie de se faire braquer, mais il ne tenait pas non plus à rater son avion.

– Non ! fit le gros.

– Encore une photo, et vous pourrez prendre la voiture, les appareils, tout quoi.

Decker surveillait de l'œil l'Interstate, en se disant : ils n'ont pas de police de la route en Louisiane ?

– Pas de cigarettes, les gars ? Ça ferait bien si vous fumiez une clope sur la photo.

L'un des échalas alluma une Camel et se la carra, très cool, entre les lèvres.

– Ah ouais ! s'exclama Decker. Exactement ce que je voulais. Faut que je prenne mon grand angle.

Nouvelle incursion jusqu'à sa sacoche où il pêcha un cinquante millimètres standard, qu'il fixa sur le Nikon. Il récupéra au passage la manivelle qu'il glissa dans une jambe de son jean, par-devant. Le fer était froid contre sa cuisse gauche.

Quand il se retourna, Decker vit les trois types, la cigarette au bec à présent, qui frimaient comme des bêtes.

– Les nanas de Floride, elles vont adorer cette photo, fit-il.

L'un des maigrichons afficha un grand sourire.

– Elles sont bonnes par là-bas, pas vrai ?

– Y a pas mieux, fit Decker.

Il se rapprocha, sans cesser de les mitrailler. Les types puaient la mauvaise bière et le tabac. Dans l'objectif, Decker cadrait des visages décharnés et sans âge ; ils auraient pu avoir vingt ans comme quarante-cinq. Des malfrats basiques. Ils paraissaient hypnotisés par l'appareil, ou du moins par l'hyperactivité chorégraphique de Decker. Le meneur du trio se mit à flipper sec, à vue d'œil ; il mourait d'envie de botter le cul de Decker, peut-être même de le tuer, et de se bouger de là.

– J'ai presque terminé, dit enfin Decker. Rapprochez-vous un peu les uns des autres... c'est bien... maintenant vissez à droite et soufflez un peu de fumée... super !... continuez à regarder vers l'eau... c'est par-fait !

Fixant docilement le lac Pontchartrain, les trois hommes ne virent pas Decker sortir la manivelle et la prendre à deux mains. Tel un batteur, il lui fit décrire un ample arc de cercle en mettant toute la gomme. Ping, ping, ping – la tige d'acier leur ricocha successivement sur le haut du crâne, comme sur les touches d'un xylophone humain. Le trio s'écroula en tas, gémissant et louchant à qui mieux mieux.

Decker s'était attendu à moins de tapage et à plus d'hémoglobine. Avec le reflux d'adrénaline, il baissa les yeux en se demandant si, d'aventure, il ne les aurait pas frappés plus d'une fois. Il pensait que non.

Maintenant, il était vraiment temps d'y aller ; le pneu à plat, c'était le problème de Hertz. Decker chargea rapidement son barda dans la Cordoba. La clé était sur le contact. Un pistolet graisseux était posé sur le siège avant. Il le balança par la vitre en roulant vers l'aéroport.

16.

Lou Zicutto fut la première personne qu'appela Decker en rentrant à Miami. Lou dirigeait le département indemnisations de la grosse compagnie d'assurances où Decker travaillait à mi-temps comme inspecteur. Lou, un petit con maigrichon, soixante kilos à tout casser, était nanti d'une énorme tête rubiconde qu'il se rasait quotidiennement. Résultat, il avait tout d'une maxi sucette à grosses lèvres. Malgré sa dégaine, Lou Zicutto était traité avec le plus grand respect par tous les employés et tous ses collègues, qui croyaient dur comme fer qu'il appartenait à la Mafia et était donc en mesure de les faire zigouiller sur un simple coup de fil. De son côté, Lou ne faisait rien pour décourager cette idée, même si elle était fausse. Papier à lettres classieux mis à part, Decker lui-même ne voyait pas de différences flagrantes entre la Mafia et une compagnie d'assurances, tout bien considéré.

– Où t'étais passé ? s'enquit Lou Zicutto. Je t'ai laissé un max de messages.

Lou avait la voix éraillée d'un chauffeur de taxi et suçait en permanence des pastilles mentholées contre la toux.

– J'étais pas en ville. À cause d'une affaire, dit Decker.

Il entendait Lou suçoter bruyamment ses pastilles entre ses dents.

– On se paye Núñez cette semaine, t'as pas oublié ?

La compagnie intentait un procès pour escroquerie audit Núñez, agent de change qui avait volé son propre yacht et tenté de l'envoyer par le fond au large de Bimini pour toucher la prime. Decker avait pris des photos et assuré un boulot de planque ; il était prévu qu'il témoigne en faveur de la compagnie.

– T'es mon témoin-vedette, fit Lou.

– J'peux pas, Lou. Pas cette semaine.

– Ça veut dire quoi, merde ?

– J'ai un litige sur les bras, dit Decker.

– Litige mon cul. Putain, c'est avec moi que tu vas avoir un gros litige, si tu te pointes pas.

Les pastilles pour la toux s'entrechoquaient furieusement.

– Deux millions de dollars qu'il essaie de nous carotter, ce salopard.

– Tu as mes photos, les bandes, les comptes rendus..., fit Decker.

– Ta gueule enfarinée, c'est ça que les avocats veulent voir, dit Lou Zicutto. Donc tu la ramèneras, Signor Paparazzo.

Là-dessus, il raccrocha.

Catherine fut la deuxième personne que Decker tenta de joindre au téléphone. La première fois, la ligne était occupée. Il réessaya deux minutes plus tard et un homme prit l'appareil. À sa voix, c'était James, le chiropracteur ; il répondait au téléphone comme le font les médecins, non par un « Allô ? » courtois, mais par un simple « Oui ? ». Comme si c'était ultra chiant de devoir parler à un autre être humain.

Decker raccrocha, s'ouvrit une bière, et mit un album de Bob Seger sur la platine. Il se demanda à quoi ressemblait la nouvelle maison de Catherine, si elle avait une de ces baignoires en marbre encastrées dans le sol dont elle avait toujours rêvé. La vision de Catherine dans un bain moussant déferla soudain sur Decker dont le cœur se mit à battre la breloque.

Il était à demi assoupi sur le canapé quand le téléphone retentit. Le répondeur se déclencha à la troisième sonnerie. Decker se redressa en reconnaissant la voix d'Al García.

– Rappelle-moi dès ton retour.

García était un inspecteur de la police métropolitaine et un vieil ami. Sauf que son ton n'était pas du tout amical sur le message, mais vachement – et même hyper – pro. Cela préoccupa un peu Decker. Il avala deux tasses de café noir instantané avant de le rappeler.

– Salut, flic, qu'est-ce qui se passe ?

– T'es chez toi ? fit García.

– Non, sur la terrasse du Coconut Grove Hotel. Y a un concours de sosies de Pamela Anderson et c'est moi qui arbitre l'épreuve en maillot de bain.

En temps normal, García lui aurait renvoyé la balle par une saillie bien salace. Aujourd'hui, il se contenta de pouffer poliment.

– Faut qu'on parle, fit l'inspecteur doucement. Dans une demi-heure, à toute.

García lui camouflait quelque chose, ça ne faisait pas un pli. Decker se rasa et enfila une chemise propre. Il devinait aisément ce qui avait dû se passer. En Louisiane, un flic avait probablement découvert les trois raclures que Decker avait allumées le long de l'Interstate. Ils avaient dû jurer leurs grands dieux que cette racaille de Miami les avait stoppés et dévalisés, comme de bien entendu. Une simple incursion du côté de chez Hertz avait dû livrer le nom et l'adresse de Decker et, à partir de là, tout n'était plus qu'affaire d'échange de bons procédés. García devait être porteur d'un mandat d'arrêt, émanant de Saint Charles Parish.

Decker ne désirait pas spécialement retourner ni être ramené en Louisiane. Il se disait qu'il pourrait toujours repousser la plainte bidon pour voies de fait des détrousseurs de grand chemin, mais si l'affaire Lockhart éclatait en même temps ? Decker n'avait aucune envie de se trouver dans les parages si jamais l'on arrêtait Skink.

Skink était le point noir. Si Decker n'avait pas embarqué l'ermite fou dans cette histoire, Dickie Lockhart serait encore en vie. D'autre part, c'était probablement Lockhart qui avait manigancé les meurtres de Robert Clinch, puis d'Ott Pickney. Decker ne savait plus quelle conduite adopter exactement ; c'était un tel sac de nœuds. Il en était venu à apprécier Skink et détestait l'idée de le voir passer à la chambre à gaz à cause d'un louchissime morfale comme Lockhart, mais un meurtre était un meurtre. En remettant de l'ordre dans sa caravane – une semaine de linge sale, pour l'essentiel – Decker caressa le projet de raconter toute l'histoire à García ; elle était tellement bizarre que même un flic de Miami pourrait se montrer indulgent. Mais Decker décida de garder ça pour lui pour le moment. Selon toute apparence, il y avait de fortes chances que Skink ne soit jamais retrouvé ni même tenu pour suspect. Decker comprenait aussi que Skink pouvait juger n'avoir absolument rien fait de répréhensible et réapparaître simplement un beau jour pour revendiquer son acte. C'était toujours une possibilité quand on avait affaire à un disjoncté chronique.

Les nouvelles en provenance de Louisiane étaient plutôt maigres. Decker était rentré depuis quarante-huit heures et les journaux de Floride n'avaient consacré que deux fois quatre paragraphes à des dépêches avançant que le meurtre de Dickie Lockhart lors du concours avait le vol pour mobile ; pas d'empreintes, pas de suspects ; le service funèbre devait avoir lieu à Harney County. Les articles auraient connu plus de retentissement si, comme tous les six mois, un tueur fou n'avait fait des siennes en Oklahoma ; il s'agissait cette fois d'un péagiste « mécontent » : en ayant sa claque que les automobilistes n'aient jamais de monnaie, il avait fait un carton sur une dizaine d'entre eux.

Après avoir tenté de joindre Catherine, Decker avait essayé à trois reprises d'atteindre Dennis Gault. Diverses secrétaires pas concernées lui déclarèrent successivement que le baron de la canne à sucre était en communication interurbaine, en conférence, ou pas en ville. Decker n'avait laissé ni son nom ni un message. Ce qu'il tenait à dire à Gault, c'est que l'affaire était close (par la force des choses) et qu'il s'empochait vingt mille dollars de l'avance pour le temps passé et les frais engagés. Gault gueulerait et discutaillerait, mais sans trop. Pas s'il avait un brin de jugeote.

García se pointa pile à l'heure. Decker, entendant claquer la portière de sa voiture, attendit qu'il frappe à la porte. Il entendit alors une autre voiture s'arrêter dans l'allée gravillonnée, puis encore une autre. Jetant un coup d'œil par la fenêtre, il n'en revint pas de voir, outre la Chrysler banalisée d'Al, deux « vertes et blanches » – drôle de détachement pour une agression de quatre sous. Soudain une idée affreuse lui traversa l'esprit : et s'il s'agissait d'un truc beaucoup plus sérieux ? Et si l'une de ces larves de Louisiane y était restée pour de bon ? Ce déploiement de forces s'expliquerait.

Les flics descendus de leurs voitures radio s'étaient massés devant la caravane de Decker. La cigarette de García s'agitait en tous sens tandis qu'il s'entretenait avec les deux policiers en uniforme.

– Merde, fit Decker.

Les voisins allaient en faire leurs choux gras ; c'était bien parti pour une année de racontars. Les pitbulls n'étaient jamais là quand on avait besoin d'eux.

Decker se dit que la meilleure façon d'assumer la situation était de sortir tranquillement pour dire bonjour, comme si de rien n'était. Il était à deux doigts d'ouvrir la porte quand quelque chose d'une consistance voisine du granit s'abattit sur sa nuque ; et il tomba tête la première, tournoyant à travers une galaxie d'aveuglants soleils de feu d'artifice, bruyante de blancheur.

En reprenant conscience, Decker eut la sensation qu'on lui avait dévissé le crâne. Il ouvrit les yeux : le monde était rouge.

– Bouge pas, putain.

Un homme le maintenait par-derrière, un bras autour du cou. C'était une prise militaire, impossible de s'en libérer. Une simple pression et Decker retomberait dans les pommes. Une grosse main calleuse était plaquée sur sa bouche. Le menton de l'homme s'enfonçait dans l'épaule droite de Decker et son souffle tiède sifflait à son oreille.

Decker eut beau reprendre ses esprits, le rouge ne disparut pas pour autant. L'intrus l'avait traîné dans la chambre noire, avait allumé la lumière inactinique et verrouillé la porte. Quelque part au loin, Decker entendit García l'appeler par son nom. À sa voix, l'inspecteur était à l'extérieur de la caravane et le hélait par une fenêtre. Probable qu'il n'avait pas de perquise, songea Decker ; c'était du García tout craché de coller au règlement, vacherie de vacherie. Decker espéra qu'Al tenterait sa chance et ferait sauter la serrure de la porte d'entrée. Si tel était le cas, Decker se promettait de faire un beau raffut.

L'assaillant de Decker avait dû flairer quelque chose car il resserra brutalement son emprise. Sur-le-champ, Decker sentit ses yeux s'exorbiter et fut saisi d'un haut-le-cœur. Il commençait à avoir des fourmis dans les bras et il laissa échapper un gémissement involontaire.

– Chhhut, fit le type.

Forcé d'aspirer par le nez, Decker ne put que remarquer l'odeur du bonhomme. Sans puer vraiment, il exsudait le musc d'un fauve, en soi pas déplaisant. Decker oublia les appels étouffés de García et ferma les yeux pour mieux se concentrer. L'odeur, animale et marécageuse, additionnait la senteur douceâtre du pin à celle de la charogne. S'y mêlaient aussi des traces plus faibles de vase et de tourbe, de sueur séchée et de vieille fumée. Pas de fumée de tabac non plus, mais le parfum boisé des feux de camp. Soudain Decker se sentit le dernier des imbéciles. Abandonnant toute velléité de résistance, il se détendit sous la poigne d'ours de l'intrus.

– Tout doux, Miami, chuchota une voix à son oreille.

Decker avait vu juste : García n'avait pas de mandat de perquisition. Par contre, fourré dans la poche intérieure de la veste de son costume J.C. Penney, il avait un mandat d'arrêt au nom de Decker, expédié le matin même depuis La Nouvelle-Orléans par Federal Express. Le mandat était libellé de façon compréhensible, comme on pouvait s'y attendre, sans donner pour autant le droit à García de défoncer la porte de la caravane de Decker.

– Et pourquoi non, merde ? demanda l'un des flics en uniforme.

– Pas de F.P., répliqua García d'un ton sec.

F.P. voulait dire fortes présomptions.

– Il se planque dans les chiottes, je parie.

– Pas Decker, dit García.

– J'ai pas envie de poireauter dans le coin, fit l'autre flic.

– Ah bon, t'as un super plan, Billy ? dit García. T'es vachement en retard pour l'opéra, peut-être ?

Le flic se détourna.

– Moi non plus, j'ai pas envie de poireauter, grommela García.

Las de brailler à la fenêtre de Decker, il était aussi furax. Il s'était tapé tout le trajet pour faire une fleur et le regrettait amèrement. Il détestait les parcs de caravaning ; c'est à cause d'endroits de ce genre que Dieu avait inventé les cyclones. García aurait pu se contenter d'envoyer les « vertes et blanches » au charbon, mais Decker était son ami et l'affaire était grave. García voulait entendre sa version, car ce que ses collègues de Louisiane lui avaient raconté jusque-là n'était tout bonnement pas crédible.

– Vous voulez que je mette son véhicule H.S. ? demanda le flic qui s'appelait Billy.

– De quoi tu parles ?

– De dégonfler ses pneus pour qu'il puisse pas se tirer.

García fit non de la tête.

– Ce ne sera pas nécessaire.

Le niveau de l'académie de police foutait le camp, c'était pour le moins patent. Le premier abruti venu à encolure de taureau pouvait décrocher son badge de nos jours.

– Il a bien dit qu'on le trouverait ici, hein ? fit l'autre flic.

– Ouais, marmonna García, c'est ce qu'il m'a dit.

Alors où était-il ? Pourquoi n'avait-il pas pris sa voiture ? García était plus contrarié que curieux.

Le dénommé Billy reprit la parole.

– Supposons que les stores de la porte de derrière, ils dégringolent tout seuls ? Supposons qu'on puisse se faufiler à l'intérieur ?

– Et supposons que t'ailles poser ton cul sous ce palmier pour faire joujou avec ton petit robinet ? fit García.

Bon Dieu, quelle journée ! Elle avait débuté par un nouveau raid des pilleurs de tombes d'Hialeah qui avaient barboté sept crânes lors d'une descente dans un cimetière de la ville, juste avant l'aube. García avait d'abord refusé de prendre l'appel au motif qu'il ne s'agissait pas *stricto sensu* de meurtre, puisque les victimes du délit étaient déjà mortes et enterrées. L'une en particulier l'était depuis bien avant la naissance de García, qui ne trouvait ni pertinent ni équitable d'avoir à rouvrir une enquête. L'ensemble du bureau était tombé d'accord : techniquement parlant, il ne s'agissait pas d'homicide, mais plus exactement de vol avec effraction. Qu'est-ce qu'un crâne qui tombait en poussière pouvait bien valoir sur la marché ? s'était-on demandé. Quinze à vingt sacs, maxi. Par malheur, l'un des cadavres sauvagement mutilés se révéla celui d'un ex-membre du conseil municipal de la ville de Miami : l'affaire acquit promptement un statut prioritaire et tous les inspecteurs furent exhortés à garder leurs manifestations d'humour noir pour eux.

Vers midi, García avait dû laisser tomber l'affaire des crânes, car un vrai meurtre avait eu lieu. Un Bahamian, accro au crack, après avoir lardé son colocataire de coups de couteau et l'avoir dépiauté comme un maquereau, avait tenté d'en vendre les filets à un marché en gros de produits de la mer, situé sur Bird Road. C'était l'une de ces affaires si tordues que le simple poids de la bureaucratie policière la menaçait – le lieu du crime grouillait non seulement de représentants de la force publique, mais de coroners adjoints, sous-procureurs, agents des services d'immigration, et même d'un inspecteur du ministère de l'Agriculture. Quand le souk fut nettoyé, l'épaule mal foutue de García l'élançait méchamment. Stress cent pour cent pur jus.

Il avait repéré l'envoi express de La Nouvelle-Orléans en rentrant au bureau. La fin parfaitement merdique d'une journée de merde. Voilà maintenant que Decker avait détalé comme un lapin et que García était coincé dans un parc de caravaning craignos, tâchant de décider s'il devait laisser ces gardiens de la paix débiles attendre avec le mandat. Il était persuadé que, livrés à eux-mêmes, ils prendraient un malin plaisir à descendre Decker ou du moins à le dérouiller sérieux, histoire de se dédommager pour le dérangement.

– Rien à battre, dit enfin García. Allons nous payer un café. On remettra ça plus tard.

– Il reviendra, fit Decker en entendant redémarrer les voitures de police.

Skink lui avait lâché le cou. Ils se trouvaient encore dans la chambre noire, où l'imper fluo de Skink paraissait d'un blanc presque éclatant à la lueur de l'ampoule rouge. Skink était plus hagard et échevelé que dans le souvenir de Decker ; des brindilles et des débris de feuilles s'étaient pris comme des confetti dans sa longue tresse grise. Des touffes de cheveux dépassaient de sous le bonnet de douche.

– Où étais-tu passé ? demanda Decker.

Sa nuque le torturait, comme si on lui avait pilonné le haut de la colonne à coups de barre de fer.

– La fille, lâcha Skink. J'aurais dû m'en douter.

– Lanie ?

– Quand je suis revenu au motel, elle était là dans la chambre, à moitié à poil. Et elle m'a dit que tu l'avais invitée à venir te rejoindre d'un coup d'avion...

– Jamais de la vie.

– Je m'en suis douté, continua Skink. C'est pour ça que je l'ai ligotée, pour que tu décides quoi faire par toi-même. Tu l'as détachée, je suppose.

– Ouais.

– Et tu l'as baisée, aussi ?

Decker tiqua.

– C'est bien ce que je pensais, fit Skink. Faut qu'on se tire d'ici vite fait, bordel de merde.

– Écoute, capitaine, ce flic est un de mes amis.

– Lequel ?

D'un doigt noirci, Skink grattait l'un de ses sourcils, touffu comme un roncier, l'air absent.

– L'inspecteur cubain. Il s'appelle García.

– Et alors ?

– Et alors, c'est un brave type, dit Decker. Il fera tout pour nous donner une chance.

– *Nous ?*

– Ouais, avec ceux de La Nouvelle-Orléans. Al pourrait rendre la chose la moins pénible possible.

Skink scruta la physionomie de Decker.

– Merde, je crois que j'ai serré trop fort, dit-il.

Ils entrèrent dans un Denny's sur Biscayne Boulevard, où Skink ne jurait pas avec la clientèle. Il commanda six œufs crus et un chapelet de saucisses de porc. Decker, dont le cou s'était ankylosé, se payait la pire migraine de sa vie.

– T'aurais pu te contenter de me taper sur l'épaule, geignit-il.

– J'avais pas le temps de faire des politesses, répondit Skink, sans l'ombre d'une excuse. J'ai agi dans ton intérêt.

– Comment t'as fait pour entrer, dis-moi ?

– En fracturant la porte de derrière. Deux minutes de plus et García, ton copain de cœur, te passait les menottes. Mange quelque chose, tu veux ? On a une sacrée trotte devant nous.

Decker n'avait nullement l'intention de faire une sacrée trotte avec Skink, pas plus que celle de se faire ramasser comme complice d'un crime. Il avait décidé de ne pas livrer Skink à la police, mais ce dernier devrait s'en sortir par ses propres moyens ; leur association avait vécu.

– Tes voisins vont faire un foin de tous les diables en trouvant leurs chiens morts, dit Skink.

– Oh ?

– Impossible d'éviter ça, poursuivit Skink, avalant d'un coup de langue un peu de jaune d'œuf pris dans sa moustache. C'était un cas de légitime défense.

– Tu as tué les pitbulls ?

– Pas *tous*. Uniquement ceux qui en avaient après moi.

Avant que Decker ait pu lui poser la question, Skink enchaîna :

– Au couteau. Y avait pas un chat pour le voir.

– Bon Dieu !

La boîte crânienne de Decker résonnait comme les cloches de Notre-Dame. Il remarqua que ses mains étaient agitées d'un tic quand il essaya de se beurrer une tartine. Il comprit qu'il n'était pas bien portant, qu'il avait besoin d'aller voir un médecin.

Mais avant d'abandonner Skink à son sort, il fallait qu'il le questionne sur Dickie Lockhart. Il voulait entendre la version de Skink, au cas où l'on ne saurait jamais le fin mot de l'histoire.

– Quand tu as quitté le motel à Hammond, commença Decker, où es-tu allé ?

– Je suis revenu au lac. J'ai emprunté un bateau et j'ai découvert les nasses de Dickie.

– Tu plaisantes.

Skink était rayonnant, un grumeau de saucisse coincé entre ses deux dents de devant.

– Le bateau que j'ai pris, c'était celui d'Ozzie Rundell, dit-il. Ce connard d'empaffé avait laissé les clés sur le contact et une carte dans la console.

– Une carte marine du lac Maurepas, devina Decker, où étaient indiquées les caches des nasses.

– Et très clairement indiquées, en plus, fit Skink. Au crayon de couleur, rien que pour Ozzie.

Simple comme bonjour. Tandis que Dickie Lockhart célébrait sa victoire, les Rundell se rendaient en catimini sur le lac pour effacer les indices. Dickie était tellement radin qu'il devait réutiliser les mêmes nasses encore et encore.

– Les poissons qui lui ont valu la victoire, c'étaient des bass de Floride, disait Skink. Importés probablement du lac Jackson ou du lac Rodman, peut-être même. Ce trou à vase de Maurepas n'a jamais abrité de bass de cette qualité-là, je te parie tout ce que tu veux...

– Qu'est-ce que t'as fait après avoir découvert les nasses ? le coupa Decker.

Skink reposa sa fourchette.

– J'ai sabordé le bateau d'Ozzie et j'ai nagé jusqu'au rivage.

– Et puis ?

– J'ai joué du pouce et me v'là.

Deux flics entrèrent et, de leur démarche de cow-boys, allèrent occuper un box. Des flics venaient tout le temps manger chez Denny, n'empêche, cela rendit Decker nerveux. Ils n'arrêtaient pas de lancer des coups d'œil à Skink – sans aménité, les coups d'œil – et Decker aurait juré qu'ils cherchaient un prétexte pour un contrôle d'identité et autres tracasseries. Il laissa un billet de dix dollars sur la table et se dirigea vers la voiture ; Skink suivit, traînant les pieds, bourrant les poches de son imper de petits pains. Ils étaient à peine de retour sur le boulevard que Decker aperçut une autre voiture de police dans le rétroviseur. Elle leur collait de près et Decker ne put qu'en déduire que García avait passé le mot. Quand les gyrophares entrèrent en action, Decker s'empressa de se ranger sur le côté.

– Et merde, fit Skink.

Decker attendit que les deux flics soient descendus de voiture pour appuyer sur le champignon et filer.

– Y a des moments où j'aime ta façon de conduire, fit Skink.

Decker évalua que ça lui donnait trois minutes d'avance.

– Je vais tourner dans la 36e Rue, annonça-t-il, je pile et tu te casses rapido.

– Pourquoi ? demanda Skink, tranquille comme Baptiste.

Decker poussa la vieille Plymouth au-delà de ses limites naturelles de vitesse et de maniabilité. C'était l'une de ces soirées propres au boulevard : tous les autres véhicules étaient soit des Cadillac soit des tas de boue et aucun ne dépassait le cinquante à l'heure. Decker laissait des traces de pneus sur l'asphalte et brûlait tous les feux. Toujours rien dans le rétroviseur, mais il savait que les flics ne tarderaient pas à réclamer du renfort par radio.

– Tu devrais emprunter un autre itinéraire, suggéra Skink.

– Tu m'aides beaucoup, là, fit Decker, voyant un bus apparaître devant lui.

Il enfila à droite la 35e Rue et freina si fort qu'il sentit une odeur de métal brûlé.

– Barre-toi, dit-il à Skink.

– T'es malade ou quoi ?

– Descends !

– *Toi*, tu descends, dit Skink. C'est après toi qu'ils en ont, connard.

Decker, impatient, coinça le levier de vitesse au point mort.

– Écoute, tout ce qu'ils ont contre moi, c'est coups et blessures, plus maintenant, délit d'insubordination. Tandis que toi, tu risques une accusation d'homicide volontaire s'ils font les recoupements.

Skink vira sur son siège dans un crissement de plastique.

– Putain, de quoi tu parles ?

– De Dickie Lockhart, tiens.

Skink gloussa.

– Parce que tu crois que c'est *moi* qui l'ai tué ?

– C'est une idée qui m'est venue, ouais.

Skink se marra encore un peu, cognant sur le tableau de bord. La chose lui paraissait hilarante. Il ululait, rigolant à gorge déployée et tapant des pieds. Decker n'avait qu'une envie : le pousser hors du véhicule et tracer.

– Alors, tu ne sais vraiment pas ce qui s'est passé ? demanda Skink, une fois calmé.

Decker éteignit les phares et se tassa sur son siège. Nerveusement, il n'était plus qu'une loque, et ne pouvait décoller ses yeux des deux rétros.

– Je ne sais pas quoi ? demanda-t-il à Skink.

– Tu sais même pas ce qu'il y a dans ce mandat à la con. Jim Tile en a reçu une copie, par avion. Première chose qu'il m'a lue ce matin. Et tu devrais entendre ce que ça dit, Miami. Ça dit que t'as assassiné Dickie Lockhart.

– Moi ?

– C'est ce que ça dit.

Le premier son d'une sirène glaça le sang de Decker.

– Tu t'es fait mettre, mon pote, mettre en beauté. Cette nana était l'appât.

– Arrête ça, fit Decker d'une voix rauque.

Il tâchait de se rappeler l'histoire que lui avait racontée Lanie, et d'y déceler des brèches.

– Ne songe même pas à te livrer, dit Skink. García a beau être ton pote, il n'est pas magicien. Et maintenant, s'il te plaît, barrons-nous d'ici tant qu'il est encore temps. Je te dirai le reste en chemin.

17.

Une fois revenus au parc de caravaning, ils larguèrent la Plymouth et prirent un bus pour l'aéroport. Decker loua sur place une Thunderbird blanche chez Avis, malgré la désapprobation de Skink ; ce qu'il leur fallait, disait-il, c'était un 4 x 4, un genre Bronco, mais chez Avis ils n'avaient que des voitures.

Se laissant porter au gré des embouteillages, ils tournèrent dans Little Havana deux bonnes heures tandis que Decker bombardait Skink de questions sur ce qui s'était passé au lac Maurepas.

– Qui a buté Lockhart ? lui demanda-t-il.

– Ça, j'en sais rien, fit Skink. Tout ce que j'ai appris, de Jim plus quelques coups de téléphone à droite à gauche, c'est que pendant que tu t'envoyais la sœur de Gault, quelqu'un a assommé Dickie à mort. Dès la première heure, le lendemain matin, Gault en personne a pris l'avion pour La Nouvelle-Orléans pour fournir aux flics une déposition sous serment. Il leur a dit qu'un ex-taulard de photographe du nom de Decker tentait de faire chanter Dickie, l'accusant d'avoir truqué les concours de bass. Il a ajouté que tu l'avais contacté avec certaines photos, dont tu demandais cent mille dollars – il avait même un petit mot de ta main pour confirmer ses dires.

– Nom de Dieu ! gémit Decker.
C'était le billet qu'il lui avait écrit le soir où il s'était frité avec lui – bafouille où il montait ses honoraires à cent mille dollars.
Skink continua.
– Gault a déclaré aux flics qu'il t'avait envoyé te faire foutre, et qu'alors tu étais allé trouver Lockhart. D'abord, Dickie a casqué – trente mille, d'après Gault...
– Bien joué, murmura Decker.
Trente mille, c'était le montant de l'avance de ses honoraires.
– ... puis Dickie en a eu marre de payer et a dit, suffit comme ça. Tu es allé à La Nouvelle-Orléans pour le relancer en le menaçant de tout révéler à l'issue du concours. Il y a eu dispute, puis bagarre... tu peux imaginer la suite. Les flics, c'est déjà fait.
– Et le témoin qui me sert d'alibi est la sœur du véritable assassin.
– Lanie n'a pas perdu de temps pour pondre une déclaration écrite sous serment, dit Skink. Très serviable, cette nana. Elle a déclaré que tu l'as tirée, ramenée à La Nouvelle-Orléans et larguée dans un hôtel. Elle a ajouté que tu lui avais dit que tu devais aller voir Dickie pour affaires.
– Y a pas à dire, j'ai le nez pour les choisir, fit Decker, d'un ton mordant.
Skink ne tenait pas en place dans l'habitacle ; il avait l'air tendu. La densité de la circulation, les rues pleines de boucan l'insupportaient.
– J'allais oublier, fit-il. Ils ont aussi les photos du chantage.
– Quelles photos ?
– Celles où Dickie est en train de relever ses cages, répliqua Skink. Ça m'en bouche un coin. C'est toi l'expert, explique-moi ça.
Decker tombait des nues.
– Sans rire, ils ont des photos ?
– C'est ce que dit le D.A. D'un beau noir et blanc piqué où l'on voit Dickie la main dans le sac.

– Mais qui les a prises ?
– Toi. Toujours d'après le D.A. À partir d'un emballage vide, ils sont remontés à un stock de pellicule Kodak, livré au labo photo du journal. Lequel journal a déclaré qu'il faisait partie du lot que tu as chourré en prenant la porte.
– Je vois.
Skink avait raison : il s'était fait mettre en beauté.
– Il te manque du film ? demanda Skink.
– J'en sais rien.
– La camelote qu'on a shootée en Louisiane, elle est où ?
– Encore dans la sacoche de mon appareil, dit Decker. Du moins, je suppose.
– Tu supposes, ricana durement Skink. T'as drôlement intérêt à le savoir, Miami. T'es pas le seul magicien de la chambre noire.
Decker sentit comme une lassitude ; il avait envie de fermer les yeux, d'obturer l'objectif. Skink lui conseilla de remonter la U.S. 27 jusqu'à Alligator Alley, avant de bifurquer vers l'ouest.
– On serait plus en sécurité en ville, objecta Decker.
Il ne se sentait pas de traverser l'État dans toute sa largeur ; la douleur qui lui martelait le tronc cérébral était insupportable. En outre, Alligator Alley grouillerait de policiers de la route. Et ils avaient un penchant pour les voitures de sport de location.
– Où tu veux aller exactement ? demanda-t-il à Skink.
– Big Cypress, c'est une bonne planque.
Skink le regarda en biais.
– Ah non, pas le numéro du rat des marais, fit Decker. Pas ce soir. Restons en ville.
– T'as un endroit sûr ?
– Peut-être.
– L'hôtel, c'est exclu, siffla Skink entre ses dents.
– C'est pas à l'hôtel.

Decker se rangea au bord du trottoir et examina la maison en silence pendant plusieurs minutes. Elle était de dimension imposante, même pour Miami Shores. Deux voitures, une Firebird et un coupé Jaguar, étaient garées dans une allée de gravier en demi-lune. Palmiers et éphédras baignaient dans la douce lumière orangée de projecteurs disposés discrètement tout autour de la pelouse des Bermudes. Une arche à la mauresque encadrait la porte d'entrée, taillée dans un bois couleur café. Il n'y avait pas de barreaux de fer à la fenêtre de la façade, mais Decker apercevait un autocollant rouge vif signalant aux cambrioleurs l'alarme antivol.

– Tu vas rester ici à glander toute la soirée ? fit Skink.

Ils descendirent de voiture et remontèrent l'allée, le gravier bruissant sous leurs pas. Skink n'avait aucune remarque à faire sur la vaste demeure ; il en avait vu d'autres et la plupart étaient habitées par des malfrats friqués, ayant pignon sur rue.

Decker, avec un manque évident de tact, lui demanda de reculer de quelques pas, une fois devant la porte.

– Pour leur éviter de mourir de frousse, c'est ça l'idée ? fit Skink.

Catherine répondit au premier coup de sonnette.

– Rage, fit-elle, avec une surprise qui n'était pas mince.

Elle portait un jean moulant coupé en bermuda, un débardeur lavande et pas de soutien-gorge. Decker vit rouge que son Dr. James de mari l'ait laissée répondre à la porte en pleine nuit – ils auraient pu être n'importe quels spécimens de tarés zonant la nuit à Dade County : assassins, kidnappeurs, sorciers guérisseurs en quête d'une victime sacrificielle. Qui d'autre à part un connard et un flemmard laisserait sa femme répondre seule à la porte, sans soutif, à onze heures et demie du soir ?

– J'aurais dû te passer un coup de fil, fit Decker, mais il y a urgence, comme qui dirait.

Catherine, jetant un coup d'œil à Skink, parut saisir la gravité de la situation.

– Entrez donc, les p'tits gars, fit-elle sur le ton amical d'une cheftaine de louveteaux.

Puis se penchant à l'oreille de Decker, elle lui souffla :

– James est là.

– Je sais.

La Jag l'avait trahi.

Un minuscule caniche, blanc comme neige, déboula à toute blinde dans l'entrée, ses griffes crépitant sur le carrelage. Dès qu'il aperçut Skink, le chien se mit à grogner et à baver jusqu'au délire. Mordant le bas de l'imper orange à pleines dents, il entreprit de tirer sur le plastique. Sans un mot, Skink flanqua un coup de pied, un seul, bien appliqué, à l'animal qu'il envoya valdinguer à l'autre bout du hall.

– Pardon, fit Decker, faiblement.

– Ça va, fit Catherine, les introduisant dans la cuisine. Je déteste ce petit salopard, il pisse dans mes chaussures, je te l'ai pas dit ?

– Il nous faut un endroit pour la nuit, fit la voix de Skink venue de nulle part.

Catherine opina du chef.

– La place, ce n'est pas ce qui manque.

Il y avait bien urgence, se dit-elle ; c'était la seule chose capable de décider Decker à passer la nuit sous le même toit qu'elle et son mari.

– Decker est blessé, aussi, précisa Skink.

– Je vais bien.

– Qu'est-ce que tu as ? demanda Catherine.

– J'ai failli lui tordre le cou, dit Skink. Accidentellement.

– C'est juste froissé, fit Decker.

C'est alors que le Dr. James – le mari de Catherine – entra dans la cuisine. Il portait un peignoir marine Ralph Lauren au ras des genoux, qu'il avait pâlichons, veules et dépourvus de poils; il était chaussé de pantoufles bleues assorties. Decker fut saisi de l'envie pressante de le gifler à tour de bras, mais réussit à se contenir.

James examina les deux visiteurs.

– Catherine ? fit-il, réclamant une explication.

Comme Catherine et Decker semblaient passablement désemparés, Skink s'avança et fit les présentations.

– Voici l'ex-mari de votre femme et moi, je suis son ami.

– Ah bon ?

De toute sa vie, James n'avait jamais vu le pendant de Skink de si près, mais fit de son mieux pour sauvegarder son autorité de « maître de maison ». Il tendit la main à Decker.

– R.J., c'est bien ça ? demanda-t-il. C'est drôle qu'on ne se soit pas rencontrés plus tôt.

– Désopilant, fit Decker, rendant au docteur sa poignée de main avec une énergie excessive.

– Ils vont passer la nuit ici, dit Catherine à son mari. La caravane de R.J. est inondée.

– Il n'est pas tombé une seule goutte d'eau, fit observer James.

– Une canalisation a crevé, ajouta Catherine avec impatience.

Brave petite, songea Decker, jamais prise de court.

– Je vais leur préparer du thé, dit-elle. Et maintenant, du balai, tout le monde au salon.

Le salon avait été conçu autour de l'un de ces postes de télévision maousses 16 / 9, frère jumeau de celui que Decker avait vu dans l'appart de Dennis Gault. L'écran était visible depuis chaque fauteuil, chaque canapé, chaque tabouret de bar. James le chiropracteur était en train de regarder un épisode de *La Guerre des étoiles* en vidéo.

– J'ai les trois en cassette, proposa-t-il.

Decker se calmait. Il n'avait aucune raison de détester ce type, son peignoir mis à part peut-être ; de toute façon, Catherine avait fait son choix.

James était mince et relativement grand – plus grand que Decker ne s'y attendait. Il avait le menton ferme, la pommette saillante, l'œil vif et belliqueux, le cheveu brun-roussâtre, la peau laiteuse. Ses longues mains délicates devaient constituer un atout compétitif dans le petit monde de la chiropractie. À tout prendre, il était légèrement mieux, sur le plan physique, que Decker ne l'avait espéré.

– J'ai vu quelques-unes de vos photos, elles sont excellentes, dit James. Dans un vieil album de Catherine.

Il insista lourdement sur l'adjectif *vieil*. D'un certain point de vue, Decker eut un peu pitié de lui : il se retrouvait avec deux étrangers fort bourrus sous son toit à qui sa femme attendait qu'il fasse des politesses. Qui n'aurait pas été nerveux à sa place ?

James sourit crânement à Skink, d'une présence écrasante dans son imper fluo.

– Quant à vous, vous devez surveiller les passages cloutés à la sortie des écoles, non ?

Catherine apporta du thé à la cannelle sur un simple plateau. Skink s'empara d'une tasse et l'éclusa tout brûlant. Son regard vert sombre parut s'embraser.

Comme Catherine lui versait une autre tasse, Skink dit :

– Vous êtes vraiment une belle fille.

Decker en resta muet de saisissement. James le toubib, raide d'humiliation. Skink décocha un de ses sourires lumineux, ajoutant :

– Mon ami a été un bel idiot de vous laisser partir.

– Merci, fit Catherine.

À sa façon de réagir, il était clair qu'elle ne se sentait ni déstabilisée ni menacée. Elle affichait un air charmé et entendu. Un peu, songea Decker avec irritation, comme si Skink et elle partageaient un secret, un secret qui le concernait, lui.

– Catherine, fit James, changeant de sujet et d'un ton tout sauf badin, tu n'as pas vu Bambi ?

– Il jouait il y a quelques minutes dans l'entrée.

– Il avait l'air un petit peu crevé, avança Decker.

– Bambi ? se récria Skink, faisant la grimace. Vous voulez parler de ce clebs qui n'arrête pas de japper ?

– C'est un pure race, s'insurgea James en se raidissant.

– Une saleté de rongeur, oui, à qui on a foutu des bigoudis, dit Skink.

Catherine se mit à rire, avant de se reprendre. Malgré son humeur jalouse, Decker devait bien reconnaître qu'ils formaient un drôle de quatuor comique. Il fut heureux de constater que le charme momentané de Skink s'était évaporé ; il le préférait nettement en abominable homme des bois.

James le fusilla du regard.

– Je n'ai pas bien compris votre nom, fit-il.

– Attila, fit Skink. Fléau de Dieu pour les intimes.

Decker espéra vivement, même s'il en doutait, qu'Attila n'était pas le vrai nom de Skink et qu'il n'avait pas choisi ce moment-là entre tous, devant ces personnes-là entre toutes, pour dévoiler les ténébreux secrets de son âme. Catherine était connue pour faire cet effet sur les hommes.

Decker lança alors une ineptie de première à James :

– Quelle belle maison vous avez là ! C'est pas la clientèle qui doit vous manquer.

– En fait, fit James, je l'ai dénichée avant de devenir médecin.

Il paraissait soulagé d'échapper à un débat sur son caniche ou la beauté de sa femme.

– Ça remonte à l'époque où j'étais encore dans l'immobilier, je suis tombé dessus par hasard.

– Quel genre d'immobilier ? demanda Skink.
– Modules de propriété intervallaire.
– Apparts à temps partagé, traduisit Catherine.

Skink s'agita sur le canapé qu'il fit crisser audiblement.

– Apparts à temps partagé, répéta-t-il. Où ça ?

Catherine désigna plusieurs petites plaques accrochées sur l'un des murs.

– James a été sacré meilleur vendeur de l'année, trois fois d'affilée, dit-elle.

Aucune fanfaronnade de sa part là-dedans, elle disait plutôt ça pour s'en débarrasser, semblait-il, sachant que James y aurait fait allusion de toute façon.

– Mais où ça ? insista Skink lourdement.
– Sur la côte, au nord de Smyrna, répondit James. Ça a marché très fort un temps, à la fin des années 70. Puis Tallahassee nous a donné un tour de vis, les médias ont tourné casaque et le marché du temps partagé s'est tari. Toujours la même rengaine. Je me suis dit qu'il était temps de passer à autre chose.
– D'abord le boum, puis badaboum, dit Decker, abondant dans son sens. C'est toute l'histoire de la Floride.

Était-ce seulement le fric qui avait attiré Catherine chez cet échalas débile ? En un sens, il espérait que c'était aussi simple que ça, qu'il n'y avait rien de plus.

Skink se leva et, dans un grand bruit de plastique froissé, alla examiner les plaques de plus près. Catherine et James ne le quittaient pas des yeux ; ils n'avaient jamais vu d'individu d'aspect aussi rustique se balader entre leurs murs.

– Et c'était quoi le nom de votre projet ? demanda Skink, tripotant sa tresse argentée.
– Sparrow Beach, fit James. Le Sparrow Beach Club. Ça paraît de l'histoire ancienne, maintenant.

Skink ne répliqua pas, mais émit un son étouffé des plus surprenants. Decker aurait juré que c'était un soupir.

– Ton ami, ça ira ? demanda Catherine plus tard.

– Oui, oui, fit Decker. Il préfère vraiment dormir dehors.

Au beau milieu du monologue triomphaliste de James le promoteur de Sparrow Beach, Skink s'était tourné vers Catherine et lui avait demandé s'il pouvait passer la nuit dans le jardin. Decker voyait qu'il broyait du noir, mais n'eut pas l'occasion de le prendre à part pour lui demander ce qui clochait. Catherine avait prêté une vieille couverture à Skink qui l'avait remerciée, d'une voix sourde, de son hospitalité, puis était sorti d'un pas pesant par la porte de service, en ignorant James complètement.

Skink bivouaqua sous un grand avocatier et, de la fenêtre, Decker l'apercevait assis tout droit contre le tronc, face à l'étroite voie navigable qui coulait derrière la maison de Catherine. Decker eut l'envie folle d'aller le rejoindre sous les étoiles.

– Laisse James jeter un coup d'œil à ton cou, dit Catherine.

– Mais non, ça va aller.

– Étendez-vous là, lui ordonna James, faisant de la place sur le canapé. Allongez-vous sur le ventre.

Avant que Decker ait pu faire ouf, James était penché sur lui, son genou prenant appui sur le canapé. Il se mit à pétrir et à palper tour à tour la nuque de Decker, tandis que Catherine observait la scène, assise en tailleur sur une ottomane.

– Ça fait mal ? demanda James.

Decker grogna. Ça lui faisait mal, mais la friction compensait ; James paraissait connaître son affaire.

– Vous n'êtes plus du tout dans l'axe, mon vieux, dit-il.

– C'est le terme médical ?

– Une bonne traction cervicale, voilà ce qu'il vous faut. Poids et attelles. Cure de thalasso. Ultrasons. Vous êtes trop jeune pour Medicare, sinon je vous prescrirais un traitement de douze semaines.

James fit courir ses doigts le long de la colonne vertébrale de Decker. Il semblait à son aise à présent, jouissant de son rôle de spécialiste.

– Vous avez une assurance ? demanda-t-il.

– Neûn, fit Decker.

– Pas d'indemnités journalières ? Une mutuelle, peut-être ?

– Neûn.

Ce mec était incroyable ; sa pointe de bagout était probablement un reliquat de l'époque où il bradait des condos.

– Je dois vous avertir qu'il ne faut pas laisser sans soins ce genre de traumatisme corporel, poursuivit James. Votre cou a été gravement malmené.

– J'en suis bien conscient, fit Decker, grimaçant sous les manipulations du chiropracteur. Dites-moi, quelle est la différence entre ce que vous me faites et un massage ?

– Je suis médecin, c'est ça qui fait la différence. Ne bougez plus maintenant. Je crois que j'ai une minerve de rab dans le coffre de ma voiture.

À peine James sorti de la pièce, Catherine vint s'agenouiller auprès de Decker.

– Raconte-moi ce qui t'est arrivé, Rage.

– Quelqu'un essaie de me coller un meurtre sur le dos.

– Qui ça ? Pas les Gens de la Pêche ?

– J'ai bien peur que si, fit Decker.

Il était prêt à se faire enguirlander sévère – l'une des spécialités de Catherine – mais pour une raison ou une autre (par pitié, sans doute) elle s'en abstint.

– Le type là-dehors, King Kong... ?

– Il est réglo, fit Decker.

– Il fout la trouille à James.

– À moi aussi, mais je n'ai que lui.

Catherine lui donna un petit baiser sur l'oreille.

– Et moi, je ne peux vraiment rien faire ?

Un bref instant de confusion, Decker sentit son cœur s'arrêter de battre. Boum, boum – puis le trou d'air. Tout ça à cause d'une bouffée de parfum et d'une idiotie de bisou sur le lobe. C'était si merveilleux que Decker faillit en oublier qu'elle l'avait largué pour un mec qui se baladait en peignoirs de bain à quatre-vingt-dix dollars pièce.

– Je veux t'aider, insista Catherine.

– James a un agent de change ? demanda Decker.

– Oui. Hutton, Shearson, une grosse firme comme ça. C'est un compte de V.I.P., ça au moins je le sais. Ils nous ont envoyé un magnum de champagne à Noël dernier.

– Tout à fait ce qu'il me faut, dit Decker. Raconte à James que t'as obtenu un tuyau chez ton coiffeur...

– Oh, je t'en prie...

– Ou ailleurs, peu importe ; Catherine, dis-lui seulement qu'on t'a rencardé sur un titre. Il doit être sur le marché sous le sigle C.C.P.A., à mon avis. Le Canal Chrétien de Plein Air. Vois si la firme de ton mari peut lui envoyer une brochure de souscription. Il m'en faut un exemplaire le plus tôt possible.

– Il va trouver ça bizarre, dit-elle. On ne parle jamais de ses placements.

– Essaie toujours, dit Decker. Joue à la ravissante idiote qui veut rendre service : ça, tu peux le faire.

– T'es toujours un enfoiré de première, Rage.

– Et toi, toujours une pure merveille, Catherine. Tu crois que ton mari verrait un gros inconvénient si toi et moi, on se désapait et on sautait sous la douche ? On pourrait lui raconter que ça fait partie de ma thérapie. Rééducation par traction sous l'eau chaude, on appelle ça.

À cet instant précis, James entra, trop absorbé pour remarquer que sa femme reprenait prestement place sur l'ottomane. James tenait une minerve rembourrée de mousse, de celles qu'on fixe autour du cou comme un collier.

– Cet individu a allumé un brasier dans le jardin ! s'écria-t-il avec indignation.

Catherine s'approcha de la fenêtre.

– Je t'en prie, ça n'a rien d'un brasier, dit-elle. C'est juste un foyer pour le barbecue, mon chéri, pas pire que ton cher Hibachi.

– Mais le Hibachi, c'est au gaz, protesta James.

Decker, s'extirpant du canapé, alla se rendre compte par lui-même. Skink était pelotonné dans sa posture familière sous l'avocatier ; à croupetons, il entretenait un petit feu de camp.

– Il a tout d'une saleté de clodo, dit James.

– Ça suffit comme ça, fit Catherine d'un ton cassant. Il ne fait de mal à personne.

Decker remarqua que Skink s'était fabriqué une broche avec une branche morte. Il faisait cuire un morceau de viande grisâtre, en le tournant lentement à la main au-dessus du feu.

– À votre avis qu'est-ce qu'il a bien pu se dégoter par là-bas ? demanda Catherine.

– Une saloperie qu'il a dû faucher dans les poubelles, fit James. Ou peut-être un canard de ce canal dégueulasse.

Dans les ombres vacillantes, Decker n'en aurait pas juré, mais il avait quand même sa petite idée sur ce que son ami se mijotait pour le dîner. Bambi, bien sûr. Skink, la sérénité même, rôtissait le chienchien au chiropracteur.

18.

Decker, qui occupait le lit de l'une des chambres d'amis, n'arrivait pas à trouver le sommeil. Des moutons en smoking rouge dansaient la sarabande sur la tapisserie – c'était le papier mural d'une chambre d'enfants, ça tombait sous le sens, mais Catherine n'avait jamais été follement portée sur les moutards. Sur ce plan-là, le chiropracteur n'avait pas réussi à la faire changer d'avis. Pourtant, Decker admira son optimisme qui lui avait fait laisser ce papier de nursery sur les murs.

Quand Decker fermait les yeux, les moutons en smoking cédaient la place aux traits distordus de Dennis Gault : le visage d'un homme qui tentait de le tuer. Decker se demanda si le pugilat dans l'appart de Gault avait été de la comédie à l'instar du reste ; il se demanda si Gault était vraiment malin ou couillu à ce point, ou si les choses s'étaient seulement goupillées comme ça. Decker mourait d'envie d'aller tirer ça au clair avec Gault. Après quoi, il se ferait un plaisir d'étrangler proprement ce fils de pute si bien que ses globes oculaires lui sauteraient du crâne et rouleraient sur la surface en verre de son bureau design, tels deux boulards.

Sur le coup de trois heures du matin, Decker se leva, renonçant à s'endormir. De la fenêtre, on ne voyait nulle trace du feu de camp ni de Skink. Decker supposait – espérait, du moins – qu'il s'était couché en chien de fusil, quelque part dans les buissons.

Quant à Decker, se retrouver sous le même toit que Catherine le mettait dans tous ses états. Même si la maison était aussi celle de James, le goût de Catherine prédominait – tout respirait l'intelligence, la classe et l'argent, au point que Decker s'émerveilla qu'un pauvre bougre comme lui ait réussi à la garder aussi longtemps. S'il pouvait seulement voler quelques instants de tête-à-tête avec elle ! Mais comment faire ? Skink voulait se remettre en route avant l'aube – ça lui laissait bien peu de temps.

Pieds nus et en sous-vêtements, Decker erra à travers les longs couloirs, pleins du parfum et de l'odeur de la chevelure de Catherine. Deux, trois fois, près de certaines portes, Decker dut enjamber prudemment le rayon blanc des alarmes photosensibles, installées à hauteur de genou dans toute la maison.

Les alarmes électroniques anticambriolage faisaient fureur chez les friqués de Miami, à la suite d'une affaire qui avait connu un vaste retentissement : les monte-en-l'air d'une bande tristement célèbre avaient été capturés à l'intérieur d'un manoir de Star Island, après avoir déclenché l'alarme silencieuse. La bande se composait d'intrépides réfugiés cubains de Mariel, relativement nouveaux dans la région et peu rompus aux rouages et à la technologie du cambriolage moderne. Tandis qu'ils pillaient allégrement le fumoir du manoir, l'un des intrus avait repéré une cellule électrique sur l'un des murs et conclu tout naturellement qu'il s'agissait d'un rayon laser qui les réduirait en cendres s'ils osaient le traverser. Par conséquent, ils ne bougèrent plus d'un pouce. Ils restèrent sur place toute la nuit et, le lendemain matin, honteux et confus, se rendirent à la police. Les infos télévisées diffusèrent l'incident. Les alarmes photoélectriques anticambriolage firent un tel tabac que les cambrioleurs se spécialisèrent bientôt dans le vol des alarmes elles-mêmes. Dans nombre de maisons où l'on installa un tel appareillage, l'alarme à elle seule valait plus que tout le reste de ce qui se trouvait sur les lieux. Un certain temps, les receleurs d'Hialeah payèrent deux fois plus cher les alarmes anticambriolage que les magnétoscopes Sony, mais même à cinq cents dollars pièce, il était pratiquement impossible pour les voleurs de répondre à la demande.

Contournant sur la pointe des pieds les rayons desdites alarmes, Decker découvrit la chambre conjugale tout au bout de l'aile ouest de la maison. Il écouta à la porte pour voir si rien n'était en train et fut grandement soulagé de n'entendre que des ronflements.

Decker se faufila dans la chambre. Il resta sur le seuil, attendant que ses yeux accommodent ; les stores étaient tirés et il faisait très sombre. Il avança pas à pas vers la source des ronflements jusqu'à ce que son pied droit bute contre un montant du lit en bois. Decker ravala un gémissement. L'une des formes couchées dans le grand lit s'agita, se retournant légèrement sous les couvertures. Decker s'agenouilla au bord du lit, et la silhouette lui ronfla directement au visage.

– Catherine, chuchota-t-il.

Elle ronfla encore une fois et Decker se rappela comme c'était difficile de la réveiller. Il la secoua doucement par l'épaule en murmurant son nom. Cette fois, elle déglutit, soupira et ouvrit les yeux, encore dans le cirage. En le reconnaissant, elle se redressa d'un bond.

Posant sa main sur la nuque de Decker, elle l'attira plus près.

– Qu'est-ce que tu fous ici ?

– Eh, vas-y mollo avec mon cou, lui murmura Decker en retour.

Catherine jeta un coup d'œil à son mari pour s'assurer qu'il était toujours assoupi. Decker avait misé sur le fait que James était un dormeur au sommeil de plomb ; contrairement aux chirurgiens ou aux obstétriciens, les chiropracteurs sont rarement obligés de rappliquer dare-dare à l'hôpital en pleine nuit. Un lumbago, ça peut toujours attendre. James était probablement un habitué du tour du cadran.

– Qu'est-ce qu'il y a, Rage ? lui dit Catherine dans le creux de l'oreille.

Decker ne s'arrêta pas à ses cheveux emmêlés ni à ses yeux un peu bouffis de sommeil : il l'embrassa sur la bouche, glissant hardiment une main sous sa chemise de nuit.

Catherine manqua hoqueter sous le baiser, mais n'en ferma pas moins les yeux. Decker vérifia la chose en douce ; bien obligé : certaines femmes ferment les yeux quand on les embrasse uniquement par politesse, Catherine jamais, sauf si elle prenait vraiment du plaisir. Decker fut ravi de constater qu'elle les avait fermés. Ses investigations sous la chemise de nuit, c'était une autre paire de manches. Avec son coude, Catherine avait adroitement cloué la main de Decker sur son sein gauche ; évident que Mme Main n'était pas autorisée à aller plus loin. Decker n'y voyait pas d'inconvénient ; le sein gauche avait toujours été son préféré, de toute manière.

Catherine se dégagea, en disant :

– T'es dingue. Tire-toi.

– Viens dans ma chambre, fit Decker.

Catherine fit non de la tête en désignant son mari.

– On n'a qu'à le laisser ici, plaisanta Decker.

– Si je quitte le lit, il s'en apercevra.

– Juste pour quelques minutes.

– Non...

Alors il l'embrassa à nouveau. Cette fois, elle laissa échapper un ronron timide que Decker interpréta – à juste titre – comme de tolérance plutôt que de reddition totale. Ce second baiser dura plus longtemps que le premier, et Decker commençait à s'échauffer sérieusement quand James se retourna tout à trac, s'ébroua et fit :

– Cath ?

Elle se recoucha doucement sur l'oreiller, la main de Decker toujours sur son sein.

– Oui, chounet ?

Cath.

Chounet.

Mignon comme tout, songea Decker. Tu parles d'un témoignage de félicité conjugale. Il entreprit de retirer sa main, mais Catherine s'y opposa. Decker sourit dans le noir.

– Cath, reprit James en état de torpeur. Est-ce que Bambi est rentré par hasard ?

– Non, mon chéri. Il est probablement sur la véranda. Rendors-toi, maintenant.

Catherine ne bougea plus, attendant que la respiration de James redevienne profonde et régulière. Alors, lui tournant le dos, elle se retrouva face à face avec Decker, tout au bord du lit.

– Retourne dans ta chambre, murmura-t-elle. Accorde-moi dix minutes.

– Brave petite, fit Decker, se remettant à genoux. Encore un baiser.

– Pfff, souffla Catherine.

Mais elle lui rendit son baiser. Et en lui fourrant sa langue dans la bouche, cette fois.

– On va avoir besoin de votre bateau.

Catherine et Decker ouvrirent ensemble les yeux à mi-baiser et se dévisagèrent. Ce n'était pas James qui venait de chuchoter.

– Le bateau, répéta Skink.

Catherine distingua son visage embroussaillé et impassible, au-dessus de l'épaule de Decker.

– Je ne voudrais pas déranger, dit Skink. Mais il y a des flics devant la maison.

Decker se releva en refoulant sa panique. Ça devait être García. Il était au courant de son divorce et Catherine devait figurer tout en haut de sa liste des personnes à interroger. Le côté surprenant de la chose était qu'il se soit dérangé au cœur de la nuit – à moins, bien entendu, qu'il n'ait su que Decker se trouvait dans la maison.

Ce que le premier débile venu aurait deviné en voyant la voiture de location garée devant. Decker se demanda si, tout au fond de lui, il n'avait pas envie de retourner en prison – qu'est-ce qui pouvait expliquer un tel je-m'en-foutisme de sa part, autrement ? Skink se chargeait de leur survie dans la cambrousse mais, en ville, cette responsabilité lui incombait et voilà qu'il n'arrêtait pas de commettre des bourdes.

– Votre bateau, qui est amarré là-bas derrière, insista lourdement Skink auprès de Catherine.

– Je ne sais pas où sont les clés, murmura-t-elle.

– Pas besoin des clés, fit Skink, ne faisant plus l'effort de parler à voix basse. On l'abandonnera à Haulover, mais attendez un peu avant d'aller le récupérer.

On sonna à la porte d'entrée, puis on frappa trois coups secs.

James se redressa dans le lit et tendit la main vers la lampe de chevet. Il fixa Decker et Skink d'un œil trouble.

– Qu'est-ce qui se passe ?

Catherine déjà debout se brossait les cheveux avec énergie devant la glace.

– Faudrait voir à vous remuer, dit-elle au reflet de Decker. Je les occuperai à la porte.

– Il va nous falloir une bonne longueur d'avance.

– T'inquiète, Rage.

On sonna à nouveau. Les coups virèrent au martèlement.

Skink tendit à Decker son jean et ses chaussures.

– Mais qu'est-ce qui se passe ? répéta James le toubib. Et où s'est donc fourré ce clébard ?

Leur camionnette étant au nom de Lockhart et, la police de La Nouvelle-Orléans l'ayant provisoirement saisie comme toutes les autres possessions de Dickie, les frères Rundell avaient été forcés de rentrer en Floride par un car Trailways. Au cours du voyage, ils eurent deux sujets de conversation vedettes – la mort de leur héros et le sort de leur précieux bassier.

Tout idiots qu'ils fussent, les Rundell s'étaient rendu compte que s'il n'y avait plus grand-chose à faire pour Dickie, pour leur bateau il en allait autrement. On l'avait volé, puis sabordé au beau milieu du lac Maurepas, où le sondeur Vexilar L.C.D. Vidéo du capitaine Coot Hough avait repéré son épave. Leur bateau retrouvé et localisé, les Rundell avaient recruté une équipe de sauvetage amateur, composée de collègues basseurs, qui renfloua l'embarcation grâce à un treuil actionné manuellement et monté sur une barge de chantier d'emprunt. La prunelle de ses yeux refaisant surface, dégoulinante de vase, fut le spectacle le plus triste auquel il ait été donné à Ozzie Rundell d'assister – après celui du cadavre de Dickie Lockhart flottant, les lèvres bleuies, dans le vivier géant.

Pendant le long trajet de retour en autocar jusqu'à Harney, Ozzie et Culver se creusèrent la cervelle pour déterminer qui avait bien pu voler leur bateau et pourquoi. Le suspect numéro un semblait être cet ermite si peu pacifique que les Rundell ne connaissaient que sous le nom de Skink. Plusieurs autres pêcheurs avaient repéré sur le lac un individu à la dégaine bizarre et attifé de couleurs vives, correspondant à son signalement, même si nul d'entre eux n'avait déclaré avoir été témoin du sabordage effectif du bateau. Ce que Skink fabriquait en Louisiane restait un mystère que les Rundell n'éclaircirent pas plus avant – il y était, point trait. Ils se souvenaient parfaitement d'avoir vu les policiers du ciel le faire descendre d'avion à La Nouvelle-Orléans et se rappelaient l'expression de dérangement mental qui couvait dans son regard. Ce type était tout à fait capable de voler un bateau; l'énigme s'en trouvait éclaircie de façon plausible. Avec un individu comme Skink, la pure malveillance avait pu suffire, mais les Rundell demeuraient sceptiques. Culver en particulier penchait pour une vengeance ou un complot tramé par l'un des concurrents, jaloux de Dickie Lockhart. Dans le petit monde des pros de la pêche au bass, il était bien connu que les frères Rundell comptaient parmi les plus fidèles sectateurs de Dickie. Et aux yeux de Culver, cela faisait d'eux une cible tout indiquée.

Si Culver ne cachait pas sa colère devant la destruction du bateau de pêche qu'ils prisaient tant, Ozzie paraissait à la fois le plus chagriné et le plus perplexe. En particulier, il avait du mal à croire que Skink ait pu commettre une telle atrocité contre eux, sans raison apparente. Depuis dix ans que l'homme des bois chevelu était venu vivre au bord du lac Jesup, Ozzie n'avait pas échangé plus de cinq mots avec lui, et encore. Les rares fois où Skink faisait une virée en ville, il achetait du bois de charpente, des fringues et des bouquins d'occasion à la Faith Farm – d'après les commérages de Mrs. Coot Hough – mais n'avait jamais franchi le seuil de leur magasin pour des leurres ou autres (malgré sa réputation de pêcheur hors ligne). Ozzie n'avait approché l'homme que les nombreuses fois où il avait dû faire une embardée pour l'éviter alors que, accroupi, il décollait des carcasses d'animaux du macadam sur la Gilchrist Highway ou la Route 22. La quasi-totalité des citoyens d'Harney était tombée un jour ou l'autre sur Skink et sa moisson de « victimes de la route », et, de l'avis général, il les bouffait, bien que nul ne puisse l'affirmer de facto. À ce qu'on savait, le seul individu à entretenir des relations amicales avec Skink était Jim Tile, le policier de la route. De temps à autre, des pêcheurs, depuis le lac Jesup, apercevaient Jim assis près du feu de camp de Skink, mais aucun ne le connaissait suffisamment pour le questionner. À vrai dire, personne à Harney, Blacks inclus, ne connaissait Jim Tile pas plus que Skink.

Ce qui explique pourquoi Ozzie fut si stupéfait d'entendre son frère lui annoncer qu'ils iraient rendre visite au flic de la route, dès leur retour.

– Il va nous filer des réponses, ce négro, affirma Culver.

– Chais pas, marmonna Ozzie.

Les affrontements, il n'était pas chaud pour ça. Culver non plus, en temps normal, mais l'assassinat de Dickie l'avait mis à cran. Il ouvrait sa grande gueule, jouait au méchant, comme parfois quand il avait bu.

Ozzie Rundell avait une excellente raison de ne pas vouloir se retrouver face à face avec Jim Tile : ce dernier était dans les parages de Morgan Slough, la nuit où Ott Pickney avait été tué, cette même nuit où Ozzie conduisait la camionnette de Tom Curl. Au moment où ils fonçaient pour quitter la piste, Ozzie avait reconnu le flic, qui était à pied. Il ignorait par contre si Jim Tile l'avait reconnu, lui. Ozzie avait supposé que non, puisque rien de catastrophique ne s'était produit les jours suivants, mais n'avait nulle envie de pousser plus loin le bouchon. Il sentait bien qu'il devait exposer à son frère les risques d'une visite à Jim Tile, mais comme d'habitude les mots refusaient de sortir. Le lendemain de la mort du journaleux, Ozzie avait assuré à Culver que tout s'était déroulé sans accroc dans le marécage sans faire allusion au flic black. Si Ozzie lui révélait maintenant la vérité, Culver serait furieux et Ozzie n'était pas d'humeur à se faire engueuler. Le seul semblant de protestation qu'il put émettre fut :

– Un flic de la route, c'est un représentant de l'ordre. Même si c'est un négro.

Culver tiqua.

– C'est ce qu'on va voir, dit-il.

Jim Tile vivait seul dans un deux-pièces sur Washington Drive, dans le quartier noir d'Harney. Au bout de trois ans de mariage, sa femme s'était tirée à Atlanta pour devenir top model. Jim Tile aurait pu la suivre, puisqu'on lui avait offert un très bon poste dans l'antenne du F.B.I. de Géorgie. Mais il avait choisi de rester dans la police de la route en Floride. Sa loyauté avait été récompensée par une affectation prolongée dans le comté le plus raciste et le plus arriéré de tout l'État. Arrêter une voiture pour excès de vitesse à Harney était automatiquement prétexte à un torrent d'insultes gerbantes – les Blancs détestaient Jim Tile parce qu'il était noir et les Noirs, parce qu'il faisait un boulot de Blanc. Les grossièretés n'avaient rien de surprenant et, si on lui crevait parfois en douce les pneus de sa voiture de patrouille, tard dans la nuit, ça allait rarement au-delà. Au cours de toutes ces années, un seul individu avait eu l'imprudence de se frotter à Jim Tile : un blanc-bec de dix-huit ans du nom de Dekle, taillé comme un Frigidaire et à peu près aussi intelligent. Dekle, roulant à fond la caisse dans une zone scolaire, avait écrasé un chaton avant d'être rattrapé par Jim Tile, qui le força à s'arrêter sur le bas-côté. À l'époque, Jim était depuis peu à Harney, et le gars Dekle ne se priva pas d'observer qu'il n'avait encore jamais vu de flic bamboula. Eh bien, c'est fait, répondit Jim Tile, maintenant tu te tournes et tu poses les mains sur le toit de ta bagnole. C'est alors que Dekle lui balança un coup de poing à assommer un bœuf et resta comme deux ronds de flan en voyant Jim fléchir à peine sur ses talons, alors que tout autre simple mortel aurait été aligné pour le compte et dans le cirage. Le pugilat fut bref, trente secondes à tout casser, et des années plus tard Dekle, dont le bras droit pendouillait encore comme un tire-bouchon, se baladait toujours à l'aide d'une canne spéciale en résine acrylique que sa mère avait achetée par correspondance à Tampa. Même en un lieu jamais à court de gnôle ni de crétinerie, nul à Harney depuis lors ne fut assez bourré ou assez chtarbé pour aller asticoter le flic black. Personne ou quasi, Ozzie Rundell compris, n'aurait même songé à le charrier.

Ils trouvèrent facilement l'appartement sur Washington Drive ; la Ford noir et sable, la voiture de police de Jim Tile, stationnait devant l'immeuble.

Culver gara la camionnette de sa mère. Il prit un pistolet sous le siège avant et le fourra dans le dos de sa salopette.

– C'est pour quoi faire ? demanda Ozzie d'un ton inquiet.

– Le quartier est pas sûr, Oz.

– J'entre pas là-dedans avec un flingue, fit Ozzie, d'une voix crispée. Pas ques !

– Comme tu veux, dit Culver. T'as qu'à rester ici dans le parking avec tous ces « y a bon Banania » qui zonent dans le quartier. Je suis sûr qu'ils vont adorer se faire un p'tit Blanc bien gras dans ton genre.

Ozzie, regardant autour de lui, vit que son frère avait raison. Les rues grouillaient de visages noirs, dont ceux d'ados basketteurs à la musculature terrifiante qui expédiaient des *dunks* à travers un anneau rouillé, cloué sur un poteau téléphonique. Ozzie décida qu'après tout il n'avait aucune envie de rester dans le pick-up. Il suivit Culver qui monta à l'appartement de Jim Tile.

Le policier de la route, son dîner terminé, se préparait à partir pour sa ronde de nuit. Il ouvrit la porte, vêtu du pantalon gris de son uniforme impeccablement repassé, mais sans sa chemise. Les frères

Rundell restèrent babas devant le gabarit de ses bras et de son torse.

Après avoir balbutié, Culver finit par dire :

– Faut qu'on parle du type qui vit au bord du lac.

– On a coulé notre bateau, gazouilla Ozzie, sans plus d'explication.

Jim Tile les fit entrer, leur désignant deux chaises dans le coin-kitchenette. Les frères Rundell s'y posèrent.

– S'appelle Skink, pas vrai ? dit Culver.

– Quel rapport ? demanda Jim Tile doucement. Entre l'homme du lac et votre bateau ?

Ozzie se lança, perdit le fil et regarda son frère pour qu'il vienne à son aide.

– On nous a dit que c'était Mr. Skink qui l'avait coulé, fit Culver.

– Il se trouve que Mr. Skink n'est pas en ville pour le moment, objecta Jim Tile.

– Ça s'est pas passé en ville, reprit Culver. Mais pendant un concours en Louisiane.

– Vous avez prévenu la police ? demanda Jim Tile.

– Pas encore, dit Culver.

Il avait voulu le faire, mais Thomas Curl avait dit que ce n'était pas une bonne idée, que la police serait trop occupée avec le meurtre de Dickie et que ça la foutrait mal de la déranger pour un bassier. En plus, le bateau avait été *repêché* et, d'après Thomas Curl, on pouvait le remettre en état. Ozzie avait dit banco, mais Culver n'avait pas aimé ça. Culver voulait un bateau flambant neuf et que le dénommé Skink le lui paie.

– Eh bien, si vous n'avez pas encore averti la police de Louisiane, je vous conseille de le faire, dit Jim Tile. Une fois en possession d'un mandat, l'un des adjoints du shérif Lockhart pourra aller l'arrêter au bord du lac Jesup.

Culver Rundell doutait fort que le shérif Earley Lockhart s'intéresse beaucoup au vol d'un bateau, surtout avec sa célébrité de neveu assassiné de frais en Louisiane. Earley s'était envolé pour La Nouvelle-Orléans deux jours après le meurtre et n'en était pas encore revenu. Avant son départ, le shérif avait informé emphatiquement *La Sentinelle d'Harney* qu'on avait requis sa présence et son aide pour l'enquête criminelle, mais en réalité les autorités de Louisiane avaient seulement besoin de quelqu'un pour rapatrier le corps dûment autopsié en Floride.

– C'est un problème juridictionnel, dit Jim Tile aux frères Rundell. J'peux vraiment pas vous aider.

– Vous pourriez nous emmener voir Mr. Skink, fit Culver.

– Et pourquoi ? Vous savez où il habite – allez-y vous-mêmes.

Aux oreilles d'Ozzie, la réponse de Jim Tile claqua comme une fin de non-recevoir. Mais Culver ne renonça pas.

– Pas question, fit-il. À ce qu'on dit, il a un gros calibre et il s'amuse à faire un carton sur les gens pour un oui pour un non. Il me connaît pas, ni mon frère, et il se pourrait bien qu'il nous canarde si on se ramène là-bas sans être annoncés. Vous, il vous connaît. Même s'il est aussi siphonné qu'on le dit, il flinguera pas une bagnole de flic.

Jim Tile ne se départit pas de son égalité d'humeur.

– Je vous répète qu'il est absent.

– Ben, y a qu'à aller voir.

– Non, dit Jim Tile en se levant. Je dois me rendre au travail.

– La camionnette de Môman, au fait, lâcha Ozzie. Faudrait p't-être qu'on y aille, Culver.

Culver jeta un coup d'œil ennuyé à son frère.

– De quoi tu parles, là ?

– Je me fais du souci pour la camionnette de Môman, là-dehors. Peut-être qu'on devrait y aller.

– T'inquiète pour la camionnette, fit Culver.

– Je sais pas trop, dit Jim Tile, écartant les lames des stores vénitiens. Le quartier est plutôt duraille.

Ozzie eut l'air frappé de terreur.

– Oh, on se calme, fit Culver d'un ton irrité.

Puis s'adressant à Jim Tile :

– Pourquoi vous voulez pas nous aider, vous ? À cause de ce salopard, j'ai paumé vingt mille dollars de matériel !

Jim Tile regardait toujours par la fenêtre.

– Alors comme ça, c'est la camionnette de votre mère ?

– La nôtre, elle est à la fourrière, là-bas, à La Nouvelle-Orléans, dit Ozzie.

– La rouge, dit Jim Tile.

– Ouais, grogna Culver, impressionné *in petto* que le flic se souvienne de la couleur.

C'est alors que Jim Tile demanda à Ozzie :

– Et la verte ?

Ozzie devint blême. Il papillota des paupières, comme s'il allait tourner de l'œil.

– Quelle verte ? fit Culver, lent à la détente.

– Celle que votre frère conduisait, il n'y a pas quinze jours de ça, sur la Gilchrist Highway, fit Jim Tile. Un matin, un peu avant l'aube.

– Quand ça ? hoqueta Ozzie. Ch'étais pas moi. Notre camionnette, elle est rouge.

– Vous étiez avec deux autres types, continua Jim. Et la camionnette était verte. Avec des plaques d'un autre État.

Culver saisit enfin sur quoi roulait la conversation. Il tenta d'aider Ozzie de son mieux, même s'il avait surtout une furieuse envie de l'étrangler.

– Je me souviens de ce jour-là, improvisa Culver tandis que son frère ouvrait des yeux comme des soucoupes. T'es allé pêcher avec d'autres gars dans le marécage. J'm'en souviens bien parce que t'as pris avec toi une paire de cannes à plug Shakespeare, plus quelques cuillères et jupes violettes Johnson, à la boutique.

Ozzie avait les lèvres couleur de craie. Il agita sa mâchoire inférieure de haut en bas avant d'arriver à dire :

– Ah ouais.

– J'm'en souviens bien, poursuivit Culver, parce que t'as pas voulu entendre parler d'appâts naturels, et c'est pas faute de te l'avoir dit. D'après toi, y avait trop de couvert, et t'as préféré pêcher à la traîne avec ces saletés de cuillères antiherbes.

Jim Tile boutonnait sa chemise.

– Alors, Ozzie, vous avez pris quelque chose avec les gars ? dit-il.

– M'ouais, fit Ozzie, avec un coup d'œil vers la porte, comme s'il s'apprêtait à se tirer en courant.

– Qu'est-ce que vous avez pris ?

– Notre camionnette, elle est rouge, fit Ozzie Rundell, se passant la langue sur les lèvres.

Ses épaules étaient agitées de soubresauts et, levant les yeux, il les garda fixés au plafond. Il gonfla les joues, comme s'il faisait des efforts pour péter.

– Pardon ? fit Jim, se baissant pour lacer ses chaussures.

– C'est la camionnette de Môman, là-dehors, fit Ozzie, d'une voix de fausset.

Il avait perdu les pédales, saisi d'une panique pleurnicharde des plus pathétiques. Culver hocha la tête de dégoût.

– Je vous demandais ce que vous aviez pris à Morgan Slough, insista Jim Tile.

Ozzie sourit, avec des bruits de bouche divers.

– Dickie m'a fait cadeau d'une boîte à pêche une fois, dit-il.

– O.K., ça va comme ça, l'interrompit Culver.

– Ozzie ? fit Jim Tile.

– Le jour de la camionnette ?

– La verte, oui.

– J'conduisais, c'est tout. J'ai noyé personne, moi.

– Bien sûr que non, fit Jim.

– Ça suffit, Oz, dit son frère. Maintenant tu la fermes, bordel.

Culver avait sorti son arme. La tenant à deux mains, il la braqua sur le cœur de Jim. Ce dernier baissa les yeux une seule fois, mais parut ne pas plus prendre garde au flingue qu'à la braguette de Culver si elle avait été ouverte.

– On y va, fit Culver la voix rauque, en chuchotant.

Mais Jim Tile se contenta d'entrer dans la chambre et de remettre d'aplomb son Stetson devant la glace.

– Tout de suite ! hurla Culver.

Ozzie, les yeux rivés sur l'arme de poing, se boucha les oreilles.

Jim Tile tendit la main vers sa bouteille d'eau de Cologne.

Culver explosa.

– Eh, négro, je te cause !

C'est alors seulement que Jim se retourna pour accorder au frère d'Ozzie une attention pleine et entière.

19.

Le bateau était un Aquasport de six mètres avec un moteur Evinrude de deux cents chevaux ; assiette souple, bonnes reprises, très rapide. Skink apprécia. Il apprécia tellement qu'il décida de ne pas le larguer après tout aux docks de Haulover, mais de lui faire remonter l'Intracoastal Waterway jusqu'au môle 66, à Fort Lauderdale. La matinée était d'un froid mordant et Decker aurait préféré faire le trajet en voiture, mais inutile de soulever le problème. Skink était à la fête, sa queue de cheval argentée tendue derrière lui comme une corde dans la brise. Au pont de Dania Beach, il abaissa la manette des gaz, se mit au ralenti, et l'Aquasport cabota en se traînant.

– Qu'est-ce qui se passe ? demanda Decker.

– On entre dans une zone à lamantins, dit Skink.

L'hiver venu, les lamantins géants migrent avec leurs petits pour se regrouper en état de léthargie dans les eaux tièdes et abritées de l'Intracoastal. Pendant la saison des lamantins, la loi oblige les plaisanciers à naviguer lentement, mais chaque année des dizaines de ces gentils mammifères sont heurtés et hachés menu par des touristes et des ados irresponsables. L'amende pour un délit de ce genre coûte à peine au contrevenant le prix d'une paire de Docksides neuves, ce qui est loin d'être dissuasif.

Au cours de ses derniers jours en poste, le gouverneur Clinton Tyree avait fait du lobbying pour durcir la loi. Dans sa version, quiconque tuait un lamantin voyait son bateau, grand ou petit, luxueux ou pas, réquisitionné sur-le- champ et était tenu en outre d'acquitter dix mille dollars d'amende s'il ne voulait pas purger une peine de quarante-cinq jours de prison ferme. L'amendement Tyree requérait aussi du tueur de lamantin qu'il enterre lui-même l'animal, lors d'une cérémonie publique.

De façon peu surprenante, la proposition du gouverneur fut discrètement repoussée.

Decker ignorait tout cela, aussi se montra-t-il quelque peu perplexe en voyant Skink épier d'un œil d'aigle un autre bateau, fonçant plein sud sur les eaux du canal, dans le demi-jour précédant l'aube. C'était une cigarette bariolée remplie de jeunes rentrant d'une fête bien arrosée. Skink, furieux, gesticula dans leur direction en leur criant de ralentir, de prendre garde aux veaux marins, mais les gamins se contentèrent de le fixer avec des yeux d'albinos – sauf le conducteur qui commit l'erreur fatale de faire le doigt magique à Skink. Par la suite, les filles de la cigarette devaient narrer à la patrouille maritime que leurs petits copains avaient gravement sous-estimé la carrure et le tempérament du hippie sur le retour, de même que la puissance de l'Aquasport. Si l'autre homme ne l'avait pas convaincu de les lâcher, dirent les filles, ledit has been aurait tué pour de bon leurs petits copains. À ce stade-là, seules les filles étaient en mesure de témoigner, car les garçons étaient encore examinés aux rayons X au Broward General Hospital pour voir s'ils n'avaient rien de cassé. Les médecins s'émerveillèrent qu'ils aient pu nager si loin après avoir subi un tel traumatisme.

Pour persuader Skink de cesser de rosser les « chauffards aquatiques », Decker dut lui laisser couler leur bateau, ce qu'il fit en tirant trois fois dans la coque. Puis, maintenant scrupuleusement l'Aquasport au ralenti, il gagna le goulet de Port Everglades, puis de là le môle 66, à nouveau à fond les manettes. À présent, Decker, frigorifié et trempé, vouait une reconnaissance éternelle aux puissances célestes de ne plus être sur l'eau. Ils rallièrent en taxi le Harbor Beach Marriott, prirent une chambre et s'endormirent comme deux masses – Decker vautré en travers du lit extra-large, Skink roulé en boule sur le sol. À midi, à peine réveillés, ils déclenchèrent leur téléphonite.

Jim Tile quitta son boulot – et donc la route – à neuf heures du matin. En rentrant chez lui, il se prépara quatre œufs pochés, trois grosses tranches de bacon canadien et un grand verre de jus d'orange frais. Puis après avoir retiré son pantalon, il entra dans la salle de bains et changea la compresse de la blessure par balle de sa cuisse droite. Il enfila ensuite un survêt gris, se fit un thé bouillant et s'assit avec le journal. Il accomplit tout cela sans adresser un seul mot aux frères Rundell, qui étaient toujours ficelés et bâillonnés sur le sol. À vrai dire, Culver n'en prit pas ombrage (il s'était évanoui de douleur plusieurs heures auparavant), mais Ozzie, lui, mourait d'envie de l'ouvrir. La terreur lui faisait perdre la tête.

– 'euzieur ? fit-il.

Jim Tile abaissa son journal, tendit la main et arracha la serviette enfoncée dans la bouche d'Ozzie.

– M'sieur, il est mort, mon frère ? Merci. Pour la serviette, j'veux dire, merci.

– Non, il n'est pas mort, ton frère, dit Jim.

– Qu'est-ce qu'il a qui va pas ? Il a la figure tout de traviole.

– Il a la mâchoire cassée, expliqua Jim. Et les doigts aussi.

C'était arrivé quand Jim lui avait arraché le pistolet, après que Culver, en lui tirant dessus, lui eut esquinté un uniforme en excellent état.

– Il a salement besoin d'un toubib, fit Ozzie d'un ton plaintif.

– Ah, pour ça oui.

Jim Tile n'avait pas prévu de briser la mâchoire de Culver en mille morceaux, il était fâché contre lui-même de ne pas y être allé de main morte. Culver ne rebavasserait pas de sitôt, si bien qu'à partir de dorénavant tous les renseignements devraient lui être fournis par Ozzie, l'un des p'tits Blancs les plus débiles et aux méninges les plus embrouillées de sa connaissance.

Culver gémit en tirant sur ses liens.

– Oh, bon Dieu, il est salement amoché, dit Ozzie.

– Ah, pour ça oui, renchérit Jim. Tu pourras l'emmener chez le docteur, après notre petite conversation.

– Promis ?

– Tu as ma parole.

– Culver, il va aller en tauie ?

– Ben, je sais pas. Tentative de meurtre sur un agent de la force publique, ça va chercher la prison à vie, ici en Floride. Voies de fait graves, utilisation d'une arme à feu lors de la perpétration d'un délit, etc. J'sais vraiment pas.

– Et moi ? demanda Ozzie.

– Oh, pour toi, c'est du pareil au même. T'es son complice, non ?

Les yeux d'Ozzie larmoyèrent.

– Môman, elle attend qu'on lui ramène la camionnette depuis un bon bout de temps.

– Elle va se faire des cheveux blancs, dit Jim Tile.

– On va pouvoir partir bientôt ?

Jim replia son journal et se pencha en avant.

– D'abord, tu vas répondre à quelques questions.

– O.K., mais allez-y lentement.

– C'est Dickie Lockhart qui vous a poussés à buter Bobby Clinch, les gars ?

– Mais non, merde ! C'est pas nous, je le jure.

Le nez d'Ozzie coulait comme une fontaine.

– J'aimais bien Bobby, Culver aussi...

– Alors qui l'a tué ? demanda Jim Tile.

– Chais pas, fit Ozzie en reniflant fortement, pour éviter que la morve ne lui dégouline dans la bouche.

« Aucune idée, fit-il.

Jim Tile le crut.

– Parle-moi de Mr. Pickney, fit-il.

– Qui ça ? Éclairez ma lanterne.

– Le type qui jouait Tony Tatou au lycée.

– Ah, le journaliste, fit Ozzie. J'ai pas noyé personne, moi, m'sieur.

– Alors qui l'a fait ?

Culver émit un gargouillis, ouvrit les yeux – dont on ne voyait que le blanc – avant de les refermer lentement.

Ozzie s'écria, pleurnichant à moitié :

– Faut qu'on retourne la camionnette à Môman.

– Alors dis-moi tout sur Morgan Slough.

Jim Tile porta une tasse de thé aux lèvres d'Ozzie Rundell. Ce dernier lampa une gorgée bruyamment, ravala sa salive et se mit à table. Jim Tile, calé confortablement sur son siège, l'écouta en réservant ses questions pour la fin. Il se disait que la moindre interruption plongerait Ozzie dans une confusion sans rémission.

– O.K., quelques jours après la mort de Bobby Clinch, Tom et Lemus, ils sont passés à la boutique prendre un café. Ils nous ont raconté comment quelqu'un voulait faire porter le chapeau à Dickie, sauf que c'était un accident – même Pembroke le toubib, il l'a dit. Mais alors Tom et Lemus, ils ont dit que quelqu'un, il est allé au journal avec un bobard tout fabriqué comme quoi c'est Dickie qu'a tué Bobby, et que maintenant y a ce privé de Miami qui pose partout des questions sur Bobby et ce qui s'est passé à Coon Bog. Culver, il a demandé qui voudrait poisser Lockhart comme ça, mais Tom, il a dit que les mecs jaloux de Dickie, y en avait des mille et des cents qui, aussi sec, essayeraient que ça ressemble à ce que Bobby, il a surpris Dickie en train de tricher dans un concours ou l'autre. Alors Culver, il entend tout ça et il commence à se faire du mouron parce que juste avant que les Curl, ils rappliquent, ce mec journaliste, il était là à poser des questions sur le bateau de Bobby, l'enterrement et le reste... vu qu'ils ont scié son Ranger pour lui en faire un cercueil. Mister Pique du Nez, il a l'air vachement intéressé quand Culver lui dit que c'est chez Larkin qu'on l'a menuisé. Le type, il fait merci et il s'en va. Bordel, quand Tom et Lemus, ils entendent ça, ils disent qu'il faut aller chez Larkin tout de suite. Culver était occupé avec des clients, alors il me dit de m'y rendre en camionnette, ce que je fais. En route, Tom et Lemus me disent que si on fait pas vite quelque chose, y aura un grand article dans le journal qui racontera comment Dickie a assassiné Bobby Clinch, on sait tous que c'est pas vrai, mais Dickie sera foutu quand même et il perdra son émission à la télé. Ils me disent qu'il vaut mieux l'empêcher ce type et moi je leur fais ouais, mais c'était avant que je sache ce qu'ils voulaient dire. Ce qu'ils voulaient dire par empêcher. J'peux avoir encore du thé, m'sieur ?

Jim Tile tendit la tasse à Ozzie.

– La camionnette verte, c'était celle de Tom et Lemus, dit Ozzie.

– Oh, fit Jim.

– Bref, on arrive chez Larkin et on trouve le mec derrière près du conteneur à ordures. Ott Pique du Nez. Je l'ai reconnu tout de suite, alors Lemus, il me fait : C'est ce type-là ? Et je lui fais : Ouais, c'est lui.

Ozzie marqua une pause.

– J'suis monté à l'arrière de la camionnette, la verte.

– Et Mr. Pickney est monté devant ? Entre les deux Curl ? fit Jim Tile.

– Oui, m'sieur. Y a un camp de chasse au daim sur le domaine Sumter. C'est à vingt bornes ou à peu près. On l'a emmené là le reste de la journée. Vous savez, j'croyais qu'on allait juste lui poser des questions.

– Alors t'as vu quoi, Ozzie ? dit Jim Tile.

– Moi, je suis resté dans la camionnette, vous savez.

– Alors, t'as entendu quoi ?

Ozzie baissa les yeux.

– Chais pas, merde. Des cris, surtout...

Les mots se bousculaient lentement, comme à la traîne. Jim Tile imagina les cellules grises d'Ozzie en train d'éclater comme du popcorn dans son cerveau enfiévré.

– Ott, il leur a dit quoi ? demanda le flic de la route.

– On a fait du feu, on a bu de la bière, on s'est endormis. Trois heures avant le jour, on est partis pour Morgan Slough.

– Mr. Pickney vivait encore ?

– Il leur a dit presque rien, d'après Tom et Lemus.

Ozzie déraillait de nouveau, ne répondant plus aux questions de Jim Tile dans l'ordre.

– T'as servi de chauffeur, c'est tout ? fit Jim Tile.

– Il vivait encore quand on est arrivés là-bas. On lui avait démoli le portrait, mais il était vivant. Vous savez, j'croyais qu'ils allaient le laisser partir, qu'ils en avaient fini avec lui. Tom et Lemus, ils m'ont dit de rester dans la camionnette et j'ai obéi. Mais ça caillait et je comprenais pas pourquoi ça mettait tant de temps. Finalement, je suis sorti pisser et c'est là que j'ai entendu le plouf.

– T'as rien vu du tout ? fit Jim Tile.

– C'était un vachti grand plouf.

Ozzie éternua et son nez évacua de nouvelles mucosités.

– Pour tout dire, je tenais pas vraiment à regarder.

Jim Tile délia les poignets et les chevilles d'Ozzie, puis l'aida à se relever. À eux deux, ils transportèrent Culver jusqu'au pick-up où ils l'allongèrent sur la plate-forme. Ozzie remonta l'abattant arrière. Jim Tile alla prendre un oreiller et une couverture de rechange dans son appartement.

– Je crois que tu ferais mieux de l'emmener à l'hosto de Melbourne, conseilla Jim à Ozzie. Y a personne en ville qui peut lui remettre sa mâchoire d'aplomb.

Ozzie opina du chef, maussade.

– Faut que j'passe chercher Môman à la maison.

Il monta dans la camionnette et mit le contact. Jim Tile se pencha à la vitre de la portière, côté conducteur.

– Ozzie, fit-il, t'as bien compris ce qui se passera si tu m'obliges à t'arrêter ?

– Culver, il ira en taule, dit Ozzie, tristounet.

– Jusqu'à sa mort. Quand il commencera d'aller mieux, je compte sur toi pour le lui rappeler, hein ?

– Oui, dit Ozzie. Il voulait pas vous tirer dessus, m'sieur, j'vous jure.

– Bien sûr que si, fit Jim. Mais j'ai l'intention de passer l'éponge, à condition que je vous trouve plus dans mes pattes pendant un bout de temps, les gogols.

Ozzie faillit mouiller son froc de soulagement. Il s'en moquait même que le Black les ait traités de *gogols*. Au fond, Ozzie était heureux d'être encore en vie. Le flic aurait pu les descendre tous les deux et s'en tirer les doigts dans le nez, et pourtant voilà qu'en bon chrétien il les laissait partir.

– Juste un service encore, fit Jim Tile, appuyant son bras noir comme du charbon à la portière de la camionnette.

– Oui ? dit Ozzie.

– Où je peux trouver Thomas Curl ?

Richard Clarence Lockhart fut enterré le 25 janvier au cimetière de Notre-Dame-de-Tropicana, à la sortie d'Harney. Il y avait relativement peu de monde, vu la célébrité et l'importance de Dickie dans le comté, mais cette maigre affluence s'expliquait aisément. À la suite d'une coïncidence malheureuse, le jour des funérailles tomba celui de l'ouverture de l'As du Bass Classic du lac Okeechobee, si bien que la plupart des amis et collègues de Dickie étaient partis à la pêche. Dickie leur pardonnerait sûrement, avait pouffé le pasteur, d'autant plus qu'au concours on exigeait un droit d'inscription non remboursable de deux mille dollars par bateau.

Dickie Lockhart fut enseveli dans un beau cercueil en noyer, et non dans un bassier. Le corbillard fut escorté par trois voitures de police jusqu'à Notre-Dame-de-Tropicana ; l'une d'elles était conduite par Jim Tile, point trop ravi de se trouver là. Le cercueil de Dickie Lockhart était déjà scellé quand on prononça son panégyrique : l'entrepreneur de pompes funèbres avait vu ses efforts de chirurgie plastique frustrés au dernier degré en échouant à retirer la fameuse Double Turlutte de la lèvre de Dickie ; si, dans la moiteur de la morgue de La Nouvelle-Orléans, l'hameçon du leurre s'était terni, la peau de Dickie, elle, avait durci. Plutôt que d'abîmer davantage le faciès du trépassé, l'entrepreneur s'était contenté de conseiller aux sœurs de Dickie de garder le cercueil scellé et de se souvenir de leur frère tel qu'il était de son vivant.

Ozzie Rundell leur en fut extrêmement reconnaissant. Il n'aurait pas supporté d'avoir un dernier aperçu de son idole assassinée.

Culver Rundell, lui, n'assista pas à la cérémonie, puisqu'il était hospitalisé, avec onze mètres linéaires de fil d'acier inoxydable dans les maxillaires. De la part de Culver, le magasin d'articles de pêche avait commandé un arrangement floral spécial que couronnait un poisson en céramique. Malencontreusement, ledit poisson était un marlin bleu, et pas un bass à grande bouche, mais lors des funérailles nul ne fut assez grossier pour le relever.

Le révérend Weeb n'assista pas à l'enterrement non plus, mais au nom du Canal Chrétien de Plein Air, il expédia une gerbe de glaïeuls de deux mètres de haut portant un ruban blanc où on lisait : « Ligne tendue, vieil ami. » Ce fut le clou de la cérémonie devant la sépulture, mais le meilleur était encore à venir. Le lendemain matin, à l'issue de la diffusion dominicale de *Jésus à domicile*, Charlie Weeb se fendit d'une bénédiction à la toute spéciale intention de l'âme de son cher, si cher ami, Dickie Lockhart, plus grand pêcheur de bass d'Amérique devant l'Éternel. Puis le visage de Dickie vint remplir l'immense écran qui dominait le pupitre et l'assemblée des fidèles entonna comme un seul homme en play-back la version Johnny Cash de *Plus près de Toi, mon Dieu*. À la fin du cantique, tout le monde pleurait, Charlie Weeb compris, lui qui avait si souvent traité Dickie Lockhart en privé d'empaffé et de sale nouille à cervelle de petit pois.

Vingt-cinq minutes après la fin de son émission religieuse, une fois le public payé, le révérend Weeb gagna sans se presser une *skybox* au stade du Superdome, louée pour la grande conférence de presse. Si Charlie Weeb fut déçu par la maigre représentation des médias, il se garda bien de le montrer. Il arborait son sourire dents blanches et un costume crème à pochette prune. À ses côtés se tenait un type mince et bronzé, au cheveu châtain frisé et au sourire sympa plein d'incisives. Au premier abord, il rappela à certains photographes l'acteur Bruce Dern, or ce n'était pas lui. Mais Eddie Spurling, le pêcheur.

– Messieurs, dit Charlie Weeb, sans sortir de son rôle, vous fais-je l'effet d'un homme heureux aujourd'hui ? Eh bien, c'est que je le suis. C'est avec plaisir que je vous annonce qu'à partir de cette semaine, Eddie Spurling sera le nouvel animateur de *Fish Fever*.

Seuls deux journalistes de la presse écrite étaient présents, mais Weeb attendit patiemment qu'ils aient fini de noter la grande nouvelle sur leur calepin à spirale avant de continuer ainsi :

– Comme vous ne l'ignorez pas, il y a belle lurette qu'Eddie présente avec succès sa propre émission de pêche au bass sur une chaîne concurrente. Nous sommes d'autant plus ravis de le leur avoir fauché que cela signifie – depuis hier – que soixante-quatorze stations câblées indépendantes supplémentaires se brancheront sur le Canal Chrétien de Plein Air lors de la saison de pêche prochaine.

Charlie Weeb s'autorisa une brève pause théâtrale.

– Et laissez-moi ajouter que même si Dickie Lockhart et sa façon unique d'aborder ce sport de plein air vont nous manquer à tous, je suis certain que ses fans jugeront Eddie Spurling tout aussi passionnant, tout aussi instructif, et trouveront tout aussi amusant d'aller à la pêche avec lui, chaque semaine. Est-il utile de préciser à quel point nous tous, membres de la grande famille du C.C.P.A., sommes enchantés !

Eddie fit un pas en avant, portant la main à la visière d'une casquette invisible. Il avait l'air plutôt content de lui, mais avait de bonnes raisons de l'être. Janvier avait été un mois fabuleux. Sans remporter un seul concours de bass, il avait doublé à la fois le montant de son salaire et son audience télé au plan national, et il avait aussi raflé le contrat à six zéros de représentant exclusif des produits Super Glande. Le package Super Glande – presse écrite, télévision, affichage et spots radio – était convoité par tous les professionnels du circuit de la pêche au bass, pactole dont le seul Dickie Lockhart avait joui en exclusivité, au cours des cinq dernières années. Après la mort brutale de Lockhart, le staff de Super Glande avait besoin d'une nouvelle star. Le choix s'imposait avec la force de l'évidence ; l'agence de pub ne se donna même pas la peine d'auditionner des candidats. Désormais, la moindre bouteille de Bass Boléro, Maquereau Musc ou Poisson Chat Spermatic arborerait l'effigie souriante d'Eddie Spurling le « Rapido ».

– Des questions ? demanda Charlie Weeb.

Les journalistes échangèrent un coup d'œil. Chacun d'eux songeait qu'en regagnant la salle de rédaction il ferait la peau au chef de rubrique qui l'avait mis sur ce coup foireux.

– J'ai gardé le meilleur pour la fin, dit Weeb. Apportez le visuel, les filles.

Deux jeunes femmes en maillots de bain opalescents pénétrèrent dans la pièce, portant une immense coupe en plaqué or. Le trophée plafonnait facilement à un mètre cinquante du sol. Aux quatre coins de son socle, des figurines de pêcheur, armés de cannes arquées à des angles divers, livraient un combat mythique. Un authentique bass à grande bouche couronnait le trophée in extenso. Comme bass, il n'avait rien d'un *hawg*, mais posé en équilibre sur le trophée, il n'en faisait pas moins un effet bœuf.

– Et voilà ! fi le révérend Weeb.

– Qu'est-ce que vous avez remporté pour le mériter ? demanda l'un des journalistes à Eddie Spurling.

– Je ne l'ai pas mérité, dit Eddie le « Rapido ». Pas encore.

– Rapprochez-vous, messieurs, et lisez ce qui est écrit sur le socle, dit Charlie Weeb. C'est probablement le plus grand trophée que la plupart d'entre vous aient jamais vu, y compris Eddie, qui en a pourtant gagné de joliment grands.

– Pas d'aussi grands, s'extasia Eddie Spurling.

– Et tu te goures pas, fit Weeb. Parce qu'y a jamais eu plus grand et qu'il ira au vainqueur du plus grand concours qui ait jamais eu lieu. Dans trois semaines exactement, messieurs, en lisière des légendaires Everglades de Floride, cinquante des meilleurs basseurs mondiaux s'affronteront pour un premier prix de deux cent cinquante mille dollars.

– Oh putain, lâcha l'un des journalistes.

Enfin de la copie.

– Ce sera le concours le plus richement doté de tous les temps, continua Charlie Weeb, l'air radieux. Le Dickie Lockhart Memorial As du Bass Classic.

– Qui se tiendra à Lunker Lakes, précisa Eddie Spurling.

– Ah oui, c'est vrai, fit le révérend Weeb. Comment ai-je pu oublier cela ?

20.

García était claqué. Il était debout depuis six heures du matin et, même après quatre tasses de café, il avait encore un goût de polystyrène moisi sous la langue. Son épaule gauche H.S., qui réclamait du Percodan à cor et à cri, dut se contenter de banales aspirines, qu'il avala quatre par quatre. C'était l'une de ces journées où il se demandait pourquoi il n'avait pas pris sa retraite pour invalidité à cent pour cent, qu'il serait allé paisiblement couler à Ocala ; l'une de ces journées où tout, et tout un chacun, à Miami le faisait chier jusqu'à l'os. La péagiste du Causeway, par exemple, qui lui avait arraché le billet d'un dollar des mains – une saleté de biffeton, juste pour le plaisir sans égal d'emprunter le Rickenbacker pour gagner Key Biscayne. Et l'autre, le portier de la tour résidentielle Mayan : *Pouvez me présenter une pièce d'identité, s'il vous plaît* ? Et une plaque de sergent, ça te va, connard ? Le problème c'était que ce portier – vêtu d'un uniforme de larbin, anthracite, qui avait dû coûter dans les quatre cents billets verts –, ce portier, donc, avait travaillé pour cet enfoiré de Somoza. Avec pour sale habitude de fracasser le crâne des paysans sous l'égide de la Garde nationale nicaraguayenne. García avait beau savoir ça, il avait dû néanmoins obtempérer, se fouiller pour dénicher son badge *et* son permis de conduire, avant que le gorille n'accepte de lui livrer le passage.

Pour couronner le tout, le plein aux as qu'il devait censément interroger était venu lui ouvrir la porte, affublé d'un de ces strings de pédé, rouge pomme d'api, qui vous donne l'impression qu'on a un python entre les jambes.

– Entrez entrez, sergent, dit Dennis Gault. Dites-moi tout.

– Tout quoi ?

García jeta un regard à la ronde avant de s'asseoir. Bel appartement, ma foi. Moquette épaisse et moelleuse – risquait pas de s'esquinter les genoux pendant ses ébats, l'étalon. Super vue sur l'Atlantique, aussi. Devait aller chercher dans les un million trois facile, songea García. Impossible de s'acheter un chiotte sur l'île à moins de deux cent cinquante mille.

– Tout sur Decker – vous ne l'avez pas arrêté ? dit Gault.

– Pas encore.

– Jus de pamplemousse ? D'orange, peut-être ?

– Du café, si vous en avez, répondit García. Vous alliez à la plage ?

– Non, dit Gault. Au sauna.

Après avoir versé du café à García, il ajouta :

– J'ai cru que c'était la raison de votre visite – Decker, je veux dire. Je pensais que vous l'auriez retrouvé à l'heure qu'il est, vous autres.

Vous autres. C'est ça, aggrave ton cas, songea García.

– On a failli le serrer, hier au soir, mais il a filé.

– Filé ? répéta Gault en écho.

– Autrement dit, il nous a échappé, fit García. Il a volé un bateau et s'est tiré à travers la baie. Le temps qu'un hélico décolle, c'était trop tard.

– Si j'entends bien, on dirait que vous avez merdé, les gars.

– On préfère penser que ce n'est que partie remise.

García sourit.

– Très bon, le café. C'est du colombien ?

– Ouais, fit Dennis Gault, expédiant une giclée de vodka dans son jus de pamplemousse.

– La raison de ma venue, fit García, c'est que j'ai besoin de savoir tout ce qui s'est passé entre vous et Decker.

Gault s'assit en tirant avec irritation sur son string cerise. García imagina sans peine qu'il devait lui rentrer dans la raie.

– Eh merde, râla Gault, je me suis payé un vol jusqu'à La Nouvelle-Orléans pour faire ma déposition. Combien de fois va-t-il falloir que je me répète ?

– J'ai lu votre déposition, Mr. Gault, fit García. Rien à redire, mais elle est plutôt succincte. Or, voyez-vous, comme je m'occupe de l'affaire sous l'angle Miami, j'ai besoin de quelques détails supplémentaires.

– Du genre ?

– Comment se fait-il que Decker vous ait choisi, vous ?

García admirait sa tasse à café vide. Ça avait tout l'air d'être de la vraie porcelaine.

– Je n'ai jamais tenu secrets mes sentiments envers Dickie Lockhart, sergent, dit Gault. Je suis sûr que Decker a parlé à des pêcheurs, a entendu les histoires qui circulaient. Après avoir pris ces photos, logique que son choix se soit porté sur moi comme acquéreur potentiel – il savait que je détestais Dickie, savait que je rêvais de le voir discrédité. De plus, il n'ignorait pas que j'avais les moyens et que je pouvais y mettre le prix, si grotesque fût-il.

J'avais les moyens. García était aux « fanges ».

– Il vous a dit tout ça, Decker ?

– Non, je ne me souviens pas qu'il m'en ait parlé. Vous m'avez demandé comment il a jeté son dévolu sur moi, tout ce que je vous dis c'est que c'était pas très difficile.

– Comment vous a-t-il contacté la première fois ? demanda García.

– Il m'a appelé.

– Votre secrétaire vous l'a passé comme ça, directo ?

– Non, évidemment, fit Gault. Il a laissé un message. Il en a laissé une bonne vingtaine, alors j'ai fini par en avoir marre et je l'ai pris au téléphone.

– Très bien, fit García.

De la poche intérieure de la veste de son costume tabac, il fit apparaître un petit carnet où il inscrivit quelque chose.

– Une vingtaine de messages – votre secrétaire doit se rappeler son nom, c'est forcé, vous ne croyez pas ? Elle a probablement noté son numéro quelque part sur un éphéméride. Un simple bout de papier peut nous aider.

– Je ne sais plus trop, reprit Gault. Ça fait des semaines de ça, elle l'a probablement jeté depuis.

García resta avec son carnet ouvert sur les genoux pendant que Gault lui redéballait son histoire selon laquelle Decker avait exigé cent mille dollars pour des photos montrant Dickie Lockhart en train de truander.

– Je l'ai traité de dingue, fit Gault. Et je lui ai dit d'aller se faire foutre.

– Mais vous avez vu les photos.

– Ouais, et c'était bien Dickie trafiquant avec des nasses, sur un lac, Dieu sait lequel. Plus illégal, tu meurs.

– Alors pourquoi vous ne les avez pas achetées ? demanda García.

– Pour des raisons évidentes, voilà pourquoi, fit Gault, feignant de se sentir insulté.

– Trop chères, reprit García. C'est la seule raison qui saute aux yeux.

– Oublions le fric. Ça n'aurait pas été bien.

– Pas été *bien* ?

– Ne me regardez pas comme ça, dit Gault. On dirait que je vous fais l'effet d'un délinquant de bas étage.

Pire, peut-être, songea García, déjà convaincu que Dennis Gault mentait. Le problème était : jusqu'à quel point ?

– La petite lettre, celle où il vous réclamait cent mille dollars..., commença l'inspecteur.

– Je l'ai donnée aux flics de La Nouvelle-Orléans.

– Oui, je sais. Mais je me demandais ce que Decker voulait dire... vous vous souvenez, il employait le mot « tarif ». Comme s'il s'agissait d'une affaire, en fait. Il a écrit « mon tarif passe à cent mille, à partir de maintenant », ou un truc comme ça.

– Eh merde, j'ai parfaitement compris ce qu'il voulait dire, moi ! s'exclama Gault.

– Évidemment, mais je réfléchissais... pourquoi ne pas avoir utilisé le mot « prix » ? Après tout, il négociait le prix de ces photos, n'est-ce pas ? Ça m'a paru drôle d'aller choisir ce mot.

– Pas à moi, persista Gault.

– Quand vous a-t-il remis cette lettre ?

– Le jour même où il m'a montré les photos, ça devait être le 7 janvier.

Gault se leva et passa dans la salle de bains. Il revint, ayant jeté un peignoir éponge à monogramme sur son string rouge a minima. Il faisait plus frais dans l'appartement.

– Quand je lui ai dit d'aller se faire voir, Decker a couru trouver Lockhart et a joué le tout pour le tout. Du chantage en bonne et due forme : tu casques ou je file les photos à mes potes du journal. Et Dickie a payé, naturellement – ce pauvre abruti n'avait pas le choix.

– D'où tenez-vous tout ça ? s'étonna García.

Gault ricana en se tapant sur les cuisses.

– De la bouche même de Decker ! s'exclama-t-il. Il a tout raconté à ma sœur Elaine. Il se trouve qu'il la baisait – La Nouvelle-Orléans vous a rencardé, j'en suis sûr. Bref, Decker a dit à Elaine qu'il avait extorqué trente mille dollars à Dickie avant que ce dernier ne ferme le robinet. Pendant le concours, Decker est allé trouver Dickie à ce sujet et vous avez vu le résultat.

– À vous entendre, Decker n'est pas très malin.

– Alors pourquoi vous ne l'avez pas encore coincé ?

– Ce que je voulais dire, fit García sans se démonter, c'est que ce n'était pas très malin de sa part d'aller blablater toutes ces conneries à votre sœur.

Dennis Gault eut un haussement d'épaules et se leva.

– Vous savez comment c'est – au plumard on dit tout et n'importe quoi. En plus, vous ne connaissez pas Elaine. Parler est l'une des deux choses qu'elle aime le plus faire au monde.

Gault coula vers García un regard entendu, très fraternité de vestiaire. Ce dernier se dit que c'était vraiment la classe, un milliardaire maquereautant sa propre sœur. À chaque minute qui passait, la personnalité du sieur Gault devenait de plus en plus sujette à caution aux yeux de l'inspecteur de la crime.

– Peut-être que Decker a simplement dit ça pour se vanter, fit-il.

– Pour se vanter ou pour passer le temps, en attendant que sa queue reprenne du poil de la bête, j'en sais rien. Peu importe la raison, c'est ce qu'il a dit à Elaine.

Gault ramassa la tasse à café de García.

– Et l'acolyte de Decker, ce dingue de Skink ?

– Nous ignorons même son vrai nom, dit García.

– Il est bon pour la camisole, je parle en connaissance de cause. Dites à vos gars de se tenir à carreau.

– Et comment ! fit García, se levant à son tour. Merci pour le café. Votre aide m'a été très précieuse.

Gault raccompagna l'inspecteur jusqu'à la porte, triturant la ceinture de son peignoir entre ses doigts.

– Vous voyez, je ne portais pas Dickie Lockhart dans mon cœur. S'il avait été victime de tout autre chose, d'un accident d'avion, d'un cancer de la prostate, du sida, je n'aurais pas bronché. Et merde, j'aurais fait une fête à tout casser. Mais un meurtre – même un enfoiré de tricheur comme Dickie ne méritait pas d'être assassiné de sang-froid. C'est pour ça que je suis allé trouver la police.

– Question de civisme, en quelque sorte, dit García.

– Je ne vous le fais pas dire.

Avant de dire au revoir, Gault eut une idée lumineuse, histoire de terminer l'entretien sur une note légèrement sympa.

– Vous venez de Cuba, hein ? lança-t-il à García.

– Ça fait un sacré bail.

– Au sud de La Havane, ça pêche dur. Castro *himself* est un fana de bass à grande bouche. Vous le saviez ?

– J'ai dû lire ça quelque part.

– Ça fait des années que je magouille pour obtenir une invitation, mais c'est vachement coton, vu ma position. Je suis dans le bizness du sucre, comme vous le savez. Le Barbu en chef ne nous envoie pas beaucoup de billets doux.

– Ben ouais, vous êtes la concurrence, dit García.

– N'empêche, je rêve d'aller taquiner le bass cubain. On m'a parlé de *hawgs* de seize à dix-huit livres. Comment s'appelle ce fameux lac, déjà ?

– J'ai oublié, dit García.

– Vous pêchiez beaucoup quand vous viviez encore là-bas ? demanda Gault.

– J'étais tout gamin, répondit García. Mais mon grand-oncle pêchait un peu.

– C'est vrai ?
– Le mulet.
– Oh.
– Il a vendu des appâts pour le marlin à Hemingway.
– Sans déconner ? s'exclama Gault.
Maintenant, il était impressionné.
– J'ai vu un film sur Hemingway, dit-il. Le type de *Patton* jouait dedans [1].
De retour au commissariat, García s'installa à son bureau et glissa une cassette dans un lecteur portable. On avait écrit au crayon la date du 7 janvier sur l'étiquette de la cassette. C'était l'une des trois qu'utilisait Decker pour son répondeur. García les avait récupérées dans la caravane après avoir obtenu un mandat de perquisition.
Il ferma la porte de son bureau, tourna le bouton du volume jusqu'au numéro dix sur le cadran. Puis, allumant une cigarette, il appuya sur la touche Play.
Après quelques secondes de bande crachouillante, s'égrena une série de sonneries de téléphone. La quatrième fut interrompue par un déclic métallique et la voix de Decker : « Je suis absent pour le moment. Prière de laisser un message après le bip. »
Le premier était celui d'une femme : « C'est moi, Rage. James est encore parti en voyage et j'ai une forte envie de pâtes. Chez Rita, à neuf heures, ça te dit ? »
García nota dans son carnet : *Son ex.*
Le second était celui d'une autre femme : « R.J., c'est Barbara. Désolée de t'avoir décommandé l'autre soir. Si on prenait un verre tout à l'heure pour rattraper ça ? »
García écrivit : *Nana quelconque.*

1. Il s'agit de *Islands in The Stream (L'Île des adieux)*, tourné en 1977 par Franklin J. Schaffner et interprété par George C. Scott ; par ailleurs, respectivement, metteur en scène et acteur en 70 de *Patton*, le film *(N.d.T.)*.

Le troisième message était celui d'un homme : « Mr. Decker, mon nom ne vous dira rien, mais on m'a donné le vôtre. J'ai besoin d'un détective privé et vous m'avez été chaudement recommandé. Appelez-moi dès que possible – je vous garantis que vous ne perdrez pas votre temps. Mon numéro est le 555-3400 et mon nom, Dennis Gault. »

Dans son calepin, García consigna : *Sale con.*

Decker et Skink ne quittèrent pas leur chambre d'hôtel de plusieurs jours. Ils attendaient que les choses se tassent. Decker, qui avait fait de son mieux au téléphone, brûlait de se remettre en branle. De son côté, Skink, replié sur lui-même dans un accès de mélancolie léthargique et silencieuse, ne manifestait nulle envie de faire quoi que ce soit ni d'aller où que ce soit.

L'après-midi de l'arrivée de Catherine, Skink revint enfin brièvement à la vie. Il sortit se planter sur la plage, d'où il commença à canarder les avions de ligne amorçant leur atterrissage à l'aéroport Fort Lauderdale-Hollywood.

Catherine se pointa munie d'une brochure de souscription récente, émanant du Canal Chrétien de Plein Air, répertorié à la bourse de New York comme Can. Chre. de Plein Air. Decker ne touchait pas sa bille en matière boursière, aussi avait-il appelé un journaliste de ses amis à la rubrique financière du *Miami Sun*. Ledit ami, se livrant à une petite enquête sur le C.C.P.A. grâce à l'ordinateur de la salle de rédaction, avait déniché d'intéressantes infos, que Catherine avait glanées avant de quitter Miami. D'après le dossier de presse, la rapide expansion du C.C.P.A. sur le marché du câble de la Sun Belt [1] avait provoqué un afflux de capitaux frais, capitaux que le révérend Weeb et ses

1. Expression désignant les États du sud et du sud-ouest des États-Unis *(N.d.T.)*.

conseillers financiers se hâtaient de réinvestir au petit bonheur dans l'immobilier floridien. La brochure, qui faisait référence à plusieurs reprises – et ce, de façon très alléchante – à « un nouveau projet immobilier sur front de mer, sensationnel, ciblant comme acheteurs potentiels les foyers à moyens revenus », passait sous silence le lent processus tortueux et quelque peu ténébreux grâce auquel Lunker Lakes avait contourné toutes les réglementations de l'occupation des sols connues de l'humanité. Par exemple, les termes « dessous-de-table » ou « com » ne figuraient nulle part dans le texte. Les articles du journal insistaient lourdement sur cet aspect de ce projet controversé et, en fait, c'était le seul angle qui parut intéresser Skink. Il demanda où se situerait exactement Lunker Lakes, puis arracha coupures de presses et brochure des mains de Decker pour les lire attentivement.

Cela fait, il s'enfonça le bonnet de douche à fleurs sur le crâne et, marmonnant une vague excuse, s'en alla faire le guet sur la plage. Le premier jet à la survoler fut un 727 de la Eastern en provenance de La Guardia, le second, un DC-10 d'United Airlines arrivant de Chicago via Saint Louis, le troisième, une navette de Bahamas Air rapatriant de Freeport les flambeurs d'un jour. Aucun des gros porteurs ne piqua du nez ni même ne prit feu, bien que Skink restât persuadé de leur avoir allumé la carlingue à une ou deux reprises. Le bruit des détonations fut noyé sous le rugissement des réacteurs et le beuglement « heavy métallisé » de Bon Jovi, craché par le ghetto-blaster d'un ado branchouille. Au total, Skink déchargea onze fois le Browning neuf millimètres, avant d'apercevoir la Jeep des gardes-plage, fonçant à toute allure dans sa direction. La Jeep étant encore à plus d'un kilomètre, Skink eut pleinement le temps de regagner l'hôtel au petit trot, de se planquer dans l'un des chiottes du hall d'entrée et de retravailler son look.

Il rentra dans la chambre, bonnet de douche et lunettes de soleil en poche, l'imper fluo plié sous le bras, et ayant dissimulé sa longue natte sous sa chemise, dans son dos. Decker lui demanda ce qui se passait et Skink le lui dit.

– Excellent, fit Decker. Voyons voir : si je compte bien, nous sommes maintenant recherchés par la police métropolitaine de Dade County, la police de la route, la police maritime, sans oublier la Federal Aviation Administration et le F.B.I. J'oublie quelqu'un ?

Skink se laissa glisser par terre, apathique.

– R.J., faut que tu l'évacues de la ville, dit Catherine.

– Mon père, paix à son âme, serait rudement fier de savoir qu'il a mis au monde un fugitif, fit Decker. C'est pas à la portée du premier agent du F.B.I. venu.

– Pardon, dit Skink.

C'était la première fois que Decker l'entendait exprimer de la compassion. Et ça flanquait presque la trouille. Skink réagissait comme s'il était à deux doigts de péter les plombs. Decker se pencha sur lui.

– Pourquoi tu faisais un carton sur ces avions, capitaine ? demanda-t-il.

– Écoute, tu sais pas qui ils amènent ici ? rétorqua Skink. Les acheteurs de Lunker Lakes, les bienheureux gogos du révérend Weeb.

On aurait dit que ça lui coupait la respiration. Il fit signe à Catherine de lui passer le prospectus du C.C.P.A. Il souligna d'un doigt brun de crasse les noms de l'organigramme.

– Ces mecs-là, j'en connais certains, fit-il d'une voix rauque.

– Comment ça se fait ? interrogea Catherine.

– Pas important. Ce qui l'est, important, c'est vingt-neuf mille modules d'habitation dans les Everglades. Cité chrétienne, mon cul. Le crime du siècle, ouais, bordel de merde. Comme des cafards, ces mecs-là, impossible de les exterminer, putain.

– Trop tard, capitaine, fit Decker. Les travaux de dragage ont démarré, il y a un an de ça.

– Et merde, fit Skink, se mordant la lèvre.

Il chaussa ses lunettes noires et baissa la tête. Il ne la releva pas d'un moment. Decker lança un coup d'œil à Catherine. Elle avait raison : il était temps de ramener Skink au fond des bois.

Du couloir leur parvinrent des voix d'hommes, s'efforçant de ne pas être entendues. Puis on frappa à la porte voisine ; et aussi, à celle d'en face.

– Sécurité de l'hôtel, fit un timbre mâle.

Decker désigna la salle de bains à Skink. Ce dernier fit oui de la tête, traversa la chambre, marchant en crabe, et referma la porte derrière lui. Decker se débarrassa en vitesse de sa chemise et baissa les stores.

– Déchausse-toi, souffla-t-il à Catherine. Et allonge-toi sur le lit.

Pigeant immédiatement son plan, elle se fourra en culotte et soutien-gorge entre les draps, avant même que Decker ait eu le loisir de la mater.

Un homme cogna trois fois à la porte.

– C'est qui ? beugla Decker. Tirez-vous.

– Sécurité de l'hôtel, ouvrez s'il vous plaît.

– On dort !

Puis une autre voix : Police !

Decker se dirigea du pas le plus traînant possible vers la porte. Il l'entrebâilla juste assez pour que les types puissent entrevoir Catherine couchée.

– C'est quoi le problème ? demanda Decker.

Un jeune homme de bleu vêtu, armé d'un talkie-walkie, flanquait un flic en uniforme qui reflétait un désintérêt total. Le responsable de la sécurité dit :

– Un incident s'est produit sur la plage. Un homme armé – mais personne n'a été blessé.

– Ça soulage vachement d'entendre ça, dit Decker avec impatience.

– Vous n'avez pas remarqué de va-et-vient inhabituel à l'étage ? s'informa le flic.

– Depuis deux heures, faut dire que j'ai rien vu du tout, à part des petites étoiles, dit Decker, désignant de la tête Catherine, dans son dos.

Le responsable de la sécurité eut l'air un tantinet gêné. Le flic vint à son aide.

– Un grand type débraillé avec un drôle de galure et une queue de cheval. Des témoins l'ont vu entrer en courant dans l'hôtel, alors on conseille aux clients de ne pas quitter leurs chambres pour le moment.

– Vous inquiétez pas, dit Decker.

– C'est l'affaire d'un petit moment, ajouta le responsable de la sécurité. Le temps qu'on le coince.

Quand Decker referma la porte, Catherine se redressa dans le lit.

– Quelles petites étoiles ? Où t'as vu des petites étoiles ? dit-elle.

– T'avise pas de bouger, fit Decker, plongeant la tête la première entre les draps.

Thomas Curl n'était pas un homme heureux. Au cours des dernières semaines, il s'était fait plus de fric que lui ou un autre membre de sa famille, depuis trois bonnes générations, n'en avait jamais palpé. Et pourtant, Thomas était « chaffougne ». Primo, son frère Lemus était mort et Thomas s'était retrouvé quelque temps avec son cadavre sur les bras. Comme il avait raconté à tout le monde que Lemus s'était noyé accidentellement au cours d'un séjour de pêche en Floride, il lui était impossible de rapatrier un corps au front troué d'une balle. On lui poserait beaucoup trop de questions et répondre à des questions n'était pas le fort de Thomas Curl. Donc, après avoir découvert le cadavre de Lemus grignoté par les tortues sur la brochée, à Morgan Slough, et avoir ruminé le problème pendant deux jours, Thomas avait tranché, et puis basta : il enterra tout bêtement son frère dans le sol sablonneux et sec d'une pâture, à l'est de la Gilchrist Highway. Tout le temps qu'il maniait la pelle, il eut comme l'impression que le moindre busard de Floride décrivait des cercles dans le ciel, au-dessus de sa tête, attendant de festoyer des restes de Lemus. Après ça, Thomas retira sa casquette de basseur et, debout devant la tombe, tâcha de se rappeler une prière. La seule qui lui vint à l'esprit commençait ainsi : « Veille sur mon sommeil, petit Jésus... » Ou quelque chose comme ça.

Chaque nuit ou presque, Thomas Curl repensait à la triste fin de Lemus : comment il l'avait laissé foncer en solo dans les fourrés et puis comment, tout à coup, il n'avait plus entendu le Ruger de Lemus. Et comment lui, Thomas, avait paniqué, sauté au volant de la camionnette verte et décampé, quasiment certain de la mort de son frère – et ensuite comment il était revenu avec un chien de chasse au racoon qu'on lui avait prêté, et découvert des traces de sang, mais pas de corps. À cet instant-là, il s'était attendu à ne jamais revoir son frère, et plus tard dans le marécage, l'horreur l'avait disputé en lui à la nausée. Suivant les ordres, Thomas s'y était rendu pour une simple vérification, pour s'assurer que ce négro de flic n'avait pas découvert le cadavre d'Ott Pickney. Et voilà que le pauvre Lemus était « broché » à l'autre dans l'eau noire ; ce fut alors que Thomas prit conscience de l'extrême dangerosité de l'adversaire. Thomas avait beau ne pas être une lumière, il savait décrypter un message quand il en trouvait un.

Alors il avait enterré Lemus, réduit le corps d'Ott Pickney en cendres dans un faux accident, avant de rentrer tout droit à La Nouvelle-Orléans où, une fois encore, les choses n'allèrent pas autant sur des roulettes qu'il l'avait espéré. Thomas eut beau émettre l'opinion qu'on ne pouvait lui reprocher tous les tenants et aboutissants, on lui signifia sèchement qu'il devait retourner sur-le-champ en Floride. Mais pas à Harney ; à Miami, cette fois.

Thomas Curl n'était pas raide dingue de Miami. Quand il faisait encore de la boxe, il s'était entraîné un été au gymnase de la 5e Rue, qui donnait sur la plage. Il se revit loger dans un hôtel rose minable avec deux autres poids moyens, se soûler la gueule le samedi soir et, par pur désœuvrement, tabasser méchamment des réfugiés cubains malingres, qui squattaient les jardins publics. Dans le souvenir de Thomas, Miami était un endroit chaud et peu accueillant, mais encore une fois, il était jeune alors, fauché et atteint du mal du pays. Aujourd'hui, il était un adulte qui avait pris dix-sept kilos et se baladait avec du fric plein les poches.

Pour se regonfler le moral, Thomas Curl ne lésina pas et descendit au Grand Bay Hotel. La chambre offrait panier de fruits frais et baignoire encastrée dans le sol. Il barbotait dans son bain en suçotant une nectarine quand Dennis Gault le rappela.

– Eh dites donc, y a même un bigo dans les chiottes, fit Thomas Curl.

– Bienvenue en ville, le plouc.

Gault était d'humeur à brusquer les choses. Avoir affaire à ce débile était à peine deux crans au-dessous avoir affaire à Decker.

– Un flic est venu me voir, fit Gault.

Thomas Curl cracha le noyau de la nectarine dans sa main savonneuse.

– Ah ouais ? Les ont déjà poissés ?

– Non, dit Gault. Mais vu la façon dont les choses évoluent, peut-être qu'il vaudrait mieux pas.

– Ça veut dire quoi ça, merde ?

– Le flic, ce Cubain de mes deux, il n'a pas cru un mot de ce que je lui ai raconté.

– Et alors ? Tant qu'à La Nouvelle-Orléans, on vous croit.

– T'as jamais entendu parler d'extradition ? le coupa Gault. Ce type peut nous causer des méga problèmes, fiston. Il peut mettre Decker à l'abri des mecs de Louisiane un sacré bout de temps. Faire traîner son affaire pendant des semaines, écouter sa version et peut-être même marcher dedans.

– Pas possible ! fit Curl.

– On ne peut pas courir ce risque, Thomas.

– J'en ai déjà trop fait pour vous.

– Cette fois, c'est pas pour moi. Mais pour ton frère, dit Gault.

Thomas, dans la baignoire, tendit la main vers le robinet d'eau chaude, faisant attention de ne pas mouiller le récepteur, des fois qu'il s'électrocuterait.

– Il faut que je retrouve Decker, dit Gault. Avant les flics.

– Et qu'est-ce qu'on fait de l'autre chtarbé, la baraque ?

– À cette heure, ils sont probablement plus ensemble.

– Je veux pas d'emmerdes avec lui. Culver m'a dit qu'il est salaud comme un mocassin d'eau.

– Culver, il a peur de son ombre dans le noir, déclara Gault. De plus, d'après Elaine, Skink n'est pas du genre à coller au cul de Decker. Ils ne sont probablement plus ensemble, je te le répète.

Thomas Curl n'était pas convaincu. Il ne revoyait que trop bien le trou que la balle avait creusé au milieu du front de son frère.

– Combien pour ça ?

– Même chose que d'habitude, dit Gault.

– Le double, si je dois me fader la baraque.

– Et merde, tu devrais faire ça gratos, insista Gault.

La cupidité était décidément un vilain défaut, songea-t-il.

– Thomas, nom de Dieu, ce sont ces mecs-là qui ont buté Lemus. L'un ou l'autre, ou les deux, t'as le choix. Decker, c'est celui qui m'inquiète le plus. Lui, il pourrait nous nuire salement au tribunal. Ça peut aller chercher loin, nous coûter cher, n'oublie pas.

L'idée d'être expédié dans un pénitencier d'État, ne serait-ce qu'un seul jour, ne souriait pas du tout à Thomas Curl. Et puis, venger la mort de son frère avait quelque chose de fortement séduisant, et même de romantique, à ses yeux.

– Je démarre où ? demanda-t-il.

– Pas en pole position, malheureusement, dit Gault. Decker a une longueur d'avance. Le hic, c'est de le trouver, parce que lui, tu peux être sûr qu'il viendra pas te trouver, toi.

– Sauf si, moi, j'ai un truc auquel il tient vachement, conclut Thomas Curl.

21.

– Ça ne marchera jamais, dit Catherine. Pas avec lui dans la salle de bains.

Elle sortit du lit et commença à s'habiller. De derrière la porte de la salle de bains s'éleva une voix grincheuse :

– Faites comme si j'étais pas là.

Decker vit avec chagrin Catherine reboutonner son chemisier.

Au temps pour moi, songea-t-il ; je ne mérite pas autre chose.

– Sa présence nous déconcentrerait, t'as raison.

– Je ne sais pas ce qui m'est passé par la tête, dit Catherine, enfilant une combinaison rose. James est déjà assez furieux comme ça, et maintenant j'ai une heure de retard.

– Désolé, dit Decker.

– Tiens, donne-moi un coup de main avec la fermeture Éclair.

– Elle est jolie cette jupe, fit Decker. C'est de la soie, non ?

– Je peux pas encadrer ces fermetures Éclair sur le côté.

Decker jeta un œil sur l'étiquette.

– De Dieu, Catherine. Une Gucci !

Elle se renfrogna.

– Arrête ça, R.J. Je te vois venir.

Comme toujours.

Decker roula au bas du lit et chercha son jean à tâtons. Dehors, il faisait noir, il était grand temps d'y aller. Des grattements étouffés provenaient de la salle de bains. Decker n'arrivait pas à imaginer ce que Skink fabriquait là-dedans.

Catherine se passa un coup de brosse dans les cheveux et du rouge rose pâle sur les lèvres.

– Vision béatifique, dit Decker. Pure comme de la neige vierge.

– Pas grâce à toi, en tout cas.

Elle se détourna du miroir et lui prit les mains.

– Je donnerais tout ce que j'ai pour t'oublier, mon salaud.

– Essaie l'hypnose, lui conseilla Decker. Ou bien les champignons hallucinogènes.

Catherine le serra dans ses bras.

– Arrête tes conneries, mon vieux, c'est tout à fait normal d'avoir la trouille. T'as jamais été dans une merde pareille.

– Je crois bien, fit Decker.

Catherine l'embrassa dans le cou.

– Fais gaffe à toi, Rage. Et à lui aussi.

– Nous deux, on s'en tirera.

Il tendit à Catherine son sac Vuitton et son pull cent pour cent cachemire.

Avant de franchir la porte, elle ajouta :

– Je veux juste que tu saches que si j'avais baisé avec toi, ça aurait été par envie, pas par pitié.

– Ouais, c'est bien l'impression que j'ai eue, dit Decker.

Il n'arrivait pas à croire combien il l'aimait encore.

Skink avait réussi – Dieu sait comment – à s'encastrer entre le lavabo et la cuvette des toilettes et à se tasser en une masse cubique et moisie sur le sol carrelé. À première vue, Decker eut du mal à localiser sa tête ; le souffle d'asthmatique semblait venir de sous le réservoir de la chasse d'eau. Decker s'agenouilla et aperçut la figure squameuse de Skink pointer entre les conduites. Il avait tout d'un iguane barbu.

– Pourquoi t'as allumé la lumière ? fit-il.

– Pour ne pas piétiner ton appendice caudal.

– Il y a plus grave, rétorqua Skink.

Freud aurait été à la fête avec ce mec, songea Decker.

– Écoute, capitaine, faut qu'on y aille.

– Je suis en sécurité ici, observa Skink.

– Pas vraiment, rectifia Decker. Si tu te planques sous la cuvette des chiottes d'une chambre à cent dollars d'un hôtel du front de mer, quelqu'un finira par se plaindre, c'est couru.

– Tu crois ?

Decker fit oui de la tête, avec une patience d'ange.

– Tu seras plus en sécurité une fois rentré à Harney, lui dit-il. Si on part maintenant, on atteindra le lac vers minuit.

– Sérieux ?

– Oui.

– Je te tuerai, Miami, si c'est un piège. Je t'arracherai la vessie et je t'en ferai des papillotes.

– C'est pas un piège, lui affirma Decker. Viens, on y va.

Il fallut trois bons quarts d'heure pour désemmancher Skink de la tuyauterie. Le lavabo laissa son pied, tranché net, dans l'opération ; Decker abandonna la vasque sur le lit.

Dans le hall de l'hôtel, il loua une Ford Escort. Il la sortit du parking souterrain et alla se garer devant l'entrée de service, derrière l'hôtel, où Skink l'attendait près des poubelles. Au moment où Skink grimpait dans la voiture, Decker remarqua qu'il tenait un truc blanc fourré sous le bras.

– Qu'est-ce t'as là ? fit-il.

– Une mouette.

Skink brandit l'oiseau tout mou par ses pattes orange palmées.

– Doit pas être morte depuis plus de dix minutes. J'l'ai décollée de la calandre d'un camion de transport de fruits de mer.

– La veine qu'on a, dis donc, fit Decker, *sotto voce.*

– T'as faim ? On peut s'arrêter pour faire du feu dès qu'on sera sortis de cet embouteillage.

– Ça presse pas, O.K. ?

– Ouais, fit Skink. Elle peut se conserver encore deux heures.

Decker quitta la plage, se dirigeant à l'ouest toute par le Causeway de la 17e Rue, avant de dépasser Port Everglades et l'aquarium d'Ocean World. La circulation était symptomatique d'un mois de janvier en bordure de plage : rien que des blaireaux, pare-chocs contre pare-chocs, à perte de vue. À part la leur, toutes les autres voitures avaient des plaques de New York.

Skink fourra l'oiseau mort dans la boîte à gants, le recouvrant du double du contrat de location. Il semblait déjà de bien meilleure humeur. Il remit ses lunettes noires et son bonnet de douche à fleurs, puis se retourna pour attraper son imper fluo posé derrière. Par la lunette arrière, il remarqua un coupé Chrysler bleu foncé qui les suivait à un intervalle de deux voitures, puis une bulle de plastique sur le tableau de bord ; elle avait beau ne pas clignoter, ce n'en était pas moins celle d'un gyrophare. Si la vitre teintée du pare-brise occultait le visage du conducteur, un point rouge tressautait à hauteur de sa bouche.

– Ton pote García, il fume ?

Decker vérifia d'un coup d'œil dans le rétro.

– Ah, merde, fit-il.

Skink enfila l'imper avec force contorsions, remit ses lunettes de soleil en place et dit :

– Alors, Miami, c'est quoi la suite du programme ?

Le gyrophare sur le tableau de bord clignotait bleu à présent. Decker sonda sans espoir le trafic sur le pont du Causeway : l'embouteillage s'étendait sans défaillance jusqu'au feu rouge suivant et au-delà. Nulle part où aller. García lui collait au pare-chocs, gyrophare flashant à plein. Decker se dit qu'il s'en tirerait mieux en tête à tête, sans les flics de Fort Lauderdale. Il décida de s'arrêter avant que ça ne tourne au cortège.

Il se gara sur le parking d'un magasin de vins et spiritueux. Avec sa grosse Chrysler, García bloquait facilement le passage à la petite Escort : il stoppa, mais sans éteindre son gyrophare. Mauvais signe, se dit Decker.

– Je veux pas voir ton flingue, fit-il en se tournant vers Skink.

– Relax, fit Skink. Mister Browning, il tient compagnie aux poissons.

García s'approcha de la voiture d'un pas insouciant et l'air dépassé par les événements. Une fois à hauteur de la vitre conducteur, il se baissa.

– T'es le roi des emmerdes, R.J.

– Je m'excuse de t'avoir planté, l'autre jour, fit Decker.

– À part la Garde nationale, tout le monde te recherche.

– Maintenant que t'en parles, Al, tu serais pas un peu en dehors de ton secteur ? Ici, c'est Broward County, si je fais pas erreur.

– Écoute deux secondes, connard, t'es un criminel en cavale, alors je peux te courser où ça me chante. C'est la loi.

Il cracha sa cigarette qu'il écrasa du talon sur l'asphalte.

– Alors comment t'as fait ? T'as filé Catherine depuis Miami ? demanda Decker.

– C'est une fine mouche au volant, elle a fait de son mieux.

– Je n'ai tué personne, Al, fit Decker.

– Et ton pote Little Stevie Wonder, non plus ?

Skink cligna des yeux comme un lézard derrière ses lunettes noires.

– Allez viens, R.J., on va faire un petit tour tous les trois.

García était si cool qu'il ne dégaina même pas. Decker fut impressionné ; impossible de ne pas l'être. Si seulement Skink se tenait bien.

Ce dernier récupéra la mouette dans la boîte à gants et Decker ferma à clé la voiture de location. García attendait dans la Chrysler.

– Qui prend la place du mort ? demanda-t-il avec affabilité.

– Je croyais que tu nous foutrais au panier à salade, comme les super criminels qu'on est, rétorqua Decker.

– Mah non, fit García, débranchant son gyrophare.

Il se recoula dans le flux de la circulation, quitta la 17e Rue pour la Federal Highway, avant de refiler sur l'ouest par la Route 84, une route impossible, réservée aux camions. Decker fut surpris de ne pas le voir obliquer en direction du sud, à l'échangeur de l'Interstate 95.

– Où tu vas ?

– Prendre l'autoroute à péage, ça te paraît pas une bonne idée ? fit l'inspecteur.

– Pas vraiment, dit Decker.

– Vers le nord, il veut dire, lança Skink, de l'arrière. Direction Harney.

– Juste, fit García. Et en chemin, j'aimerais que vous me racontiez tout, tout et le reste sur la pêche au bass, les gars.

Les nouvelles en provenance de Lunker Lakes n'étaient pas fameuses.

– Ils ont crevé, annonça l'hydrologiste, un sombre crétin engagé à sa sortie de l'université de Floride.

– Comment ça, crevé ? fit écho le révérend Weeb. Putain, de quoi tu parles ?

Il parlait des deux mille alevins de bass à grande bouche, d'un an d'âge, importés à grands frais d'une pisciculture d'Alabama.

– Ils ont clamsé, répéta l'hydrologiste. Comment faut-il vous le dire ? L'eau est très mauvaise, révérend Weeb. L'acide tannique, ils peuvent tolérer, mais la teneur en phosphate actuelle leur est fatale. Sans parler de la désoxygénation, suite à l'eutrophisation de ces eaux stagnantes. Ceux qui ont dragué vos canaux...

– *Lacs*, nom de Dieu !

– ... ont dragué trop profond. Les poissons, ils ne tiennent pas plus de deux jours.

– Jésus tout-puissant ! De quoi cause-t-on alors – de saloperies de bass crevés qui flottent partout, ventre en l'air ?

– J'ai pris la liberté, continua l'hydrologiste, de louer des bateaux dans le coin et de collecter les victimes de l'hécatombe. Si le temps se maintient au frais, ce ne sera pas si terrible, mais si un front chaud déboule, ça va puer jusqu'à Key West.

Weeb raccrocha violemment le téléphone avec un soupir geignard. La fille couchée à ses côtés lui dit :

– Qu'est-ce qu'il y a, mon père ?

– Je ne suis pas prêtre, la coupa Weeb.

Il ne se sentait pas l'énergie de lui donner une leçon de théologie ; de toute façon, ça aurait été une perte de temps. La fille travaillait au Radada Dancing, à Gretna. D'après elle, toute sa famille le suivait chaque dimanche matin à la télévision.

– C'est la première fois que j'sors avec une vedette de la télé, fit-elle, s'enfouissant contre sa poitrine. En plus, t'es vachement costaud.

Charlie Weeb n'écoutait que d'une oreille. Ellen O'Leary lui manquait ; aucune autre ne lui arrivait à la cheville, les seins nus et bottée des cuissardes d'un pêcheur de truite. Aucune autre non plus ne savait l'apaiser comme Ellen, mais elle était loin à présent. Elle s'était barrée après le meurtre de Dickie Lockhart. Une déception cruelle de plus pour le révérend Weeb dans une semaine plus que chargée sur ce plan-là.

– Combien je te dois ? demanda-t-il à la danseuse du Radada.

– Rien, mon père.

Elle eut l'air confuse.

– J'ai apporté de l'argent, moi.

– Pour quoi faire ?

Weeb baissa les yeux ; il ne voyait pas le visage de la fille, juste le sommet de son crâne et la pente douce de son dos nu.

– J'ai un service à vous demander, chuchota-t-elle, le nez dans les poils de son torse. Et je suis prête à vous payer pour ça.

– Mais de quoi tu parles, bon sang ?

– J'veux que vous guérissiez mon papa.

Elle releva timidement la tête.

– Il a la goutte, mon papa.

– Non, mon enfant...

– Y a des jours où il peut à peine quitter son lit.

Weeb était sur des charbons ardents. Il regarda nerveusement sa montre.

– Je vous donnerai deux cents dollars, annonça la fille.

– Sérieusement ?

– Rien qu'une petite prière de rien du tout, s'il vous plaît.

– Deux cents sacs ?

– Et en prime, je vous pomperai bien à fond, si vous voulez, mon père.

Charlie Weeb la dévisagea, songeur. Le pouvoir de la télévision n'est pas un vain mot, se dit-il.

– Viens, mon enfant, fit-il. Prions.

Plus tard, une fois seul, le révérend Weeb repensa à la fille et à ce qu'elle attendait de lui. Peut-être était-ce là la réponse à ce qu'il cherchait. Les premiers temps, ça avait marché ; peut-être que ça remarcherait encore une fois.

Charlie Weeb but un scotch et essaya de dormir. Mais sans succès. Dernièrement, la nuit, prendre conscience que Lunker Lakes, sa « cité radieuse », filait un très mauvais coton l'avait tenu éveillé, lui glaçant les sangs. Le premier coup de semonce avait été le fait de la Federal Deposit Insurance Corporation, dont les spécialistes d'audit avaient envahi les bureaux de la First Standard Eurobank de l'Ohio et découvert que ce putain d'établissement était à deux doigts de l'insolvabilité. Le problème venait de prêts douteux, énormes qui plus est, que la First Standard Eurobank avait consentis à la ronde, selon toute apparence, aussi généreusement que des calendriers. Le Canal Chrétien de Plein Air, sous la raison sociale Lunker Lakes Ltd, avait lui aussi bénéficié de largesses effrénées du même genre – vingt-quatre millions de dollars rien que pour les plans du site et la construction. Sur le papier, il n'y avait rien d'inhabituel dans les dispositions du prêt ou les modalités de remboursement (onze pour cent sur dix ans), mais en réalité, les sommes remboursées étaient des plus minimes : six mille dollars environ, pour être tout à fait précis. Une désorganisation des plus anarchiques régnait au service recouvrements de la First Standard Eurobank – un ramassis de soldats du Christ d'une patience et d'une bonne disposition à toute épreuve, comme Charlie Weeb en avait rarement rencontrés sur sa route. Il n'eut de cesse de ne pas honorer ses versements bimensuels et eux ne cessaient de lui dire de ne pas s'en faire, mais Charlie Weeb *ne s'en faisait pas*, parce qu'après tout, nom de Dieu, c'était rien d'autre qu'une banque à la con et que les banques, elles ne faisaient plus faillite maintenant. Là-dessus, la F.D.I.C. avait fait une descente et découvert que la First Standard Eurobank avait montré la même patience et la même flexibilité avec tous ses clients au point qu'aucun, les fermiers exceptés, ne s'était vu contraint de rembourser son emprunt dans les temps. Tout à trac, le P.-D.G de la banque et trois de ses adjoints-chefs filèrent s'installer à la Barbade, laissant le soin à l'Oncle Sam de remettre de l'ordre dans leur souk. Très vite, les mauvaises nouvelles filtrèrent : la First Standard Eurobank tentait de récupérer ses créances douteuses. À travers tout le pays, les gros bonnets de la promotion immobilière se mirent au vert. Charlie Weeb lui-même avait joué à cache-cache cinq jours durant avec un abruti du *Wall Street Journal*.

Ce qui faisait enrager Weeb, c'est qu'il avait prévu dès l'origine de rembourser, mais selon un rythme calqué sur les ventes en l'état futur d'achèvement de Lunker Lakes. Mais hélas, lesdites ventes ne décollaient pas. Charlie Weeb n'arrivait pas à résoudre ce problème. Il vira les responsables du marketing, de la publicité, des ventes – sans amélioration notable. C'était à devenir fou. Les appartements modèles en front de lac étaient tout bonnement magnifiques. Trois chambres, baignoire encastrée dans le sol, sauna, plafonds cathédrale, chauffage à l'énergie solaire, cuisines équipées de micro-ondes – « Vivre chrétiennement dans la plus belle des résidences ! » Charlie Weeb tenait fanatiquement à l'emploi du mot « résidence », façon ronflante de désigner un banal condo. L'utilisation du terme « condo » posait problème car, comme le premier crétin venu le savait, en Floride, il était difficile, voire impossible, de facturer cent cinquante mille dollars un condo distant de vingt kilomètres de l'Océan. Pour cette raison, le moindre vendeur de Lunker Lakes pris à prononcer le mot était congédié sur-le-champ. « Condo » véhiculait une connotation abominable, avait sermonné Charlie Weeb – il ne s'agissait pas ici d'une tour mocharde infestée de vieux retraités acariâtres, mais d'une *communauté familiale des plus salubres*. Avec des pistes cyclables, putain !

Malgré ça, ces débiles de merde n'arrivaient pas à les écouler ! Cent soixante modules seulement au cours des quatre premiers mois. Cent soixante ! Weeb était hors de lui. La tranche numéro un du projet en exigeait huit mille. Et sans tranche numéro un, il n'y aurait pas de tranche numéro deux, et sans tranche numéro deux, on pouvait tirer un trait sur les vingt-neuf mille modules projetés. Et tant qu'on y était, on pouvait tirer aussi un trait sur les prêts, les participations et même sur les permis de construire. Plus le projet prendrait de retard, plus il y aurait de risques que les membres de la commission du comté qui avaient si gracieusement accepté les pots-de-vin de Charlie Weeb meurent ou ne soient pas réélus à leur poste, il faudrait donc en acheter une nouvelle brochette. Sans compter qu'un M. Propre pouvait toujours venir mettre ses bâtons dans vos roues.

Le révérend Weeb avait en outre de plus graves préoccupations. Il s'était montré si confiant au sujet de Lunker Lakes que, enfreignant une loi essentielle, il avait englouti dans le projet trois millions de dollars pris sur ses fonds personnels planqués aux Bahamas. La simple idée de perdre cette somme le rendait malade comme un chien. Étendu sur son lit, jonglant avec ces chiffres calamiteux dans sa tête, Weeb prit aussi conscience que le Canal Chrétien de Plein Air n'avait probablement pas les reins assez solides pour en réchapper si jamais Lunker Lakes allait à vau-l'eau.

Il lui fallait donc trouver des fonds, et à la pelle encore. Et vite. C'était là l'urgence camouflée derrière l'organisation de l'As du Bass Classic à la mémoire de Dickie Lockhart dans un délai aussi bref. Lunker Lakes dépérissait du manque de publicité, et la couverture télévisée du concours ne pourrait que doper les ventes – à condition de pouvoir passer une couche de peinture fraîche sur les immeubles et de planter quelques palmiers à temps.

Acheminer par camion deux mille alevins de bass, songeait Weeb, avait été bougrement futé. Pour plus d'authenticité, il avait aussi conçu de pimenter les lacs d'une dizaine de *hawgs* de Floride, quelques jours avant le concours. Et, ça allait de soi, il entendait bien qu'Eddie Spurling le remporte, et tout le tremblement, avec la plus monstrueuse brochée de bass imaginable. Charlie Weeb devait encore discuter de l'importance de la chose avec Eddie, tout en étant sûr que ce dernier comprendrait parfaitement. On devait peaufiner certains détails. Rien ne pouvait être laissé au hasard – pas dans une émission passant en direct sur le câble.

Charlie Weeb s'était senti d'un optimisme à tout crin jusqu'à ce qu'il apprenne l'hécatombe des poissons. S'il n'avait jamais imaginé que tous les bass crèveraient, il se souciait fort peu de prêter l'oreille à une explication scientifique minutieuse du phénomène. Il ne savait qu'une chose : sous aucun prétexte, le concours de pêche ne serait annulé. Si nécessaire, il achèterait simplement une autre cargaison de bass, qu'il s'arrangerait pour lâcher en douce dans le lac, le jour du concours. Peut-être que cet abruti d'hydrologiste pourrait accomplir un petit miracle, lui faire gagner quelques heures de plus. C'était jouable, Charlie Weeb en était persuadé.

En tant que gimmick de promo à long terme pour la vente, le grand concours de pêche au bass était gros de promesses. Cependant, la crise financière à court terme réclamait des soins immédiats.

Sur ce plan-là, la danseuse du Radada avait insufflé à Charlie Weeb une nouvelle inspiration spirituelle.

Il se redressa dans le lit et tendit la main vers le téléphone.

– Le diacre Johnson, s'il vous plaît.

Une voix assoupie se fit entendre sur la ligne.

– Réveille-toi, Izzy, c'est moi, dit Weeb.

– C'est trois heures du mat.

– Manque de bol. Tu m'écoutes ?

– Ouais, fit le diacre Johnson.

– Izzy, il faut que je guérisse quelqu'un dans l'émission de dimanche.

Le diacre Johnson parut avoir un chat dans la gorge.

– Vous êtes bien sûr de ça ? éructa-t-il.

– Affirmatif. À moins que t'aies une meilleure idée pour résoudre le problème du cash-flow.

– Les guérisons, c'est délicat, Charles, insista le diacre Johnson.

– Eh merde, t'as pas besoin de me le dire ! Pourquoi tu crois que j'ai arrêté d'en faire ? Mais les temps sont durs, Izzy. Je crois qu'il faut qu'on enregistre demain deux spots de promo de quinze secondes, et qu'on mette toute la gomme, sérieux. Pour booster le taux d'écoute ce week-end – je parie qu'on atteindra un million deux.

– Un million deux ? répéta le diacre Johnson. Tout ça pour un mouton ?

– Au cul, le mouton. Je te parle d'un être humain en chair et en os.

La réaction du diacre Johnson se fit attendre.

– Eh bien ? le relança le révérend Weeb.

– On n'a jamais fait ça avec un être humain jusqu'ici, Charles.

– On n'a jamais non plus paumé vingt-quatre millions de dollars jusqu'ici, Izzy. Écoute, je veux que tu m'organises ça pareil qu'avec les animaux. Déniche-moi le bon numéro.

Le diacre Johnson était loin d'être enthousiaste, tout en sachant qu'il valait mieux ne pas rechigner devant la besogne.

– Trouve-moi une môme, si tu peux, continuait Charles Weeb. Ou une ado. Pas de vieux schnocks ni de mémères au foyer.

– J'essaierai, promit le diacre Johnson.

Ce tour de force allait nécessiter une logistique formidable.

– Blonde, si possible, précisa encore Weeb.

Le moindre détail crève-cœur frappait au porte-monnaie – il le savait d'expérience pour avoir colporté jusqu'à plus soif la tragique histoire de June-Lee et Melissa, ses deux sœurs mythiques vendues au réseau de traite des Blanches chinois.

– Pas de rouquines, recommanda Weeb au diacre Johnson. Tu me dégotes une gentille blondinette à guérir, Izzy, et je te jure qu'on plafonne à un million deux.

– Je pressens que vous ne voudrez pas entendre parler de répétition générale ? Avec une chèvre, disons.

22.

Une heure après avoir quitté Fort Lauderdale, Skink se mit à plumer la mouette sur la banquette arrière. De temps à autre, il balançait une poignée de plumes grises et blanches par la portière. García, orientant le rétroviseur, le regarda faire, croyant avoir la berlue. Après que Decker lui eut expliqué les us et coutumes de Skink, García décida de quitter l'autoroute à péage pour une pause casse-croûte. Ils déposèrent Skink près du toboggan de Delray Beach pour le laisser rôtir son volatile en toute quiétude. García lui proposa des allumettes, mais Skink maugréa en descendant de voiture :

– Pas besoin.

– Nous, on va en ville se taper un hamburger, dit Decker. On te reprend ici, dans une heure à peu près.

– Ça roule, dit Skink.

– Tu seras là, hein ?

– Y a des chances.

Telle une silhouette d'ursidé dans l'obscurité, Skink ramassait déjà du petit bois quand ils démarrèrent.

Alors qu'ils faisaient la queue dans un *drive in* Burger King, García dit à Decker :

– Donc au final, ces tordus se trucident entre eux, et tout ça pour des histoires de poissons.

– Y a aussi du fric à la clé, Al. Premiers prix en tout genre, contrats d'exclu de pub ou de télé. La pêche n'est que de la poudre aux yeux. Et parmi ces mecs-là, il n'y a pas que des péquenots débiles.

L'inspecteur pouffa.

– Je m'en doute. Ils t'ont eu jusqu'au trognon, hein ?

– Bien profond, fit Decker.

En route, il avait parlé à García de Dennis Gault, des photos, de Dickie Lockhart et de Lanie. L'épisode Lanie était loin d'être le préféré de Decker.

– Je ne vois qu'une explication, dit-il, c'est qu'elle s'est souvenue de mon nom, à la suite de ce reportage de photos de mode à Sanibel. Probable qu'elle a dû lire aussi quelque chose sur l'affaire Bennett – c'était dans tous les journaux.

Le *Sun* s'était fendu d'une une impitoyable : L'UN DE NOS PHOTOGRAPHES CONDAMNÉ POUR AVOIR TABASSÉ UNE STAR DU FOOTBALL LYCÉEN.

– Gault a dû en jouir dans son froc quand sa sœur lui a soufflé de te faire porter le chapeau. Grand photographe, ex-taulard, soupe au lait, sans un radis.

– Fait au moule, reconnut Decker, tout morose.

– Et les photos de Lockhart en train de truander ? La Nouvelle-Orléans m'a envoyé des photocopies, mais elles m'ont l'air de première.

– Elles doivent être truquées, dit Decker.

– Autant que tu le saches, j'ai obtenu une perquise pour ta caravane. J'ai fait main basse sur le moindre rouleau de pelloche qui traînait – notre labo a mis tout ça dans le bain.

– Et ?

– Que dalle, de la merde. Du matos de filature pour cette affaire d'assurance. Aucune photo de poisson, R.J.

Et voilà, tu l'as dans l'os. Lanie avait probablement chourré le bon matos dans son sac photo, au motel d'Hammond. Puis son frère n'avait eu aucun mal à dénicher un bon technard de labo pour retoucher les tirages.

– Nom de Dieu, Al, je fais quoi, moi, maintenant, merde, tu peux me le dire ? fit Decker.

– Eh bien, en ma qualité de représentant de l'ordre assermenté de l'État de Floride, je te conseillerais de te livrer, d'accepter l'extradition et de remettre ton sort entre les mains du système judiciaire. En tant qu'ami, par contre, je te conseille de ne plus refoutre les pieds en Louisiane jusqu'à ce qu'on t'ait trouvé des témoins et un alibi.

– *On?* fit Decker, surpris. Al, tu te prépares toutes sortes d'emmerdes si on découvre que tu me files un coup de main. Probable que t'es pas déjà dans la panade pour avoir utilisé une voiture de service hors de Dade County.

García sourit.

– Je t'ai pas dit ? Je me suis mis en congé maladie, y a deux jours. Pour une durée indéterminée – d'après le toubib, mon épaule est à nouveau H.S. Le lieutenant n'était pas content, content, mais qu'est-ce qu'il pouvait faire ? La moitié des gars, ils prennent leur retraite pour une saleté de panaris. Moi, on m'a canardé à bout portant avec un flingue à canon scié et j'ai manqué vingt-trois jours en tout et pour tout. Ils peuvent pas râler pour une semaine de rééducation, par-ci par-là.

– Congé maladie, fit Decker d'un ton pensif. Cela explique ta charmante humeur, à laquelle tu ne nous as guère habitués.

– L'ouvre pas trop. Pour l'heure, je suis le seul ami qui te reste.

– Pas tout à fait le seul, rectifia Decker.

Selon Ozzie Rundell, l'oncle Shawn de Thomas Curl vivait un peu en dehors d'Orlando. Il tenait un piège à touristes ringard, au bord de la U.S. 92, à l'enseigne de Chez Sheeba – Safari de la Jungle africaine, situé à six kilomètres environ à l'ouest de l'entrée de Disney World. Ozzie avait proposé de dessiner un plan, mais Jim Tile avait dit que non, merci, il n'avait pas besoin qu'on lui indique le chemin.

Le piètre zoo n'était pas difficile à trouver. Au cours des six ans écoulés depuis que Shawn Curl avait racheté l'endroit à Leroy et Sheeba Barnwell, la ménagerie, autrefois « exotique », s'était rétrécie à son inventaire tristounet actuel : à savoir un lion étique, deux lamas déplumés, trois chèvres, un boa constrictor aveugle et dix-sept ratons laveurs teigneux, et incontrôlables. Un grand panneau publicitaire rouge sur la U.S. 92 avait beau promettre un « ZOO REMPLI D'ANIMAUX QUE VOS ENFANTS VONT ADORER CÂLINER », il n'y avait en réalité rien de rien à câliner dans la ménagerie de Sheeba ; ou alors, à ses risques et périls. La compagnie d'assurances de Shawn Curl avait annulé sa police sans autre forme de procès après la neuvième morsure infectieuse de raton laveur, si bien que ce dernier avait installé un grillage de quatre mètres de haut pour séparer les touristes des animaux. Au Safari de la Jungle Africaine, la seule attraction à rapporter de l'argent était la baraque où, sur fond de palmiers en plastique et pour 3,75 dollars, les touristes pouvaient se faire photographier, le boa constrictor aveugle drapé autour du cou. Les serpents étant dépourvus de paupières, les touristes ignoraient que le boa était non voyant. Ils ne se rendaient pas non plus compte qu'exception faite du minuscule orifice où s'adaptait le tube d'alimentation, la gueule de l'énorme serpent avait été piquée de façon experte avec une machine à coudre Singer. En ces temps prompts à la chicane, Shawn Curl ne prenait plus de risques.

Il ne sut que penser quand le flic noir hyper musclé pénétra dans la boutique souvenirs ; Shawn Curl n'avait encore jamais vu l'un de ses pareils à

Orlando. Remarquant que l'homme claudiquait légèrement, il se dit qu'on l'avait engagé pour cette raison sans doute – histoire de remplir un absurde quota de handicapés, issus des minorités. Shawn Curl conclut qu'il avait intérêt à se montrer poli, s'il ne voulait pas que cette baraque de négro le balance à la S.P.A. pour sa façon de traiter des animaux sauvages.

– Kesk'on peut faire pour vot'service, m'sieur d'la police ?

Jim Tile, au comptoir, zieutait un assortiment de contrefaçons de Mickey Mouse. Chaque poupée Mickey avait un drapeau de la Confédération au poing. Jim en prit une qu'il retourna.

– Made in Thaïlande, lut-il à haute voix.

Shawn Curl toussa nerveusement.

– Neuf dollars cinquante pièce ? demanda le policier.

– Pour vous, ce sera moitié prix, dit Shawn Curl.

– Discount, quoi, fit Jim Tile.

– Pour tous les représentants des forces de l'ordre, oui, m'sieur. C'est l'rabais standard.

Jim Tile reposa la poupée-souris sur le présentoir.

– On est au courant chez Disney que vous vendez cette merde ?

Shawn Curl tricota de la mâchoire en biais.

– À ce que j'en sais, c'est légal tout ça, m'sieur.

Jim Tile fit le tour de la boutique du regard.

– Ils pourraient vous attaquer pour tout ce que je vois ici, dit-il.

– Eh, j'ai rien fait, moi, que personne d'autre, il a pas fait avant.

Après avoir passé en revue les étagères – encombrées de noix de coco peintes, d'alligators en caoutchouc, de coquillages ébréchés, de requins en plastique pour baignoires et autre camelote juste « bonne pour la Floride » – l'œil noir et désapprobateur de Jim revint se poser sur la fausse poupée Mickey.

– Chez Disney, ils vont pas apprécier ça du tout, fit-il. À lui seul, ce drapeau sudiste, symbole de rébellion, suffira à faire grimper leurs avocats aux rideaux.

Shawn Curl, exaspéré, avait le visage tout congestionné.

– Et puis qui vous envoie ici, d'abord ?

– Je cherche le petit Thomas.

– Il est pas là.

– Dites-moi où je peux le trouver, fit le policier de la route.

– J'suppose que v'z'avez un mandat.

– Non, j'ai son oncle... et je l'tiens par les couilles.

Une famille de touristes survint. Tandis que les gosses furetaient partout en encombrant le passage, leur mère observait la marchandise avec inquiétude. Quant au père, il manifesta une hésitation certaine en scrutant le zoo par la fenêtre située derrière la caisse enregistreuse. Jim Tile pressentit qu'ils ne s'éterniseraient pas. L'avenir lui donna raison.

– Rien que des ratons laveurs, avait rapporté le père à la mère. On en a des tonnes, chez nous, dans le Michigan, des ratons laveurs.

Quand ils furent à nouveau seuls, Jim Tile dit à Shawn Curl :

– Tu vas me filer l'adresse de ton neveu à La Nouvelle-Orléans, Shawn. Et plus vite que ça.

– J'vous la donne, j'vous la donne, fit Shawn Curl en gribouillant au dos d'une carte postale. Mais il y est plus.

– Où je peux le trouver ?

– La dernière fois qu'il a passé, y se rendait à Miami.

– C'était quand ?

– Y a quelques jours, dit Shawn Curl.

– Il est descendu où ?

– Dans un grand hôtel.

– Tu m'aides beaucoup, Shawn. Je crois bien que j'vais appeler le Q.G. de Disney en fin de compte.

Shawn Curl n'aima pas le son de cette abréviation, *Q.G.*

– L'hôtel, il s'appelle le Grand Biscayne Tartempion, fit-il d'un ton boudeur. J'me rappelle pas le nom entier.

– Et pourquoi il allait à Miami, Thomas ?

– Pour affaires, qu'il m'a dit.

– Et il est dans quoi ?

Shawn Curl haussa les épaules.

– La promotion, il appelle ça comme ça.

– J'ai pas pu faire autrement que de remarquer la grosse Oldsmobile, devant la porte. La Niney-Eight bleue. Elle m'a eu l'air toute neuve, dit Jim Tile.

Shawn Curl lança un coup d'œil prudent au flic.

– Non, ça fait un bout de temps que j'l'ai.

– Elle a encore le prix collé sur le pare-brise, observa Jim Tile. Et le numéro de licence du concessionnaire.

– Ben, quoi ?

– C'est Thomas qui t'a donné cette voiture neuve ?

Shawn Curl poussa un profond soupir. Mais où allait le monde si un négro pouvait lui parler comme ça ?

– P't'être bien qu'y m'l'a donnée, dit-il. Ya pas d'loi contre ça.

– Non, fit Jim Tile.

Il remercia Shawn Curl du temps qu'il lui avait consacré et se dirigea vers la porte.

– Au fait, dit l'agent de la force publique. Je vous signale qu'un de vos lions là-bas, il est en train de se niquer un lama.

– Et merde, lâcha Shawn Curl, se mettant dare-dare en quête de sa fourche.

Les trois garçons allèrent au match de basket du lycée, mais n'y firent pas de vieux os. Kyle, outre un faux permis de conduire, avait trois packs de six bières dans le coffre, plus le fusil calibre 22 de son beau-père. Jeff et Cole, à la veille tous deux de se faire renvoyer du lycée, se foutaient du basket encore plus que Kyle. Le match était juste un prétexte pour quitter la maison, un truc pour baratiner les parents. Les trois ados abandonnèrent le match avant la mi-temps. Kyle roula jusqu'à leur endroit habituel, une décharge du comté, à plusieurs kilomètres à l'ouest de la ville, où ils éclusèrent les packs de bière tout en faisant des cartons sur des bouteilles, des canettes de soda et, à l'occasion, sur un malheureux rat qui passait par là. Une fois bière et munitions épuisées, il ne leur restait plus qu'une seule et unique distraction. Jeff et Cole appelaient ça « casser du clodo », même si Kyle, le plus costaud des trois, clamait avoir inventé et le sport et son intitulé. C'était l'avis général au lycée : si ce n'était pas du Kyle, Dieu que ça lui ressemblait.

Chaque hiver, des « transhumants » se précipitent en Floride, avec la même régularité que les touristes et les busards. Même s'ils sont moins nombreux que ces derniers, on les remarque davantage ; ils dorment dans les jardins publics et les bibliothèques, font la manche au coin des rues. La température est si clémente en Floride du Sud que pratiquement aucun lieu de plein air ne paraît inhabitable à un S.D.F. Beaucoup décriraient l'endroit comme le Paradis sur terre. Certaines municipalités traitent ce problème avec moins de tolérance que d'autres (celle de Palm Beach, par exemple, où vagabondage et mendicité sont mis sur le même plan que le meurtre à la hache), mais habituellement ces marginaux vaquent à leur survie sans entretenir une crainte exagérée de l'incarcération. La raison en est simple, et là réside un autre des principaux pôles d'attraction de la Floride du Sud pour tous les alcoolos errants du pays : il n'y a pas de place pour eux dans les prisons, aux cellules déjà surpeuplées par des criminels autrement dangereux.

Fin décembre donc, ces « transhumants » commencent à se montrer dans les rues. Déracinés, solitaires et indésirables, ils sont des victimes toutes désignées pour les individus sujets à des crises de violence sporadiques. Ce que Kyle et ses potes du lycée découvrirent dès leur première fois. Sur un pari de cinq dollars lancé par Cole, Kyle bastonna un alcoolo sous un pont. Les jeunes s'enfuirent en courant, mais rien ne leur arriva. Bien évidemment, le vagabond ne signala jamais l'attaque dont il avait été victime – les flics du coin lui auraient ri au nez. Une semaine plus tard, les ados récidivèrent en découvrant un vieux chevelu qui roupillait sur un terrain de golf à Boca Raton. Cette fois, Jeff et Cole mirent la main à la pâte, Kyle se contentant d'un swing ou deux administrés avec le fer 4 de son beau-père. Cette fois, en détalant, les garçons se marraient franchement.

Bientôt « casser du clodo » devint un loisir hebdomadaire ; le pied, le truc à faire. Le trio se faisait facilement chier, n'étant pas des masses apprécié au lycée : les accros au sport, à la drogue ou au surf l'évitaient avec un bel ensemble. Aussi chaque fois que Kyle pouvait avoir la voiture, piquer du fric pour la bière, Jeff et Cole étaient de la partie. Tirer au 22 long rifle semblait toujours les mettre dans l'état d'esprit adéquat.

Après avoir quitté la décharge, ils se mirent donc en quête de clodos à « casser ». C'est Jeff qui repéra le type roulé en boule sous le toboggan de l'autoroute à péage. Kyle passa devant une première fois, fit faire demi-tour à la voiture et repassa devant lui. Cette fois, il se gara cinquante mètres plus loin. Les trois jeunes descendirent de voiture et revinrent sur leurs pas. Kyle aimait bien comment les choses se présentaient – une portion de route plongée dans le noir et une absence de circulation quasi totale.

Skink dormait déjà ou tout comme, affalé à mi-hauteur du talus bétonné, dos à la route. Entendant qu'on venait, il supposa qu'il s'agissait de Decker et de l'inspecteur cubain. Ce ne fut pas tant les pas que les chuchotements de ceux qui approchaient qui l'alertèrent. À l'instant où il se retournait pour jeter un œil, Kyle se précipita sur lui et lui balança un méchant coup de pied en pleine tête.

Skink dégringola au bas du talus et resta immobile, couché sur le ventre.

– Oh, Mister Clodo, fit Kyle, je t'ai explosé tes binocles, mille excuses.

Il brandit les lunettes noires pour les montrer aux autres.

Jeff et Cole, chacun à leur tour, flanquèrent un coup de pied dans les côtes de Skink.

– Il est fringué d'enfer, dit Jeff.

C'était un sac d'os que dévorait une éruption d'acné pustuleuse.

– Il est trop, pour la chasse, ajouta-t-il, en tripotant l'imper.

– Ben, t'as qu'à te servir, fit Kyle.

– Ouais, vas-y, renchérit Cole. Tu seras pas à l'étroit là-dedans.

– T'auras l'air d'un tipi orange avec ça, le charria Kyle.

Jeff s'accroupit et tenta de faire rouler Skink sur le dos.

– Il est vachement lourd, l'enfoiré, v'nez m'filer un coup de main, dit-il.

Ils retournèrent Skink et le dépouillèrent.

– M'a l'air mort, observa Cole.

– Vise un peu la queue-de-cheval, fit Jeff.

Il venait d'endosser l'énorme imper de Skink. Le capuchon lui retombait sur les yeux et les manches étaient démesurées. Les deux autres s'esclaffèrent en voyant Jeff esquisser quelques pas de danse sous le pont d'autoroute.

– Moi, Mister Clodo ! chantonna-t-il. Mort, Mister Clodo. Bois un coup, pue un coup...

Jeff cessa de fredonner en voyant un inconnu leur courir sus depuis l'autre côté de la route. Jeff tenta de prévenir Kyle, mais c'était déjà trop tard.

Le type plongea, plaquant Kyle et Cole aux genoux. Une fois à terre, ce fut du délire. L'homme cogna Cole à trois reprises : il lui écrabouilla le nez et lui éclata la pommette droite qui émit un bruit de coquille d'œuf brisée, manquant faire dégobiller Jeff. Sur ces entrefaites, Kyle, plus grand que le nouveau venu, réussit à se remettre sur pied et à lui emprisonner le cou par-derrière. Mais le type, encore à genoux, se contenta d'expédier un double coup de coude dans les parties de Kyle. L'estomac définitivement barbouillé, Jeff vit s'effondrer son second pote, puis l'inconnu lui sauter sur le poil et tel un marteau piqueur lui porter des coups formidables à la gorge.

Jeff, se détournant pour fuir cette scène, se prit les pieds dans l'imper géant et ne se releva que pour mieux trébucher. Une main le saisit au colback et il sentit qu'on lui collait un truc froid sur la nuque. Un flingue.

– Bouge plus, petit con.

C'était un moustachu à la peau mate, l'air pas commode.

Il ramena Jeff vers le toboggan en le traînant, là où l'inconnu à califourchon sur Kyle persistait à lui remodeler le visage, sans dire un seul mot.

– Arrête ça ! hurla le noiraud au flingue. Decker, arrête !

Mais Decker ne pouvait plus s'arrêter, ni même entendre quoi que ce soit. La voix de García résonnait à tous les échos sous le pont, mais aucun mot n'atteignait l'oreille de Decker. Tout ce qu'il imprimait, c'était un visage et la nécessité de châtier. Decker s'y employait mécaniquement : ses jointures saignaient, à vif, engourdies. Il n'arrêta de cogner que lorsque deux bras puissants, lui encerclant la poitrine, le soulevèrent comme une plume et le maintinrent en l'air pendant ce qui lui parut une éternité. Reposé à terre, se laissant enfin aller, la première chose que Decker perçut fut le bruit de forge de son propre souffle. La seconde, émanant du bestiau aux gros bras, fut une voix lasse qui disait :

– O.K., Miami, tu m'as bluffé.

23.

Skink sombra dans l'inconscience sur la banquette arrière. Sa tête s'affaissa contre l'épaule de Decker, sa respiration semblait cliqueter au fin fond de sa cage thoracique. Decker sentit des gouttes tièdes s'infiltrer à travers sa chemise.

– Il a paumé un œil, dit d'un ton sinistre García, qui conduisait en mâchonnant une cigarette.

Decker l'avait vu aussi. L'œil gauche de Skink n'était plus qu'un magma gélatineux – Kyle, le plus grand des ados, portait des santiags. Un liquide blanchâtre suintait le long de la joue de Skink.

– Il lui faut un médecin, dit Decker.

À ces trois brutes de gamins aussi, songea García. Ils en réchapperaient, mais pas grâce à Decker. Il les aurait tués tous les trois à mains nues si Skink ne s'était pas interposé. García restait persuadé que les mômes n'iraient pas se plaindre à la police de la raclée qu'ils avaient reçue – Jeff, le boutonneux débile, était du genre à manger le morceau, les autres le savaient. Ensemble, ils inventeraient une super histoire pour expliquer ce qui s'était passé sous le pont, un truc qui ferait son petit effet au bahut. De toute façon, García était à peu près sûr que deux d'entre eux passeraient le reste du semestre à l'hôpital.

Decker était vidé et déprimé à la fois. Il avait mal aux bras et les jointures lui cuisaient. En touchant le visage de Skink, il sentit une croûte de sang séché dans la barbe du colosse.

– Peut-être que je devrais laisser tomber, dit Decker.

– Sois pas idiot.

– Une fois qu'on lui aura trouvé un docteur, t'auras qu'à me lâcher sur la route et rentrer fissa à Dade County. Personne n'en saura rien.

– Je t'emmerde, dit García.

– Ça vaut pas le coup, Al.

– Parle pour toi.

C'était Skink. Il releva la tête et s'essuya la figure avec la manche de son imper. Il sonda de l'index l'orbite de son œil crevé.

– Super, fit-il.

– Il y a un hôpital près de la sortie Sainte-Lucie, signala García.

– Neûn, roulez toujours, fit Skink.

– Je regrette, capitaine, dit Decker. On aurait pas dû te laisser tout seul.

– La solitude, c'est ce que je préfère.

Il se rencogna sur le siège arrière et son visage fut mangé par l'ombre.

García quitta l'autoroute à péage à Fort Pierce et s'arrêta dans une supérette Pic'n'Pay. Decker descendit passer un coup de fil. Pendant son absence, Skink s'ébroua à nouveau et se redressa. À la lumière de la laverie, son visage en bouillie paraissait asymétrique ; pour García, aucun doute : il souffrait le martyre.

– Tenez bon, gouverneur, dit-il.

Skink le dévisagea.

– Quoi, vous avez relevé mes empreintes ?

García acquiesça.

– Sur le cuivre d'une poignée de porte. Cette fameuse nuit, dans la maison du chiropracteur. J'ai obtenu du F.B.I. un élément sérieux de comparaison tiré d'une vieille affaire de personnalité disparue.

– Affaire close, dit Skink.

– Affaire qui fut célèbre.

Skink fixa un point au-delà de la vitre.

– Qui d'autre est au courant ? demanda-t-il.

– Personne. Sauf moi et un employé lambda du Hoover Building.

– Je vois.

– Prenez-le comme vous voudrez, Mr. Tyree, dit García, j'aime pas les dégonflés. Mais je suppose que vous aviez vos raisons.

– Comptez pas sur moi pour me justifier, nom de Dieu, fit Skink.

Un ange passa. Puis :

– Pas un mot à Decker.

– Je n'ai aucune raison de faire ça, dit García.

Decker revint avec du café chaud et des pains aux raisins. Skink dit qu'il n'avait pas faim.

– Faut continuer à ouvrir l'œil et le bon, ajouta-t-il, quand ils furent à nouveau sur la route.

– J'ai quelque chose pour toi, fit Decker en lui tendant un sachet en papier kraft.

Après l'avoir ouvert, Skink se fendit de son sourire télévisuel, du moins de ce qu'il en restait.

À l'intérieur se trouvait une nouvelle paire de lunettes de soleil.

Un peu avant minuit, Skink poussa soudain un gémissement avant de s'évanouir encore une fois. Decker déchira sa propre chemise pour lui en faire une compresse et un bandage sur son œil amoché. Il tenait la tête de Skink sur ses genoux et demanda à García d'accélérer.

Quelques minutes après avoir franchi les limites du comté d'Harney, une voiture de la police de la route apparut dans le rétroviseur et vint pratiquement se coller au pare-chocs de la Chrysler.

– Et merde, fit García.

Mais Decker, lui, se sentit beaucoup mieux.

Le diacre Johnson était très fier de lui. Il avait fait une descente au bureau d'aide sociale, près du Superdome, et déniché une fillette blonde de neuf ans aux coudes désarticulés. Quand elle déboîtait brusquement ses bras rachitiques, l'effet était d'un grotesque achevé ; effet dont l'impact serait amplifié dramatiquement à la télévision devant les caméras de Charlie Weeb. Le diacre Johnson demanda à la mère de la gamine s'il pouvait lui louer son oiseau rare pour un jour ou deux et la mère dit oui, sans problème, ce sera cent sacs – mais pas de truc glauque. Le diacre Johnson lui répondit n'ayez crainte, madame, il s'agit d'une entreprise chrétienne on ne peut plus morale, avant d'entraîner la petite fille dans sa limousine.

Le diacre Johnson emmena la fillette, prénommée Darla, au centre-ville, aux studios de production du Canal Chrétien de Plein Air, faire la connaissance du célèbre révérend Weeb.

Faisant des moulinets avec ses lunettes, Weeb, derrière son bureau, était l'image même de la décontraction. Il portait un pull-over bleu clair sur une combinaison de parachutiste blanche et des Nike noires aux pieds. Une jeune femme aux seins renversants lui taillait ses célèbres sourcils blond cannelle.

– Darla, tu veux bien montrer au monsieur ton petit numéro, lui demanda le diacre Johnson.

Darla, avançant d'un pas, tendit les deux bras comme si on devait lui passer des menottes.

– Ouais, et après ? fit Charlie Weeb.

Darla, fermant les yeux sous l'effort, se déboîta les coudes, qui adoptèrent des angles bizarroïdes, émettant juste un petit « crac » au passage.

La sculpturale tailleuse de sourcils faillit en lâcher ses ciseaux.

– Bravo ! s'écria Charlie Weeb.

– Merci, fit Darla, dont les bras pâlichons ballaient, tout biscornus, à ses côtés.

– Kes'qu't'en dis, Izzy ? fit Weeb. J'crois qu'on tient là un cas de polio avec un grand P.

– De polio ?

Le diacre Johnson tiqua.

– Et merde, pourquoi pas après tout ?

– Ben, c'est plus très courant de nos jours, fit le diacre Johnson.

– Parfait.

– Sauf que tout le monde sait que le vaccin existe.

– Pas au fin fond des Appalaches, dit Charlie Weeb. Pas une pauvre orpheline élevée à l'eau de pluie et aux asticots.

Darla protesta vivement.

– J'vis dans un appart à St. Charles, avec ma môman.

– Il faut parler à cette enfant, recommanda Charlie Weeb au diacre Johnson. Et lui expliquer comment ça se passe à la télé.

Charlie Weeb eut la chance que le public soit absent pendant la répétition générale. Pour commencer, Darla insista pour déboîter-remboîter, déboîter-remboîter ses coudes – juste pour frimer –, et le diacre Johnson mit un certain temps à lui faire saisir l'enjeu capital du timing. À un signal donné, Darla, yeux chavirés et langue pendante, était censée se laisser choir sur la scène en se convulsionnant ; quand elle se relèverait face au public et aux caméras, sa polio serait de l'histoire ancienne. Pour prouver le succès de sa guérison, le révérend Weeb lui lancerait alors un ballon de plage.

Darla devait piquer sa crise quand Weeb lèverait les bras en disant d'une voix implorante : « Seigneur Jésus, daigne guérir cette pauvre brebis de ton troupeau ! » Les premières fois, Darla s'y prit mal, démarrant trop tôt, s'effondrant à « Jésus » si bien que le bruit de la chute de son corps flasque sur la scène recouvrait entièrement la péroraison de Charlie Weeb. Une fois que le diacre Johnson l'eut chapitrée sur ce point, l'épreuve suivante fut de lui apprendre à bien réceptionner le ballon de plage. Lors des premiers essais, elle laissa bêtement le ballon rebondir contre sa poitrine – et son micro-cravate –, ce qui faillit crever les tympans de l'ingénieur du son. Darla rata si souvent le ballon pendant les répétitions que le révérend Weeb, perdant la vertu chrétienne de patience, la traita de « sale petite pétasse paralytique » – qualificatif que, heureusement pour ses chastes oreilles, la fillette ne comprit pas. Quand Weeb exigea qu'on en revienne à la bonne vieille méthode d'injection de lidocaïne, le diacre Johnson s'interposa vite fait, suggérant qu'une pause-déjeuner s'imposait.

Par miracle, le dimanche, l'émission en direct se déroula sans accroc. L'équipe effectua un boulot remarquable pour donner à Darla la grise mine et le teint jaunâtre d'une personne mortellement atteinte. À point nommé, elle tomba à la perfection et – après moult jeux d'abattis – se releva rayonnante, angélique et guérie. En visionnant les cassettes vidéo par la suite, le révérend Weeb s'émerveilla tout haut de l'adresse invisible avec laquelle la petite Darla avait remboîté ses coudes. On n'arrivait à la prendre sur le fait qu'en visionnant la bande au ralenti. Et au final, elle avait même correctement rattrapé le ballon. Charlie Weeb en avait éprouvé une joie si intense qu'il n'avait pas eu besoin de glycérine pour verser des larmes.

Ils durent laisser affiché leur numéro vert sur l'écran, cinq bonnes minutes après la performance de Darla. Ce soir-là, quand Charlie Weeb obtint les chiffres définitifs du standard, il appela le diacre Johnson chez lui.

– Dis voir un chiffre, Izzy.

– Aucune idée. Un million ?

Weeb gloussa.

– Dis en un autre, ducon.

Le diacre Johnson était trop las pour jouer à ce petit jeu.

– Aucune idée, Charles.

– Qu'est-ce que tu dirais d'un million quatre ? exulta le révérend.

Le diacre ne cacha pas sa stupéfaction.

– Nom de Dieu de merde.

– Comme tu dis, fit Charlie Weeb. Tu penses à la même chose que moi ?

Thomas Curl s'éclatait tellement au Grand Bay Hotel que l'obligation de le quitter soudainement le contraria plutôt. Un beau matin, alors qu'il dégustait ses œufs Benedict dans la baignoire encastrée au ras du sol, il avait reçu un coup de téléphone étrangement dérangeant. À la friture sur la ligne, Thomas déduisit que c'était un appel interurbain, mais son interlocuteur n'était ni Dennis Gault ni son oncle Shawn, seuls à savoir où le joindre. À l'entendre, la voix aurait pu être celle d'un négro, mais Curl n'en aurait pas juré. Quoi qu'il en soit, cette voix l'ayant appelé par son nom, Curl avait raccroché immédiatement et décidé de quitter l'hôtel. Il redoutait que cette voix à intonations black ne se révèle au bout du compte celle de Skink, le colosse dingue, ami de Decker, que forcer la porte d'une suite chicos pour noyer un gus dans la baignoire – encastrée au ras du sol ou pas – n'effrayerait pas plus que ça.

Thomas Curl prit une chambre beaucoup plus modeste au Marriott de l'aéroport où il s'inscrivit finement sous le nom de « Juan Gómez » qui devait être, d'après lui, l'équivalent de John Smith à Miami. Qu'il ait à peu près l'air aussi hispanique que Brad Pitt n'arrêta pas Thomas Curl. La signature Juan Gómez ne fit même pas tiquer le réceptionniste pourtant prénommé Rosario.

Ce soir-là, après avoir dévoré un steak dans sa chambre, Thomas Curl se mit au travail. L'adresse de R.J. Decker figurait dans l'annuaire ; ne restait plus maintenant qu'à mettre la main sur un plan correct de Dade County.

La voie express de Palmetto, décréta Thomas Curl, était pire que n'importe quoi à La Nouvelle-Orléans, pire même que l'Interstate 4 à Orlando. Curl s'était toujours jugé un conducteur aux réflexes rapides et à l'esprit vif, mais rouler sur Palmetto fit voler en éclats ses certitudes. C'était un peu comme s'il avait calé sur la voie médiane et que des semi-remorques klaxonnant à tout va, des décapotables flashy et des Porsche cerise filochaient à tout berzingue des deux côtés. Thomas Curl avait entendu courir les plus folles rumeurs sur les automobilistes de Miami, maintenant, en rentrant chez lui, il pourrait dire que c'était pas du bidon. La vacherie c'était qu'ils roulaient si vite qu'on n'avait même pas le temps de leur faire un bras d'honneur.

Il fut enchanté de trouver sa sortie et de s'engager dans une rue avec de bons vieux feux rouges. Le parc de caravaning se trouvait au fond d'une impasse obscure. Thomas Curl fureta lentement au volant jusqu'à ce qu'il découvre la boîte aux lettres du mobile home de Decker. Les lumières étaient éteintes et la caravane semblait vide, comme Thomas Curl s'y était attendu. Un antique coupé gris, Dodge ou Plymouth, stationnait dans l'allée gravillonnée ; les pneus arrière avaient l'air à plat, comme si on n'avait pas conduit la voiture depuis belle lurette. Curl se gara juste derrière et coupa les phares. Il prit ensuite un long tournevis sous le siège avant. S'il n'était pas un as de la cambriole, il en connaissait les principes de base, y compris qu'en général les caravanes, c'était de la gnognote.

Une autre règle fondamentale de la cambriole était la suivante : laisser son flingue dans la voiture si on ne voulait pas se récolter cinq ans de cabane en sus de sa peine. Thomas Curl se surprit à remettre en question ladite règle quand, après avoir insinué le tournevis dans la porte de derrière de la caravane de Decker, le pitbull d'un voisin, pesant ses trente-cinq kilos, rappliqua au trot pour mener sa petite enquête sur cette violation de domicile. Le chien montra les dents en grondant et Thomas ne put s'empêcher de penser qu'il serait agréable d'avoir sous la main soit le fusil de chasse soit le pistolet, tous deux bouclés dans le coffre de sa voiture.

Le pitbull prit son élan avant de sauter, ce qui le fit atterrir sur Thomas Curl avec un impact maximum. Ce dernier vint s'écraser contre la paroi d'aluminium, le souffle coupé, mais sans perdre l'équilibre, néanmoins. Le chien tapi à ses pieds grognait sans dételer. L'animal eut l'air naïvement surpris de ne pas avoir déquillé sa cible, mais il faut dire que Curl, individu musclé et râblé, avait un centre de gravité très près du sol.

Quand le chien sauta à nouveau, Thomas recula, tâchant de se protéger le visage avec son bras droit – dans lequel la bête plongea ses crocs jaunâtres. Curl ne ressentit d'abord aucune douleur, rien qu'un poids inimaginable. Il fixait le chien, ayant du mal à croire à ce qu'il lui arrivait. L'œil écarquillé, le museau barbouillé de sang, l'animal se tordait en tous sens comme un forcené ; pendouillant du bras de Thomas, il tentait d'arracher la chair de l'os.

Curl ravala un hurlement. De la main gauche, il chercha à tâtons le long tournevis, toujours enfoncé dans le montant de la porte. L'ayant retrouvé, il le retira en ahanant et le serra fermement dans son poing valide.

Bandant tous ses muscles, Thomas Curl leva le bras droit pour amener à hauteur de ses yeux le pitbull se tortillant de plus belle, les babines écumantes. Lui portant une estocade, Thomas éventra l'animal, dont les yeux fous se ternirent instantanément et les pattes cessèrent de lancer des ruades. Mais ses puissantes mâchoires continuaient à s'accrocher ferme au bras mastoc de Curl. Quelques instants s'écoulèrent, Thomas, raide comme un piquet, tint bon, attendant que la mort fasse mollir les muscles de la bête. Cependant, ses tripes avaient beau se répandre sur le seuil en dégageant de la vapeur dans l'air froid de la nuit, le chien ne relâchait toujours pas son emprise.

Thomas Curl luttait contre des vagues de nausée. Le tournevis, glissant de sa main valide, sonna haut et clair sur le ciment.

Les lumières du mobile home d'à côté s'allumèrent et un type d'un certain âge en caleçon long passa la tête au-dehors. Thomas Curl tourna vivement le dos pour que le voisin ne distingue pas le cadavre du chien pendu à son bras. Grâce à cette nouvelle source de lumière, Curl remarqua que, dans sa panique, il avait réussi à briser le chambranle. De sa main valide, il tourna la poignée et se faufila tout chancelant dans la caravane de Decker.

Curl était couché sur le dos, sur un canapé, le gros chien en travers de sa poitrine. Il resta ainsi une bonne heure, lui parut-il, jusqu'à ce que le poids de l'animal et l'odeur âcre de son sang lui deviennent intolérables. Dans la pénombre, l'état de son bras droit était entièrement laissé à son imagination ; il sentait les premiers picotements d'une infection maligne et les élancements cuisants des muscles déchirés. Il comprit que sous peu le cadavre du chien serait d'une rigidité telle qu'il deviendrait quasiment impossible de lui forcer les mâchoires. Thomas serra le poing gauche avec colère et éprouva sa force. Toujours sans se relever, il décocha un violent uppercut dans la tête du pitbull. Le coup sans écho resta sans effet, mais Curl ne s'arrêta pas en si bon chemin. Fermant les yeux, il se figura travaillant le *punching-bag* au gymnase de la 5e Rue, gauche-respire-gauche, selon un tempo régulier. Lors des séances d'entraînement intensives au sac, son ex-manager avait coutume de diffuser *Midnight Rambler* sur la sono, si bien que Thomas se rejoua cet air sous son crâne tout en martelant le pitbull. À chaque impact, une douleur lancinante remontait en flèche de son bras lacéré jusqu'au cou. Douleur abominable, mais non partagée : en bon *punching-bag*, le chien restait imperturbable. Thomas Curl commençait à redouter que sa prise inamovible n'eût quelque chose de surnaturel.

Il s'arracha du canapé, alluma la lumière de la cuisine et mit le mobile home de Decker à sac, à la recherche d'un outil. Un manche à balai se révéla impuissant à venir à bout des démoniaques mandibules; un marteau, satisfaisant pour la prise, se montra inefficace et salissant. Accrochée à un râtelier dans un placard, Curl trouva enfin son bonheur : une petite scie à métaux. Il s'introduisit avec moult efforts dans l'étroite salle de bains où il s'accroupit. De son bras droit quasi mort, il balança la carcasse du chien dans le bac à douche et contempla d'un œil vague le magma livide. Thomas ne savait plus s'il était simplement à bout de forces ou s'il devenait fou, car il avait de plus en plus de mal à faire la part de ce qui lui revenait et de ce qui revenait au chien, charnellement parlant. Car des muscles noués de son épaule à la queue rosâtre du cadavre canin, le tout ne semblait plus former qu'une seule et énorme tumeur maligne. De sa main gauche, Thomas Curl tâtonna sur le carrelage jusqu'à ce que ses doigts se piquent aux dents d'acier de la scie. Prenant une profonde inspiration, il fit ce qu'il avait à faire.

Catherine était seule dans son lit, quand on sonna à la porte d'entrée.

James le toubib était absent une fois de plus, parti à Montréal pour un grand show de présentation-produit. Lui et d'autres chiropracteurs avaient accepté de parrainer un nouvel appareil contre le mal de dos, baptisé Vibrocanapé Miracle, qui devait être dévoilé au cours du show canadien. Au moment de prendre congé, James, déjà au volant, avait promis de lui ramener une vidéo de cette excitante manifestation et Catherine, lui plantant un bisou sur la joue, lui avait dit que c'était fantastique comme idée. Mais quand James lui avait demandé quel modèle du Vibrocanapé irait le mieux à son avis dans le patio : l'écossais ou le vieux rose, Catherine avait répondu ni l'un ni l'autre, pas question d'un canapé électrique chez moi, merci bien. James démarra en boudant.

Quand on sonna, Catherine enfila une mini robe de chambre en mousseline et trottina pieds nus jusqu'à la porte. La maison était pleine de lumière et la pendule dans sa niche indiquait neuf heures et demie. Elle avait à nouveau écrasé.

Par l'une des fenêtres, elle aperçut la Plymouth grise Volaré garée dans l'allée. Catherine sourit, *c'est reparti, mon kiki.* Se jetant un coup d'œil dans le miroir, elle conclut : et puis merde, à l'impossible nulle n'est tenue si tôt dans la matinée.

– Super, ton timing, Rage. Comme d'habitude, dit-elle en ouvrant la porte.

Mais quand l'homme se retourna, elle vit que ce n'était pas Decker mais un inconnu mastoc, vêtu du manteau de cuir de R.J. Catherine le lui avait acheté dans une boutique western, près de Denver. L'inconnu le portait sur les épaules, comme une cape. Peut-être que ce n'était pas celui de R.J. en fin de compte, se dit Catherine, mais un autre du même modèle, simplement.

– 'scusez-moi, dit l'homme. Z'êtes Mrs. Decker ?

– Stuckameyer, répondit Catherine. Ex-Mrs. Decker.

Le type avait le cheveu rare et blond-roux, le nez camus, crochu au bout, et l'œil petit et éteint. Il tendit à Catherine une enveloppe officielle marron avec une liasse de paperasses juridiques à l'intérieur. Catherine les feuilleta puis l'interrogea du regard.

– Ce sont les documents relatifs à mon divorce, et puis après ? dit-elle.

– Mais Catherine Decker, c'est bien *vous* ?

– Où vous avez dégoté tout ça ? fit-elle avec irritation.

– Je l'ai trouvé. Chez Mr. Decker, dit le type.

En l'examinant plus attentivement, Catherine vit qu'il portait aussi l'un des polos de R.J. Elle essaya de lui claquer la porte au nez, mais le type glissa dans l'embrasure le bout arrondi de sa botte noire.

– Joue pas à la connasse avec moi, dit-il.

Catherine allait prendre ses jambes à son cou quand elle aperçut le pistolet. L'inconnu le braquait sur elle de la main droite, qui dépassait du manteau de cuir. Une abomination ronde et marbrée était fixée au bras de l'homme. Genre un ballon de foot avec des oreilles.

– Oh bon Dieu ! s'exclama Catherine.

– Y a pas de lézard, il mord pas, fit le type.

Il la poussa dans la maison et referma la porte. Il changea le pistolet de main, refourrant son bras à tête de chien sous le cuir.

– Decker est dans la merde, bien profond, dit l'inconnu.

– Ben, je sais pas où il est.

Catherine réajusta le devant de sa robe de chambre.

– Tu sais pourquoi je suis là ? demanda Thomas Curl.

– Non, mais je sais qui vous êtes, dit Catherine. Vous êtes l'un des Gens de la Pêche, hein ?

24.

La voiture de patrouille de Jim Tile doubla celle de García sur la Route 222 et la précéda jusqu'à la ville, aussi sombre qu'une morgue. Le flic de la route les conduisit directement au domicile d'un vieux médecin noir qui fit un enveloppement froid et un pansement à Skink, dont l'œil blessé suintait. Sans souffler mot, Decker et García regardèrent le vieil homme faire danser le pinceau d'une lampe-stylo devant le visage hagard de Skink et scruter son autre œil assez longtemps.

– Il faut qu'il aille voir un neurologue, et tout de suite, finit par dire le médecin. À Gainesville, c'est le mieux pour vous.

Skink, pour sa part, resta muet. Une fois de retour à la bicoque, il se roula en boule sur un matelas et s'assoupit. Jim Tile alluma le feu de camp. García choisit une souche de chêne d'une largeur adéquate et s'assit devant les flammes.

– On fait quoi, maintenant ? dit-il. On se raconte des histoires de fantômes ?

– C'est ici qu'il vit, lui dit Decker.

– Incroyable, maugréa l'inspecteur.

Jim Tile alla à la voiture et revint avec deux photos noir et blanc 13 x 18.

– De la part de nos potes des bayous, dit-il en les tendant à Decker.

– Nom de Dieu ! bougonna ce dernier.

Il s'agissait des clichés des tricheurs pris sur le fait dans les roseaux du lac Maurepas – sauf qu'on avait substitué la tête de Dickie Lockhart à celle de l'un des types en question. Decker s'aperçut que la photo de Dickie venait de la série qu'il avait prise lors de la pesée du Classic Cajun. Avoir sous les yeux ces photos trafiquées l'enrageait au dernier degré, il avait presque une sensation de viol.

– Celui qui m'a barboté ma pelloche a pris son pied dans la chambre noire, dit-il à Jim Tile. Mais dans le genre bidonné, j'ai vu mieux.

– Il a roulé la crime de La Nouvelle-Orléans, ça n'a pas fait un pli.

– N'empêche que c'est de la daube, le coupa Decker. Je te trouve demain une demi-douzaine d'experts qui témoigneront qu'elles sont truquées.

García prit les tirages des mains de Decker pour les étudier.

– Balèze, fit-il. C'est comme ça qu'ils font, hein ?

– Ouais, avec des nasses.

– Et ils restent vivants combien de temps, les poissons ?

Decker haussa les épaules.

– Un à deux jours, je dirais.

– Y a d'autres choses que vous devez savoir, intervint Jim Tile.

Il leur rapporta sa conversation avec Ozzie Rundell et la version du meurtre d'Ott Pickney de ce dernier.

– D'après lui, Lockhart n'a pas tué Robert Clinch.

– Vous croyez ça ? demanda Decker.

Jim opina du chef.

– Alors, c'est Gault, obligé, dit García.

– C'est aussi ce que je pense, acquiesça le flic de la route. Mais je ne vois pas très bien son mobile.

Decker réfléchit à la question. Pourquoi Dennis Gault aurait-il commandité le meurtre d'un homme après l'avoir engagé pour qu'il travaille pour lui ? Lanie le savait peut-être ; peut-être même était-elle une partie de la réponse.

– Y a un mec qui s'appelle Thomas Curl, un bouseux cent pour cent, dit Jim Tile. C'est lui et son frère qui ont tué Ott, votre ami. D'après moi, c'est aussi eux qui ont buté Clinch.

– Les *Loulous de Louisiane*, fit Decker.

– Comme par hasard il se trouve que Lemus Curl est porté disparu. D'après sa famille, il s'est noyé dans le lac Okeechobee.

Decker, se sentant épié avec curiosité par García, tâcha de ne pas montrer ce qu'il ressentait.

– Mais l'autre Curl, Thomas, poursuivit Jim, il est à Miami.

– Chierie, fit García.

– Laissez-moi deviner : Curl me cherche.

– Très probable, dit Jim Tile. Je l'ai débusqué par téléphone dans un hôtel chicos du Grove. Mais il s'est barré.

– Quel rapport avec Gault ?

– C'est lui qui a réglé la chambre de Curl, dit Jim.

Tirant un bout de papier de sa poche poitrine, il le déplia soigneusement puis le tendit à Decker.

– Pendant ce temps-là, Mr. Gault s'en va à la pêche, fit Jim Tile.

C'était un prospectus promotionnel pour l'As du Bass Classic à la mémoire de Dickie Lockhart. À la lueur du feu, García le lut à haute voix par-dessus l'épaule de Decker : « Un concours qui fera date. Le droit d'inscription n'est que de trois mille dollars, mais ne tardez pas – le nombre des participants sera limité à cinquante bateaux. »

Decker n'en revenait pas, ces mecs étaient couillus, pas à dire.

– Trois mille dollars, fit-il.

– À tomber par terre, observa Jim.

Ça faisait une paie qu'il avait renoncé à comprendre la mentalité plouc du Sudiste blanc. Il se demanda si le flic cubain avait la même difficulté.

– Dennis Gault, je le cadre assez bien, fit García. C'est rien qu'un mégalo minable qui rêve d'entasser les coupes dans son *penthouse*. Mais quel autre binz de merde se cache derrière ce concours ?

Decker lui expliqua tout et le reste sur le Canal Chrétien de Plein Air et les vastes enjeux du projet immobilier de Lunker Lakes.

– Ils vont se servir de l'impact énorme de la pêche à la télé pour écouler des résidences. Tout le monde fait ça en ce moment. Mazda, c'est le golf, Lipton, le tennis, le C.C.P.A., tout ce qui touche au bass. Les indicateurs de marché sont au beau fixe.

García parut amusé à l'extrême.

– Ne me dis pas que des adultes majeurs et vaccinés restent collés des heures devant leur petit écran à en regarder d'autres pêcher à leur place, fit-il.

– Des millions, chaque week-end, dit Decker.

– Je ne veux plus t'entendre déblatérer contre ces dingos de Cubains, plus jamais, fit García.

Un léger sourire voltigea sur les lèvres de Jim, qui reprit bientôt son sérieux.

– Gault pose un gros problème, dit-il. À lui seul, il peut expédier Decker en prison.

– Il préfère le voir mort, répliqua García.

Decker savait que ce dernier avait raison. À l'heure qu'il était, Dennis Gault avait sans doute compris qu'un procès pourrait être désastreux pour lui ; il n'existait que des présomptions contre Decker et Gault ne pouvait courir le risque de se présenter en personne dans le box des témoins. Il y avait des moyens plus radicaux de clore une affaire criminelle : l'un d'eux était de faire disparaître le principal suspect. Ça, songea Decker, c'est du rayon de Thomas Curl.

– Il nous faut mettre la main sur Gault avant que Curl ne la mette sur toi, dit García à Decker.

– C'est une idée lumineuse, Al.

– T'en as d'autres, gros malin ?

– Il se trouve que oui. Mon idée c'est que tu scotches ton cul de Cubain flemmard un jour ou deux, en servant de garde-malade à notre ami ici présent.

Decker se tourna vers Jim Tile.

– J'ai besoin que vous me fassiez une fleur.

– Je suis en congé à compter de ce soir, dit le policier de la route.

– Bien, dit Decker. Ça vous dit d'aller faire un tour à la plage ?

Jim Tile pouffa.

– J'ai déjà mon Ambre Solaire dans ma valise.

Crescent Beach se trouve à quelques kilomètres au sud de St. Augustine. Le sable de cette large étendue d'un blanc cristallin est si durement tassé qu'on peut conduire un pick-up jusqu'au bord de l'eau sans crainte de rester en carafe. Pendant longtemps, Crescent Beach et les autres communes limitrophes vivotèrent dans un splendide – et rare – isolement. Plus au sud, Daytona avait concentré toute la publicité et les foules qui vont avec ; plus au nord, la plage de Jacksonville était encore suffisamment propre pour que ses habitants n'aillent pas voir ailleurs pendant le week-end. Cependant, suite au boom du marché des condos dans les années 70, les promoteurs, à force d'écumer tous azimuts les possibilités du littoral, finirent par tomber avec ravissement sur l'intacte Crescent Beach – vrai rêve humide de promoteur et parfaite incarnation de l'échappée belle. « Venez voir la Floride éternelle ! Profitez, dans la solitude, de longues balades romantiques, avec l'Atlantique qui vous lèche les doigts de pied ! Couchez-vous dans les dunes ! » Lesdites dunes devinrent un argument de vente décisif pour les plages longtemps ignorées de la Floride du Nord ; les Floridiens du Sud ne connaissaient même pas le mot, car les promoteurs les avaient toutes aplanies dans les années 50. À vrai dire, à l'aune de celles du Nord, les dunes de Floride – de simples monticules herbus – ne justifiaient pas le tapage qu'on en faisait, mais les vendeurs de condos, en tirant le maximum, surent convaincre leurs clients qu'elles représentaient une curiosité naturelle incontournable. Une fois que la folie bâtisseuse eut gagné le sud de Jacksonville et que le bord de mer croula sous les stations balnéaires sélects, les tours d'habitation et autres communautés golfeuses, l'État se vit contraint d'acquérir ce qui restait des fameuses dunes, de les classer parcs naturels et de les quadriller de promenades en planches pour éviter qu'elles ne soient nivelées. Mystérieusement, les touristes acceptaient de rouler pendant des kilomètres et d'acquitter un droit d'entrée juste pour voir une crête sableuse d'un mètre cinquante piquetée d'herbes folles – seul vestige d'authentique nature sauvage au milieu des cabanons de plage.

Lanie Gault n'avait pas jeté son dévolu sur Crescent Beach pour ses dunes. Elle n'avait jeté aucun dévolu que ce soit ; un de ses amants lui avait offert pour la Saint-Valentin 82 le condo qu'il venait d'acheter. C'était un homme merveilleux, foncièrement inoffensif, qui possédait sa propre compagnie d'assurances ; qu'il soit marié ne dérangeait absolument pas Lanie. Il n'était d'ailleurs pas le genre de type qu'on avait envie d'avoir dans les pattes toute la journée. Un week-end, de temps en temps, ça suffisait amplement. Leur liaison dura environ deux ans, jusqu'à ce que sa femme l'apprenne – quelqu'un l'avait régalée au téléphone de tous les détails croquignolets. Si l'assureur ne voyait pas d'où le coup avait pu venir, Lanie, elle, ne le savait que trop. De son frère. Dennis eut beau ne jamais lui avouer avoir téléphoné, Lanie n'eut aucun doute : ça ne pouvait être que lui. Dennis ne supportait pas l'assureur (rien de nouveau sous le soleil) et la tannait depuis des mois de clarifier la situation et de le larguer, car il craignait un max. Non, il craint pas, avait répliqué Lanie, songeant à part soi : il est un peu chiant, c'est tout. Une fois l'épouse légitime mise au courant, Lanie, furieuse contre son frère, ressentit en même temps un léger soulagement. Quelques jours plus tard, l'assureur passa lui annoncer au condo qu'il rentrait à Saint Louis et lui donna un baiser d'adieu. Lanie en pleurs lui dit qu'elle comprenait parfaitement et lui demanda s'il voulait qu'elle lui rende l'appart. L'assureur se récria bon Dieu non, ce condo est à toi, évite seulement de raconter comment tu l'as eu. Une semaine plus tard, Lanie changea la moquette, qu'elle choisit lie-de-vin, songeant que son cœur n'était peut-être pas si brisé que ça, tout compte fait.

L'appartement de Lanie, situé au huitième étage de l'aile est, avait un balcon en forme de coquille Saint-Jacques avec vue sur l'océan. L'une des choses qu'elle appréciait dans l'immeuble, c'était la sécurité – il y avait non seulement une guérite à l'entrée, mais aussi un vigile armé dans le hall et des caméras de surveillance en circuit fermé. Personne ne pouvait monter dans les étages sans montrer patte blanche, et les agents de sécurité avaient la consigne stricte de téléphoner d'abord, dans tous les cas de figure. Étant donné ces procédures, Lanie s'alarma à juste titre d'être tirée de son sommeil par des coups frappés à sa porte. Elle rampa à travers le vaste lit à deux places et, décrochant le téléphone de la table de nuit, appela la réception.

– C'est la police, miss Gault, lui répondit le vigile. On a été obligés de les laisser monter.

En ouvrant la porte, elle obtint confirmation du problème. Jim Tile arborait son uniforme de policier de la route.

– Je peux faire quelque chose pour vous ? demanda Lanie.

– Pour moi, non, fit Jim. Pour mon ami, oui.

Decker pointa son nez dans l'embrasure de la porte.

– Tu te souviens de moi ? On s'en est payé une bonne tranche, y a pas si longtemps.

Lanie parut abasourdie de le voir là.

– Salut, fit-elle, avec hésitation.

Les deux hommes entrèrent. Jim Tile retira poliment son Stetson et Decker referma la porte derrière eux.

– On voit à vue d'œil que tu hésites sur le rôle à tenir, parce que tu ignores ce que je sais exactement, dit-il à Lanie.

– Qu'est-ce que ça signifie ?

Decker ouvrit les rideaux du salon sans faire de commentaires sur la vue.

– La Folle Enamourée est une première possibilité. Tu sais, avec des répliques, du style : *Où t'étais ? Ce que tu m'as manqué. Pourquoi t'as pas appelé ?* Mais ça, c'est valable seulement si je sais pas que t'es allée trouver les flics de La Nouvelle-Orléans. Et si je sais pas que t'as aidé ton frère à me foutre dans la merde.

Lanie s'assit et joua avec ses cheveux. Jim Tile passa dans la cuisine où il prépara trois verres de jus d'orange.

– Une autre possibilité, continua Decker, c'est le numéro du Témoin Terrifié. Le suspect numéro un fait irruption dans ton appart et te flanque une trouille bleue. *Ne me fais pas de mal, je t'en supplie. Je ferai tout ce que tu voudras, mais surtout ne me fais pas de mal.* Ça, c'est au cas où t'essaierais de me faire gober l'idée que tu crois dur comme fer que j'ai tué Dickie Lockhart. Ce qui est une connerie de première bourre.

Lanie fit un pauvre sourire.

– J'ai quoi comme autre choix ?

– Essaie de dire la vérité, fit Decker. Ne serait-ce qu'à titre expérimental.

– Vous avez un lecteur de cassettes ? lui demanda Jim Tile.

– Sur le balcon, avec les affaires de plage, dit Lanie, refusant d'un signe de tête le verre que lui tendait Jim.

Le flic de la route sortit, dénicha la minichaîne portable et en rentrant, l'installa sur la table basse du salon. Il y avait déjà une cassette dans le lecteur.

Jim Tile enfonça la touche « Record ».

– Pas d'inconvénient ?

– Eh, c'est mon Neil Diamond que vous effacez, se plaignit Lanie.

– Tu parles d'une perte, fit Decker.

Jim tripota le bouton du volume sonore.

– Beau matériel, dit-il, égaliseurs graphiques et tout le bazar.

– On commence par Dennis, annonça Decker.

– Oublie ça, R.J.

– Elle a raison, intervint Jim Tile. Ne commençons pas par son frère, mais par Robert Clinch.

Lanie regarda froidement le colosse noir.

– Je peux vous causer des tas d'ennuis.

– Ne vous surestimez pas, fit Jim Tile.

Decker fut impressionné que Jim le soit si peu.

– O.K., princesse, devine un peu qui a tué Bobby ? dit-il.

– Dickie Lockhart.

– Faux.

– Alors qui ?

Jim Tile se leva et entrouvrit les panneaux de verre donnant sur le balcon. Une brise fraîche agita les rideaux. Lanie frissonna.

– Dennis ne voyait pas d'un très bon œil ta liaison avec Bobby Clinch, hein ? demanda Decker. Pas question qu'une fille canon comme toi file à l'anglaise avec un sale plouc de basseur, je veux dire.

– Quoi ?

Lanie parut exaspérée, rien moins que cool.

– Votre frère a fait tuer Robert Clinch, dit Jim Tile. Il a engagé deux hommes de main pour ça. Ils l'ont attendu à Coon Bog, ce matin-là, ils l'ont liquidé, puis ont trafiqué son bateau pour faire croire à un naufrage tragique. Dennis voulait que tout le monde pense que Dickie était derrière cette histoire.

– Non, dit Lanie, l'œil vitreux.

Elle n'est vraiment pas au courant, songea Decker. Mais si jamais elle joue la comédie, elle mérite un oscar.

– Bobby n'arrivait à rien dans cette histoire de triche, dit-elle, comme anesthésiée. Les mecs qu'employait Dickie étaient trop balèzes. Dennis s'impatientait, menait la vie dure à Bobby. Et puis... bon.

– Il a découvert que toi et Bobby étiez comme cul et chemise.

Lanie eut un rire creux.

– Tant que je pratique la baise comme un sport, il est pas contre. Si je m'envoie un mec différent tous les soirs, il me fera jamais une remarque. Mais chaque fois que c'est du sérieux, il a une drôle d'attitude. Par exemple, quand Bobby a parlé de quitter sa femme pour vivre avec moi, Dennis est devenu fou furieux. Mais il ne ferait jamais ce que tu as dit. Jamais !

– Lanie, il avait plus besoin de toi que de Bobby, dit Decker.

– Pour quoi faire, Decker ? Il avait besoin de moi pour quoi ?

– Pour moi, fit Decker, se frappant la poitrine.

Lanie pleurait à présent. Decker avait vu mieux dans le genre, mais elle était assez convaincante.

– Qu'est-ce que tu racontes ? hoqueta-t-elle entre deux sanglots. Tu penses que je faisais la pute pour le compte de mon frère ? Bobby, je l'aimais, tu ne veux pas me croire, mais c'est vrai.

Jim Tile n'était pas du tout ému. Après des années passées à coller des contredanses, il avait entendu toutes les histoires crève-cœur imaginables. Avec le quant-à-soi qui le caractérisait, il demanda :

– Quand lui avez-vous parlé pour la dernière fois ?

– À Bobby ? Je l'ai vu la veille de sa mort, le soir. On a bu un verre dans un restau de fruits de mer du côté de Wabasso.

– Il vous a dit qu'il avait l'intention de se rendre sur le lac ?

– Bien sûr – il était tout excité. Il avait obtenu un tuyau selon lequel Dickie cachait ses nasses à Coon Bog. Bobby ne tenait plus en place tellement il lui tardait de trouver les bass et de prévenir Dennis.

– Mais ce tuyau, il le tenait d'où ? questionna Decker.

– D'un type qui l'avait appelé, sans vouloir dire son nom.

– Une entourloupe, ce coup de fil, conclut Jim Tile.

– Pouce, dit Lanie, les yeux rivés sur le lecteur de cassettes.

C'est le moment, songea Decker, qui vint s'asseoir près de Lanie.

– Tu peux me traiter de fouille-merde tant que tu veux, mais j'aimerais savoir pourquoi tu m'as entubé, moi.

Lanie ne répondit pas. Decker prit gentiment l'une de ses mains entre les siennes, comme un petit animal qu'il redoutait de serrer trop fort. Lanie en resta pétrifiée.

– C'est ton frère qui a eu cette idée, n'est-ce pas ?

– Au début, il m'a parlé de chantage, dit-elle. Il m'a demandé si je connaissais de bons photographes qui pourraient suivre Dickie à la trace et le mitrailler à son insu. J'ai pensé à toi et Dennis m'a dit très bien. Puis il m'a dit de me débrouiller pour que tu restes « intéressé » et j'ai dit O.K., j'étais prête à n'importe quoi pour faire payer à Dickie ce qu'il avait fait.

– Ce que *tu croyais* qu'il avait fait, la corrigea Decker.

– Dennis m'a dit que Dickie avait tué Bobby. Je l'ai cru. Pourquoi ? J'aurais pas dû ? Ça tenait debout.

– Là-dessus Dickie est assassiné, qu'est-ce qui se passe alors ? fit Jim.

– Dennis m'a téléphoné à La Nouvelle-Orléans.

– Qu'est-ce que tu foutais là-bas au juste ? fit Decker.

– Il m'y avait expédiée, dit Lanie. Pour être sûr que tu glandais pas, c'est ce qu'il m'a dit. Il avait les boules parce que tu lui racontais quasiment rien au téléphone.

– Alors tu me traînes dans ton lit et tu voles le film ?

– Qui a traîné qui ? coupa Lanie. Pour ce qui est du film, je te demande pardon. C'était moche de ma part. Dennis m'avait dit qu'il mourait d'envie de voir ce que tu avais récolté. Et que, d'ailleurs, la pelloche était à lui.

Decker lui comprima légèrement la main.

– Tu as vraiment cru tout ça ? demanda-t-il, avec agitation. T'as pas été frappée par le côté bizarroïde des commissions qu'il te demandait ? Rien n'a fait tilt dans ta sublime jugeote XXL ?

– Non, rien, répliqua sèchement Lanie.

– Pour en revenir au meurtre de Dickie..., intervint Jim Tile.

– Ouais, fit Lanie, reportant son attention sur l'agent de la force publique.

« Ce matin-là, Dennis m'a appelée à La Nouvelle-Orléans, tout chamboulé. Il m'a dit que Decker avait tué Lockhart. Dennis avait peur.

– Il a ajouté qu'on pourrait le suspecter, compléta Jim.

– Oui. Il m'a dit que Decker cherchait à lui coller ça sur le dos puis il m'a demandé d'aller trouver la police.

– Et de lui mentir ?

– C'est mon frère, bon Dieu ! Je ne voulais pas qu'il se retrouve en prison à cause d'un crime dingo pour ces saloperies de poissons. La mort de Bobby, c'était déjà bien assez dur. J'avais pas envie de perdre aussi Dennis. Alors j'y suis allée et je leur ai fait une très brève déclaration.

Elle fixa à nouveau Decker.

– J'ai dit que tu m'avais déposée avant d'aller retrouver Dickie. C'est tout.

– Mais c'est pas rien, fit Decker. Merci mille fois.

– Dennis avait l'air si désespéré.

– Et de bonnes raisons pour ça.

– Je ne vous crois toujours pas, s'obstina Lanie.

– Mais si, glissa Jim.

Decker avait fait tous ses efforts pour ne pas laisser éclater sa colère.

– Il y a d'autres petits services que tu as rendus à Dennis et que nous ignorons ?

– Vous pouvez pas éteindre ce truc ? fit Lanie.

Jim Tile arrêta l'enregistrement.

Lanie se leva et les mena à travers l'appart jusqu'à la seconde chambre à coucher, dont elle ouvrit la porte le plus doucement possible. La pièce était plongée dans le noir : non seulement les stores étaient tirés, mais leurs interstices, obturés au gaffeur. Lanie alluma le plafonnier.

Une jeune femme à cheveux longs était couchée dans le lit, une couverture de coton rose ramenée sous le menton. Ses paupières bleuâtres closes à demi, elle respirait péniblement, la bouche ouverte. Il y avait des cachets et une bouteille de Dewar's à moitié vide sur la table de chevet.

Jim échangea un regard avec Decker.

– Je l'ai déjà vue, dit ce dernier. Au concours de La Nouvelle-Orléans.

– Elle s'appelle Ellen O'Leary, dit Lanie d'une voix blanche. Elle n'est pas très en forme.

Pris d'un accès de fureur, Decker plaqua Lanie Gault contre le mur, lui emprisonnant les bras.

– Maintenant on ne joue plus, dit-il. Qui est cette fille ?

– J'en sais rien ! cria Lanie.

– T'es juste rentrée un beau soir et tu l'as trouvée évanouie dans ce pieu ?

– Non, un type l'a amenée ici. Dennis m'a demandé de veiller sur elle.

– T'es vraiment malade dans ta tête, Elaine, dit Decker.

– On se calme, mec, intervint Jim Tile.

Il s'assit sur le lit près d'Ellen O'Leary et examina l'étiquette des flacons.

– Nembutal, dit-il à Decker.

– Super, un cocktail Marilyn.

– Rien que pour la faire dormir, insista Lanie. Elle s'en tirera, R.J. Chaque soir, je lui donne de la soupe. Tu veux bien me lâcher, s'il te plaît ?

Decker saisit Lanie par le bras et l'entraîna hors de la chambre. Jim Tile jeta les cachets dans les toilettes et tira la chasse, puis gagna la cuisine pour préparer du café pour la dénommée Ellen. Il se demandait à quel niveau d'étrangeté la situation plafonnerait.

Decker, de son côté, se sentait au bout du rouleau. Lanie était pas croyable.

– Qu'est-ce que ton frère t'a dit sur cette fille ? lui demanda-t-il.

– Il m'a recommandé de ne pas la quitter des yeux, c'est tout. De la faire dormir et de m'arranger pour qu'elle n'ait pas d'histoires. Il m'a dit qu'elle était un danger ambulant, pour elle-même comme pour les autres.

– Je t'en fous.

Lanie demanda si elle pouvait s'habiller. Decker accepta, à condition de ne pas la perdre de vue. Lanie ne souleva aucune objection. Elle ôta négligemment sa chemise de nuit et se brossa les cheveux, nue devant la glace, sous l'œil de Decker, impassible. Pour finir, elle enfila un jean et un sweatshirt University of Miami.

– Tu connais un certain Thomas Curl ? lui demanda Decker.

– Bien sûr, c'est le type qui a amené Ellen ici, répondit Lanie. Il travaille pour Dennis.

À sa façon de dire les choses, Decker comprenait qu'elle n'était au courant de rien. Même une Lanie n'était pas si douée.

– C'est Thomas Curl qui a tué Bobby, lança-t-il.

– Arrête ça tout de suite, fit Lanie.

Mais à en juger par son expression, il était évident qu'elle faisait des recoupements dans sa tête.

Dans l'autre pièce, Jim Tile transporta Ellen sous la douche. Il la colla sous une bruine froide pendant dix minutes jusqu'à ce qu'elle crachouille et se plie en deux pour vomir. Puis il l'emporta, enveloppée dans une serviette avant de la recoucher. Une fois son estomac apaisé, elle s'assit dans le lit et sirota du café.

Jim Tile ferma la porte.

– Vous voulez bien qu'on parle un petit peu ? fit-il.

– Où est-ce que je suis ? demanda Ellen, d'une voix pâteuse.

– En Floride.

– J'ai dû être malade – est-ce que je l'ai raté ?

– Raté quoi ? fit Jim.

– L'enterrement de Dickie.

– Oui, il a déjà eu lieu.

– Oh, fit Ellen, les larmes aux yeux.

– Dickie, c'était un de vos amis ? dit Jim Tile.

– Oui, monsieur.

– Vous le connaissiez depuis longtemps ?

– Pas très longtemps, répondit Ellen O'Leary. Rien que quelques jours. Mais il était si gentil avec moi.

– Vous l'avez vu quand pour la dernière fois ?
– Juste avant que ça se produise.
– Le meurtre ?
– Oui, monsieur. J'étais avec lui dans la chambre à l'hôtel, on fêtait le concours, quand Thomas Curl a frappé à la porte en disant qu'il fallait qu'il voie Dickie tout de suite.
– Alors qu'est-ce qui s'est passé, Ellen ?
– Ils sont sortis tous les deux et Dickie n'est pas revenu. Je me suis endormie – on avait bu énormément de champagne. Le lendemain matin, j'ai appris ce qui s'était passé à la radio.
Jim Tile lui versa une nouvelle rasade de café.
– Vous avez fait quoi ensuite ?
– J'étais tellement bouleversée que j'ai téléphoné au révérend Weeb en lui demandant de prier pour le repos de l'âme de Dickie. Et il m'a répondu qu'il le ferait uniquement si je venais m'agenouiller devant lui.
– Je parie que vous n'aviez pas la tête à *ça*.
– Non, dit Ellen.
Elle ne comprenait pas comment le policier noir pouvait être au courant des étranges modes de fonctionnement du révérend Weeb, mais lui fut reconnaissante de sa compassion.
Jim Tile ouvrit la porte de la chambre et pria Decker et Lanie de venir les rejoindre.
– Ellen, fit-il, voulez-vous répéter à miss Gault qui est venu chercher Dickie Lockhart le soir où on l'a tué.
– Thomas Curl, répéta Ellen O'Leary.
Lanie parut ébranlée.
– Vous en êtes sûre ?
– J'étais au lycée avec lui.
– Mon Dieu, fit Lanie, avec abattement.
Ellen glissa un oreiller supplémentaire sous sa tête.
– Je me sens beaucoup mieux, dit-elle.
– Et moi, vachement mal, fit Lanie en écho.

Le téléphone sonna. Jim dit à Lanie de répondre tout en faisant signe à Decker de décrocher le poste de la cuisine.

C'était Dennis Gault qui appelait.

– Salut, fit Lanie, avec Jim sur le dos.

– Ça boume, sœurette ? demanda Gault.

– Super, dit Lanie. Ellen roupille toujours.

– Génial.

– Dennis, j'aimerais bien aller prendre le soleil et faire des courses. Ça va durer encore longtemps ce baby-sitting ?

– Écoute, Elaine, j'en sais rien. Les flics n'ont toujours pas arrêté Decker.

– Oh, bonnard.

Parfait, le sarcasme. Decker à l'écoute était baba d'admiration – elle aurait pu brûler les planches ou crever l'écran.

– Et si jamais ils ne l'arrêtent pas ? dit-elle.

– Sois pas ridicule.

– Dennis, je veux que Tom vienne chercher cette fille.

– Bientôt, promit Gault. Je l'ai expédié régler une affaire à Miami. Il viendra récupérer Ellen à son retour. Cool, ma douce, tu veux ?

– À Miami ? répéta Lanie.

– Ouais, fit son frère. On se prépare pour le grand concours.

– Ah ouais, fit Lanie, songeant *in petto* : j'espère te voir noyé, salopard d'assassin.

25.

Le feu mourait doucement. García tisonna les braises, faiblarde tentative pour raviver les flammes. Bientôt une vague de brume masqua le lac et tomba sur les épaules de l'inspecteur comme un linceul humide. Des bêtes détalaient, invisibles, à travers bois, et chaque craquement de brindille ne rappelait que trop à García qu'il était hors de son élément naturel, la ville. Des bruits – produits par quoi, il n'en avait aucune idée – s'élevaient du lac même, gargouillis et éclaboussures en tous genres. García songea à des ours : mais de quelle espèce, de quel gabarit ? Le poids du colt Python sous son aisselle lui était d'un piètre réconfort, car il savait que l'arme n'était pas conçue pour la chasse à l'ours. García n'était pas un homme de plein air ; son principal contact avec la vie sauvage se limitait à de vieilles rediffusions de *The American Sportsman* à la télé. Deux choses lui restaient nettement de ces émissions : la vision d'ours féroces de la taille d'une Pontiac et des scènes conviviales autour d'un feu de camp où les chasseurs éclusaient des bières en festoyant de venaison fraîche. García se rappelait vaguement qu'une dizaine d'hommes armés entouraient toujours Curt Gowdy dans son campement, équipe caméra non comprise. Et lui était pour ainsi dire seul, près d'un feu éteint.

García ramassa sans enthousiasme du petit bois qu'il jeta sur les braises. Il approcha son briquet du tas, mais le bois fit long feu. L'inspecteur dévissa alors le capuchon de son briquet jetable et arrosa les brindilles de carburant. Puis, se penchant, il craqua une allumette, et les flammes lui sautèrent à la figure. García s'écarta pour mieux se rasseoir, atteint de sinistrose, devant un feu de camp couvant à nouveau sous la cendre. Il se tâta précautionneusement le visage : les dégâts étaient minimes – ses sourcils roussis rebiquaient et sa moustache dégageait une odeur âcre. Il sursauta soudain en entendant le rire caverneux de Skink, dont la silhouette massive bouchait l'entrée de la bicoque.

– Bon Dieu, c'est à ne pas croire ! s'exclama le colosse.

En cinq sec, le feu flambait à nouveau haut et clair. Skink fit du café, que García accepta avec gratitude. Quelque chose clochait dans l'apparence du gouverneur, l'inspecteur mit un petit moment à déterminer quoi.

– Votre œil, dit-il à Skink.

– Oui, quoi ?

Un nouvel œil remplaçait dans l'orbite la compresse de gaze. Sa grosseur était frappante, tout comme son iris d'un jaune surprenant et sa pupille large comme une pièce de monnaie. García ne put que remarquer que cet œil nouveau ne s'adaptait pas parfaitement à sa cavité ni au visage de Skink.

– Où vous l'avez trouvé ? demanda-t-il.

– Il me va bien ?

– Très bien, dit l'inspecteur. Très, très bien.

Skink rentra dans la bicoque et en ressortit avec une effraie empaillée, un oiseau au port impérieux.

– J'accroche ça sur le toit pour faire fuir les corbeaux et les quiscales, expliqua-t-il.

Puis admirant à bout de bras la chouette naturalisée :

– Dommage que la mine ne tue pas.

– Elle fera autant peur aux oiseaux ? Avec un seul œil, je veux dire ? demanda García.

– Oh que oui, dit Skink. Encore plus même. Zieutez l'air mauvais qu'elle se paie, la salope.

Le regard vitrifié de la chouette n'avait rien perdu de sa férocité, García devait bien l'admettre. Et Skink lui-même n'était pas en reste ; même si son œil nouveau ne bougeait pas de concert avec son alter ego, il captait toujours l'attention.

– Je vais faire un essai, dit Skink, mettant ses lunettes de soleil.

Après le café, Skink, armé de la lampe tempête, mena García au bord de l'eau et le fit monter dans le canot. García partagea l'avant avec un vieux seau en fer-blanc où était plié un épervier de nylon. Skink traversa le lac à la rame avec entrain, chantant un vieil air de rock que García reconnut vaguement :

Personne ne sait ce que c'est
d'être le mauvais, d'être l'affligé...

... le déjanté plutôt, corrigea García *in petto*.

L'énergie de Skink le sidérait, surtout après le tabassage en règle qu'il avait subi. L'embarcation fendait l'eau en force, comme l'éclair ; Skink maniait les rames avec une ardeur qui frisait la jubilation. Il n'avait vraiment plus rien à voir avec la loque ensanglantée, sifflant comme un asthmatique sur la banquette arrière de la voiture de García. S'il avait encore mal, Skink ne le montrait pas. Il était littéralement fou de joie d'être de retour chez lui et sur l'eau.

Au bout de vingt minutes, Skink, sans ralentir son rythme, dirigea le canot vers une anse de la rive nord. De son œil valide, il regarda par-dessus son épaule et maintint le cap vers l'embouchure d'un petit cours d'eau qui se déversait dans le lac entre deux chênes antédiluviens encore verts. García jugeait la rivière trop étroite, même pour leur petit skiff, cependant elle les goba sans coup férir. Sur cinquante mètres, elle serpentait à travers des hauts-fonds moussus, sous des cyprès fendus par la foudre et les insolites enchevêtrements barbus de *Spanish moss*. García, frappé d'admiration devant la primitive beauté du marais, se taisait par peur de troubler le silence. Skink ne chantait plus depuis longtemps.

Bientôt la rivière s'ouvrit sur un étang à l'eau noire, cerclé de feuilles de nénuphar et miné de souches pourrissantes.

Skink ôta ses lunettes de soleil et les fourra dans la poche de son imperméable. Il lâcha les rames et fit un mouvement pour saisir l'épervier. García le lui passa maladroitement ; les plombs qui le lestaient étaient lourds et peu maniables. Skink, debout, jambes écartées, le filin serré entre les dents, lança le filet en un arc de cercle harmonieux au ras de l'eau ; il se déploya à la perfection, à la surface du lac, comme une ombrelle arachnéenne. Quand il ramena l'épervier dans le bateau, il était constellé de poissons, étincelant dans ses mailles comme des éclats de miroir. Skink remplit d'eau le seau en fer-blanc et y déversa sa pêche. Une fois le filet replié, il se rassit face à García.

– Des *golden shiners*, claironna-t-il.

Skink en pêcha un dans le seau et l'avala tout vif.

García le regarda faire bouche bée.

– Ça a quel goût ? demanda-t-il.

– Un goût de *shiner*.

Skink prit un autre poisson dans le seau et, le cognant légèrement contre le plat-bord, le tua net.

– Regardez-moi ça, dit-il à García.

Se penchant par-dessus bord, Skink frappa de la paume la surface de l'eau, provoquant une onde de choc sonore. Il réitéra ce manège moult fois jusqu'à ce qu'il retire soudain sa main de l'étang en disant :

– Hou, *baby* !

Il lâcha le *shiner* mort et il y eut comme une éruption sous l'eau noire – une masse couleur bronze, large comme un canon, engloutit le menu fretin qui flottait.

– *Cristo !* hoqueta García.

Skink fixa la surface, redevenue aussi lisse que de la soie, avec un sourire de fierté.

– Ouais, c'est une bonne grosse mémère.

Il jeta un autre *shiner* avec le même résultat volcanique.

– C'est un bass ? demanda García.

– Un *hawg*, précisa Skink. Un putain de record dans la catégorie « monstrueuse bébête ». Devinez un peu son poids, sergent ?

– Aucune idée.

À la lueur changeante de la lampe tempête, García fit tous ses efforts pour distinguer le poisson, mais sans y parvenir ; l'eau était impénétrable, couleur de pétrole brut.

– Elle s'appelle Queenie, dit Skink. Et elle pèse ses vingt-neuf livres, facile.

Skink jeta encore trois *shiners*, que le bass dévora, avec une frénésie qui trempa les deux hommes.

– Alors comme ça, c'est votre animal de compagnie, dit García.

– Oh que non, dit Skink. Je fais équipe avec elle.

Il tendit le seau à García.

– À votre tour, mais gaffe à vos mimines, dit-il.

García estourbit un *shiner* et le lança dans l'étang. Rien ne se passa, pas la moindre ride.

– Filez une bonne claque sur l'eau, lui conseilla Skink.

García s'y essaya timidement, produisant plus de bulles que de bruit.

– Plus fort, bordel ! s'exclama Skink. Voilà. Allez, vite maintenant, jetez-lui un *shiner*.

Le petit poisson avait à peine touché l'eau – il frétillait encore, celui-là – que ladite « monstrueuse bébête » l'avalait avec un bruit obscène.

– Elle vous a à la bonne, dit Skink. Encore un coup.

García lança un autre appât et le regarda disparaître.

– Où vous avez appris ce tour à la con ? Dans *Robinson Crusoé* ? fit-il.

Skink ne releva pas.

– Rendez-moi le seau, dit-il.

Il nourrit le poisson géant du reste des *shiners* à l'agonie, sauf un. Skink, le tenant entre le pouce et l'index, en titilla l'eau. Il s'en servait comme d'une baguette magique, traçant des huit argentés aux abords du canot. Quittant son antre secret au fin fond de l'étang, le monstre remonta lentement jusqu'à ce que sa nageoire dorsale noire vienne crever le velours de la surface. Comme le poisson restait immobile, García put prendre pour la première fois la mesure de sa taille véritable et de la puissance impressionnante de sa mâchoire surbaissée. Le bass glissait lentement vers le *shiner* avec lequel Skink l'attisait ; sa fièvre avait cédé la place à une mûre délibération. Skink laissa filer l'appât entre ses doigts, qui disparut instantanément dans la gueule blanche – cependant, le poisson ne s'éloigna pas plus que Skink ne retira sa main. Au grand étonnement de García, ce dernier saisit le bass par son mandibule et, le hissant hors de l'étang, le déposa avec précaution sur ses genoux.

– Là, tout doux, ma belle, fit Skink.

Dégouttant dans le bateau, le poisson évasa ses ouïes et happa l'air, mais sans se débattre. Quelle brute magnifique avec sa gueule béante ! se dit García – quasi trente livres d'iridescence musclée.

– Sergent, dit Skink. Dites bonjour à Queenie.

García avait beau ne pas vouloir passer pour un malotru, il se voyait mal faire des politesses à un poisson.

– Allez, quoi, l'encouragea Skink.

– Salut Queenie, dit l'inspecteur, sans conviction.

Encore heureux que son lieutenant ne voie pas ça.

Skink, un pouce passé dans la mâchoire du bass, glissa son autre main sous son ventre pâle et gonflé. Après l'avoir soulevé, il le chargea en longueur sur son épaule, comme un tonneau. Le visage de Skink se redoublait à présent de la tête de ce bass monstrueux si bien que García se retrouva les yeux dans les yeux avec ceux (de gauche à droite, successivement) d'un poisson, d'un être humain et d'une chouette empaillée.

Comme s'il câlinait un chiot, Skink pressa sa joue contre les ouïes écailleuses de Queenie.

– Je te présente le nouveau boss, murmura-t-il au poisson. Même chose que l'ancien.

García ne savait foutre pas de quoi il parlait.

Le révérend Weeb arriva à Lunker Lakes juste à temps pour voir crever la seconde fournée de poissons. L'hydrologiste, déconfit, déclara qu'il n'y avait rien à faire. Se détachant contre le ciel gris, Weeb se tenait sur la rive, près du jeune scientifique, à compter les poissons au fur et à mesure qu'ils remontaient brusquement à la surface de l'eau polluée. Arrivé à soixante-quinze, Weeb se détourna et regagna la résidence modèle, qui servait de quartier général pour le concours.

– Annule la visite de la presse de demain, enjoignit-il au diacre Johnson, qui se précipita docilement vers son Rolodex.

– Bon, combien de temps a survécu ce contingent-là ? demanda Weeb à l'hydrologiste.

– Dix-huit heures, monsieur.

– Merde. Et le transport d'Alabama jusqu'ici représente... ?

– Deux jours ou tout comme, répondit l'hydrologiste.

– Merde.

Lunker Lakes avait englouti quatre mille alevins de bass, et Charlie Weeb était profondément soucieux. Car maintenant, il fallait penser à court terme.

– Je peux m'en procurer deux mille autres, dit-il à l'hydrologiste.

– Je vous le déconseille, rétorqua ce dernier. L'eau est toujours au-dessous des normes.

– *Au-dessous des normes ?* Tu veux dire qu'en fait ces poissons auraient une plus grande chance de survie dans un égout, c'est ça ?

– Je n'irais pas tout à fait jusque-là, rectifia l'hydrologiste.

– O.K., bureaucrate, écoute un peu par ici les mauvaises nouvelles.

Weeb ferma la porte de son bureau et désigna au jeune homme un fauteuil Chippendale.

– Tu aimes ce module ? Avec atrium d'entrée, alcôve petit dèj en bow-window, plafond cathédrale – j'ai pas oublié le chauffage à l'énergie solaire ? J'ai vingt-neuf mille de ces petites merveilles à écouler, tu vois, et pour l'instant, on ne peut pas dire qu'on se les arrache. Et on se les arrachera encore moins si je me retrouve avec un problème de poissons crevés sur les bras, tu comprends ?

Charlie Weeb croqua deux Chiclets.

– C'est de la Floride *nouvelle* que je vends ici, fils. La dernière frontière. Mes clients sont des gens simples qui préfèrent taquiner le poisson que se faire cramer sur la plage jusqu'au trognon. Lunker Lakes est fait pour eux, une communauté de plain-pied avec la nature, tu me suis ? Où, si tu sors avec ta canne à pêche, tu remontes une prise maousse. Enfin, c'est comme ça que je l'avais rêvé, mais pour l'heure... bah.

– On peut carrément parler de cloaque, reprit l'hydrologiste. J'ai fait de nouveaux tests, des analyses chimiques très poussées. La toxicité de cette eau ferait ressembler celle de l'East River à Walden Pond [1]. Le taux le pire touche la couche fangeuse – question P.C.B. [2], on est bons pour figurer dans le *Livre des records*.

– Comment ça ? rugit Charlie Weeb. Comment peut-elle être polluée puisqu'on l'a d'abord draguée ?

– Moi aussi, j'ai trouvé ça curieux, reprit l'hydrologiste, jusqu'à ce que je sois allé faire un tour au cadastre. On a enfoui une ancienne décharge, exactement à l'endroit de vos lacs, révérend Weeb.

– Une décharge ?

– Immense et... hypertoxique, assena l'hydrologiste d'un air lugubre. Deux cents hectares de boues diverses, caoutchoucs, dioxine, j'en passe, et des meilleures. Le ministère de l'Environnement n'y a vu que du feu.

– Seigneur Jésus ! s'écria Charlie Weeb.

Exclamation à laquelle il recourait rarement hors antenne.

– En termes profanes, conclut l'hydrologiste, en creusant Lunker Lakes, vous êtes tombé sur une réserve de boues acides fermentant là depuis vingt-quatre ans.

Charlie Weeb cracha son chewing-gum dans la poubelle. Son esprit battait la campagne. Il voyait déjà les gros titres désastreux et se frotta les yeux comme pour éloigner ce cauchemar. Il se maudit *in petto* d'avoir succombé à l'épidémie de fièvre immobilière floridienne, quand il aurait pu jouer sur du velours avec des obligations municipales nettes d'impôts – le conseil d'administration du C.C.P.A. lui avait laissé le choix. En plein embrouillamini d'auto-apitoiement paroxystique, Weeb

1. Thoreau, disciple du transcendantaliste Emerson, coula deux ans d'une vie solitaire et près de la nature dans une cabane au bord de l'étang de Walden, expérience qu'il retraça dans son célèbre *Walden ou la Vie dans les bois* (1854) *(N.d.T.)*.

2. Polychlorobiphényle *(N.d.T.)*.

entendit vaguement l'hydrologiste expliquer comment on pouvait assainir les lacs, mais l'opération prendrait des années et coûterait des millions de dollars...

Commençons par le commencement, songea Charlie Weeb. L'affiche sur le mur lui rappela que le grand concours n'était qu'à quatre jours de là. La priorité immédiate, c'était de trouver du poisson frais.

– Si je me débrouille pour que le camion-citerne arrive ici avant l'aube et que je lâche les bass dans l'eau aussitôt, dit Charlie Weeb, est-ce qu'ils tiendront jusqu'au coucher du soleil ?

– Y a des chances.

– Dieu merci, ce concours ne dure que vingt-quatre heures, fit Weeb, pensant à haute voix.

– Impossible de préjuger de leur état, avertit l'hydrologiste. Il se peut qu'ils ne trouvent pas de quoi se nourrir.

– Ils n'en auront pas besoin, dit Weeb, laissant son interlocuteur passablement pantois.

– Qu'on retire ces saletés de poissons crevés de ma vue, jusqu'au dernier, ordonna le prédicateur.

L'hydrologiste s'éclipsa pour rassembler quelques bateaux.

Eddie Spurling le « Rapido » était le suivant sur l'agenda de Charlie Weeb. Eddie entra, coiffé d'une casquette Super Glande, vêtu d'un blouson Evinrude argenté. Il s'était calé dans la joue une chique de Red Man, d'une grosseur à faire dégueuler une hyène. Weeb fit de son mieux pour dissimuler son dégoût. Eddie Spurling était le plus grand plouc que la terre ait porté.

– Les poissons crèvent, dit Eddie, d'une voix peinée.

– Tu as remarqué.

– Pourquoi ?

– Ne te préoccupe pas de ça, dit Weeb. Assieds-toi, s'il te plaît.

– Je déteste les voir crever comme ça.

Pas autant que moi, songea Weeb, morose.

– Eddie, commença-t-il, tu as bien réfléchi à ce grand concours ? Tu as mis un plan au point pour le remporter ?

Eddie Spurling changea sa chique de joue. Mastiquant dur, il dit :

– Au vrai, j'ai d'abord pensé que des leurres tournants, type Buzzbaits, feraient l'affaire, mais à présent je sais plus. Y a pas beaucoup de végétation dans cette eau. En fait, y a pas grand-chose du tout. J'ai même pas vu d'aiguillettes ; et pourtant, elles seraient comme chez elles dans une cuvette de chiottes, les enfoirées.

Weeb tiqua.

– Les vers plastique avec montage « texan », je crois que c'est la solution, m'sieur, déclara Eddie entre deux mastications.

Charlie Weeb s'avança sur son siège et chaussa ses lunettes de vue.

– C'est très important que tu gagnes ce concours, Eddie.

– Ben, je vais faire de mon mieux.

Il découvrit des dents marronnasses, luisantes de salive.

– Avec autant de fric à la clé – vous rigolez ou quoi ?

– Faire de son mieux, c'est bien joli, dit Weeb. Admirable, vraiment. Mais cette fois, il se peut qu'on ait besoin de plus. D'une petite assurance, comme qui dirait.

L'ahurissement d'Eddie Spurling ne surprit pas Weeb.

– Tu es la nouvelle vedette du C.C.P.A., on a misé gros sur toi, dit Charlie Weeb. Si tu gagnes, on est tous gagnants. Lunker Lakes y compris. C'est une occasion formidable, Eddie.

– Ben, c'est sûr.

– Des occasions comme celle-là ne se présentent pas tous les jours.

Weeb se rebalança en arrière, mains nouées sur la nuque.

– J'ai fait un rêve, Eddie, et tu étais dedans.

– Ah ouais ?

– Oui. Dans mon rêve, le soleil brille et les lacs sont limpides, magnifiques. Des milliers d'heureux acquéreurs sont rassemblés, la télévision est là aussi, tout le monde attend la fin du concours. Tous les autres pêcheurs sont revenus à quai, sauf toi Eddie.

– Euh.

– Puis, quelques secondes avant le coup de gong, je vois ton bateau qui fend les eaux. Tu stoppes, un grand sourire illuminant ton visage, puis tu salues les caméras de la main. Ensuite, tu te baisses et tu brandis la plus grosse brochée de bass à grande bouche qu'on ait jamais vue. Dans la foule, c'est du délire, Eddie. Et toi, tu es là, sous le panneau de Lunker Lakes, tenant à bout de bras ces putains de poissons géants. Bon Dieu, quel spectacle ! T'es pas d'accord ?

– Oh si, révérend Weeb, ce serait un rêve devenu réalité.

– Mais il se réalisera, Eddie, fit Charlie Weeb. Je suis en train de faire venir en camion des bass gros calibre d'Alabama. Tout exprès pour toi, partenaire.

– Eh, minute.

– Avec une eau aussi pourrie, je peux pas risquer de laisser les plus gros dans Lunker Lakes, expliqua Weeb.

Il déroula une carte sur le comptoir de la cuisine.

– Nous sommes ici, fit-il, montrant l'endroit du doigt. Et là, c'est la levée des Everglades. Tout ce que tu auras à faire, ce sera d'attacher le bateau au ponceau, de sauter par-dessus la digue et de relever les cages.

– Quelles cages ? Des cages – à poissons ?

– Non, Eddie, des cages à *tigres* – mais qu'est-ce que tu crois, nom de Dieu ?

– J'tricherai pas, moi, fit Eddie Spurling.
– Pardon ?
– Écoutez, je ferai un petit tour de reconnaissance sur les lacs et je coulerai des caches, quelques jours avant. J'y lâcherai des bass avant le concours, avec un repère à chaque endroit. Tout le monde le fait, merde – qu'est-ce que vous en dites ?
Charlie Weeb secoua la tête.
– Tes poissons crèveront, Eddie, c'est ça le problème. J'ai deux mille alevins d'un an qui seront livrés la veille au soir et j'aurai du pot s'ils tiennent le coup jusqu'au crépuscule du lendemain. Dans le pire des cas, tu pourrais bien être le seul gars du concours à ramener un bass vivant.
– Mais je truanderai pas, je vous répète.
Le révérend Weeb sourit avec patience.
– Eddie, tu viens juste de t'acheter cette grande propriété pas loin de Tuscaloosa – combien déjà, trente hectares, ou approchant. Et j'ai constaté que ta femme roule dans une Eldorado neuve... dis-moi, Eddie, quand je te regarde, je vois un type qui se la coule douce, je me trompe ? Je vois un type qui aime être le numéro un, pour changer. Y a des types qui ont eu une chance comme la tienne et qui l'ont bousillée – souviens-toi de Dickie Lockhart.
Eddie Spurling n'avait aucune envie de se souvenir de ce débile de Lockhart. Ce qui était arrivé à Dickie était un sacré coup du sort. Eddie réduisit sa chique de Red Man à une bouillie pâteuse.
– Vous avez un endroit où je peux cracher ça ? demanda-t-il.
– Dans l'évier, ça ira, dit Weeb.
Eddie Spurling expédia avec colère le magma directo dans ce qu'on lui désignait comme vide-ordures.
– Alors qu'est-ce que tu décides ? fit Charlie Weeb. Tu veux être une vedette, oui ou non ?

Plus tard dans l'après-midi, le diacre Johnson frappa à la porte du bureau privé du révérend Weeb. À l'intérieur, ce dernier se faisait masser vigoureusement le dos tout en dictant un sermon dominical, à transcrire.

– Qui tu as prévu pour la guérison ? grogna Weeb, tandis que la masseuse pétrissait ses omoplates tachetées de rousseurs.

– Pas de gosse, informa d'un ton maussade le diacre Johnson. La Floride, c'est pas la Louisiane, Charles. Le bureau d'aide sociale d'ici m'a menacé d'interdiction si on utilisait des enfants au cours de l'émission.

– Païens ! Connards !

Charlie Weeb avait prévu une grande séance de guérison dans la matinée du jour du concours. On construisait un somptueux pupitre adjacent au poste de pesée.

– Alors, on fait quoi ? dit-il.

– Demain, j'irai faire une virée au Veterans Administration Hospital voir si je peux pas me dénicher un handicapé ou deux, dit le diacre Johnson.

– Pas des vrais ?

– Mais non, rétorqua le diacre. Avec certains anciens combattants, ça va, ça vient. À peine ils s'esquintent le pied, qu'on leur file un fauteuil roulant – c'est tout dans leur tête. Je pense qu'on peut en trouver un pour jouer notre jeu.

– Sois prudent, dit le révérend Weeb. Il ne nous manquerait plus qu'un Rambo qui pète les plombs et se mette à mitrailler du Viet en direct.

– Flippez pas, dit le diacre Johnson. Charles, j'ai pensé que vous aimeriez entendre de bonnes nouvelles.

– Et comment !

– Le concours a fait le plein, annonça le diacre Johnson. Le cinquantième bateau a signé aujourd'hui.

– Dieu soit loué.

Les cent cinquante mille dollars de droits d'inscription couvriraient quasiment les frais engagés.

– C'est quelqu'un de connu ? s'enquit Weeb.

– Non, deux frères, répondit le diacre Johnson. À vrai dire, Eddie n'a jamais entendu parler d'eux. S'appellent Tile. James et Chico.

Le prédicateur pouffa et roula sur le dos.

– Bof, tant que leur chèque est crédité, conclut-il.

26.

Catherine fut étonnée quand ils franchirent l'échangeur de Golden Glades que la péagiste regarde à peine Lucas à deux fois.

– J'en reviens pas, dit Catherine comme ils s'éloignaient.

Au volant, Thomas Curl se renfrogna.

– Et qu'est-ce qu'elle aurait dû dire, merde ?

Quand ils s'étaient arrêtés à hauteur du guichet, Curl avait tendu le bras à tête de chien pour prendre le ticket. La péagiste avait jeté un regard plein de mansuétude au pitbull, qui se décomposait pourtant à vue d'œil.

– Bonne journée, fit-elle. Dommage, j'ai plus du tout de biscuits pour chiens.

– Merci quand même, dit Thomas Curl avant de redémarrer.

C'est lui qui avait baptisé Lucas la tête du chien mort.

– Pourquoi pas Luke ? demanda Catherine.

– C'est con comme nom pour un clebs.

Thomas Curl tenait fermement le pistolet de la main gauche ; c'est pourquoi il avait dû tendre le bras droit, le bras au chien, pour prendre le ticket de péage. Celui avec lequel il conduisait. Catherine remarqua qu'il avait enflé énormément sous l'infection. La chair imprégnée de pus avait viré au grisâtre avec des traînées cramoisies en zigzag.

– Vous devriez consulter un médecin.

– Pas avant d'avoir revu Dennis, dit Thomas Curl. Et pas non plus avant d'avoir vu ton salopard de mari.

Curl suait comme un porc.

– Ce n'est plus mon mari, rectifia Catherine.

– Ça m'empêchera pas de le tuer, rapport à Lemus.

– Rien à battre, dit Catherine, qui regarda par la vitre, faisant mine d'apprécier la balade.

Thomas Curl ne savait trop quoi faire d'elle. Cette fille aurait dû être morte de trouille.

– Attends qu'il découvre où tu es.

– Qui ? Decker ? Qu'est-ce qui vous fait croire que c'est important pour lui ce qui m'arrive ? bluffa-t-elle.

Thomas Curl rigola grassement.

– Il a rien qu'un million de photos, p'tain.

– De moi ?

– Ouais, p'tain. Sous le pieu, dans l'armoire, dans le tiroir où il fourre ses slips aussi, probable. T'étais pas au courant ?

Catherine ignorait tout de ces photos. Elle se demanda lesquelles R.J. avait gardées, lesquelles il préférait.

– Mon mari est médecin. Il pourrait jeter un coup d'œil à votre bras ce soir en rentrant.

Nouveau coup de bluff. James tomberait dans les pommes en voyant la chose.

– Pas ques, dit Thomas. C'est à Lauderdale qu'on va.

Il baissa les yeux sur la tête de chien et sourit.

– Pas vrai que j'ai raison, Lucas mon gars ?

Si Catherine ne fut pas surprise du silence de Lucas, Thomas fronça le sourcil, mécontent.

– T'as entendu, Lucas ? Nom de Dieu, dis quelque chose, chien-chien.

La tête du canin en putréfaction demeura muettement collée à son bras.

Curl fourra le canon du pistolet dans l'une des oreilles pie de l'animal.

– Non, ne faites pas ça ! cria Catherine en levant les bras au ciel.

N'accordant plus la moindre attention à sa conduite, Thomas, qui fusillait Lucas du regard, montra les dents.

– Mon papa, y disait toujours faut leur montrer qui c'est le maître. Les clebs, c'est comme les bonnes femmes, qu'il disait, faut pas leur céder une seule fois, sinon on peut plus les tenir. S'pas que j'ai raison, Lucas, mon p'tit gars ?

Toujours pas de réponse.

Thomas Curl arma le pistolet.

– Lucas ! Méchant chien !

Catherine, se dissimulant la bouche, émit un jappement étouffé.

Curl se pencha avec un grand sourire.

– Qu'est-ce que j'entends ?

Catherine y alla d'un autre jappement. Ça valait mieux que de le voir tirer dans l'habitacle à plus de cent dix kilomètres / heure.

– Ça c'est un bon chien, dit Curl, à côté de la plaque.

Reposant le flingue sur ses genoux, il flatta la tête du chien mort.

– T'es un bon gars, Lucas, je l'ai toujours su.

– Ouaf, ouaf ! fit Catherine.

Skink ramena d'autres *shiners* dans ses filets, obligeant García à s'entraîner avec eux jusqu'à l'aube ou presque. Ils finirent par laisser la « monstrueuse bébête » en repos et Skink refit en sens inverse la traversée du lac Jesup à la rame. Comme ils tiraient le skiff à terre, García remarqua deux voitures garées derrière le pick-up de Skink, près de sa baraque. L'une d'elles était celle de Jim Tile, le policier de la route. L'autre était une Corvette mandarine.

– On a de la compagnie, dit Skink, retirant son chapeau de pluie.

Les quatre visiteurs étaient assis autour du feu de camp : Decker, Tile, Lanie Gault et une femme que Skink ne reconnut pas. Decker fit les présentations : Ellen O'Leary.

– Ça va comment, ton œil ? demanda Jim.

Skink se fendit d'un sourire et ôta ses lunettes noires.

– Comme un neuf, dit-il.

Tout le monde se sentit obligé d'y aller de son petit couplet sur l'œil de chouette.

– Vous avez faim, vous autres ? fit Skink. Je peux prendre le pick-up et aller chercher un petit dèj.

– On a fait une pause dans un Mister Donut, en venant.

– Merci quand même, ajouta Lanie.

Skink approuva du chef.

– Moi, je m'en paie une petite, fit Skink. Faim, je veux dire. Ça vous ferait rien de déplacer vos bagnoles ?

– Prenez la mienne, dit Lanie, dont elle pêcha les clés dans la poche de son jean. Ou même mieux, je vous accompagne.

– C'est ça ! fit Decker.

– Moi, je n'y vois pas d'inconvénient, si vous n'en voyez pas, vous, dit Skink.

– Mais pas question de rejouer à la corde, répondit Lanie, de sa voix d'allumeuse que Decker ne reconnut que trop bien.

Elle monta à la place du mort dans la Corvette. Skink se glissa tant bien que mal derrière le volant.

– Faut espérer qu'elle aime l'omelette d'opossum, lança Decker.

Lanie et Skink s'absentèrent un bon bout de temps.

García résuma le plan à Decker, précisant avant toute chose :

– Ce type est complètement jeté.

– Première nouvelle.

– Il connaît bien les choses, dit Jim Tile. Vous pouvez lui faire confiance.

Le plan de Skink consistait à participer au grand concours de bass sans être invité pour mieux foutre la pagaille. Son idée, c'était de saboter le projet immobilier de Lunker Lakes en direct, sur toutes les chaînes nationales de télé.

– Toi et moi, on va pêcher ensemble, annonça García à Jim.

– Dans le concours ?

– Il a déjà payé notre droit d'inscription, expliqua García. Le bouquet, c'est qu'on est censés être *hermanos*. Frères, si tu préfères.

Jim hocha la tête en souriant.

– J'aime ça. Je sais pas pourquoi, mais ça me botte.

D'une petite voix, Ellen O'Leary se permit d'observer :

– Vous vous ressemblez pas des masses.

– Si, si, on a les mêmes yeux, dit García, en gardant son sérieux. Ça promet d'être rigolo.

« Rigolo » ! Decker aurait employé un autre terme. La situation était devenue dangereusement incontrôlable ; tout à trac, un carnivore borgne des grands chemins, cérébralement diminué ou tout comme, avait pris la direction des opérations. Encore plus renversant, García marchait dans la combine. Decker avait du mal à s'imaginer ce qui avait pu se passer pendant que lui et Jim Tile zonaient à Crescent Beach.

– Tout ça est hyper fascinant, dit Decker. Et je vous souhaite à tous deux le maximum de chances dans ce concours, mais mon problème immédiat à moi, c'est Dennis Gault. Je suis accusé d'homicide volontaire, vous n'avez pas oublié ?

En guise de remise à jour interservices, Jim Tile expliqua à García :

– La sœur, on s'en est occupés. Comme témoin à charge, on peut l'oublier.

Il brandit la cassette audio.

– Bon boulot, fit García. Mais vous, mademoiselle, que venez-vous faire là-dedans ? demanda-t-il à Ellen O'Leary, en se tournant vers elle.

Ellen jeta un regard inquiet à Jim.

– Elle peut certifier que Tom Curl et Dickie Lockhart étaient ensemble juste avant l'assassinat, annonça le flic de la route.

– Pas mal, dit García. J'comprends pas pourquoi tu flippes autant, R.J., pour moi ça flaire le non-lieu à plein nez.

– Excuse-moi, objecta Decker, mais Gault m'a collé une accusation de meurtre sur le dos ; il a aussi arrangé l'assassinat de mon ami Ott. À l'heure où je te parle, il a lancé un tueur à mes trousses, genre péquenot demeuré. J'aimerais mieux pas que le procureur de district de La Nouvelle-Orléans mette trois, quatre mois pour classer l'affaire.

García leva une main brune et potelée.

– Je te reçois cinq sur cinq, *chico*. Pourquoi je poisse pas tout connement Gault le big boss pendant le concours ? Ça lui foutrait plus que des boutons, pas vrai ?

– Bonnard, à la télé, en plus, observa Jim Tile.

– Le poisser pour quoi ? demanda Decker.

García prit le temps d'allumer une cigarette.

– Fausse déposition, pour commencer. Il m'a menti – et ça, j'aime pas. Entrave à l'action de la justice, ça aussi, c'est tout bon. Je m'en suis pas servi depuis des lustres, alors pourquoi pas ?

– Tout ça, c'est de la gnognote, Al, fit Decker.

– Déjà mieux que rien, objecta Jim.

García regarda un rond de fumée bleue flotter, puis se perdre entre les chênes.

– J'peux pas faire mieux, dit-il. Tant qu'on n'aura pas retrouvé Tom Curl et qu'on n'aura pas eu un entretien sérieux avec ce garçon.

– Tu crois qu'il se déballonnera ? fit Decker.

– J'en suis sûr, dit García en souriant. Si je le lui demande très gentiment.

Skink poussa la Corvette jusqu'à cent quarante sur la Gilchrist Highway. Il s'y sentait tenu, ne sachant que trop qu'une autre occasion ne se représenterait pas de sitôt. Ça c'était vraiment de la bagnole. Il adorait la façon dont son capot avalait la route.

Sur le siège passager, Lanie, ses longues jambes repliées sous ses fesses, se plaça de biais pour mieux le regarder conduire. Skink n'aimait pas qu'on le zieute, mais il ne souffla mot. Ça faisait un bail qu'il n'avait pas été en compagnie d'une jolie femme ; c'était l'un des prix à payer quand on était ermite. Il se souvint aussi que le bon sens avait tendance à le fuir à tire-d'aile en de telles circonstances, aussi était-il déterminé à rester sur ses gardes. Il avait une tâche à remplir. Pour parachever le tout, sa tête lui faisait un mal de chien ; la migraine l'avait repris dès qu'il s'était éloigné du lac. Consulter un spécialiste était hors de question. Il n'avait pas le temps.

Lanie glissa une cassette de Whitney Houston dans le lecteur et se mit à battre la mesure de son pied nu. Sans quitter la route des yeux, Skink tendit la main et éjecta la cassette. Puis la balança par la vitre de la portière.

– Vous n'avez pas plutôt du Creedence Clearwater Revival ? dit-il.

Lanie pivota sur son siège et, par la lunette arrière, vit la cassette de Whitney Houston rebondir et se briser en mille morceaux, avant de se dévider sur l'asphalte.

– Espèce de dingue ! cria-t-elle à Skink. Tu vas m'en racheter une neuve, mon coco.

Skink ne lui prêta aucune attention. Il avait repéré quelque chose devant lui, là-bas sur la route : une masse brune immobile. Il commença à freiner, lentement, par à-coups, afin que la voiture de sport n'y laisse pas ses pneus ou ne fasse un tête-à-queue. Quand il s'arrêta enfin sur le bas-côté, il alluma les feux de détresse et descendit. Sans oublier de prendre les clés du véhicule.

La masse sur la route était celle d'un tatou mort. Après l'avoir brièvement examiné, Skink le tira jusqu'à la Corvette par sa queue écailleuse.

Lanie n'en revenait pas. Skink jeta la carcasse à l'arrière et redémarra.

– Z'en avez déjà goûté ?

Lanie fit non de la tête, violemment.

– En *gumbo*, c'est fameux, dit-il. Faut se servir de la carapace comme soupière, si on le fait dans les règles de l'art. Ça contient dans les sept litres et demie.

Lanie se pencha pour vérifier où le tatou avait atterri et évaluer les dégâts causés au tissu de la banquette.

– Il est frais, pas de panique, dit Skink.

Il fit faire demi-tour à la Corvette et rebroussa chemin.

– O.K., qui êtes-vous ? Je veux dire, en réalité.

– Vous l'avez vu de vos yeux qui je suis, répondit Skink.

– Avant ça, précisa Lanie. Vous avez dû être... *quelqu'un*. Je veux dire, vous n'avez pas dû vous nourrir d'animaux écrabouillés toute votre vie.

– Hélas non.

– Vous me plaisez bien. Vos mains, en particulier, dit Lanie. Je les ai remarquées la première fois que nous nous sommes rencontrés, pendant que vous m'attachiez avec cette corde en plastique.

– C'était du fil de pêche, pas de la corde, rectifia Skink. Je suis content que vous n'ayez pas gardé une dent contre moi.

– Vous ne pouvez pas me reprocher d'être curieuse.

– Oh que si. Ça ne te regarde absolument pas qui je suis, bordel.

– Merde, vous êtes pas possible, fit Lanie.

Skink freina sec et rétrograda. La voiture de sport fit un méchant tête-à-queue avant de quitter la Gilchrist Highway et de terminer sa course dans un champ cultivé au sol craquelé.

– V'là ma Corvette dans la bouse de vache, remarqua Lanie, le visage décomposé, mais pas effrayée pour deux sous.

Skink lâcha le volant.

– Tu veux vraiment savoir qui je suis ? J'suis le type qui a eu une chance de sauvegarder cet endroit et qui l'a bousillée.

– De sauvegarder quoi ?

Skink désigna les alentours d'un geste circulaire.

– Tout ça. Tout ce qui n'a pas de prix. J'suis le type qui aurait pu tout sauver, mais au lieu de ça, c'est moi qui me suis sauvé. La voilà la réponse à ta question.

– Éclairez ma lanterne, S.V.P.

– T'inquiète, c'est de l'histoire ancienne.

– Vous étiez connu, un truc comme ça ? fit Lanie.

Skink ne put retenir un éclat de rire.

– Qu'est-ce que ça a de drôle ? demanda-t-elle.

Il avait un sourire d'enfer, aucun doute là-dessus.

– Assez de questions à la con.

– Encore une, fit Lanie, en se glissant vers lui. Un baiser, ça vous tente ?

Ça ne s'arrêta pas à un, ni n'en resta là, non plus. Skink fut impressionné à la fois par l'ardeur et l'agilité de Lanie – à moins d'avoir travaillé dans un cirque, pas facile de se foutre à poil sur le siège-baquet d'une Corvette. Skink, pour sa part, fit craquer son imper orange aux entournures dans la bataille. Lanie s'en tira mieux avec son jean et sa petite culotte ; elle se débrouilla même pour le ceinturer de ses longues jambes nues. Skink admira son bronzage et le lui dit. Elle pressa un bouton et le siège s'abaissa complètement.

Une fois sur lui, Lanie laissa ses seins effleurer en va-et-vient les joues de Skink. Baissant les yeux, elle vit qu'il paraissait prendre son pied. Ses énormes bottes étaient arc-boutées contre le tableau de bord.

– Qu'est-ce que tu aimes faire ? lui demanda-t-elle.

– Toutes sortes de choses.

– Eh bien, tu vas être servi, dit Lanie. Quand on aura fini ce qui est en train, on se paiera une petite conversation tous les deux, allongés l'un près de l'autre. T'es partant ?

– Ouais.

S'empalant à fond, elle se mit à jouer des hanches.

– Faut qu'on apprenne d'abord à se connaître un petit peu mieux.

– Bonne idée, dit Skink.

Alors se penchant, elle lui glissa sa langue dans l'oreille.

– Tu gardes tes lunettes de soleil, d'acc ? dit-elle.

Même pour une Lanie Gault, l'œil de chouette aurait représenté une distraction de taille.

Plus tard cet après-midi-là, après le départ de Lanie et après que Jim eut planqué Ellen O'Leary dans son appart, Skink se rendit en pick-up à la ville. Il en revint tractant une vieille remorque à bateau cabossée, à l'essieu rouillé et affaissé. Sur le plateau du pick-up se trouvait un moteur hors-bord Mercury de six chevaux, ayant connu des jours meilleurs, ainsi qu'un conteneur à ordures en plastique de cent cinquante litres, deux mètres cinquante de tuyau d'aquarium et quatre douzaines de maxi piles, dont Skink avait fait l'emplette à la Quincaillerie principale d'Harney.

Il tripatouillait cet appareillage bizarroïde quand Decker survint.

– Pourquoi tu l'as laissée partir ? lui dit-il.

– Y avait aucune raison de la retenir.

Pour Decker, la raison crevait pourtant les yeux.

– Elle va courir droit chez son frère.

– Pour lui dire quoi ?

– Où je suis, pour commencer.

– Tu vas pas moisir dans le coin, dit Skink. On fonce tous plein sud. Jim et le Cubain – ils se sont entraînés ?

– Toute la journée, dit Decker. García est incurable.

– Il n'aura qu'à jouer au capitaine, alors.

Decker devait poser une autre question mais ne désirait pas pour autant voir Skink exploser.

– Elle n'est pas au courant du plan, hein ?

C'était une façon détournée d'apprendre ce qui s'était passé dans la Corvette. Il était clair que Skink n'avait pas envie d'en parler.

– Y a des mecs qui savent baiser sans l'ouvrir, fit-il d'un ton aigre. Non, elle ne sait rien de ce putain de plan.

Decker percevait de mauvaises vibrations, il y avait de l'orage dans l'air ; peut-être que le tabassage en règle à Delray avait contribué à faire péter quelques plombs supplémentaires sous la boîte crânienne du colosse. Skink montait pour un rien sur ses grands chevaux et avait l'air tout prêt à en enfourcher un. Decker demanda à Jim de l'emmener en ville pour y passer quelques coups de fil. García suivit : il n'avait plus de cigarettes.

– Aller en ville, c'est pas une bonne idée, leur dit Jim, roulant sur la Route 222 en tournant le dos à Harney. Il ne faut pas qu'on nous voie ensemble tous les trois. Il y a un Zippy Mart à une dizaine de kilomètres d'ici.

– L'idée qu'il a eue... je sais plus trop, Jim, fit Decker.

– C'est sa dernière chance, dit le policier. Vous avez vu comme il est mal en point.

– Alors emmenons-le à l'hôpital.

– Je ne parle pas de son œil, Decker. Ni de ce que ces gosses lui ont fait. Il est complètement cassé à l'intérieur. Et c'est lui qui s'est fait ça tout seul, vous pigez ? Et ça fait des années que ça dure.

García se pencha depuis la banquette arrière.

– Où est le problème, R.J. ? Il veut juste marquer le coup.

– Skink, je peux encore comprendre, dit Decker. Mais vous les gars, pourquoi vous marchez là-dedans ?

– Peut-être que nous aussi, faut qu'on marque le coup, répondit Jim Tile.

Decker n'insista pas davantage.

– Cool, Raoul, lui dit García. Des vieux briscards comme nous, ça a besoin de bousculer la routine, c'est tout.

Au Zippy Mart, Jim attendit dans la voiture pendant que García achetait ses cigarettes et que Decker utilisait la cabine téléphonique. Ça faisait plusieurs jours qu'il avait quitté Miami et, subodorant qu'il lui faudrait encore subvenir à ses besoins une fois cette affaire terminée, il se dit qu'il était sage de relever ses messages. Il composa son numéro et le code pour enclencher son répondeur.

La première voix qu'il entendit lui fit faire la grimace. Lou Zicutto, de la compagnie d'assurances : « Eh toi, Ducon, t'as du pot que Núñez se soit chopé une mononucléose. Le juge nous a renvoyés à une quinzaine, alors pas d'excuses cette fois – tu seras là avec tes négatifs. Autrement continue comme ça, putain, et tu peux te payer d'avance une paire de béquilles, vu ? »

Un vrai régal de travailler pour lui.

Decker ne reconnut pas la seconde voix. Mais c'était inutile : « Je tiens ta femme, Decker, elle est aussi meûgnonne qu'en photo. Alors on va faire un échange : son joli p'tit cul contre le tien. Appelle-moi... vendredi, à l'Holiday Inn de Coral Springs. On sera inscrits sous le nom de Mr. et Mrs. Juan Gómez. »

Decker raccrocha et s'affala contre le mur.

García, qui sortait du magasin en sifflotant, rattrapa Decker par le bras.

– Qu'est-ce qu'il y a, mon gars ?

Jim Tile qui arrivait le prit par l'autre bras.

– Il tient Catherine, fit Decker, d'une voix blanche.

– Putain, fit García en crachant sur l'asphalte.

– C'est Tom Curl, ajouta le flic de la route.

Decker s'assit sur l'aile de la voiture de Jim, sans dire un mot pendant cinq bonnes minutes, les yeux rivés au sol. Il finit par redresser la tête et regarda les deux hommes.

– On peut acheter un appareil photo dans le coin ? demanda-t-il.

27.

Une fois de retour au lac Jesup, Jim Tile apprit à Skink ce que Thomas Curl avait fait.

Le géant s'assit lourdement sur le hayon du pick-up, entourant sa tête de ses bras. Decker s'avança d'un pas, mais Jim lui fit signe de reculer.

Au bout d'un moment, Skink releva les yeux en disant :

– C'est ma faute, Miami.

– C'est la faute de personne.

– C'est moi qui ai descendu...

– C'est la faute de personne, répéta Decker. Tu la fermes.

Moins on parlerait de Lemus Curl, mieux ce serait. Surtout devant des flics.

Skink se tirait douloureusement sur la barbe.

– Ça pourrait tout foutre en l'air, fit-il d'une voix rauque.

– C'est pas moi qui dirais le contraire, grogna García.

Skink retira ses lunettes de soleil. Son œil valide était rouge et larmoyant. Fixant Decker, il ajouta d'une petite voix crispée :

– On ne peut pas changer le plan, c'est trop tard.

– Fais ce que tu dois faire, dit Decker.

– Je le tuerai ensuite, dit Skink. Je te le promets.

– Merci quand même, mais on n'en viendra pas là.

– Ce truc...

Skink marqua un temps, se ratissant la barbe avec fièvre. Il bouillait intérieurement. Il bourra de coups de poing l'aile de son pick-up.

– Ce truc que j'ai à faire... c'est si important.

– Je sais, capitaine, fit Decker.

– Tu comprendrais mieux si tu savais tout.

Skink parlait d'un ton solennel.

– Si tu savais, tu comprendrais ce qui est en jeu.

– Très bien, dit Decker. Suis ton plan. J'ai le mien.

Skink fit un grand sourire et applaudit.

– À la bonne heure ! s'exclama-t-il. Voilà ce que j'aime entendre.

García et Jim Tile échangèrent un regard dubitatif. Dans son genre, le plan de Decker était en tout point aussi loufoque que celui de Skink.

Comme un chirurgien inspectant ses instruments, Dennis Gault étala son attirail de pêche pour le concours de bass sur le tapis de laine et en dressa l'inventaire : six moulinets Bantam Magnumlite 2000 GT, huit cannes Shimano, quatre Ugly Stiks au graphite, trois bouteilles d'Arôme Super Glande, un couteau Randall, deux pierres à découper, des pinces inoxydables Sargent, un aiguiseur d'hameçon diamanté, de l'écran total Coppertone, une épuisette à manche télescopique, deux paires de lunettes de soleil Polaroïd (une verte, une ambrée), une balance Chatillion homologuée et, bien sûr, sa boîte à pêche. Cette dernière, de la taille d'une valise, était une Plano Modèle 7777, munie de quatre-vingt-dix compartiments différents. À l'instar de tout le reste de son artillerie de concours, les appâts de Dennis Gault étaient flambant neufs. Pour l'action en surface, il avait stocké des Bang-O-Lures, Shad Raps, Slo Dancers, Hula Poppers et Zara Spooks ; pour la prospection du fond, il s'était armé de Wee Warts et de Whopper Stoppers, ainsi que du redoutable Lazy Ike. Pour les herbiers, il avait dégainé le Jig-N-Pig et la Double Turlutte, le Bayou Boogie et l'Eerie-Dearie, plus un trésor arc-en-ciel de Mister Twisters. Quant au plus fiable des articles pour le bass, le ver artificiel, Dennis Gault en avait amassé trois livres gluantes. Il avait pris du poisson avec des bestioles de toutes les couleurs, aussi les embarqua-t-il toutes sans exception : l'écrevisse raisin noir, le lézard fumée tacheté, le Daddy violet à flagelle, le mocassin huile de vidange, le Golly-whomper myrtille, la totale quoi.

Gault les disposa avec amour ; il y avait de la place à foison.

La décision cruciale entre toutes, celle qui lui occasionna la rumination la plus longue, concernait la résistance du fil de pêche avec lequel remplir ses moulinets. Une bonne ligne est d'une importance capitale : c'est le plus mince des fils plastiques qui relie le pêcheur à son précieux trophée carnassier. Plus un bass reste au bout de la ligne, plus grandes sont ses chances de se détacher. Et comme chaque poisson qui se décroche ou casse la ligne, c'est du fric fichu en l'air, l'objectif de chaque basseur est de ne perdre aucune prise quelle qu'elle soit. Par conséquent, les pêcheurs de concours ne se fatiguent-ils pas à donner l'illusion d'un véritable combat avec le poisson. Dans la fièvre d'un concours de pêche digne de ce nom, on ne tolère ni les plongeons brutaux au plus profond ni les gracieuses acrobaties d'un bass à grande bouche dûment engamé. En fait, la stratégie standard consiste à ferrer le poisson de toutes ses forces, puis de le ramener et de le hisser à bord par surprise, donc le plus rapidement possible. Dans les concours, il n'est pas rare de voir des bass de cinq livres ricocher sans se débattre à la surface de l'eau, de la sorte.

Il était clair que du fil résistant s'imposait. Pour le Dickie Lockhart Memorial Classic, Dennis Gault sélectionna du monofilament Andes rose à 20 lb – assez souple pour lancer le leurre à une distance modeste par brise légère, mais assez robuste toutefois pour redresser la course de n'importe quel bass à grande bouche.

Gault fixait au fer à repasser un écusson Les As du Bass sur la calotte de sa casquette quand le téléphone sonna. C'était Lanie, qui l'appelait d'un routier à mi-chemin entre Harney et Fort Lauderdale.

– Ellen O'Leary a disparu, dit-elle. Decker est venu à l'appart et l'a emmenée.

– Beau travail, répondit son frère, d'un ton dénigrant.

– Qu'est-ce que tu voulais que je fasse ? Il s'est ramené avec ce grand Black balèze, le flic de la route.

Gault était bien déterminé à ce que rien ne vienne lui gâcher le concours.

– Te tracasse pas pour ça, fit-il.

– Et tout ce qui s'est passé à La Nouvelle-Orléans ? demanda Lanie.

– Oublie ça, dit Gault. Et oublie Decker. Tom Curl s'en occupe.

Lanie savait ce que cela signifiait ; mais elle chassa cette idée de son esprit, prétendant que cela ne signifiait rien.

– Dennis, je leur ai avoué que j'avais déposé sous serment et que j'avais menti.

Elle pensait qu'il serait furieux, mais il se contenta de dire :

– C'est pas grave.

Lanie aurait aimé que Dennis soit plus prolixe, mais il s'en tint là. Elle aurait aimé tout savoir sur le concours, quel attirail il comptait utiliser, où il se tiendrait. Elle aurait aimé du moins qu'il se montre content qu'elle l'ait appelé, mais sa voix ne trahissait que l'ennui. Avec Dennis, c'était l'efficacité avant tout.

– Faut que je finisse mes préparatifs, dit-il.

– Pour le concours ?

– Oui.

– Je peux venir ?

– C'est pas une bonne idée, Elaine. Je suis trop à cran. En plus, c'est hyper stressant, tu sais.

– Mais j'ai une surprise pour toi.

– Qu'est-ce que ça peut bien être ?

– Trois fois rien, grand frère. Juste un tuyau qui te garantira la victoire dans le Lockhart Memorial.

– Je t'en prie, Elaine.

Mais elle l'avait croché.

– Tu connais un dénommé Skink ? demanda Lanie.

– Oui. Il est raide dingue comme une punaise des bois.

– Je ne trouve pas.

Il y eut un temps d'exaspération à l'autre bout du fil. Dennis Gault fut traversé de visions déplaisantes et sordides concernant sa sœur et l'ermite. Il se demanda où sa mère avait foiré l'éducation d'Elaine.

– Il a un poisson énorme, Dennis.

– C'est comme ça qu'il l'appelle ? Son poisson ?

– Continue à jouer au con, dit Lanie.

– Achève ton conte de fées.

– Il a élevé un bass géant, un vrai mutant. Il en est très fier. À l'entendre, c'est un record du monde ou un truc dans le genre.

– Je demande à voir.

– Puis, après, il m'a dit qu'il avait des amis pêcheurs qui participent à ce concours.

– *Après ?* Après quoi ? Tu veux dire après le thé et les petits gâteaux ?

– Arrête ça, Dennis. Ça n'a justement pas été de la tarte de le faire se déboutonner, ce type. À côté de lui, Charles Bronson, c'est le roi des boute-en-train.

– Qu'est-ce qu'il t'a dit d'autre ?

– Que lui et son poisson partaient en voyage ce week-end.

Gault eut un reniflement méprisant.

– Lui et son poisson ? Comme s'ils avaient rendez-vous ?

Lanie le laissa ruminer l'info. Dennis Gault eut vite fait.

– Il va lâcher son bass à Lunker Lakes pour que ses potes gagnent le concours, conclut-il.

– C'est ce que j'en ai déduit.

– C'est un beau jackpot pour une petite journée de travail, même en se partageant à trois la prime du vainqueur.

– Au lieu de faire part à deux, dit Lanie.

– Quoi ?

– Toi et moi, moitié-moitié, dit-elle, si tu gagnes avec le poisson de Skink.

Dennis Gault ne put se retenir d'éclater de rire. Sa sœur, c'était quelque chose. Si elle avait été un homme, Lanie en aurait eu une paire en béton.

– C'est dit, cochon qui s'en dédit ? fit Lanie.

– O.K., cinquante-cinquante.

Gault n'en avait rien à foutre du fric, de toute façon.

– Moi, je voyage pas là-dedans, fit García.

– J'ai rien trouvé d'autre avec un crochet pour une remorque, expliqua Jim Tile.

– Mais putain, Jim, c'est une benne à ordures ! s'exclama García. Un camion-poubelle diesel de onze tonnes !

– C'est parfait, dit Skink. Ça vous ira comme un gant.

Il avait fixé le skiff en bois sur la remorque d'occasion avec des courroies ; même lesté du moteur hors-bord, le chargement ne pesait pas lourd. Saisissant d'une seule main la barre de la remorque, il la rabattit d'un coup sec sur la boule du crochet.

García le regarda faire avec consternation. La vieille barcasse tout écaillée n'était déjà pas bien jolie à voir, mais arrimée au cul d'un camion-poubelle, elle avait tout l'air d'une super-occase de marché aux puces.

– Même des romanichels ne voudraient pas d'une saloperie pareille pour voyager, grommela l'inspecteur. Et la tondeuse à gazon de ton cousin ?

– Elle a l'essieu cassé, répondit Jim Tile.

– Bon. Alors y a qu'à louer un pick-up tout bête.

– Pas le temps, dit Skink.

– Alors on a qu'à tous aller avec vous, insista García.

– Impossible, dit Skink. Faut pas qu'on nous voie ensemble là-bas. À partir de maintenant, on ne se connaît plus. Un seul objectif : le bass, pas faire ami-ami. Vous devez rester entre frangins. Un point, c'est tout.

– Et si quelque chose se passe – on vous contacte comment ? dit García.

– J'ouvrirai l'œil. Vous avez la carte ?

– Ouaip, fit García, qui tapota une poche de son pantalon.

– Bien. Et n'oubliez pas de faire suivre une de ces grosses glacières Igloo.

– Je sais, le modèle deux cent vingt litres.

– Oui. Plus une pompe d'aquarium.

– On a tout noté par écrit, dit Jim Tile.

Skink eut un sourire las.

– Alors, exécution.

Il fourra sa grosse tresse grise sous son imper, dans le dos. Jim le lui avait conseillé pour réduire le risque d'être arrêté sans raison particulière sur l'autoroute à péage ; les cheveux longs avaient le chic pour attirer les flics comme un aimant.

En grimpant dans le pick-up, Skink dit :
– Decker a passé son coup de fil ?
– Ouais, répondit Jim. Il est déjà parti.
– Bon Dieu, c'est la seule chose qui me tracasse, dit Skink. Ce garçon me botte vraiment.
Il enfonça le chapeau de pluie sur son crâne et, soulevant d'un doigt ses lunettes de soleil, remit en place l'œil de chouette dans sa cavité.
– Comment tu te sens ? demanda Jim.
– De mieux en mieux. Je te remercie. Et vous, Señor Cubain Gros Malin, rappelez-vous...
– Je serai gentil avec elle, gouverneur, ne vous en faites pas.
– Parce que si elle y reste, faudra que je tue quelqu'un.
Là-dessus, Skink mit le contact, et le pick-up descendit en cahotant le chemin à bestiaux sablonneux en direction de la Piste mormon.
La grosse poubelle plastique était maintenue droite sur le plateau par un entrelacs de cordes et de sandows. Fixée grossièrement à son couvercle, on voyait une pompe alimentée par des piles, bien évidemment bricolée, que hérissaient des tubes nourriciers transparents. À l'intérieur du conteneur de plastique, il y avait exactement cent dix litres de la plus pure des eaux du lac Jesup et dans ce liquide brassé, mais d'une haute teneur en oxygène, flottait le poisson nommé Queenie, toutes nageoires dehors, fulminant en silence. Le plus énorme bass à grande bouche que la terre ait jamais porté.

Après être descendus au motel, Thomas Curl demanda à Catherine de retirer ses vêtements. Elle obtempéra, mais une fois en soutien-gorge et petite culotte lui dit qu'elle s'en tiendrait là.
– À poil, j't'ai dit, fit Curl, brandissant son pistolet. Comme ça, tu pourras pas te barrer.

– Il fait trop froid, argumenta Catherine.

Curl prit une couverture de laine dans le placard et la lui lança.

– Allez ! dit-il.

Catherine tâta la couverture.

– Elle gratte horriblement.

Thomas Curl arma le pistolet. Sans viser dans sa direction, il pointa le canon en l'air, l'arme appuyée contre l'épaule gauche, à la manière des pistoleros du vieil Ouest.

– Désape-toi, fit-il.

Elle lui obéit à contrecœur. L'infection qui ravageait le minimum de méninges de Thomas Curl pesa de tout son poids dans la décision de Catherine. Tout autre que lui, elle aurait essayé de le baratiner, mais elle n'avait pas affaire à un individu sain d'esprit et de corps ; il était devenu fébrile, tenant des propos décousus, en bon maniaco-dépressif. Il n'essayait même plus de se débarrasser de la tête de chien mort soudée à son bras. Il avait noué amitié avec elle.

Thomas regarda fixement Catherine s'enrouler deux fois plutôt qu'une dans la couverture et s'asseoir au chevet du lit.

– T'as de très jolis seins, commenta-t-il.

– Je parie que vous dites ça à toutes celles que vous enlevez.

– J'crois que ça m'plairait bien de te tirer.

– Un autre soir, dit Catherine.

Lentement, tel un caméléon atteint de léthargie aiguë, Thomas Curl ferma ses yeux bouffis, petit à petit. Sa tête s'affaissa de côté et n'en serait pas restée là si sa tempe n'était entrée en contact avec la bouche du pistolet. Un bref instant, Catherine fut persuadée qu'elle allait devoir se laver les cheveux, éclaboussés par la cervelle de Curl. Mais ce dernier s'ébroua *ex abrupto* et désarma son pistolet qu'il glissa dans sa ceinture. De son bras au chien, il désigna le téléphone posé sur la table de nuit.

– Appelle ton toubib de mari, fit-il. Et dis-lui que tout baigne.

Catherine composa le numéro de l'hôtel de Montréal, mais James n'était pas dans sa chambre. Elle raccrocha.

– J'essaierai plus tard, dit-elle.

Thomas Curl gagna le lit d'un pas mal assuré. La puanteur de la tête de chien crevé devenait accablante.

– On pourrait pas ouvrir la fenêtre ? demanda Catherine.

– Couché.

– Pourquoi ?

De son bras valide, il la plaqua sur le lit. Avec le drap déchiré en bandelettes, il la ligota au matelas. La solidité des nœuds impressionna Catherine, compte tenu de la dextérité limitée de l'individu.

Thomas débrancha le téléphone et le fourra sous son bras droit.

– Fais pas ta mariole, avertit-il.

– Vous partez ?

– Faut que je sorte Lucas.

Catherine approuva du chef.

– J'emporte le bigo, dit Curl.

– Vous ne pourriez pas rapporter quelque chose à manger ? demanda-t-elle. Je meurs de faim.

Thomas Curl jeta le manteau de Decker sur ses épaules.

– Faudra vous contenter de Burger King, dit-il.

– Il y a des salades à emporter chez Wendy, lui suggéra Catherine.

– Wendy's, O.K., vendu, dit Curl.

Curl était tout sauf affamé. Il picora quelques frites tandis que Catherine mangeait sa salade arrosée de Coca light. Il avait eu tellement de mal à la détacher qu'il avait fini par trancher les draps de lit avec son couteau de poche.

– Lucas a aimé sa promenade ? dit-elle.
– C'est un gentil garçon, fit Curl en caressant la tête du chien. Un gentil garçon à son papa.

Il remit le téléphone en place et dit à Catherine de rappeler Montréal. Cette fois, James répondit.

– Comment ça se passe au Congrès ? fit Catherine. Vous vous marrez beaucoup ?

Thomas Curl se rapprocha d'elle sur le lit et exhiba son flingue, pour mémoire.

Catherine dit à James :

– Juste pour que tu ne t'inquiètes pas, je monte passer quelques jours chez ma sœur à Boca Raton. Au cas où tu appellerais à la maison sans me trouver.

Ils parlèrent encore quelques minutes de la pluie et du beau temps et du chiffre encourageant des commandes du vibrocanapé de chiropraxie, puis Catherine lui dit bye.

– Bien joué, dit Thomas Curl, mâchonnant une frite froide. Tu l'aimes autant que Decker ?

– James est un amour, dit Catherine. Si c'est l'argent qui vous intéresse, il paiera n'importe quoi pour me récupérer.

– C'est pas l'argent qui m'intéresse.

– Je sais, dit-elle.

– Alors comme ça maintenant il se fera plus de bile, votre toubib, s'il vous trouve pas à la maison ?

– Non, il est à la fête, on l'a interviewé, dit Catherine. Il aura sa photo dans *Vertebrae Today*.

Curl rota.

– C'est une revue de chiropraxie, expliqua Catherine, que l'enthousiasme n'étouffait pas, elle non plus.

Le téléphone sonna. Catherine tendit la main pour saisir l'appareil, mais Curl lui donna un coup de crosse sur le bras et répondit.

– C'est moi. Decker, fit une voix d'homme au bout du fil.

– T'es déjà là ?

– Je suis en route, dit Decker.

Il était sur une aire de service, à Fort Pierce, où il refaisait le plein de la voiture de García.

– T'es prêt à faire l'échange ?

– Tout à fait, dit Decker. Comment se porte Mrs. Gómez ?

Curl approcha le récepteur de la joue de Catherine.

– Dis-lui que ça va, fit-il.

– R.J. ? Ça va.

– Désolé de t'infliger ça, Catherine.

– Pas grave.

Curl lui arracha le téléphone des mains.

– Voilà comment on va faire : un échange donnant-donnant, dit-il.

– Tope là, mais je choisis l'endroit.

– Je t'en fous, Ducon.

– Pas possible autrement, Tom. C'est le seul moyen pour moi d'être sûr que la dame sera relâchée.

Curl se frotta le front. Il voulait rester ferme, mais n'arrivait pas à développer d'argument dans sa tête. La moindre pensée semblait faire long feu dans son cerveau enfiévré. Comme Decker lui précisait le lieu et l'heure du rendez-vous, Thomas Curl répéta à haute voix ses instructions, d'un ton pâteux et à côté de la plaque. Catherine, fort heureusement, les prit en note sur un bloc de l'Holiday Inn, car Curl avait oublié le tout dès qu'il eut raccroché.

– T'as la dalle, Lucas ? fit-il, ouvrant le sachet de papier kraft.

Il avait fait halte dans un fast-food et acheté une douceur pour le chien.

Catherine jeta un coup d'œil sur l'emballage.

– Gaines Burgers ?

– C'est ceux-là qu'il préfère, dit Curl.

Déballant l'un des hamburgers, il l'écrasa entre les mâchoires du chien, qui s'entêtait à ne pas lâcher son bras. La viande rouge se colla aux crocs jaunes de l'animal.

– Hein que t'aimes ça, mon garçon !

– Il n'a pas faim, Tom, dit Catherine. Ça se voit.

– J'crois que t'as raison, fit Curl. La faute à la balade, probable.

28.

Le diacre Johnson toqua à la porte. Pour une fois, le révérend Weeb était seul.

– Charles, vous feriez mieux de venir voir.

– Quoi encore ? fit le prédicateur avec irritation.

À la suite du diacre Johnson, il sortit du bureau de la résidence, traversa le jardin et descendit une allée pentue pour rejoindre l'embarcadère sur la rive gazonnée de frais du Lunker Lake n° 1. Les pêcheurs avaient commencé d'affluer si bien que le quai grouillait de bassiers effilés, remorqués par de gros Blazer, Jeep ou Bronco aux couleurs acidulées. Au beau milieu de l'étincelante congrégation, un immense camion-poubelle vert bouteille avait un vieux skiff gondolé accroché à son pare-chocs.

Deux types, impassibles, étaient adossés au camion ; le premier était grand, athlétique et noir, le second, rondouillard et latino. Les autres basseurs examinaient de loin ces nouveaux venus plutôt inhabituels, en ricanant sous cape.

Charlie Weeb s'approcha d'eux et les apostropha en ces termes :

– Si vous cherchez le dépotoir, il se trouve sur la Route 84. Là-bas, dit-il en pointant un doigt à l'ouest, vers la digue.

– On est là pour le concours, dit Jim Tile.

– Vraiment ?

Weeb toisa, dédaigneux, le canot et ses rames.

– Désolé, fiston, mais cette manifestation n'est pas ouverte au grand public.

– Mais on n'est pas le grand public, fiston, dit García. C'est nous, les frères Tile.

Là-dessus, il tendit avec décontraction à Charlie Weeb le reçu du versement des droits d'inscription. Sans y jeter un coup d'œil, ce dernier le passa au diacre Johnson.

– C'est bien eux, conclut le diacre. Bateau numéro 50, tout est en règle.

– Pour des frères, vous ne vous ressemblez pas beaucoup, lança le révérend Weeb d'un ton accusateur.

– *Sí, es verdad*, dit Jim Tile.

– Sû'pou'tant qu'on est f'angins, misteu, renchérit García.

Les deux avaient mis au point leur numéro pendant le long trajet en camion-poubelle. Jim avait mieux réussi à baragouiner l'espagnol que García à parler *jive*. Ils n'en obtinrent pas moins l'effet escompté.

Charlie Weeb, lèvres pincées, passa anxieusement une main manucurée dans sa chevelure d'un blond de rêve.

– Excusez-moi une seconde, messieurs, dit-il en prenant le diacre Johnson à part.

« C'est quoi cette blague, bordel ?

– Ça n'a rien d'une blague, Charles.

– Un latino et un négro, frangins ? Si c'est pas une blague...

Weeb en crachait d'exaspération.

– Écoute-moi bien, Izzy : ce soir, débarquent par avion un millier de chrétiens bon teint et d'acquéreurs potentiels. Je leur ai promis d'effectuer une guérison, de les faire assister à une partie de pêche au bass de classe internationale et aussi qu'on verrait leurs binettes réjouies sur l'écran des télés câblées de tout le pays. Et tout ça pourquoi, Izzy ? Pour leur *vendre quelques putains de modules* !

– Baissez le ton, Charles.

Même quand il murmurait, le révérend Weeb faisait trembler les vitres.

Le diacre Johnson, le prenant par le bras, l'entraîna à l'écart des nouveaux venus, mais toujours dans l'ombre fétide du camion-poubelle.

– On a accepté leur argent, Charles, bien obligés de les laisser pêcher.

– Le droit d'inscription, je chie dessus. Y a qu'à les rembourser.

– Bien, parfait, reprit le diacre Johnson. Mais quand les journaux vont commencer à appeler, c'est vous qui vous chargerez de leur expliquer pourquoi vous avez refusé ces deux-là.

L'éventualité d'une contre-publicité occasionna à Charlie Weeb une poussée de sueur froide, coupante comme une lame de rasoir, le long de la colonne.

Il se mit à plaider, presque plaintivement :

– Tous ces gens que j'amène ici, Izzy, ils n'ont pas envie de voir un négro et un latino associés à un projet immobilier des familles. Pas plus que ceux qui regardent mon émission chez eux. Mon but, Izzy, c'est pas de refaire le monde, mais d'obtenir des parts de marché. Le fait est que mon public est plus blanc que blanc. Dès qu'ils vont mater ces deux zozos, je te dis pas le ramdam. Ils vont croire que tout ce qu'ils ont entendu raconter sur la Floride du Sud, c'est la vérité vraie, que les Cubains et les nègres, y en a partout. Même sur les lacs où l'on pêche le bass.

– Il y a quarante-neuf autres bateaux dans ce concours, Charles, le tempéra le diacre Johnson. Vous n'avez qu'à dire à vos cameramen de ne pas cadrer cette petite barcasse. Quant au camion-poubelle, on le leur fera garer derrière, sur le chantier. Filez à ces types-là un moyen de locomotion décent que vous louerez. Si jamais quelqu'un pose une question, vous n'aurez qu'à dire qu'ils travaillent ici.

– Bonne idée, fit Weeb. On dira qu'ils goudronnent ou un truc comme ça. Excellent.

Parfois il se demandait ce qu'il deviendrait sans Izzy.

– Ne vous faites pas de bile, Charles, reprit le diacre Johnson. Il suffit de les regarder – ils n'ont pas l'ombre d'une chance. Ce sera déjà un vrai miracle si ce baquet rongé de termites ne coule pas à quai.

Tout ce que Charlie Weeb trouva à répondre fut :

– Qui a jamais vu un négro et un latino dans un concours de bass pro ?

Mais les mystérieux frères Tile s'employaient déjà à mettre leur embarcation à l'eau.

Le lendemain était jour d'entraînement et, suivant la tradition, les pêcheurs se rassemblèrent très tôt dans la matinée sur l'embarcadère pour échanger leurs théories et glaner de bonnes excuses au cas où. Comme aucun d'eux n'avait pêché à Lunker Lakes auparavant, conneries en tout genre et spéculations oiseuses allaient bon train. Les bancs de bass se trouveraient près des ponts dormants. Non, ils se tiendraient en profondeur. Non, à fleur d'eau, au contraire.

Seuls Charlie Weeb et les siens connaissaient la vérité : il n'y avait aucun bass, sinon crevé. La relève était en route.

Eddie Spurling comprit que quelque chose clochait terriblement, mais ne souffla mot. Au lieu de se mêler à ses potes autour d'un café et de petits pains, il alla arpenter la rive en solo, dans l'obscurité d'avant l'aube. Deux autres pros se coulèrent dans son sillage pour tailler une bavette, mais Eddie, rembruni, se montra peu loquace. Il ne manifesta pas le moindre intérêt pour le modèle sonore de cuillère tournante « spécial grande profondeur » de Duke Puffin ni pour le nouveau moteur de traîne antiherbes de Tom Jericho.

Alors que les oiseaux-moqueurs annonçaient l'aurore, Eddie Spurling, l'œil fixé sur l'eau marronnasse et stagnante des canaux, songeait : cette flotte ne vaut rien.

García et Jim Tile furent les derniers à faire leurs préparatifs, car ils avaient été légèrement retardés par Billie Radcliffe, un jeune blanc-bec de Waycross, Géorgie, qui avait lancé à Jim : « Eh, Oncle Tom, t'as oublié ta gaule ? » Jim Tile s'était senti tenu d'expliquer l'importance des bonnes manières à Billie Radcliffe, en brisant systématiquement toutes les cannes qui se trouvaient dans le bassier customisé de ce dernier. La chose avait été accomplie méthodiquement, dans le calme et sans interférence extérieure, car García et son Colt Python avaient supervisé ce bref cérémonial. À partir de là, les autres participants se tinrent à distance des frères Tile.

Et mieux valait pour eux. Les répétitions du lac Jesup n'avaient servi à rien : García se révéla à l'usage le plus dangereux pêcheur de bass du monde. À quatre reprises, il accrocha le crâne de Jim Tile par des lancers hasardeux. Trois autres fois, García se crocha lui-même, dont l'une si gravement que Jim fut obligé de sectionner les ardillons des hameçons afin de pouvoir les lui retirer de la cuisse.

Le lancer lourd requiert une certaine sensibilité du pouce, mais invariablement García libérait le tambour ou trop tôt ou trop tard. Soit il expédiait le leurre directo au fond du canot, où il se fracassait en claquant comme un coup de feu, soit il le lançait en l'air à la verticale, si bien qu'il replongeait dangereusement sur leurs têtes. Les rares fois où l'inspecteur se débrouilla pour toucher l'eau, Jim Tile posa sa canne et l'applaudit. Ils tombèrent bientôt d'accord que García ferait mieux de concentrer ses efforts sur la conduite du bateau.

Avec ce moteur faiblard de six chevaux, ça leur prit davantage de temps pour faire le tour des canaux, mais vers midi ils atteignirent l'endroit dont Skink leur avait parlé, à l'extrémité ouest du Lunker Lake n° 7. Les paysagistes de Charlie Weeb n'avaient pas encore remodelé cette partie limitrophe de l'ensemble immobilier projeté, si bien que les berges n'étaient encore que de stériles et blanchâtres amas de déblais. Le canal venait buter contre l'ancienne levée de terre qui séparait les eaux fertiles des Everglades de la civilisation du béton. Charlie Weeb avait poussé jusqu'aux abords de cette barrière terminale.

Jim Tile et García avaient le trou n° 7 pour eux tout seuls, comme Skink l'avait prévu. Il était trop dénudé, trop ensoleillé et trop éloigné pour les autres basseurs.

García rapprocha doucement le skiff de la berge, Jim sauta à terre et ramassa plusieurs brassées de branches de houx sur un tas que les bulldozers avaient laissé derrière eux. Dissimulés sous une bâche au fond du bateau, il y avait trois cageots à oranges qu'ils avaient fait suivre depuis Harney dans la benne du camion-poubelle. García attacha les cageots ensemble tandis que Jim bourrait les interstices des claires-voies de bois mort. Ils descendirent à deux les cageots dans l'eau. À l'aide de fil à pêche, Jim sonda la profondeur : quatre mètres. Il marqua l'emplacement de la cache de deux boîtes de Budweiser vides, disposées sur la berge.

Queenie y serait comme chez elle, loin de chez elle.

– Un truc vieux comme le monde, avait confié Skink à l'inspecteur, l'avant-veille au soir. Ces grosses mères *hawgs* adorent tout ce qui fait barrage et se planquer invisibles à se goinfrer d'épinoches débiles. Où cache il y a, poisson il y a. Tu te fabriques la cache, tu remportes ce putain de concours.

C'était là le plan.

Jim Tile et García se sentaient parfaitement à leur aise pour le mener à bien : il n'y avait aucun autre bateau en vue.

Cependant, un hélicoptère privé tournait dans le ciel.

Les frères Tile n'avaient pas daigné lever les yeux puisqu'il ne les survola qu'une seule fois.

Mais cela suffit au pilote de Dennis Gault pour noter un point de repère sur la carte. Puis il rentra à l'héliport passer un message radio à son boss.

Ce soir-là sur le débarcadère, à l'issue de la journée d'entraînement, l'humeur variait de l'incertitude au découragement. Personne n'avait pris un seul bass, même si aucun des pêcheurs n'était prêt à l'admettre. Cela dépassait la simple notion de fierté – c'était l'incontournable sournoiserie propre à toute compétition. Avec deux cent cinquante mille dollars à la clef, amitiés de toujours et confidences confraternelles comptaient pour du beurre. Nul renseignement ne fut communiqué, nulle stratégie comparée, nul secret troqué. Résultat, personne ne saisissait l'ampleur du désastre des eaux « non poissonneuses » desdits Lunker Lakes. Pendant leur reconnaissance du contour des rives, certains pêcheurs étaient tombés sur des alevins de bass crevés et avaient ressassé les hypothèses habituelles : fuite d'azote, déversement de phosphates, floraison d'algues, pesticides. Pourtant, ce n'était pas tant ces quelques spécimens aquatiques crevés que l'absence de poissons vivants qui perturbait les concurrents ; plus la journée s'avançait, plus leur optimisme s'évaporait. Ils étaient parmi les meilleurs pêcheurs du pays et savaient reconnaître de vilaines eaux quand ils en voyaient. Toute la matinée, ils avaient tenté de détecter du poisson sur leurs sonars Humminbird, où seul un vide grisâtre s'affichait. Les berges étaient uniformément en à-pic, le fond uniformément plat et les prétendus « lacs », uniformément sans vie. Dennis Gault lui-même flippa, malgré l'atout qu'il avait dans sa manche – de chemise L.L.Bean.

Au crépuscule, à leur retour au débarcadère, les pêcheurs furent accueillis par des banderoles flottant au vent, de la musique country enregistrée plein pot et un espace scénique rectangulaire parfaitement conçu – délimité d'un côté par un pupitre rose et de l'autre par le tableau d'affichage des futurs résultats. L'estrade mijotait sous le feu des H.M.I. tandis que les cameramen du C.C.P.A. réglaient les lumières. Au-dessus du pupitre, une banderole proclamait en lettres rouges : JÉSUS À DOMICILE – EN DIRECT À CINQ HEURES ! Au-dessus du tableau d'affichage, une autre banderole claironnait en lettres bleues : « Lunker Lakes présente l'As du Bass Classic à la mémoire de Dickie Lockhart. » Le moindre angle dans le champ des caméras était tapissé des logos et autres pubs des divers sponsors qui avaient contribué à l'énorme montant du premier prix.

Une fois tous les bassiers rentrés à quai, le révérend Charles Weeb s'avança au centre de la scène, un micro sans fil à la main.

– Bienvenue, les sportifs !

Les pêcheurs, harassés, grommelèrent leur manque d'enthousiasme.

– Paraît que ça a été dur, la pêche, aujourd'hui, mais ne vous en faites surtout pas ! assura d'une voix forte Charlie Weeb. Le Seigneur m'a dit que demain serait une journée d'enfer !

Les haut-parleurs amplifiaient l'enthousiasme du prédicateur. Les pêcheurs l'applaudirent en souriant, mais sans déployer beaucoup d'énergie.

– Mais oui, continua Charlie Weeb, j'ai parlé au Seigneur pas plus tard que cet après-midi et Il m'a dit : « Demain, ce sera bon. Demain les *hawgs* mordront ! »

– Est-ce qu'il vous a dit par hasard s'il valait mieux utiliser des Buzzbaits ou des vers souples ?

Les pêcheurs s'esclaffèrent et le révérend Weeb se fendit d'un sourire d'approbation. Tout ce qui faisait se déboutonner ces cons-là était le bienvenu.

– Comme vous ne l'ignorez pas, fit-il, ce soir, c'est barbecue, à Lunker Lakes. Spare ribs, poulet, poisson-chat du lac Okeechobee et bière à volonté !

L'annonce de cette grande bouffe gratuite provoqua les premiers applaudissements sincères de la soirée.

– Ainsi donc, poursuivit le révérend Weeb, j'ai frété deux autocars climatisés pour vous emmener au *clubhouse*. Payez-vous du bon temps ce soir, reposez-vous bien, et demain inscrivez-moi quelques belles prises sur ce tableau, car le pays tout entier aura les yeux braqués sur vous !

Sans se faire davantage prier, les pêcheurs montèrent en file indienne dans les autocars. Jim Tile et García mirent leur point d'honneur à s'asseoir tout devant. Personne ne leur adressa la parole.

À peine les autocars eurent-ils démarré que Weeb, lançant le micro à un technicien du C.C.P.A., coinçait le jeune hydrologiste en coulisses.

– Il est arrivé, j'espère, lui dit-il.

– Oui, monsieur, on n'attend plus que vos ordres.

Weeb gueula aux machinos.

– Tournez-moi ces projos ! Éclairez le débarcadère ! Dépêchez, connards, avant qu'on pourrisse sur pied !

Surgissant de l'obscurité qui tombait, un camion-citerne métallisé apparut. Malgré son banal aspect de camion-essence, ce n'en était pas un. Le chauffeur effectua une précautionneuse marche arrière le long de la pente lisse du débarcadère avant de freiner à un mètre de l'eau dans un chuintement gazeux.

– Bravo la manœuvre, constata l'hydrologiste.

Le chauffeur descendit d'un bond, une planchette à pinces à la main.

– Deux mille *basserinos* tout frais, annonça-t-il. C'est qui, qui me signe le bon de livraison ?

Après le barbecue, Jim et García regagnèrent Lunker Lakes Lodge avec la voiture qu'on leur avait allouée. De mauvaises nouvelles les y attendaient.

La descente de police avait échoué.

La brigade d'intervention de Broward County avait forcé avec une évidence de bulldozer la porte de la chambre 1412 du Holiday Inn de Coral Springs et arrêté sans ménagements un certain Juan Gómez, soupçonné d'enlèvement. Malheureusement, le quidam en question s'appelait pour de bon Juan Gómez, représentant en logiciels. En outre, la nana qu'il tringlait dans cette chambre de motel n'était pas Catherine Stuckameyer, qu'on recherchait activement, mais la fille de dix-neuf ans du fondateur de Disquette World, l'un des plus gros clients dudit Juan Gómez par ailleurs.

Le temps que la confusion soit dissipée et que la brigade retourne à l'Holiday Inn, l'autre Juan Gómez, celui qui se nommait en réalité Thomas Curl, s'était envolé de sa chambre pour une destination inconnue. Les techniciens d'investigation criminelle passèrent des heures à analyser des miettes de hamburger Gaines.

García avait mis le raid sur pied à l'insu de Decker, qui avait farouchement rejeté l'idée d'une opération-sauvetage coup de poing. Il avait insisté, la vie de Catherine étant en jeu, pour se charger lui-même de Curl, si bien que Jim et García avaient fait machine arrière et prétendu se ranger à son avis. À peine Decker avait-il quitté Harney que García avait joint par téléphone son lieutenant à Miami, qui avait joint à son tour par téléphone le bureau du shérif de Broward County. La bureaucratie policière atermoya quelques heures, avant tout parce qu'on n'avait signalé officiellement la disparition d'aucune Catherine Stuckameyer et que les autorités soupçonnaient là-derrière la simple escapade d'une femme de richard en mal d'affection. Le temps que la brigade d'intervention se mette en branle et déniche la bonne chambre, il était trop tard.

– Ils se sont plantés sérieux, dit García en raccrochant brutalement. Et le bouquet, c'est qu'ils sont furax contre moi à cette heure ! Une espèce de *gringo* débile qui se prétend capitaine me sort que je les ai fait passer pour des cons, qu'il n'y a toujours pas la moindre preuve de kidnapping. Si ces commandos à la noix en tenue camouflage et M-16 se sont gourés de chambre, c'est tout de même pas ma faute !

– Résultat des courses, on a perdu la trace de Curl, de l'ex de Decker et de Decker lui-même, résuma Jim.

– Alors il a fini par obtenir ce qu'il voulait, l'enfoiré. À lui de jouer, maintenant.

García jeta sa casquette de basseur en jurant.

– Et merde, qu'est-ce qu'on peut faire de plus ?

– Aller à la pêche, répondit le flic de la route. C'est tout.

À minuit et demi, quelqu'un frappa à la porte de Dennis Gault. Ce dernier ne voyait pas qui ça pouvait être. Il avait choisi de ne pas rester à Lunker Lakes Lodge avec les autres ; toutes les fêtes promettaient d'être tapageuses, nuisibles à sa concentration, et le reste des pêcheurs l'aurait ignoré superbement, comme d'habitude. De plus, la moquette était couverte de sciure et les murs empestaient la peinture fraîche ; il était évident que l'endroit avait été bricolé en quinze jours, uniquement pour le concours.

Aussi Gault avait-il retenu une suite à l'Everglades Hilton, où il descendait toujours quand il séjournait à Fort Lauderdale. Seules Lanie, ses secrétaires et quelques amies femmes savaient où le trouver. Ce qui expliquait son trouble devant son visiteur de minuit.

Il colla son oreille au battant de la porte. De l'autre côté, on percevait la respiration oppressée d'un quidam ainsi qu'un faible bourdonnement.

– Qui est là ?

– Moi, Mr. Gault.

Reconnaissant cette voix, Gault ouvrit la porte avec colère. Mais ce qu'il vit lui coupa la chique.

– Sainte Mère de Dieu !

– 'lut, chef ! fit Thomas Curl. Super, le pyjama.

Il entra en vacillant et vint se crasher dans un fauteuil.

– Hum, Tom...

– Quoi, chef ?

Gault le fixait, glacé d'horreur. Que pouvait-il dire ? Curl avait une tête de déterré des mauvais jours. Ses yeux n'étaient plus que deux fentes, sa figure, une bouffissure striée de violet. Son front grisâtre luisait de sueur et un suintement laiteux mouchetait la commissure de ses lèvres.

– Qu'est-ce qui t'est arrivé, Tom ?

– Mrs. Decker est dans le coffre, saine et sauve, vous inquiétez pas.

Curl s'essuya la bouche du revers de sa manche.

– Vous savez, chef, j'ai jamais vu ça, un pyjama qui brille autant que çui-là.

Dennis Gault ne quittait pas des yeux le bras droit de Curl.

– Putain... c'est... c'est quoi cette saloperie ? bégaya-t-il.

– S'appelle Lucas, répondit Curl. C'est un bon garçon.

– Ah nom de Dieu !

Gault comprenait à présent d'où venait le zonzon : des mouches qui grouillaient autour de la tête de chien.

– J'ai grandi au milieu des p'tits chiens, précisa Curl. Des bâtards, surtout.

– Tu n'as pas bien fait de venir ici, dit Gault.

– J'ai deux trois heures à tuer.

– Avant de rencontrer Decker ?

– Ouaip.

Curl avisa une carafe de cognac sur un bahut. Gault la lui tendit machinalement. Curl avala trois copieuses rasades à même le goulot. Ses yeux étincelaient quand il la reposa.

– Y me faut un bassier, annonça-t-il, faisant claquer ses lèvres.

Gault gribouilla un numéro de téléphone sur une serviette en papier.

– Tiens. Ce mec-là, il a un Starcraft.

– Ça ou autre chose.

– Tu te sens bien ? demanda Gault.

– Ça ira. Je vais régler ces emmerdes une bonne fois pour toutes.

Curl remarqua l'attirail de pêche de Gault soigneusement étalé sur la moquette.

– Du beau matos, chef, on dirait que ça sort du catalogue.

– Tu ferais mieux d'y aller, Tom. Faut que je me lève tôt demain matin.

– Moi, j'dors pas beaucoup. Lucas, y veut toujours jouer.

Dennis Gault avait du mal à respirer tant la puanteur était abominable.

– Appelle-moi après-demain. J'aurai un petit quelque chose pour toi.

– Super.

– Encore une chose, Tom. C'est très important : tout est près pour ce soir, hein ? Concernant Decker, j'veux dire.

– Flippez pas.

– Tu pourras te débrouiller tout seul ? fit Gault.

– J'suis moralement obligé.

Sur le pas de la porte, Thomas Curl, en état d'ivresse, tendit sa main droite.

– Serrez-m'en cinq, chef.

Gault s'exécuta sans oser regarder la chose en putréfaction.

– Eh bien, Ligne Tendue ! fit Curl avec un salut de marin, salopé même si le cœur y était.

– Merci, Tom, fit Gault.

Il referma la porte, balança le reste du cognac, puis fonça sous une douche brûlante.

29.

Le téléphone se déchaîna à peine étaient-ils au pieu.

Si García décrochait, une voix lui balançait à l'autre bout du fil :

– Pourquoi tu rentres pas à Miami, latino de merde ?

Si Jim Tile prenait l'appareil, le message était le suivant :

– T'avise pas de radiner tes grosses lèvres sur le lac, négro.

Après le quatrième appel, García alluma et se mit sur son séant.

– Comme si ça suffisait pas qu'on nous ait filé la plus mauvaise piaule, maintenant faut qu'on se paie ça.

– On a une superbe vue sur les poubelles, pourtant, dit Jim.

Quand il balança ses jambes nues hors des couvertures, García remarqua le pansement là où la balle de Culver Rundell l'avait blessé.

– C'est rien, elle m'a transpercé de part en part, c'est tout, précisa le policier de la route.

– Un de ces dingues de basseur ?

Jim Tile opina du chef.

– Ah merde, fit García, peut-être qu'on ferait mieux de prendre ces appels plus au sérieux.

– Ils essaient juste de nous flanquer la trouille.

Le téléphone se remit à sonner de plus belle. Jim le regarda une bonne minute avant de décrocher.

– T'es bon qu'à nourrir les gators, mal blanchi, fit d'une voix traînante son interlocuteur.

Le policier de la route raccrocha. Il serrait les dents et son regard était dur.

– Je commence à prendre ça pour des insultes perso.

– Moi aussi.

García s'empara de son pantalon posé sur une chaise et le fouilla à la recherche de son briquet. Nouvelle sonnerie.

– À mon tour, dit l'inspecteur.

Autre voix à l'accent du Sud.

– T'as du pot que la graisse flotte, *amigo.*

García raccrocha violemment l'appareil.

– Tu crois que l'un de nous deux aura l'intelligence de débrancher ?

– Non, dit Jim.

Il se faisait du mouron pour Skink et Decker. L'un d'eux pouvait avoir besoin de les joindre.

– J'ai du mal à imaginer que ces cons-là redoutent qu'on gagne, pas après avoir vu notre bateau, dit García. J'me demande ce qui leur fout tellement les boules.

– Nous voir, simplement, dit Jim Tile.

Il reposa la tête sur l'oreiller, les yeux au plafond. García s'alluma une cigarette et feuilleta un catalogue de vente de Lunker Lakes qu'une bonne femme lui avait donné au barbecue.

À deux heures et demie du matin, quelqu'un tira de l'extérieur un coup de fusil dans leur fenêtre et s'enfuit en courant.

Jim Tile saisit le téléphone, furieux, et se mit à composer un numéro.

En secouant sa couverture pour en faire tomber les éclats de verre, García lui demanda :

– Tu appelles qui, *chico*, les Eaux et Forêts ?

– Je crois que c'est important de marquer le coup, dit le policier de la route. Pas toi ?

Pour rejoindre la digue, Eddie Spurling dut rouler jusqu'à l'extrémité ouest de la Route 84, puis foncer plein nord sur la U.S. 27 jusqu'au camp de pêche de Sawgrass. Là, la jetée était accessible, mais juste assez large pour un seul véhicule ; à trois heures du matin, Eddie ne prévoyait guère de croiser quelqu'un. Il avançait au pas dans son Wagoneer au travers d'une obscurité cristalline ; des tourbillons d'insectes du marécage venaient voiler la lueur des phares. De temps à autre, il était contraint de freiner par un animal que le faisceau lumineux clouait, les yeux rubis, sur la piste pleine d'ornières – lapins, ratons laveurs, renards, lynx, et jusqu'à une vieille loutre bien grasse. Eddie s'émerveilla de l'existence d'une faune pareille, si près de la grande ville.

Cela lui prit une heure pour effectuer le circuit à rebours jusqu'à l'endroit où la digue servait de butoir à Lunker Lake n° 7. En atteignant le lieu indiqué, Eddie Spurling coupa le moteur, éteignit les phares, descendit la vitre et scruta l'ouest. La nuit sur les Everglades s'étalait dans toute sa splendeur, l'immensité du ciel était sans comparaison avec ce qu'il avait vu ailleurs dans le Sud ; ici la Voie lactée semblait se déverser directement dans les eaux miroitantes du marais.

Vers l'est, Eddie n'aperçut par contre que destruction et chamboulement, le halo cru des lumières du centre-ville, la pâle balafre linéaire de la super rocade à venir et de ses trois échangeurs, construits spécialement pour le projet immobilier de Charlie Weeb. Toute beauté était absente du paysage et Eddie détourna les yeux. Il coiffa sa casquette, ferma les boutons-pressions de son gilet molletonné et quitta son pick-up pour le doux bruissement du marais.

Les eaux luisaient de part et d'autre de la levée. Sous une mince nappe de brouillard, celles de Lunker Lake n° 7 offraient le calme plat et la désolation de la surface d'une citerne ; par contraste, le petit étang côté Everglades se ridait sous les traits de flèche des épinoches et des notonectes. Cette nappe d'eau, frangée d'une luxuriance de quenouilles et de laîche, était parsemée de crissantes feuilles de nénuphars, aussi rondes et grosses que des pizzas. Autre chose flottait sur l'étang – une bouteille plastique de Javel, attachée à une corde.

Eddie Spurling nota combien elle était déplacée en cet endroit ; obscène, en fait, comme un papier gras. Il fut pris d'une crise de fureur en songeant à toute l'affaire – à Weeb et ses saletés d'imports d'Alabama. Puis Eddie s'aventura prudemment sur la pente de la levée, ses bottes glissant dans la terre meuble. Au bord de l'eau, il s'aida d'une longue perche trouvée là pour harponner l'épave de la bouteille de Javel.

Il s'empara de la corde et la tira à lui, une main après l'autre. La nasse était étonnamment lourde ; comme du plomb ou presque. Elle avait dû s'entortiller dans les plantes aquatiques, songea Eddie.

Quand la cage émergea enfin, il laissa tomber la perche et saisit le grillage à pleines mains. Puis il la tira sur la berge.

Eddie éclaira l'intérieur avec sa lampe électrique.

– Bon Dieu ! lâcha-t-il.

La taille de la chose, il n'en croyait pas ses yeux – un bass d'un noir cuivré aux proportions grotesques, si énorme que ça aurait pu être un mérou pêché en haute mer. Trente bonnes livres à vue de nez. Le *hawg* fixait Eddie d'un œil courroucé, se débattant comme un furieux dans sa prison de fil de fer. Eddie ne pouvait en détacher son regard. Impossible, se disait-il, frappé de stupeur.

Sur l'autre rive de l'étang, il y eut un bruit, et Eddie Spurling sentit comme un froid. Il avait reconnu le déclic du chien d'un fusil.

– Remets-la dans l'eau, fit une voix de basse.

Eddie, la gorge sèche, était trop terrifié pour bouger.

Un coup partit et la bouteille de Javel explosa à ses pieds. Une fois l'écho dissipé, la voix reprit :

– Allez !

Soudain mou du genou, Eddie redescendit la nasse dans l'étang, laissant la corde mouillée filer entre ses doigts.

De l'autre côté de l'étang, l'homme au fusil se dressa parmi les quenouilles. Au vu de sa silhouette, Eddie Spurling comprit qu'il avait affaire à un individu plutôt baraqué. Son aspect était rendu plus inquiétant encore par le treillis militaire et une sorte de masque sombre qu'il portait. L'homme traversa le marécage en pataugeant et grimpa vivement le remblai de la levée. Eddie songea bien à prendre la poudre d'escampette, mais pour aller où ? Il songea aussi à s'enfuir à la nage, mais serpents et alligators posaient problème. Aussi restat-il sur place, tâchant de ne pas se souiller.

Bientôt l'homme au fusil se détacha sur la jetée, le dominant de toute sa hauteur.

– Éteins ta torche, fit-il.

Il était suffisamment près d'Eddie pour que celui-ci distingue ses traits. Il avait de longs cheveux bruns, une barbe hirsute et un bonnet de plastique à fleurs sur la tête. Le masque se révéla n'être qu'une paire de lunettes noires. Le fusil de chasse était un Remington.

– Je me présente : Eddie Spurling le « Rapido ».

– On t'a demandé quelque chose ?

– Je passe à la télévision.

– Je regarde jamais la télé, fit l'homme au fusil.

Eddie changea de tactique.

– C'est de l'argent que vous voulez ? Ma Jeep ? Prenez-la, elle est à vous.

Sans broncher, l'homme au fusil se tourna et explosa le pare-brise de verre fumé du Wagoneer d'Eddie Spurling.

– J'ai ce qu'il me faut comme pick-up, merci bien, dit-il, avant de massacrer aussi les anti-brouillards.

Eddie en eut des sueurs polaires.

– Beau poisson, hein, pas vrai ? fit l'homme.

Eddie opina du chef avec l'énergie du désespoir.

– Le plus gros que j'aie jamais vu.

– S'appelle Queenie.

– Très joli, fit Eddie aux abois, convaincu que le chevelu au fusil allait le descendre.

– T'es probablement curieux de savoir ce qui est arrivé aux tiens.

– Ils n'étaient pas vraiment à moi, rectifia Eddie.

L'homme émit un rire grêle.

– T'as fait tout ce chemin juste pour dire bonjour ?

– Non, m'sieur, dit Eddie, je suis venu pour les relâcher.

– Et si je t'explosais la bite pour en finir une bonne fois ?

– Non, s'il vous plaît ! s'écria Eddie. Je dis la vérité, j'allais libérer les poissons. Vous n'avez qu'à vérifier dans mon pick-up, si vous me croyez pas. Si j'étais venu les prendre, j'aurais trimbalé un vivier, hein ? J'aurais fait suivre mon putain de bateau, non ?

L'homme au fusil parut réfléchir.

– Et pourquoi je serais venu ici trois heures avant le concours ? poursuivit Eddie. Et risquer qu'ils me claquent entre les pattes ?

– Alors t'es pas un de ces pros de la triche ? demanda le type.

– Non, et j'ai pas l'intention de m'y mettre. Je pourrais pas mener ça jusqu'au bout, que Charlie Weeb aille se faire foutre.

Le chevelu abaissa son fusil.

– J'ai laissé filer ces bass de rechange.

– Et j'en suis bien content, dit Eddie Spurling.

– Trois *hawgs* en puissance. Y en avait un qui devrait atteindre ses onze livres huit.

– Eh bien, fit Eddie, peut-être que je le prendrai un de ces jours, quand il sera plus gros.

– Et Queenie ? Qu'est-ce que t'en aurais fait ? dit l'homme.

– J'l'aurais laissée filer, elle aussi, fit Eddie sans la moindre hésitation.

– C'est ça.

– Quel intérêt j'aurais eu à la tuer, m'sieur ? Supposez que je ramène cette monstresse à la maison, que je la fasse naturaliser. Chaque fois que je rentrerais dans mon fumoir, elle serait là sur le mur à me fixer, de ses saletés d'yeux violets qui sauraient l'horrible vérité. J'pourrais pas supporter de vivre avec ça, m'sieur. C'est pour ça que votre flingue sert à rien, je vous dis, je l'aurais laissée filer de toute façon.

L'homme au fusil resta immobile, ne laissant rien paraître. Ses lunettes de soleil flanquaient une trouille bleue à Eddie.

– J'ai un garçon de neuf ans, m'sieur, dit Eddie. Vous croyez que je pourrais mentir à mon fils à propos d'un poisson comme ça ? Lui dire que je l'ai pêché si c'était pas vrai ?

– Certains types en seraient tout à fait capables.

– Je suis pas de ceux-là.

– Je vous crois, Mr. Spurling, fit l'homme armé. Et maintenant, vous allez me foutre le camp d'ici, S.V.P.

Eddie escalada docilement à quatre pattes la pente de la levée. Il se jeta dans la Jeep sans même se donner la peine de balayer de la main les débris de verre sur le siège.

– Vous pouvez faire demi-tour sans problème avec votre machine ?

– Ouais, fit Eddie. C'est un quatre roues motrices.

Dans le noir, nerveux, il cherchait les clés à tâtons.

– La pliure de l'univers, énonça l'homme au fusil

d'un ton rêveur. Cette jetée est comme la pliure morale de l'univers.

– Étroite, elle l'est, ça c'est sûr, fit Eddie.

– Le mal d'un côté, le bien de l'autre.

L'homme illustra ses propos de son Remington pointé.

Eddie, collant sa tête à la portière, dit fort poliment :

– Puis-je vous demander ce que vous comptez faire de ce bass magnifique ?

– J'ai l'intention de la relâcher, répondit l'homme. Dans cinq minutes à peu près.

Il ne précisa ni où ni de quel côté de la fameuse pliure.

Eddie avait beau savoir qu'il ne devait pas pousser sa chance trop loin, qu'il lui fallait mettre de la distance entre lui et ce fou furieux le plus vite possible, il ne put résister. Le pêcheur en lui se devait de poser la question.

– Elle pèse combien, à part ça ?

– Vingt-neuf livres tout rond.

– Nom d'un hameçon, suffoqua Eddie Spurling, le « Rapido ».

– Barrez-vous maintenant, fit l'homme au fusil. Et bonne chance pour le concours.

Après le départ d'Eddie, Skink hissa l'énorme poisson hors de l'étang. Il posa la nasse comme un joug sur ses épaules et lui fit franchir la digue jusqu'à Lunker Lakes. L'ayant remise à l'eau, il fouilla les berges pour retrouver les deux boîtes de bière marquant l'endroit où Jim et García avaient coulé la cache qu'ils avaient confectionnée.

Skink hissa la nasse à nouveau et la transporta jusqu'à la cachette. Cette fois, il en retira le bass et, l'orientant vers le barrage submergé, le laissa doucement aller. Queenie, d'un coup de queue d'un seul, disparut dans un nuage de boue.

– À ce soir, lui dit Skink. Et puis après, on rentrera à la maison.

Le fusil à la main, il demeura sur la levée deux bonnes heures à guetter le début de la fin de la nuit. Dans les Everglades, un héron poussa son cri rauque et des mauvis se chamaillèrent entre les joncs ; de l'autre côté de la digue, tout restait muet et sans vie. Skink attendit que quelque chose se manifeste dans le Lunker Lake n° 7 – une tortue, une aiguille de mer, n'importe quoi. Il attendit longtemps.

Alors, plein d'idées noires, il regagna péniblement par la levée l'endroit où il avait laissé son pick-up. À l'est, aux confins crades de la ville, le soleil se levait.

Au même instant, Decker garait sa voiture derrière une rangée de baraquements de chantier, à Lunker Lakes. L'aube était le meilleur moment pour agir, car la plupart des vigiles soit dormaient soit se racontaient des conneries autour de la pointeuse, attendant l'heure de la délivrance. Decker n'aperçut qu'un garde en uniforme, rondouillard et rubicond, qui émergea de l'une des baraques juste le temps de pisser avant de refermer la porte.

Decker vérifia à nouveau son appareil photo. C'était un Minolta Maxxum, un trente-cinq millimètres mastoc qu'il avait déniché dans une boutique discount de West Palm Beach, acceptant les cartes de crédit. Il se dit qu'un Olympus ou un Instamatic auraient aussi bien fait l'affaire, mais il n'avait pas eu de temps à perdre. Il ouvrit le boîtier et inspecta le mécanisme de chargement ; il fit de même pour le mode d'entraînement du film.

Satisfait, Decker revissa le cache-objectif, referma le Minolta et le boucla dans la boîte à gants de la voiture de García. Puis il sortit la pince monseigneur du coffre et, s'étant faufilé jusqu'à la remise de matériel, s'attaqua au cadenas.

Le coup d'envoi du Dickie Lockhart Memorial Classic était prévu à six heures et demie du matin, mais les pêcheurs arrivèrent très tôt pour mettre leur bateau à l'eau, tester leur matériel et grappiller des bricoles à l'œil auprès des représentants d'articles de pêche qui arpentaient le quai de long en large. Les pêcheurs n'ignoraient pas que le vainqueur du concours ne mouillerait plus jamais peut-être une ligne de sa vie : en raison de l'énormité de la bourse, mais aussi des contrats publicitaires exclusifs qui s'ensuivraient. Le leurre qui ferait remporter le premier prix du Lockhart Classic deviendrait sans nul doute l'article le plus prisé de l'année des magasins d'articles de pêche en eau douce. Rien de logique dans cet engouement, car un bass avale à peu près n'importe quoi (sa progéniture y compris), mais les fabricants d'appâts faisaient flèche de tout bois pour encourager les achats les plus débridés. Avant le coup d'envoi, ils surchargèrent les concurrents de leurres, jigs et autres spinnerbaits gratuits, n'ayant garde d'oublier les vers en plastique étalés dans des bacs géants comme autant de diaboliques vermicelles violacés.

La matinée était fraîche et le ciel dégagé ; on racontait que le thermomètre pourrait bien atteindre 27 degrés en milieu d'après-midi. Des matrones, volontaires de la Première Église Pentecôtale d'Exemption de la Rédemption, distribuaient des brochures bibliques et offraient café et petits pains chauds aux participants dont beaucoup étaient bien trop tendus pour avoir faim ou envie de prier.

À six heures pile, une Rolls Royce Corniche lie-de-vin s'arrêta sur l'embarcadère du Lunker Lake n° 1. Dennis et Lanie Gault en descendirent. Lanie arborait une veste de bûcheron rouge, un pantalon moulant en Gore-tex et des bottes d'équitation noires. Elle attira avec un plaisir non dissimulé l'attention des autres concurrents, piochant avec un bel appétit dans un sac de croissants.

Affichant un air suprêmement confiant, Dennis Gault descendit au treuil son Ranger, bassier de cinq mètres aux reflets miroitants, dans l'eau. Il rangea soigneusement, une par une, ses cannes, puis sa boîte à outils, enfin son énorme boîte à pêche. Puis il pénétra dans le cockpit en se tassant, vérifia les divers cadrans de la console – température de l'eau, *power-tilt*, contacts d'équilibrage, tachymètre, jauge de carburant, témoin de charge, pression d'huile. Il poussa une touche de son sondeur dont l'écran clignota un bonjour digital vert clair. Le gros Johnson démarra du premier coup, ronronnant comme un bébé tigre. Tandis que le moteur chauffait, Dennis Gault à la barre défroissait négligemment les faux plis de sa combinaison bleu ciel. Il vaporisa d'une giclée de Windex les verres ambrés de ses lunettes Polaroïd, qu'il essuya avec un bandana bleu foncé. Il enfila ensuite un gilet imperméabilisé à monogramme et fourra dans sa poche une bombe de Super Glande d'un décilitre. Selon la mode en vigueur chez les basseurs, il mit sa casquette devant derrière, pour que le vent de la vitesse ne la lui arrache pas du crâne à 80 kilomètres / heure.

Dennis Gault s'était attendu aux vannes habituelles sur sa Rolls et le sale frimeur qu'il était, mais les autres pêcheurs lui fichèrent une paix royale. En fait, Gault était si absorbé par son rituel d'avant-concours qu'il faillit rater le clou de la matinée.

Au début, ce ne fut pas plus gros qu'une tête d'épingle à l'horizon, vers l'est, mais plus rapide que l'aurore : une étrange pulsation lumineuse. Les basseurs s'agglutinèrent sur le quai pour mieux voir, s'imaginant qu'une grosse boîte d'appâts organisait un coup de pub pour le lancement d'un nouveau produit. Et pour un coup de pub, ça se posait un peu là.

Bientôt, le ciel au-dessus de Lunker Lakes fut zébré d'éclats aigue-marine. Sur l'écran géant de douze mètres, tendu derrière la scène, apparut le visage du révérend Weeb pour sa bénédiction matinale ; c'était un message enregistré en vidéo (car Charlie Weeb se levait rarement avant dix heures), mais les concurrents n'étaient guère d'humeur à écouter ce que l'Ancien Testament disait de la pêche. Ils avaient tous les yeux rivés sur ce qui roulait lentement dans leur direction.

Une procession de voitures de police.

De véhicules de patrouille de la police de la route, pour être exact ; au nombre de seize, leurs gyrophares trouaient d'éclairs bleus l'obscurité. Fermant le cortège, un camion-poubelle tirait en remorque un canot à rames.

Dennis Gault n'aimait pas le tour que prenaient les choses. Il se demanda si les policiers étaient venus arrêter quelqu'un, lui-même peut-être bien. Il lança un regard inquiet à Lanie, qui haussa les épaules et fit non de la tête.

Les huit premières voitures se détachèrent pour gagner un côté du quai, où elles se rangèrent pare-chocs contre pare-chocs ; les huit dernières se garèrent selon un dispositif similaire de l'autre côté, formant un large V d'honneur au camion-poubelle de Jim Tile et Al García.

Chaque flic descendit de son véhicule, près duquel il demeura. Leur expression était d'une neutralité de marbre et ils ne bronchèrent pas malgré l'empressement des Bétacam du C.C.P.A. à filmer leur arrivée. Chacun des policiers de la route était jeune, droit comme un i, impec, musclé et puissamment armé. C'étaient les meilleurs amis que Jim Tile comptât parmi les forces de l'ordre, et tous des Blancs, ce qui ne manqua pas de faire son petit effet.

Le vieux skiff en bois fut mis à l'eau sans incident.

Le diacre Johnson fut tôt levé. L'importance de la journée pesait de tout son poids et son anxiété n'était pas sans fondement. Il revêtit sa tenue décontract préférée, couleur sable du désert, donna un coup de chiffon à ses chaussures crème et s'épila les poils du nez. À la table du petit déjeuner, il mâchonna sans entrain un bagel aux raisins, parcourut la page sportive du journal pour s'assurer qu'on n'avait pas panné l'énorme pavé de pub pour le concours, puis fit venir la limousine.

Il décida de tenter encore une fois sa chance à l'hôpital des Anciens Combattants.

Cette fois, deux médecins l'attendaient au bureau des admissions.

Le diacre Johnson, tout sourire, leur tendit la main, mais les médecins la regardèrent comme si c'était un serpent à sonnette.

– Je regrette, fit l'un d'eux, mais je vous prie de sortir.

– Vous avez gravement perturbé nos patients, renchérit l'autre.

– N'y en a-t-il aucun qui veut passer à la télé ? insista le diacre Johnson.

– D'après eux, vous leur avez proposé de l'argent.

– C'est une obligation syndicale, mentit le diacre Johnson.

– De l'argent, reprit le médecin, pour mentir sur la maladie dont ils souffrent.

– Pas pour mentir, mais pour *dramatiser*. Il y a une grosse différence.

Le diacre Johnson se croisa les bras avec indignation.

– Le C.C.P.A. est une entreprise tout ce qu'il y a de plus chrétienne.

– Plusieurs de nos patients ont été bouleversés gravement suite à votre précédent passage parmi nous.

– Je n'avais pourtant aucune mauvaise intention.

– Ils sont allés jusqu'à dire qu'on leur avait fait violence, dit l'autre médecin, un psychiatre apparemment.

– Quelle violence ? fit le diacre Johnson.

– C'est la raison pour laquelle nous ne pouvons vous laisser entrer.

– Mais un certain caporal Clément avait exprimé un vif intérêt pour apparaître au côté du révérend Weeb, aujourd'hui.

Les deux médecins échangèrent un regard.

– Clément, répéta le diacre Johnson, en épelant. Le type avec ces trucs au genou.

– Le caporal Clément, reprit le psychiatre, a été transféré au cinquième étage au service des patients non déambulatoires.

– Il semble s'être introduit dans la pharmacie hier au soir, expliqua l'autre médecin.

– Il est indisponible pour une prestation télévisée, ajouta le psy. À présent, je vous prie de vous en aller, Mr. Johnson, avant que nous n'appelions la sécurité.

Le diacre Johnson battit en retraite dans la limousine en boudant.

– Où va-t-on ? demanda le chauffeur.

– Vous connaissez la ville ?

– Je suis né ici et j'y ai grandi, répondit le chauffeur.

– Très bien. Trouvez-moi des clodos.

Charlie Weeb piquerait une crise grandiose ; il avait nettement spécifié : pas de sans domicile fixe, trop risqué. La classe, c'était bien joli, mais le temps manquait au diacre Johnson. La séance de guérison avait lieu dans quelques heures seulement.

Le chauffeur de la limousine l'emmena dans la partie dissolue de la plage de Fort Lauderdale, plus connue sous le nom du Strip, où le moindre S.D.F. a les cheveux décolorés par le soleil et un bronzage de première.

– Ils ont l'air en trop bonne santé, trancha le diacre Johnson.

– Il y a bien la soupe populaire de Sunrise Boulevard, suggéra le chauffeur.

– Allons y jeter un coup d'œil.

Le diacre Johnson vit d'emblée que le chauffeur avait mis dans le mille avec la soupe populaire : alcoolos pur sucre, sans domicile fixe édentés, le teint blafard, le cheveu gras, le noyau dur dur des déchets de la société. Certains étaient si mal en point qu'aucune maquilleuse n'aurait pu les rendre présentables à temps pour l'émission. Pire encore, la plupart de ces types étaient trop bourrés pour comprendre la proposition du diacre Johnson ; l'argent, ça ils pigeaient très bien, mais d'avoir à se fringuer un minimum et à répéter leur rôle semblait les dépasser complètement.

– C'est pour la télévision, bon Dieu, implora le diacre Johnson.

Les gus se contentaient de sourire bêtement en se grattant les poux.

En désespoir de cause, le diacre Johnson jeta son dévolu sur une cloche du nom de Clu, la peau sur les os et en fauteuil roulant. Le chauffeur déposa ledit Clu sur la banquette arrière de la limousine et le fauteuil replié, dans le coffre.

Comme ils retournaient à Lunker Lakes, le diacre Johnson fit :

– Tu es bien sûr de pouvoir te lever ?

– Je veux.

– Sur commande ?

– Je veux.

Clu affichait un sourire malicieux qui fit s'interroger le diacre Johnson.

– Alors qu'est-ce qu'elles ont qui va de travers, tes jambes ? demanda-t-il.

– Rien du tout, rétorqua Clu.

– Pourquoi le fauteuil roulant ?

– Je l'ai échangé, expliqua Clu. Contre trois

boîtes de Sterno [1] et une paire de chaussettes de laine. Sacrée bonne affaire, j'dois dire.

– En effet, reconnut le diacre Johnson. Et il y a longtemps de ça ?

– En 1981, précisa Clu, toujours espiègle.

– Et tu t'es baladé en fauteuil roulant depuis tout ce temps ?

– Vingt-quatre heures sur vingt-quatre. À quoi bon me lever ? fit Clu.

Le diacre Johnson se pencha en avant et demanda au chauffeur d'arrêter la limousine.

– Dehors, ordonna-t-il à Clu.

– Pour quoi faire ?

– Un petit test, c'est tout, dit le diacre. Sors et fais le tour de la voiture.

Quand le chauffeur ouvrit la portière, Clu s'affala, tête la première sur la chaussée. Le chauffeur fit mine de vouloir l'aider, mais le diacre Johnson lui intima d'un doigt l'ordre de ne pas intervenir.

– Tu peux te relever, fiston ? demanda ce dernier.

Clu essaya de toutes ses forces, jusqu'à devenir rouge comme une pivoine, mais ses guiboles refusèrent de lui obéir.

– C'est à ne pas croire, fit-il d'un ton geignard.

– Bien ce que je pensais, conclut le diacre Johnson d'une voix sévère.

Clu continuait à se tortiller sur le macadam en poussant des grognements.

– Laissez-moi m'entraîner une minute, plaida-t-il.

– Rendez-lui sa saloperie de fauteuil, coupa le diacre Johnson en s'adressant au chauffeur, et partons.

1. Produit gélifié à base d'alcool qui dans sa boîte d'origine fait office de réchaud. Très prisé des S.D.F. qui en expriment l'alcool pour leur consommation courante *(N.d.T.)*.

C'est au moment même où il acquérait la certitude que la méga séance de guérison télévisée devrait être annulée, ou ramenée du moins à l'échelle d'un chat ou d'un agneau, que le diacre Johnson aperçut l'aveugle.

L'homme était assis, seul, sur un banc d'abribus, à l'entrée de Lunker Lakes ; sous le grand panneau publicitaire en bois de cèdre, en fait, exactement sous le second L majuscule. Qu'il se trouve justement à cet endroit, en cet instant crucial, semblait miraculeux, sauf que le diacre Johnson ne croyait pas aux miracles. Ça avait plutôt l'air d'un bon vieux coup de pot tout con. Il demanda au chauffeur de stopper la limousine.

L'aveugle n'ayant ni chien ni canne blanche, le diacre Johnson se prit à espérer faire affaire avec lui.

Il s'avança vers lui et le salua. Le type ne bougea pas d'un pouce, fixant obstinément un point devant lui. Le diacre Johnson ne voyait rien d'autre que sa pimpante personne se refléter dans les lunettes noires de l'individu.

– Si vous me permettez, êtes-vous aveugle ? fit le diacre Johnson.

– Je suppose, répondit l'homme.

– Et si vous me permettez, aveugle à quel point ?

– Ça dépend de ce que vous voulez dire.

– Vous pouvez lire ce qu'il y a d'écrit sur ce panneau ?

Le diacre Johnson pointait un doigt en direction d'une énorme pub Toyota à cinq cents mètres de là, au bord de la route.

– Pas vraiment, fit l'homme.

Le diacre Johnson passa une main devant la figure de l'inconnu.

– Et ça, vous le voyez ?

Le type fit signe que oui.

– Très bien.

Merci, mon Dieu, se dit le diacre Johnson. Un

aveugle partiel, c'était l'idéal pour le coacher. Bonus télégénique : si l'homme paraissait mal-en-point, il était loin de l'état de délabrement morbide de certains clodos de la soupe populaire.

Le diacre Johnson se présenta.

– Le Canal Chrétien de Plein Air, vous connaissez ? fit-il.

– Oui, répondit l'aveugle.

– Alors vous avez entendu parler du révérend Weeb qui guérit des gens dans sa célèbre émission de télévision ?

– Je regarde pas la télé.

– Bien sûr, je comprends. Mais du moins vous avez *entendu* parler des séances de guérison du révérend Weeb ? La raison pour laquelle je vous pose cette question, c'est qu'il va en effectuer une aujourd'hui, ici même, juste derrière cette porte.

– Une guérison ?

– En direct, diffusée par satellite dans tout le pays, précisa le diacre Johnson. Vous seriez intéressé ?

L'homme se tripotait la barbe.

– Pour cinq cents dollars, ajouta le diacre Johnson.

– Et je serai guéri ?

– Laissez-moi vous dire que le révérend Weeb obtient d'excellents résultats. Avec l'aide de Notre Seigneur, bien entendu.

Le diacre Johnson tournait autour de l'aveugle pour évaluer son potentiel télégénique.

– Je crois que Notre Seigneur apprécierait que nous vous rasions la barbe, lança-t-il, et peut-être même que nous vous coupions les cheveux – votre tresse pourrait détourner l'attention.

L'aveugle dressa l'un de ses majeurs en pleine poire du diacre Johnson.

– Vous voyez ça ? dit-il.

Le diacre émit un petit rire étranglé.

– Je vous ai sous-estimé, monsieur. Disons mille dollars.

– Pour mille cash, je me douche, point barre, dit l'aveugle.

Quand le type se mit debout, il domina d'une bonne tête le diacre Johnson. Prenant un bonnet à fleurs en plastique, il se l'aplatit sur le crâne. Puis de ses gros doigts calleux, l'aveugle pinça le coude du diacre et, sans le lâcher, lui dit :

– Passez devant.

À l'instant précis où les autres bassiers disparurent à fond les manettes, García fut persuadé que Jim et lui ne couperaient pas à la noyade, que les remous de leurs sillages allaient submerger leur skiff qui se retournerait et, en sombrant, les coincerait dans une poche d'eau froide.

Mais cela n'arriva pas. Le skiff se révéla non seulement stable, mais à l'épreuve de l'humidité. Cependant, il était d'une lenteur à rendre fou – lenteur accrue par la surcharge clapotante de la glacière Igloo remplie d'eau douce du lac Jesup, à la toute spéciale intention de Queenie. Si l'on ajoutait à cela le poids considérable des deux hommes, de leur attirail de pêche, du réservoir d'essence, des boîte à pique-nique, de l'ancre et de l'appât (plusieurs livres de *shiners* congelés en provenance d'Harney County, pitance préférée de Queenie), le tout était presque *too much* pour les six petits chevaux poussifs du moteur Mercury.

García navigua au ralenti dans le canal, se dirigeant droit vers le Lunker Lake nº 7. Une main sur la poignée des gaz, il laissait paresseusement « traîner » de l'autre une ligne appâtée d'un leurre difforme et dissonant, véritable monstruosité ambulante.

– On dirait un stérilet pour éléphante, avait dit García au jovial représentant qui le lui avait donné sur le quai, mais qui n'apprécia pas la plaisanterie.

– Ou encore l'une des créoles de Cher.

Le trajet était long et lent, et le bourdonnement régulier du moteur engendra bientôt une certaine somnolence. García roupillait à moitié quand la canne tressauta entre ses mains ; rouvrant les yeux, il aperçut la pointe du scion qui s'agitait et plongeait. Se rappelant les leçons de Skink, il ferra deux fois d'un coup sec, et une tirée têtue lui répondit au bout de la ligne. L'inspecteur remonta sa prise sans grand effort : le poisson noir et hargneux mesurait à peine plus de trente centimètres.

– Je crois que c'est un bébé bass, dit Jim Tile.

– Putain de moi ! fit García. Fous-le dans la glacière.

– Pour quoi faire ?

– Pour montrer au gouverneur qu'on en a pris un à la loyale.

– Il est vraiment riquiqui, observa Jim, relâchant le bass dans l'Igloo.

– Un poisson, c'est un poisson, fit l'inspecteur. Allez, Jimbo, faut se mettre dans l'esprit de ce foutu concours.

Là-dessus, le moteur les lâcha : il toussa deux fois, cracha de la fumée bleue et rendit l'âme. García retira le capot, bricola une dizaine de minutes sans résultat, puis changea de place avec Jim pour qu'il essaie à son tour.

Ce dernier tira à plusieurs reprises sur la corde de démarrage, mais le Mercury ne manifesta aucun signe de vie. Au bout de sa dixième tentative, Jim se rassit.

– Merde, dit-il.

Le skiff était immobilisé au milieu du canal, sans aucun autre bassier en vue.

– On n'est pas encore rendus, dit García.

Saisi subitement d'une idée, Jim défourrailla la jauge et la renifla.

– Y a un truc qui cloche, fit-il.

García fit la grimace.

– Me dis pas qu'on n'a plus d'essence.

Jim Tile souleva le lourd réservoir en alu qu'il déboucha. Il jeta un regard à l'intérieur, puis y colla son nez.

– L'essence, c'est pas ce qui manque, seulement quelqu'un a pissé dedans, fit-il, complètement dégoûté.

30.

La nuit avait prélevé son dû sur tous les deux.

Catherine se sentait ankylosée d'être restée recroquevillée dans le coffre de la voiture. Elle avait les genoux éraflés et ses cheveux fleuraient bon le caoutchouc, la roue de secours lui ayant servi d'oreiller. Elle s'était endormie à force de sanglots et à présent, dans la blancheur éclatante du matin, la simple vision du pistolet de Thomas Curl lui redonna envie de pleurer. Penser à Decker l'aida à retenir ses larmes.

Curl lui-même s'était détérioré plus que Catherine ne l'aurait cru possible, coma ou mort mis à part. Il ne pouvait plus du tout remuer le bras droit ; les muscles en étaient aussi morts et aussi noirs que la tête de chien pendue après. Du pus suintait des yeux et du nez de Curl et, au cours de la nuit, sa langue gonflée lui était sortie de la bouche, comme un fruit exotique écarlate parvenu à maturité. À bord du bateau, il ignora pratiquement Catherine, s'adressant sans cesse à voix basse au chien au rictus figé dont il caressait le museau. À présent, Catherine s'était faite à tout, même à l'odeur.

Thomas Curl avait bu avec emportement depuis l'aube et même avant, et Catherine soupçonnait que cela seul avait empêché la douleur résultant de l'infection de le dévorer. Il dirigeait le bateau lentement, barrant avec ses genoux et plissant ses yeux blessés par le soleil. Ils dépassèrent plusieurs pêcheurs sur le canal, mais aucun apparemment ne prit garde au pistolet tisonnant le sein gauche de Catherine. Et s'ils remarquèrent la tête du pitbull, aucun ne le laissa voir.

– Je suis riche, Lucas, dit Thomas Curl au chien. J'ai assez de fric pour me payer dix de ces vedettes si je veux.

– On y est presque, Tom, fit Catherine.

Elle sentit qu'il appuyait plus fort le bout du canon.

– Lucas, mon garçon, on y est presque, répéta Curl.

Après avoir fait cette annonce, il se jeta contre la manette des gaz et le Starcraft se mit à filer droit devant, fendant au jugé une épaisse étendue de laîche. Catherine poussa un cri quand les tiges en dents de scie lui griffèrent les joues jusqu'au sang. Le bateau s'échappa de cet enchevêtrement végétal, quitta l'eau d'un bond et s'échoua sur un banc de vase. L'hélice s'y enlisant pour de bon, les voilà immobilisés.

– On est arrivés, déclara Thomas.

– Pas tout à fait, rétorqua Catherine.

– Il nous trouvera, t'inquiète, reprit Curl. Ta petite chatte, il la flaire à des kilomètres, je parie.

– Charmant, dit Catherine. À votre place, je postulerais chez Hallmark pour rédiger les messages de leurs cartes de la Saint-Valentin.

Elle étancha ses entailles avec l'ourlet de sa jupe. Flageolant à demi, Curl descendit de bateau. Sa main valide tenait toujours le pistolet.

– T'occupe pas de la laisse, dit-il à Catherine.

– D'accord, fit-elle.

Il n'y avait bien sûr pas de laisse. À peine à bas du Starcraft échoué, elle maudit Curl de ne pas lui avoir permis de mettre des chaussures.

Alors qu'elle s'extirpait les pieds des orties, Curl

inclina la tête, mettant en cornet derrière l'oreille sa main armée du pistolet.

– C'est quoi, ça ? fit-il, tout excité.

– Ça, quoi ? demanda Catherine.

Mais ce n'était pas à elle qu'il parlait.

– C'est quoi, ça, mon garçon ?

Quelque part au tréfonds de la fondrière en état de décomposition avancée du cerveau de Thomas Curl, son chien aboyait. Curl s'accroupit et baissa la voix.

– Lucas entend quelque chose qui s'approche.

Catherine l'entendait aussi. Son cœur battit la chamade quand elle aperçut Decker, mains dans les poches, sur la berge du canal.

Agitant la main, elle voulut le héler, mais aucun son ne sortit de sa gorge. Decker agita la main en retour, avec un grand sourire, ce qu'il faisait toujours après l'avoir perdue de vue quelque temps. Il souriait comme si rien n'allait de travers, comme si nul fou furieux ne pétrissait le téton de Catherine d'un pistolet chargé, en hurlant à une tête de chien coupée, collée à son bras :

– Au pied, fiston, au pied !

– Mollo, Tom, mollo, fit Decker.

– La ferme, tête de nœud.

– Alors, on s'est levé du pied gauche ?

– La ferme, j't'ai dit, viens pas plus près.

Decker était à trois mètres. Jean, chemise de flanelle, tennis. Un appareil suspendu autour du cou par une mince courroie.

– Tu te souviens de notre marché, dit-il à Curl. Un échange donnant-donnant. Moi contre elle.

– Et quel genre de marché t'avais passé avec Lemus ?

– J'ai pas descendu ton frère, dit Decker. Mais je dirais qu'il l'a pas volé.

– Toi non plus, tête de nœud.

– Je sais, Tom.

Decker était conscient que ça ne tournait monstrueusement pas rond chez Curl, qu'il avait affaire à un malade. Il voyait aussi qu'un truc épouvantable affectait le bras droit de ce dernier et que ça pourrait bien expliquer sa confusion mentale.

– C'est un chien, ça, Tom ? demanda Decker.

– Et merde, ça a l'air de quoi ?

– C'est un chien, pas de doute, dit Catherine. Un pitbull, je crois.

– Je connaissais un chien comme ça, dit Decker, plein d'affabilité. Il vivait dans mon parc de caravaning. Son nom, c'était Poindexter.

– Çui-là, il s'appelle Lucas, dit Curl.

– Il est dressé ?

– Ouais, à bouffer les couilles des têtes de nœud dans ton genre.

– Je vois.

– Tom, vous me faites mal, dit Catherine.

– Ôte ton flingue de là, fit Decker d'une voix calme. Laisse-la partir maintenant, c'était notre marché.

– Je vais te le montrer le marché, dit Thomas Curl.

Léchant de sa langue rouge et enflée le bout du canon, il le braqua pile entre les sourcils châtain clair de Catherine, lui imprimant un rond sur le front par un va-et-vient de son arme.

– Voilà le marché qu'il a eu, Lemus, dit Thomas Curl. Pan dans le mille.

Et il renfonça le pistolet dans le sein de Catherine.

Le contact de l'acier contre son visage lui avait donné le frisson. Elle crut même qu'elle allait s'évanouir ; en un sens, elle aurait mieux aimé. Tomber la tête la première dans la laîche aurait été préférable à ça. Quant à Decker – elle l'aurait tué en le voyant rester là comme s'il faisait la queue à une caisse de supermarché. Pour une fois qu'elle désirait avoir une démonstration de son humeur belliqueuse, de son tempérament dangereux. En temps normal, elle détestait la violence, mais c'était là l'exception qui confirme la règle ; Catherine aurait été ravie que son ex-mari étrangle Thomas Curl à mains nues.

– Faut que j'vous bute, tous les deux, fit Curl.

Il luttait contre de violents tremblements. De grosses gouttes de sueur lui dégoulinaient le long des joues et il respirait par à-coups rauques.

Decker savait qu'il pouvait le cueillir d'un seul coup de poing. Si seulement il ne visait pas à bout portant la poitrine de Catherine. Ah, Catherine. Decker devait prendre garde, il était tellement à cran.

– Un marché, c'est un marché, dit Decker.

– J'peux plus la laisser partir maintenant, merde.

– Elle ne dira rien, affirma Decker. Faut qu'elle ménage son mari.

– Pas mon problème, grogna Thomas Curl.

L'un de ses yeux parut soudain plus gros que l'autre. Il se mit à tanguer légèrement, comme s'il était sur le pont d'un navire.

– Finissons-en, je me sens pas très bien, dit Curl.

Il projeta Catherine vers Decker qui, l'attirant contre lui, la ceintura de ses deux bras.

– Je t'en prie, Rage, c'est pas le moment, chuchota-t-elle.

– Alors je bute qui d'abord ? fit Curl.

Comme aucun des deux ne répondait, il consulta son fidèle compagnon.

– Dis donc, Lucas, j'bute qui d'abord ?

– Tom, avant ça, fais-nous un dernier plaisir.

– La ferme.

– Prends-nous en photo, moi et Catherine, O.K. ?

– Pour quoi faire, merde ? ricana Curl.

– Parce que je l'aime, dit Decker. Et c'est notre dernier instant ensemble, elle et moi. Pour toujours.

– *Pour ça*, t'as pas tort.

– Alors, je t'en prie, fit Decker.

Catherine lui pressa la main.

– Je t'aime aussi, Rage.

Cet aveu était merveilleux mais, vu les circonstances, Decker ne savait comment le prendre ; face à un flingue, on dit tellement n'importe quoi.

Il ôta le Minolta d'autour de son cou. Thomas Curl fourra le pistolet sous son aisselle et prit l'appareil de sa main valide. Il l'examina, la mine ahurie, comme si c'était un cyclotron.

– Mon papa, il vient de s'acheter un Polaroïd.

– C'est presque pareil, le rassura Decker. T'as juste à regarder dans la petite fenêtre.

– Ah ouais ? fit Thomas Curl, en portant l'appareil à hauteur de son œil le plus gros.

– Tu nous vois ?

– Neûn, dit Curl.

Decker recula de deux pas, tirant Catherine par les coudes.

– Et maintenant, Tom ?

Curl gloussa.

– Ah ouais, j'vous vois, là.

– Bien. Alors maintenant... t'as plus qu'à appuyer sur le bouton noir du dessus.

– Attends, z'êtes tout flous.

– Ça ne fait rien.

– Merde, objecta Curl, autant qu'la photo, elle soit bonne, attendu que. Au fait, le point, j'le fais comment ?

Catherine serra le bras de Decker.

– Le point, on s'en fout, dit-elle entre ses dents. Arrache-lui son flingue.

Mais Decker, d'un ton plein de sollicitude, fit :

– Pour le point, c'est le bouton noir, Tom.

– Le même ?

– Ouais, c'est tout automatique. Y a qu'à appuyer.

– P'tain de p'tain !

– C'est quelque chose, hein ? fit Decker.

– Ouais, dit Curl. Mais la photo, elle sort par où ?

– Pitié, soupira Catherine.

– Par en dessous, mentit Decker, dont la voix trahit pour la première fois une légère impatience.

Curl retourna complètement l'appareil.

– J'vois pas où c'est.

– Fais-moi confiance, Tom.

– Tu l'as dit.

Curl leva le Minolta une nouvelle fois. Il s'y reprit à plusieurs fois pour ajuster en tremblotant le viseur sur son œil.

– Y sont pas meugnons tous les deux, Lucas ?

Curl lâcha un rire saccadé, d'une cruauté larmoyante.

– Primo, j'vous tire le portrait, deuzio, une balle entre les yeux.

Il localisa le bouton noir d'un index convulsif.

– O.K., têtes de nœud, *cheese* !

– Adieu, Tom, fit Decker.

Il n'y avait pas de pellicule dans l'appareil, rien que quatre cents grammes d'hydrogel, un explosif très malléable, voisin du plastic, couramment utilisé sur les chantiers de construction. Pour Decker, ça avait été un jeu d'enfant de relier les fils de cuivre dénudés des piles de l'appareil à la masse gélatineuse compacte, substance des plus volatiles à laquelle la charge provenant du contact de l'obturateur fournissait plus que son contingent de chaleur. Sur le plan réactions chimiques, celle-ci offrait le double avantage de la simplicité et de la brièveté.

À peine appuyé sur le déclencheur, le Minolta explosa ; explosion qui se traduisit moins par un flash que par une puissante commotion aspirante qui arracha la tête infectée au dernier degré de Thomas Curl et l'expédia, suivant une trajectoire en arc de cercle digne d'un tir en extension de douze mètres au basket, au milieu du canal où elle amerrit avec un plouf des plus sonores.

Catherine resta pétrifiée devant la lenteur avec laquelle le corps décapité de Curl se plia en deux et s'affala dans la vase qui se colora de rouge ; cela prit une éternité, lui sembla-t-il. Mais dans le brouillard grisâtre et âcre de cette mise à mort, chaque épisode paraissait se dérouler au ralenti : R.J. balançant le pistolet à l'eau ; R.J. traînant le cadavre jusqu'au bateau ; R.J. faisant glisser le bateau le long de la berge ; R.J. la soulevant comme une plume dans ses bras pour mieux l'emporter en lieu sûr, quelque part.

Ils ramèrent à tour de rôle. Chaque fois que dans un grincement de tolet, ils passaient devant un autre bassier, ils récoltaient le même regard moqueur.

– Rien à foutre, disait García à Jim. T'as remarqué, on dirait que ça mord pas des masses pour eux.

Et c'était vrai. García et Jim Tile ignoraient pourquoi, mais ne cherchèrent pas plus loin, occupés à ramer qu'ils étaient. Ils n'avaient qu'un seul poisson en tête et encore un long trajet à faire. Quant aux autres concurrents, ils auraient été fort intéressés d'apprendre que l'hydrologiste avait prévenu Charlie Weeb de la chose, que les bass d'importation ne trouveraient pas à se nourrir dans des eaux sales. Mais même si les pros avaient connu la vérité, il aurait été peu probable qu'ils rangent leurs cannes et renoncent au concours – pas avec un tel enjeu. Au fond de l'âme de tout pêcheur gît une confiance secrète en ses propres prouesses qui le pousse à continuer à pêcher en dépit du bon sens, de ses connaissances de base, des pertes financières et même des catastrophes naturelles. Au cours de la campagne délirante de Lunker Lakes, les boîtes à pêche furent entièrement vidées de leur contenu et nulle arme secrète ne resta dans sa gaine. Des leurres de toutes les tailles et couleurs imaginables sondèrent ces eaux putrides et on les moulina en balayant toutes les profondeurs navigables à toutes les vitesses possibles. Avant midi, il était devenu patent que même le dernier cri technologique mondial pour la pêche ne convaincrait pas ces poissons de mordre.

Alors qu'ils ramaient fastidieusement au fil du réseau des longs canaux, Jim Tile et García décelèrent de l'épouvante sur le visage des autres participants.

– Ils ont pas l'air de prendre beaucoup leur pied, dit García.

– Ils savent pas ce que s'éclater veut dire, fit Jim Tile, prenant les rames à son tour. Nous, si.

À chaque coup d'aviron, la vérité devenait de plus en plus incontournable : même s'ils atteignaient la cache et faisaient ce que Skink leur avait demandé, impossible pour eux d'être de retour au quai avant le coucher du soleil. Pas à la rame.

Mais ils devaient pourtant essayer.

– Mets la sauce, *chico*, dit García. Oxford nous grignote.

Au même instant, à l'extrême pointe ouest de Lunker Lake n° 7, Dennis Gault repliait la carte imperméabilisée que le pilote de son hélico lui avait confiée, marquée d'un repère. Lanie était perchée sur le siège-piédestal, lisant un *Cosmopolitan* de la pile qu'elle avait fait suivre pour tuer le temps. Son nez reluisait de beurre de coco hawaïen.

Dennis Gault souffla sur les verres de ses lunettes noires qu'il essuya avec un Kleenex. Il vérifia leur netteté en les levant devant le soleil avant de les rechausser. Passant en revue son arsenal, il choisit une canne à lancer avec une Double Turlutte fixée au bout de la ligne. Il vérifia le tranchant de l'hameçon sur l'ongle du pouce et eut un large sourire d'autosatisfaction quand l'ardillon s'y ficha solidement. Puis il aspergea trois fois l'appât de Bass Boléro Super Glande.

Gault était fin prêt. Se cambrant, il projeta le spinnerbait à l'emplacement exact où devait se trouver la cache submergée.

– Allez, la grosse mère, viens me sucer un peu ça, dit-il.

31.

– Explique-moi, fit le révérend Charles Weeb, du fond du fauteuil de barbier, comment cette merde a pu être diffusée.

– La bande-annonce ? demanda le diacre Johnson.

– Oui, Izzy. Avec toutes ces bagnoles de police.

– C'était en direct, Charles, juste comme vous le vouliez. « Nous interrompons notre programme pour rejoindre l'As du Bass Classic à la mémoire de Dickie Lockhart, bla-bla-bla. Et n'oubliez pas de nous retrouver pour l'excitant final. »

– Seize bagnoles de flics, Izzy – ça avait tout d'une opération coup de poing antidrogue, pas d'un concours de pêche.

– C'était pas comme si on les avait invitées à venir.

– Oh que non, dit Charlie Weeb. T'as fait mieux. Tu les as balancées dans onze millions de foyers.

– On avait déjà réglé le prix de la diffusion par satellite, précisa le diacre Johnson. Je trouve votre réaction légèrement excessive, Charles.

Weeb se tortillait d'impatience tandis que le coiffeur s'activait sur ses sourcils blonds broussailleux. Il songea : peut-être qu'Izzy a raison, peut-être que les voitures de flics, c'était pas si terrible.

Ça pourrait même piquer la curiosité des spectateurs et faire grimper l'audimat.

– Je peux le faire entrer maintenant ? demanda le diacre Johnson.

– Bien sûr, Izzy.

Weeb en avait fini avec sa coupe. Il donna cent dollars au coiffeur et le renvoya dans ses foyers. Weeb vérifia son reflet dans la glace et s'aspergea d'Old Spice. Puis il alla choisir dans la penderie un costume framboise écrasée, l'un de ses préférés. Il enfilait les jambes du pantalon pattes d'eph brillant quand le diacre Johnson revint avec le pécheur élu.

– Eh bien, on peut dire que vous êtes un grand gaillard, fit Weeb.

– Je vous crois, dit l'homme.

– Le diacre Johnson m'a dit que vous étiez aveugle.

– Pas à cent pour cent.

– Ben, non, bien sûr, fit le révérend Weeb. Nul enfant de Dieu n'est aveugle à cent pour cent, pas au sens spirituel du terme. Ses yeux à Lui sont les vôtres, à vous.

– Ça fait vachement de bien de le savoir.

– Quel est ton nom, pécheur ?

– Skink, on m'appelle.

– *Skink ?* C'est scandinave ou quoi ? s'exclama Weeb en fronçant le sourcil. Verriez-vous un inconvénient, Mr. Skink, si, rien que pour aujourd'hui, on vous donnait un nom biblique ? Comme, j'sais pas, moi, Jérémie ?

– O.K., d'acc.

– Parfait.

La tresse de l'homme chagrinait le révérend Weeb, qui manifesta son inquiétude par une mimique destinée au diacre Johnson.

– Pas touche à mes cheveux, fit Skink.

– Ce n'est pas si grave que ça, lança le diacre Johnson. En fait, il ressemble de loin à un folkeux de mes deux.

Charlie Weeb le lui concéda.

– Mr. Skink, dit-il, je pense qu'on vous a mis au courant du déroulement des opérations. Répétition générale dans une vingtaine de minutes, mais je préfère vous avertir : le vrai show est très différent, beaucoup plus riche en... émotion. Vous avez déjà assisté à une guérison télévisée sous un chapiteau ?

– Neûn.

– Les gens pleurent, crient, bavent, tremblent, tombent par terre. C'est un moment intense, plein d'allégresse. Et mieux *vous* serez, plus l'allégresse sera grande.

– Tout ce que je veux savoir, c'est si je serai vraiment guéri, demanda Skink.

Le révérend Weeb eut un sourire paternaliste, tout en se débarrassant d'une pichenette des bouloches qui déparaient ses revers framboise.

– Mr. Skink, il y a deux types de guérison. Le premier est une révélation d'ordre physique, le second d'ordre spirituel. Personne, sauf Notre Seigneur, ne peut présager ce qui se passera cet après-midi – un authentique miracle, probablement – mais à tout le moins, je vous promets que vos yeux connaîtront la guérison sur le plan spirituel.

– C'est pas ça qui m'aidera à avoir mon permis de conduire, hein ?

Charlie Weeb toussota.

– Le diacre Johnson vous a-t-il précisé que nous réglons en liquide ?

À cinq heures pile, l'édition spéciale *live* de *Jésus à Domicile* fut diffusée via le satellite jusqu'aux ultimes confins du réseau du Canal Chrétien de Plein Air. Radieux et détendu, le révérend Weeb gagna son pupitre de stuc rose et souhaita au reste de l'Amérique la bienvenue dans la communauté accueillante et pittoresque de Lunker Lakes, nouvellement créée en Floride.

– Nous sommes particulièrement enchantés de la présence parmi nous de centaines de nos frères et de nos sœurs en Jésus-Christ qui nous ont rejoints en avion pour partager avec nous cette journée exaltante entre toutes. Merci à l'ensemble de vous pour votre amour, vos prières et le versement de vos premiers acomptes... comme vous avez pu vous en apercevoir par vous-mêmes, la Floride est encore et toujours un paradis, un endroit de paix, propice à la méditation et à la célébration de la Gloire de Dieu, créateur du Ciel et de la Terre...

La caméra n° 1 cadra soudain le ciel.

– Et voyez donc comme à l'instant même où je vous parle, poursuivit le révérend Weeb, les aigles planent au-dessus de ce nouvel et magnifique jardin d'Eden !

Les oiseaux qui volaient au plus haut des cieux n'étaient pas des aigles, mais de vulgaires vautours. Le cameraman avait l'instruction stricte d'éviter les gros plans.

La caméra n° 2 cadra sur le public : visages satisfaits, pétrifiés, attentifs, sauf celui d'un homme au premier rang, qui n'applaudissait pas. Vêtu d'un costume en tergal mal ajusté, d'un canotier légèrement dépaillé et de lunettes noires, il n'avait rien d'un heureux soldat du Christ et tout d'un Charles Manson sous anabolisants. La caméra n° 2 ne s'attarda pas sur lui.

Pendant vingt minutes, Charlie Weeb ne fit pas appel à lui. À ce moment-là, l'assistance chauffée à blanc était atteinte d'une frénésie larmoyante et moite. Comme Weeb l'avait annoncé, des femmes de forte corpulence tombaient dans les pommes à gauche et à droite. Des hommes, adultes à part entière, braillaient comme des bébés.

Sur un signe de tête du révérend, deux jeunes diacres vêtus de blanc immaculé escortèrent l'aveugle sur la scène.

– Ô toi misérable pécheur, quel est ton nom ? fit Weeb.

– Jérémie Skink.

– Ah, Jérémie !

L'assemblée rugit.

– Jérémie, tu crois aux miracles ?

– Oui, frère Weeb, dit Skink. Oui, j'y crois.

– Crois-tu que Notre Seigneur soit présent, aujourd'hui, à Lunker Lakes ?

– Je crois qu'Il est ici, à vos côtés, dit Skink, récitant son texte, qu'on avait réduit drastiquement, suite aux problèmes survenus pendant la répétition.

– Et dis-moi, Jérémie, crois-tu qu'Il veille sur Ses enfants ?

– Il nous aime tous, fit Skink.

– Et tu es aveugle depuis combien de temps ?

– Pas mal de temps, fit Skink.

– Et la médecine a renoncé à te guérir ?

– Complètement, révérend Weeb.

– Et toi aussi, tu as renoncé, n'est-ce pas, mon frère ?

– Amen, fit Skink, alors qu'une Bétacam zoomait sur ses lunettes noires.

Il était furieux contre lui-même d'avoir cédé sur le canotier et le costard en tergal.

Le révérend Weeb s'épongea le front d'un mouchoir et posa une main rose et potelée sur l'épaule de Skink.

– Jérémie, fit-il d'un ton emphatique, en cette splendide journée tropicale que Dieu nous a concédée, en ce jour où des sportifs chrétiens pêchent des fortunes dans ces eaux cristallines derrière nous, Dieu a choisi de te rendre la vue. Tu reverras la splendeur de son soleil et de son ciel ainsi que les beautés naturelles à couper le souffle de cette communauté résidentielle et familiale à prix modéré. As-tu envie de revoir tout cela, Jérémie ? As-tu envie de recouvrer la vue ?

– Tu l'as dit, bouffi, fit Skink, modifiant un tantinet le script.

Le révérend Weeb eut un tressautement de sourcils mais ne ralentit pas pour autant son tempo.

– Jérémie, continua-t-il, je vais prier ces bons chrétiens qui en seront témoins, aujourd'hui à Lunker Lakes, de se prendre tous ensemble par la main. Et vous tous qui nous regardez, posez vos Bibles et prenez-vous par la main dans votre salon. Moi-même, Jérémie, je vais te prendre par la main et, ensemble, nous allons implorer Jésus Tout-Puissant de t'accorder le bienfait de la vue.

– Amen, dit Skink.

– Amen ! fit la foule en écho.

– Faites que ce pécheur voie ! s'écria le révérend en s'adressant aux cieux.

– Vois ! cria la foule. Vois ! Vois !

Skink se prenait au jeu, malgré lui.

– Vois-moi ! Sens-moi ! beugla-t-il.

– Vois-le ! Sens-le ! reprit en chœur l'assistance.

Ce nouveau verset un tantinet étrange était doté d'une plaisante cadence [1].

Le révérend Weeb aiguilla hâtivement la prière vers des incantations plus conventionnelles.

– Mon Dieu, sauvez ce malheureux pécheur !

– Sauvez-le ! reprit la foule en écho.

Telle une tortue surprise au beau milieu de la chaussée, le révérend rétracta soudain le cou, rentra ses extrémités et cligna des yeux. Son état de transe dura une bonne minute avant qu'il ne retrouve son allant. Levant les bras au-dessus de sa tête, il déclara :

– L'heure est proche de l'avènement de Jésus à domicile !

L'assistance, extatique, était toute expectative dehors. La Bétacam cadrait Charlie Weeb de si près qu'on aurait pu compter les points noirs sur son nez.

– Jérémie ? fit-il. Répète après moi : « Jésus, laisse-moi voir ton visage. »

Skink répéta docilement.

1. Et pour cause, tous les fans de l'opéra-rock des Who, *Tommy,* auront reconnu la célèbre incantation d'icelui, *See me Feel me (N.d.T.).*

– « Jésus, laisse-moi voir le soleil », enchaîna Weeb.

– « Jésus, laisse-moi voir le soleil. »

– « Jésus, laisse-moi voir Lunker Lakes la chrétienne, ta toute dernière création. »

– Idem, fit Skink.

Maintenant, on allait rigoler.

– Notre Seigneur a parlé, déclara Weeb. Jérémie, mon cher frère en Jésus-Christ, retire tes Ray Ban !

Skink ôta ses lunettes noires et les fourra dans la poche de son costume. Une onde de choc traversa l'assistance. Skink n'avait pas autorisé les maquilleuses à s'approcher de son visage. Les Bétacam firent zoom arrière vite fait.

Détournant les yeux, le révérend Weeb mugit :

– Jérémie, es-tu guéri ?

– Oh que oui, frère Weeb.

– Et que vois-tu ici ?

– Un grand homme en costard framboise.

Le public applaudit. Plusieurs personnes adressèrent au ciel des louanges fébriles.

Rayonnant d'humilité, le révérend Weeb insista :

– Jérémie, au-dessus de ma tête se trouve une joyeuse inscription – invisible pour toi il y a quelques instants encore. Peux-tu nous la lire ?

C'était le morceau de bravoure de Skink, qui devait servir d'introduction à la retransmission en direct du concours. Comme on avait supposé qu'il serait encore presque aveugle malgré sa guérison, on avait demandé à Skink de mémoriser le texte de la banderole et de faire semblant de le lire à l'antenne. Le calicot proclamait : « Lunker Lakes présente l'As du Bass Classic à la mémoire de Dickie Lockhart. »

Rien à voir avec les mots que Skink entendait dire au micro.

Charlie Weeb laissa passer le temps de compter jusqu'à trois.

– Jérémie ?

Skink leva les yeux vers la banderole.

– Jérémie, s'il te plaît, qu'est-ce que tu lis ? dit Weeb.

– Bourre-moi le mou, coco.

Un silence hautement éruptif s'abattit sur la scène. La terreur décomposa les traits du révérend Weeb. Bouche bée, claquant allégrement de tous ses implants, il demeura incapable d'émettre la moindre parole empreinte de spiritualité.

L'aveugle balèze au visage charnu se mit à pleurer.

– Merci, Seigneur. Merci, frère Weeb. Merci pour tout.

Là-dessus, Skink se tourna face à la caméra n° 1.

Et lui décocha un clin d'œil de connivence.

Et sur ce clignement, l'œil de chouette en verre jaune sauta de sa cavité et vint rebondir sur la scène avec le claquement sec d'une bille. On l'entendit jusqu'au dernier rang.

– Ah, je vois clair à nouveau, frère Weeb ! s'écria l'ex-aveugle. Venez que je vous baise comme le Seigneur vient de me le faire.

Skink, lançant ses bras simiesques en avant, s'empara de la Bétacam qu'il attira vers son visage.

– Ah, bourre-moi le mou, coco ! gémit-il, écrasant ses lèvres sur l'objectif.

Dans la foule, treize femmes tombèrent en pâmoison et au bas de leurs chaises pliantes.

Cette fois, ce n'était pas du pipeau.

– Bière ? demanda Lanie.

– Non, répondit Dennis Gault.

– Perrier ?

Lanie fourrageait dans la glacière.

– On se calme, fit son frère.

Il lançait dans la cache depuis un bon bout de temps sans seulement que ça mordille. Il avait eu recours au moindre gadget de sa boîte à pêche, plus quelques hybrides expérimentaux, avant d'en revenir à la Double Turlutte par pur entêtement. Nul n'ignorait que ç'avait été l'arme secrète de Dickie Lockhart et Dennis Gault mourait d'envie de remporter le concours grâce à elle. Et d'étaler la chose. De mettre les pieds dans le plat. De montrer à ces salopards de ploucs que leur monarque était bel et bien mort.

Gault savait qu'il ne s'était pas trompé d'endroit, car le sondeur lui fournissait la topographie détaillée du fond du canal. La cache apparaissait sous une forme déchiquetée, pointue et noire, sur l'écran vide par ailleurs ; un écho elliptique et rouge clignotait juste en dessous.

C'était le poisson.

À en juger par la taille de l'écho, Dennis Gault pouvait dire qu'il s'agissait d'un très gros bass.

Il ne restait pas au même endroit, mais se déplaçait lentement autour des cageots immergés. Gault adaptait ses lancers en fonction.

– Qu'est-ce qu'elle attend pour mordre, cette saleté ? demanda Lanie.

– J'en sais rien, dit Gault. Mais j'aimerais que tu te tiennes tranquille.

Lanie lui fit une grimace et retourna à ses magazines. Elle désirait autant que son frère lui-même qu'il remporte le concours, mais sans pleinement comprendre pourquoi il prenait la chose tellement à cœur – en particulier, parce qu'il n'avait pas besoin de cet argent. L'acharnement de Bobby Clinch à gagner reposait au moins sur de bonnes raisons : il tâchait d'approvisionner régulièrement le congélateur de Clarisse et le réservoir de la Corvette de Lanie.

Elle pivota sur le siège-piédestal de façon à avoir le soleil dans le dos et, feuilletant le magazine, tomba sur un article sur la boulimie.

Quatre mètres plus bas, sous le bassier, dans un trou d'eau couleur de thé, le gros poisson boudait sans pouvoir tenir en place. Un état d'alerte primitif s'était déclenché quelque part dans son système nerveux central ; un signal de survie puissant, mais non sélectif. Le gros poisson ignorait ce qui avait actionné cette alarme interne – une grave diminution d'oxygène, due à la toxicité de l'eau – mais n'en réagissait pas moins comme tout bass à grande bouche confronté à la moindre altération de son environnement.

Queenie décida de se goinfrer.

Telle une bûche, elle remonta du fond et se tint, invisible, juste en dessous de l'ombre flottante. Elle guetta sous le bateau le bruit familier de l'eau frappée en rythme et à travers ce verre liquide la figure amicale de la créature qui lui apportait toujours des *shiners*. La faim lui dévorait les entrailles.

Jetant un coup d'œil sur l'écran du sondeur, Dennis Gault s'exclama :

– Bon Dieu, cette saleté est pile au-dessous de nous !

– En tout cas, moi, je la vois pas, fit Lanie.

– Sous le bateau, précisa son frère. Juste là sur le sonar.

Le poisson était si proche qu'il n'avait pas besoin de lancer. Il laissa simplement descendre le spinnerbait à pic, compta jusqu'à douze et se mit à mouliner lentement. Le leurre flotta sans être attaqué devant la cache, avant de remonter par secousses successives vers la surface. Sa jupe de caoutchouc ondulait et ses deux cuillères tournoyaient. Son agitation mécanique exprimait la peur d'une proie en fuite, sans égaler pourtant les évolutions ni d'une grenouille ni d'une épinoche, ni même d'une écrevisse. En fait, cela n'avait pas son pendant dans la nature – le gros poisson ne l'engama pas moins sauvagement.

Dennis Gault n'avait jamais senti une telle puissance sur une attaque. Quand le poisson mordit, il ferra à trois reprises de toutes ses forces. La canne s'arqua et la ligne vibra, mais la bête ne céda pas d'un pouce. On aurait dit un parpaing.

– Doux Jésus ! s'écria Gault. Elaine, je le tiens !

Lâchant son magazine, elle se mit à farfouiller à la recherche de l'épuisette.

– Non, pas encore !

Son frère suffoquait si fort que Lanie se demanda si elle ne devait pas plutôt tenir prête une cuvette en plastique.

Le gros poisson avait commencé à faire à Dennis Gault ce qu'aucun autre bass n'avait jamais réussi jusque-là – lui prendre du fil. Non par des coups de tête violents et répétés, mais d'une seule tirée frémissante. Gault comprima le tambour du pouce et glapit sous la brûlure de sa chair mise à vif. Le bass ne ralentit pas.

De sa main libre, Gault mit le contact et le bateau en marche arrière : il allait reculer sur la bête, comme s'il s'agissait d'un marlin ou d'un thon.

– Qu'est-ce que je fais ? demanda Lanie, se dirigeant vers la poupe.

– Prends la barre quand je te le dirai.

À quarante mètres de là, le poisson creva la surface. Trop lourd pour sauter hors de l'eau, il la battait de sa gueule, saisi d'une rage sismique, le leurre pendouillant en cliquetant de sa lèvre inférieure. Aux yeux de Dennis Gault, ce bass monstrueux était aussi sinistre et fuligineux qu'un caïman. Il lui était même impossible d'évaluer son poids ; sa gueule était aussi large que l'anneau d'un panier de basket.

– Bordel de merde, fit Lanie, épatée.

– Vas-y maintenant, dit Gault, lui faisant signe de prendre la barre. Tiens-la bien droite, en arrière toute sur cette salope.

Il se dressa, calant le talon de sa canne contre son ventre, les muscles du dos et des cuisses crispés dans le combat. Le poisson paraissait insoucieux. Pour chaque mètre de ligne que Dennis Gault regagnait, le bass géant lui en reprenait deux.

– Plus vite, dit Gault à sa sœur, qui poussa la manette.

Elle n'avait jamais conduit de Ranger, mais se disait que ça ne devait pas différer tellement de sa Corvette.

Naviguant en marche arrière, le bateau grignota peu à peu la distance qui séparait Dennis Gault du monstre au bout de sa ligne. Après une série de brefs coups de tête, le bass sonda et se tapit pour reprendre haleine au fond.

Gault ajoutait tellement foi à son onéreux équipement et à sa science en matière du comportement des poissons qu'il demeurait très confiant en bloquant le frein de son moulinet. Le but de la manœuvre, c'était d'éviter que le bass ne déroule davantage de fil, et pour tout autre *hawg* cette stratégie aurait pu être payante : le monofilament à 20 lb était extrêmement résistant, la canne en graphite, flexible mais robuste. Enfin, point fort du raisonnement de Gault, le poisson aurait dû être proprement épuisé après un combat aussi extraordinaire.

Gault serra le frein si bien que rien de moins qu'un seize tonnes aurait pu lui voler encore de la ligne. Il commença alors à mouliner.

– Je crois qu'il vient, annonça-t-il. Bon Dieu de bon Dieu, il se rend, l'enculé !

Le gros poisson se cabra, s'opposant à toute reddition, mais Gault réussit à le décoller du fond. À l'inverse des vieux *lunkers* roublards des bassins d'élevage et des lacs à touristes très fréquentés, ce bass-là n'avait jamais tâté encore du piquant de l'hameçon ni lutté contre des griffes inconnues. Queenie n'avait acquis aucune ruse qu'elle pût mettre en œuvre contre Dennis Gault et sa puissante et bruyante machine ; elle n'avait à sa disposition que sa force et, dans ces eaux défavorables, il lui en restait peu.

Gault savoura de sentir le poisson faiblir et un léger sourire vint jouer sur ses lèvres. Si Dickie n'était pas déjà mort, songea-t-il, le spectacle de ce monstre exposé sur le quai l'aurait tué net. Gault s'assura que l'épuisette était bien à portée de main.

C'est alors que la ligne mollit.

Pendant un instant, Gault, le cœur au bord des lèvres, crut que le bass avait cassé le fil, avant de comprendre ce qui se passait. Son adversaire fonçait droit sur lui. Il moulina frénétiquement, s'efforçant de retendre la ligne.

– Elaine, il nous fonce dessus – repars dans l'autre sens !

Elle mit le moteur en prise, et le bateau bondit en avant dans un bouillonnement d'écume.

Queenie remonta vers la surface, pareille à une grosse canalisation couleur bronze, divaguant dans le sillage du Ranger. Sa masse sombre était suffisamment profond pour ne sembler que l'ombre d'elle-même. Dennis Gault, prenant pour la première fois réellement la mesure de ses dimensions, en eut comme des vapeurs. Ce poisson-là était sans nul doute un record du monde ; il voyait déjà son nom gravé sur la plaque et le bass trônant sur le mur au-dessus de son bureau ; le naturaliste lui lustrerait les flancs, lui raviverait les ouïes tout en rajoutant de la fureur à son œil violet vitreux.

La fureur était bien là maintenant, mais Dennis Gault ne pouvait la voir.

Quand il tira sur la ligne, le bass nagea docilement vers le bateau.

– Attrape l'épuisette ! cria-t-il à sa sœur. Passe-la-moi, bordel.

Puis, dans un battement de queue, le poisson plongea à nouveau.

– Marche arrière ! hurla Dennis Gault.

Lanie poussa la manette de toutes ses forces et la vedette créa à grand bruit un énorme remous. Ce fut alors que le poisson, avec le bateau juste au-dessus de lui, fit preuve du peu d'astuce dont la nature avait doté son cerveau de la taille d'un grain de sable : il changea de direction.

– Oh non, non, non, non ! vociféra Dennis Gault, d'une voix perçante.

Le bateau allait dans un sens, le bass dans l'autre. Gault s'arc-bouta des jambes contre le plat-bord, agrippant à deux mains le talon de sa canne.

La ligne se raidit.

La canne se recourba entièrement, la pointe du scion venant piquer l'eau.

– Arrête ! grogna Dennis Gault. Mais arrête-toi, bon sang, grosse mémère à la con...

Le gros poisson ne lui obéit pas.

Avec le frein bloqué, Dennis ne pouvait plus lui rendre de la ligne. Tout ce qu'il pouvait faire, c'était tenir bon.

– Lâche tout ! le supplia Lanie.

– Pas question, bordel, dit Dennis. Ce poisson est à moi.

Lanie, impuissante, regarda son frère basculer par-dessus bord. La dernière vision qu'elle eut de lui, ce fut la semelle de ses Docksides.

Le plouf fut suivi d'une épouvantable et sourde plainte, mais ce n'était pas Dennis qui criait. Son cri à lui avait été coupé net dès qu'il avait heurté l'hélice, dont la vitesse de rotation, d'après le tachymètre incrusté dans le tableau de bord, était de quatre mille tours minute, pas un de moins. L'hélice se trouvait être un modèle turbo SST flambant neuf, dont les trois pales d'acier inoxydable étaient aussi affûtées que des sabres. Dennis Gault aurait pu tout aussi bien tomber tête la première dans un broyeur d'ordures de deux cents chevaux. C'était le bruit du concassage que sa sœur avait entendu.

Lanie coupa le moteur et se leva pour voir ce qui s'était passé.

– Dennis ?

Elle scruta timidement l'eau trouble, dont la couleur thé virait au rouille.

Un lambeau d'étoffe bleu clair remonta à la surface : un morceau de la combinaison officielle des

As du Bass de Dennis Gault. En l'apercevant, Lanie comprit qu'il était inutile de plonger à la recherche de son frère. Cramponnée des deux mains au bastingage, elle se pencha et restitua avec infiniment de délicatesse ses croissants du petit déjeuner.

Cent mètres plus loin, à l'endroit où le canal de Charlie Weeb rejoignait la levée, le gros poisson refit surface avec fracas et d'un coup de tête recracha l'hameçon.

32.

Installés sur le capot de la voiture, garée parmi les pick-up des basseurs, ils avaient une vue imprenable de la scène, du poste de pesée et du débarcadère. Le soleil commençait à se faufiler derrière un banc de nuages bas et cuivrés, et certains des bateaux rentraient.

– Ça va ? demanda Catherine.

Elle s'était douchée, brossé les cheveux et changée. Decker avait fait halte dans un centre commercial pour lui acheter une paire de pantalons et un chemisier vert pomme ; qu'il se souvienne encore de sa taille l'avait touchée.

– Ça peut aller, répondit Decker.

Il avait pris mentalement trois clichés de Thomas Curl, aucun n'était ragoûtant.

– James ne croira jamais tout ça, dit Catherine.

Decker la dévisagea bizarrement. Et elle se trouva moche d'avoir fait allusion à son mari.

– Tu te rends compte de la vie mouvementée que tu mènerais si tu étais encore ma femme ?

– Si je me rappelle bien, ça n'avait rien à voir.

– Moi je me souviens que c'était exactement comme ça, dit Decker, qui lui pressa légèrement la main en souriant.

Catherine se sentit soulagée ; ça roulerait pour

lui. Elle se laissa glisser au bas de la voiture et partit explorer le buffet dressé près de la scène.

Skink, surgi de nulle part, vola la place de Catherine sur le capot.

– Chouette costard, dit Decker.

– Le premier que je porte depuis des lustres.

– Le couvre-chef n'est pas mal non plus.

Skink haussa les épaules.

– T'as tout raté.

– Il s'est passé quoi ?

– Un prédicateur a essayé de me guérir.

Decker ne put s'empêcher de rire quand Skink lui raconta le détail de l'histoire.

– Ça explique où est passée la foule, dit-il.

– Ils ont détalé comme des lapins, dit Skink. Le pire de tout, c'est que j'ai paumé ce putain d'œil, il a roulé je ne sais où.

– On t'en trouvera un neuf.

– Mais pas de hibou cette fois. Je préférerais celui d'un sanglier – ils ont un fichu sale caractère, ces enfoirés.

Jusque-là, Decker avait regardé les bateaux qui rentraient dare-dare. Se tournant alors vers Skink, d'une voix calme, il lui tint ce langage :

– J'suis dans de sales draps, capitaine.

Skink fit claquer sa langue contre ses dents.

– J'ai buté ce type, dit Decker.

– J'avais flairé un truc comme ça.

– C'était la seule solution.

Skink demanda où était le cadavre et Decker le mit au courant.

– Te mets pas martel en tête, dit-il. T'as bien fait.

– Que je me mette pas martel en tête ?

– T'as bien entendu.

Decker soupira. Il se sentait détaché de tout, légèrement dans le coaltar, comme s'il vivait une expérience extracorporelle. Il avait l'impression de se voir depuis la cime d'un grand arbre, à côté de ce personnage à poil gris, habillé comme l'as de pique, en canotier et lunettes noires. Vu sous cet angle-là, Skink aurait pu faire l'objet d'un superbe photo-portrait ; dans le genre de ces dealers d'acide pourris jusqu'à l'os hantant Woodstock, ou peut-être Altamont. Un de ces mecs à l'air trop vieux et trop hard, qui faisaient tache dans la foule.

Decker décida d'avouer à Skink pourquoi il était revenu à Lunker Lakes. Ce dernier lui aurait posé la question, de toute façon, impossible d'y couper.

– Quand j'ai retrouvé Catherine, j'ai commencé à songer à Gault.

– C'est *lui* qui est derrière l'affaire de La Nouvelle-Orléans, répéta Skink. C'est de la blague, oublie ça. T'es clean sur ce coup-là.

– Je ne pensais pas à La Nouvelle-Orléans, capitaine, reprit Decker. Mais à Bobby Clinch, Ott Pickney et Dickie Lockhart. En rapport avec Gault, je veux dire.

– Plus Catherine.

– Oui, Catherine aussi.

– Ouais. Faut dire que Mr. Gault n'est pas très sympa comme type, ajouta Skink.

Decker reprit son souffle avant de lancer :

– J'ai envisagé très sérieusement de le tuer.

– Parce que maintenant tu y as pris goût, hein ?

Decker fut piqué au vif par le sarcasme de Skink. Et toi, tu m'en as donné un bel exemple, se dit-il.

– Je ne sais pas ce que je ferai quand je l'aurai devant moi. Ça se pourrait bien que je ne puisse pas me contenir.

– Le plan clicheton vol au-dessus d'un nid de coucou, sers-le à d'autres, mais pas à moi, fit Skink. Tu as vraiment envie de faire ce que tu dis ou bien tu as seulement envie d'en avoir envie ? Réfléchis. Tom Curl, ça n'avait rien à voir – ta nana était dans le coup. C'était un sauvetage, ça c'est de la vengeance. Même un handicapé de borgne comme moi voit à cent mètres que t'as pas l'estomac pour ça, et je préfère cent fois.

Decker détourna la tête.

– Mais la meilleure raison de ne pas buter ce salopard, ajouta Skink, c'est simplement que ça ne s'impose plus.

– T'as peut-être raison.

– Je crois que tu ne comprends pas.

– Ça ne fait rien.

Decker sauta au bas du capot. Il aperçut Catherine qui revenait avec deux *chili dogs*.

– Je crois que c'est mieux qu'on se barre avant les festivités, dit-il d'un ton las.

Skink fit non de la tête.

– C'est mieux que tu restes, dit-il. D'ailleurs, faut que tu me rendes un service.

– Tout ce que tu voudras.

– Tu saurais te servir d'une de ces putains de caméras télé ?

Par la suite, lorsque le *Wall Street Journal* et autres retraceraient la débâcle du Canal Chrétien de Plein Air, certains collègues et concurrents de Charlie Weeb déclareraient qu'il avait été stupide de ne pas interrompre la diffusion de l'émission en direct de Lunker Lakes à l'instant où Skink avait roulé une pelle à la Bétacam. Cependant, cette opinion omettait de prendre en considération le poids des sponsors de Weeb qui avaient versé des sommes faramineuses pour financer ce concours de bass et comptaient bien le voir, et leurs articles de pêche par la même occasion, sur tous les écrans télé du pays. Aux yeux de ces hommes d'affaires, la séance de guérison n'était qu'un grossier et exaspérant préambule à l'événement majeur de la journée. À la pesée proprement dite devait assister, pas moins, le conseil d'administration au grand complet du groupe fabriquant l'Arôme Super

Glande, qui était descendu en avion d'Elijay, Géorgie, dans l'espoir qu'Eddie Spurling, leur nouveau porte-drapeau, remporterait le Lockhart Memorial Classic haut la main. Ce que Charlie Weeb leur avait garanti en termes plus qu'affirmatifs.

Aussi, après la prestation de Skink, l'idée de suspendre le programme n'effleura-t-elle personne. En fait, Weeb n'eut aucun répit entre l'émission religieuse et le concours pour prendre conscience de l'ampleur de la catastrophe, sur le plan audiovisuel. Il savait que ce n'était pas bon, pas bon du tout, même. La flopée de fidèles avait fondu à vue d'œil comme neige au soleil ; les dix premiers rangs étaient maintenant vides et certaines chaises avaient été renversées en raison de ce départ hâtif. Quelques personnes tournicotaient autour du débarcadère tandis que d'autres papillonnaient autour du buffet gratuit. Mais la plupart, apparemment, avaient battu en retraite vers les autocars de location, où, tassés sur leur siège, ils récitaient des versets de la Bible appropriés à la situation. Plus vite ils auraient quitté Lunker Lakes, mieux ce serait.

À peine Skink avait-il sauté de la scène à la poursuite de son œil de verre que Charlie Weeb avait lancé une pub, puis était parti à la recherche du diacre Johnson qui, comme saisi de prescience, avait réquisitionné la limousine et mis le cap sur une destination inconnue. La principale question – telle que l'énonça Weeb dans un torrent d'obscénités nauséabondes – concernait le choix de Mr. Jérémie Skink comme sujet digne de guérison. De l'avis du révérend, Skink était plus frappé que handicapé et ses tendances schizoïdes à l'automutilation auraient dû sauter aux yeux du diacre (qui, après tout, était payé deux cent mille dollars par an pour lui éviter de tels désagréments).

Échouant à mettre la main sur le diacre Johnson, Charlie Weeb revint sur scène pour tâcher de sauver les choses au mieux. Son image de guérisseur évangélique était certes ternie, peut-être d'une manière irréversible, mais ça lui était une hantise moindre que celle du spectre de la banqueroute financière qui se dessinait à l'horizon. Il était revenu aux oreilles de Weeb que nombre de pèlerins signataires de nouveaux contrats de modules de Lunker Lakes semblaient se raviser – une demi-douzaine avaient même exigé la restitution de leur acompte. La nouvelle avait donné des aigreurs d'estomac à Weeb.

Ce qu'il lui fallait à présent – la seule chose, en fait, à pouvoir sauver ses ambitions immobilières – c'était un final de concours dans la grande tradition chaleureuse du Sud. Et plus spécifiquement : d'un brave gars sympa, bronzé et rayonnant, tel que l'incarnait à la perfection Eddie Spurling, avec une belle brochée de *lunkers*. Cela remettrait les pendules à l'heure.

Dans cette intention, Charlie Weeb s'empara du micro et tint sans désemparer le crachoir tandis que les bateaux revenaient pleins gaz. Tout y passa : le soleil, le climat balsamique, les eaux paisibles, les prêts modulables, les pistes cyclables, les salles de sport, les charges peu élevées, la piscine olympique, tout quoi, sauf les poissons.

Qui brillaient par leur absence.

Chaque bateau rentrait bredouille. Le journaliste sportif du C.C.P.A. tendait son micro aux pêcheurs et ces derniers remontaient leur casquette, crachaient leur chique, grommelant entre leurs dents que c'était un de ces jours sans, tandis que le journaliste sportif s'excusait en souriant et en leur disant vous aurez plus de chance la prochaine fois.

Ceux qui s'étaient rassemblés du côté du quai – pour l'essentiel, sponsors, représentants d'articles de pêche, parents dévoués corps et âme des concurrents – avaient du mal à se rappeler un jour de pêche au bass aussi lugubre, même dans les semaines après que l'ouragan Camille eut dévasté le Sud.

Skink lui-même était navré de ce qu'il voyait, mais il n'y avait rien d'autre à faire qu'à attendre. Sûrement quelqu'un avait pris quelque chose.

Comme la tendance s'affirmait, il fut de plus en plus difficile pour Charlie Weeb de positiver les événements de la journée. Une pesée sans rien à peser équivalait à de la télévision extrêmement tristounette, même selon les critères du câble. Pour occuper l'antenne jusqu'à l'arrivée d'Eddie Spurling le « Rapido », Weeb donna ordre au réalisateur de diffuser quelques vidéos « comment l'on pêche » fournies par les grandes compagnies d'articles en tout genre.

Dix minutes avant la clôture, le soleil hivernal quasiment couché, quarante-sept bassiers avaient rallié le débarcadère. Le tableau d'affichage vierge de résultats narguait Charlie Weeb. Il ne trouvait plus le courage d'affronter le regard de la délégation Super Glande.

Où étaient donc Eddie Spurling et ses bass de secours ?

Dans les coulisses, le jeune hydrologiste s'approcha du révérend Weeb.

– Mauvaises nouvelles, lui dit-il. Les eaux n'ont jamais été pires qu'aujourd'hui.

– Disparais de ma vue, dit Weeb.

L'état de l'eau, il s'en foutait complètement – les prises d'Eddie seraient O.K., puisqu'elles venaient des Everglades.

Le visage empreint d'une certaine gravité, l'hydrologiste dit :

– Vous êtes sur le point d'avoir un gros pépin.

– Et toi, de te prendre un quarante-cinq fillette dans le cul, alors du balai.

L'oreillette de Weeb crachota.

– Combien de temps encore ? demanda le réalisateur.
– Il reste trois bateaux dehors, dit le prédicateur. Tenez bon, va y avoir du spectacle.
En effet, il y en eut.

Naturellement, Skink fut le premier à les entendre. Il sauta au bas de la voiture de Decker et descendit sans se presser jusqu'au quai. Les autres spectateurs s'écartaient sur son passage, reconnaissant instantanément le Cyclope qu'avait tenté de guérir le révérend Weeb. Skink fit cavalier seul jusqu'à ce que Decker et Catherine viennent le rejoindre, main dans la main.
– Écoutez, dit Skink.
Decker entendit le bateau. Quel qu'il fût, il s'approchait très lentement – façon de procéder quasiment bannie dans les milieux professionnels de la pêche au bass.
– Ennui de moteur ? fit Decker.
Skink secoua la tête, avec un sourire espiègle.
– Ça va déménager, dit Catherine.
Soudain la chaude lumière des projecteurs inonda le débarcadère. Un cameraman du C.C.P.A., jeune homme sec et nerveux, au cheveu roux et frisé, traversa prestement le quai, la Bétacam en équilibre sur l'épaule. Sans un mot, il tendit caméra et batterie à Decker et s'éloigna du même pas souple.
– Déjà retenu ailleurs, expliqua Skink.
Catherine n'en aurait pas mis sa main au feu, mais elle crut le voir cligner de son œil valide derrière ses lunettes noires.
Decker régla le point sur la Bétacam pendant que Catherine le coiffait du casque. Dans l'oreillette, il entendait le réalisateur ordonner à tue-tête à la caméra deux de se stabiliser.
– Super fastoche, dit Decker.

Un enfant de quatre ans aurait su manier le zoom.

Skink se frottait le cuir tanné de ses mains.

– Lumière ! Caméra !

Decker cadra le lac et attendit. Assez vite, un bassier apparut, peinant et soufflant. C'était celui d'Eddie Spurling le « Rapido », avançant comme une tortue. La raison sautait aux yeux.

Il avait deux autres bateaux en remorque.

– C'est Spurling ? aboya le réal de télé à la caméra deux.

– Ouaip, fit Decker.

L'info fut transmise au révérend Weeb qui enjoignit par haut-parleur à tous ceux à portée de voix de regagner dare-dare les parages du débarcadère. Même ceux qui s'étaient réfugiés dans les autocars en sortirent pour voir ce qui se passait.

– Resserre le cadre, Rudy, ordonna le réal à Decker, qui obtempéra comme Rudy l'aurait fait.

Au fur et à mesure que la procession de bateaux remontait fastidieusement Lunker Lake n° 1, quelques personnes dans la foule (à savoir, ceux munis de jumelles) se mirent à réagir de façon alarmante. Piqué par la curiosité, Charlie Weeb descendit de scène pour se mêler à ses fidèles au bord de l'eau.

Decker se débrouillait très bien à la caméra. Dans le viseur, tout était parfaitement net.

Eddie Spurling, qui conduisait en regardant derrière lui, surveillait le remorquage des bateaux désemparés.

Le premier était le skiff en bois, avec Jim Tile et García assis de part et d'autre à l'arrière. Ils portèrent un toast aux sunlights avec leurs boîtes de Budweiser.

Charlie Weeb laissa échapper un cri plaintif.

– Sainte Vierge, les frères Tile.

Il avait complètement oublié l'existence du négro et du latino.

– Pas sur eux la caméra ! hurla le prédicateur.

Decker zooma lentement sur le deuxième bateau et, ce faisant, ses jambes flageolèrent.

Il reconnut le Starcraft, mais il n'était plus dans l'état où il l'avait laissé.

– Oh non, fit Catherine, qui se cacha derrière Skink.

Elle appuya sa tête contre son dos et ferma les yeux.

Le bateau pullulait de charognards.

Ils étaient une bonne dizaine à former un attroupement ébouriffé : oiseaux intrépides et patibulaires, d'un brun huileux, voûtés, la tête d'un rose cru, l'œil perçant et cruel, ils rotaient, se dandinaient, clignaient sous l'éclat des projecteurs, mais ne s'envolèrent pas. Ils avaient le ventre bien trop plein pour ça.

– Durs durs, ces lascars, murmura Skink à Decker.

Ce dernier laissa l'objectif détailler avec froideur le contenu du bateau, ignorant la voix désincarnée qui piaillait dans son casque.

Les charognards étaient campés sur une litière d'ossements. Ils avaient beau être proprement nettoyés, de temps à autre l'un des infects volatiles penchait le cou et les becquetait sauvagement, en une marque de possessivité destinée à ses congénères. Le plus gros d'entre eux, un mâle hirsute, au bec crochu et souillé, tripotait entre ses serres un crâne jaune récuré jusqu'à l'os.

– On dirait un chien, fit Skink, intrigué.

– C'est Lucas, soupira Catherine. Rage, ramène-moi à la maison.

À peine Eddie Spurling avait-il amarré les bateaux que Charlie Weeb lui tombait sur le râble.

– Qu'est-ce qui t'a pris de remorquer ces enfoirés ?

– Y me l'ont demandé.

– Et les poissons ?
– Des poissons, y en a pas, l'informa Eddie Spurling. J'ai foiré sur toute la ligne.
Weeb se mordit la langue. Il devait prendre garde à ses paroles. La foule avait acquis une taille respectable, à présent ; les autres concurrents étaient restés sur place rien que pour voir comment le célèbre pêcheur de la télé s'en était tiré.
– Qu'est-ce que tu me chantes avec ton « des poissons, y en a pas » ? Comment est-ce possible ? demanda Weeb à voix basse, en se contenant.
Il cuisinait Eddie du regard à propos des poissons de rechange – ils étaient où, bordel !
– Voulaient pas mordre, les bougres, c'est tout.
– T'es dans une belle merde, Eddie.
– Neûn, j'crois pas.
Le commentateur sportif du C.C.P.A. fourra son micro sous le nez de Spurling et demanda à la star de *Fish Fever* ce qui s'était passé.
– C'est rien qu'un de ces jours où on se sent comme une *spit-valve* sur le trombone de la vie, rêvassa tout haut Eddie le « Rapido ».
García et Jim Tile descendirent du skiff, portant la glacière Igloo. Skink n'attendait qu'eux.
– On n'a pas pu prendre Queenie, dit García.
– Je sais.
García regarda alternativement Jim Tile, puis Skink.
– Je parie que vous avez eu des ennuis de moteur, les gars.
– Non, c'est pas vrai, fit García.
Il venait de comprendre ce qui était arrivé, mais pas la raison.
– On peut savoir ce qui se passe, Tarzan ?
– Changement de plans, dit Skink. Remue-méninges de dernière minute.
Jim Tile examinait la situation.
– Le Starcraft ne faisait pas partie du programme.

– Non, dit Skink. C'est à Decker qu'il faut poser la question.

– Ça signifie qu'il y a encore un gus sur l'eau.

– Oui, fit Jim. Dennis Gault.

Skink avait l'air aux anges.

– Pour des flics, vous pigez vite, les mecs.

García se souvint de ce que lui avait appris Skink au sujet du poisson géant.

– Et merde, qu'est-ce que vous avez encore fait ? demanda-t-il.

– Moi, rien, *señor*. J'ai seulement mis les choses en place.

Skink ouvrit le couvercle de l'Igloo d'une chiquenaude et aperçut le jeune bass de García frétillant dans l'eau claire.

– Nom de Dieu, sergent, je suis fier de vous.

– Y a un truc qu'il faudrait que vous sachiez, m'sieur, fit Jim.

– Un instant, Jim l'Agent. Emmenons d'abord ce petit saligaud à la pesée.

Skink souleva d'une seule main la lourde glacière et se fraya à coups de coude un chemin dans la foule.

– Vous n'allez pas en croire vos oreilles, dit-il par-dessus son épaule à Tile et García, mais à mon avis vous êtes le seul bateau à avoir pris quelque chose.

– C'est ce qu'on essaie de vous dire, fit García, qui soufflait dans son sillage.

Skink monta sur la scène et transporta la glacière jusqu'à la balance. Il en sortit le petit poisson qu'il déposa soigneusement dans le panier. Derrière eux, la balance électronique afficha en rouge ses chiffres digitaux de deux mètres de haut : « 400 g. »

– HA ha ha ! croassa Skink.

Dénichant le micro, il lança d'une voix de stentor, répercutée par la sono :

– Votre attention, heureux clients de supérette ! Nous avons un vainqueur !

– Enfer, merde et damnation, marmonna Charlie Weeb.

La voix dans la sono ressemblait à celle de l'aveugle. Une cargaison de charognards, pour commencer. Et maintenant, quoi ?

Comme le prédicateur pris de nausées emboîtait le pas à l'opérateur du C.C.P.A. pour gagner le poste de pesée, il s'aperçut que ce n'était pas Rudy le Rouquin qui tenait la Bétacam, mais quelqu'un d'inconnu au bataillon. Qui ça pouvait être, il n'en avait pas la moindre idée, mais au sein du chaos permanent de la journée, ce mystère lui parut négligeable.

L'aveugle n'était plus en scène quand Charlie Weeb l'atteignit. Mais un autre cauchemar l'attendait.

Les frères Tile.

– *Holà*, dit Jim Tile à Charlie Weeb. *Es* poisson *muy grande*, non ?

– Véwifie, mon fwèwe, renchérit García.

Charlie Weeb eut une remontée de bile dans la gorge.

– Il semblerait que vous soyez les vainqueurs, dit-il.

La Bétacam était braquée sur lui en gros plan : toute l'Amérique le regardait. Weeb réussit – Dieu sait comment – à se maîtriser et montra le bass riquiqui à la caméra. Deux filles en bikini orange poussèrent en scène l'immense trophée sur roulettes et deux autres déployèrent un fac-similé géant du chèque de 250 000 dollars.

– C'est pas tout ça, dit García, mais le w'ai, il est où ?

– Ah, fit Weeb.

Comment pouvait-il à la suite de ça avouer à la télé qu'il n'avait pas le chèque ? Que lui et le diacre Johnson étaient seuls au monde à connaître la combinaison du coffre et que ce dernier pour l'heure se baladait quelque part dans la nature ?

Jim Tile, sentant une embrouille, insista :

– *¿ Donde està el cheque ?*

– Désolé, je parle pas cubique, dit le révérend Weeb.

García, faisant office de traducteur, déclara :

– Où il est ce putain de blé, *por favor* ?

Weeb se lança dans une série d'explications, aussi peu convaincantes les unes que les autres, dont aucune ne s'inscrivait en faux contre sa promesse de remettre le chèque aux vainqueurs en direct devant les caméras de télévision, le jour du concours. La foule en général, et les autres basseurs en particulier, devenait houleuse et ingérable ; les frères Tile avaient beau leur rester en travers de la gorge, ils n'étaient pas prêts à avaler que des pêcheurs, quels qu'ils fussent, se fassent avoir comme la romaine. Même la délégation Super Glande, pourtant des plus maussades, se mit de la partie.

– Je regrette, dit enfin Weeb, levant les mains, paumes en avant, mais il y a eu un léger problème.

Jim et García échangèrent un regard courroucé.

– À toi l'honneur, dit García.

Jim Tile puisa un badge et une paire de menottes dans son blouson.

Les sourcils florissants de Charlie Weeb parurent se flétrir subitement. Un brouhaha courut dans l'assistance.

– Coupe, Rudy, coupe ! braillait le réal dans l'oreille de Decker, qui laissa tourner.

– Mr. Weeb, énonça Jim Tile dans un anglais plus que parfait, je vous arrête pour fraude...

– Et vol qualifié, lança García. Et autres saloperies imaginables.

– Et vol qualifié, poursuivit Jim Tile. Vous avez le droit de garder le silence...

À cet instant précis au bord de l'eau, une plainte

triste à pleurer déchira le crépuscule. Sa tonalité gutturale, presque animale, saisit García, qui frissonna.

Jim Tile baissa la tête. Il avait tout fait pour le prévenir.

Decker lâcha la Bétacam et courut vers le débarcadère.

Skink était à genoux dans l'eau peu profonde. Tout autour de lui, des poissons pris de convulsions nageotaient le ventre en l'air, zébrant la surface vitreuse de leurs zigzags saccadés.

Skink pêcha l'un de ces bass déboussolés au passage et le brandit, tout ruisselant, pour que Decker et les autres le voient bien.

– Ils sont tous en train de crever! hurla-t-il.

– Prenez mon bateau, proposa Eddie Spurling. J'en ai six de ces putains d'engins.

– Merci, fit Skink, la voix enrouée.

Decker et Catherine grimpèrent à bord à sa suite.

– J'espère que vous la retrouverez! leur cria Eddie le « Rapido », quand le bateau démarra.

Eddie n'oublierait jamais la vision de cette bête magnifique dans la nasse; l'idée qu'elle crève dans ces eaux polluées lui était insupportable, mais comment l'éviter?

Dans le bassier, Skink debout mit les gaz. Le canotier gicla en premier, les lunettes noires en second. Skink sembla ne pas s'en apercevoir. De même qu'il ne parut pas remarquer les moustiques et autres insectes qui venaient s'écraser sur ses joues et son front ou se coller à sa barbe, englués dans leur propre sang. Dans la légère grisaille de la tombée de la nuit, Skink fonçait à tombeau ouvert comme s'il connaissait les canaux par cœur ou par instinct. Le bateau avait des accélérations de fusée; Decker, voyant le compteur frôler le cent, serra les dents, priant qu'ils ne heurtent ni un alligator ni un tronçon de bois. Catherine détourna la tête et se cramponna à son torse des deux bras. À part cette vitesse à glacer les os, l'instant aurait pu être des plus agréables.

Skink se mit à hurler plus fort que le grondement du moteur.

– L'affrontement est l'essence même de la nature ! assena-t-il.

D'un mouvement de tête, il libéra sa tresse d'argent et laissa flotter ses cheveux au vent, derrière lui.

– L'affrontement est le rythme même de la vie, continua-t-il. Dans la nature, la violence est pure et poursuit un but précis. Si une espèce en affronte une autre, c'est une question de survie !

Grandiose, songea Decker. Darwin sous hallus.

– Regarde où tu vas, capitaine ! s'écria-t-il.

– Dans le cas de Dennis Gault, lui beugla Skink en retour, je me suis contenté de faciliter un affrontement naturel. Pas très différent des milliers d'autres qui ont lieu ici chaque nuit et chaque jour que Dieu fait, invisibles et sans tapage. Cependant, je connaissais aussi bien les instincts de Gault que ceux du poisson. Le reste n'était qu'une question de timing, d'harmonisation des rythmes naturels. Il s'agissait de mettre deux espèces à la portée l'une de l'autre. Je n'ai fait que ça et rien d'autre, Miami.

Skink tambourinait violemment sur la barre des deux poings, faisant se cabrer la vedette presque à la verticale.

– Mais l'eau, bon Dieu ! gémit-il. Dire que je savais pas, bon Dieu !

Decker vint le rejoindre près de la console et, mine de rien, insinua son genou contre la barre, juste au cas où.

– Évidemment que tu savais pas ! lui cria Decker.

Il se baissa – inutilement – au moment où ils s'engouffrèrent sous un toboggan de la nouvelle rocade.

– Ce qu'on fend, c'est du poison, dit Skink, incrédule. Ils ont construit une de leurs marinas de merde au bord d'une eau polluée à mort.

– Je sais, capitaine.

– C'est ma faute.

– Sois pas ridicule.

– Tu comprends pas !

Skink se retourna vers Catherine.

– Il ne pige pas. Vous l'aimez, ce type ? Alors je vous charge de lui faire comprendre. Tout est de ma faute.

Se protégeant le visage du froid, Catherine dit :

– Vous êtes trop dur avec vous-même. À mon humble avis.

Skink sourit de toutes ses dents parfaites de présentateur de J.T., constellées de cadavres de moustiques.

– Vous êtes une fille formidable, dit-il. J'espère que vous allez larguer votre toubib et retourner vivre avec...

Soudain, devant eux, apparut un autre bateau. Rien qu'une ombre dans l'obscurité, immobilisée au beau milieu du canal. Une personne en ciré jaune était assise à l'avant, recroquevillée sur le siège.

Skink n'avait rien vu et continuait à s'adresser à Catherine qui ouvrit la bouche pour crier. Decker, en désespoir de cause, pesa sur la barre à gauche toute, tirant la manette des gaz en arrière. Le bateau d'Eddie le « Rapido » faillit décoller sous le choc en heurtant l'arrière de l'autre embarcation d'un coup oblique et mou. Ils pivotèrent deux fois sur eux-mêmes avant que Decker ne découvre le coupe-circuit.

Skink, que le choc avait projeté violemment contre le moteur, se remit sur pied et procéda à un repérage des lieux.

– C'est bien ici, dit-il.

L'autre bateau avait été expédié contre la berge. Decker attendit que les battements de son cœur se calment un peu avant de héler la personne en ciré jaune.

– Eh vous, ça va?

– Va te faire foutre!

– Lanie?

– Toujours aussi garce, dit Skink en ôtant le costard mochard que le diacre Johnson lui avait refilé pour la séance de guérison.

– Qui est cette femme? demanda Catherine.

– La sœur de Gault, répondit Decker.

– Allez vous faire foutre, tous les deux! hurla Lanie.

Debout à la proue, elle leur montrait le poing.

– Mais où est Dennis alors? demanda Decker.

– Vaut mieux que tu changes de sujet, lui conseilla Skink.

Ce dernier était nu à présent. Agenouillé, se penchant par-dessus bord, il exposait involontairement son cul à Decker et Catherine. Il frappa du plat de la main la surface de l'eau.

– J'espère qu'il a crevé, ton poisson de merde! cria Lanie à Skink. Comme tous les autres.

Sa voix se brisa.

– Comme Dennis.

– J'ai manqué un épisode? fit Catherine.

Skink retira rageusement du canal un alevin mort et le déposa sur la berge. Il frappa l'eau encore et encore, mais nul poisson ne remonta du fond, nul poisson ne vint effleurer sa main.

Fourrageant dans le bateau d'Eddie, Decker dénicha un spot qu'on branchait sur l'allume-cigare. Skink, penché par-dessus le bastingage, appelait toujours Queenie en frappant l'eau tandis que Decker promenait le faisceau le long de la rive. Une seule fois, il le braqua, par inadvertance, en direction de Lanie; elle pivota sur le siège-piédestal en jurant, pour lui tourner le dos.

Decker repéra le corps qui flottait à l'extrémité du canal, près de la digue. Il abaissa le bimoteur de traîne et dirigea le bateau d'Eddie en suivant la trace jaune du spot.

Catherine tendit le cou pour mieux voir de quoi il retournait, mais Decker l'en empêcha en lui posant une main sur l'épaule.

Dennis Gault l'élégant était en lambeaux. Il flottait sur le ventre, empêtré dans du fil de pêche 20 lb.

– Le rythme de l'affrontement, dit Skink. Dans un sens, j'admire presque ce fils de pute.

Decker savait qu'il n'y avait plus rien à faire.

– Ça, c'est du sport, observa Catherine.

Skink et Decker aperçurent simultanément Queenie faire surface, sur le flanc, faiblement, près des jambes boursouflées de Gault. Ses ouïes avaient saigné du rouge au rose et ses flancs avaient noirci. Elle agonisait.

– Non, tu ne mourras pas, dit Skink, qui plongea.

Pour un tel colosse, peu d'éclaboussures : il pénétra dans l'eau comme la pointe d'une flèche.

Catherine se leva pour regarder à côté de Decker. Le souffle de leur respiration sortait en légers nuages jumeaux.

– Je la tiens ! cria Skink. Mais enfer et damnation !

Il s'était emberlificoté Dieu sait comment avec le cadavre de Dennis Gault. L'espace de quelques instants, l'eau fut barattée en un duel macabre et unilatéral, le mort se débattant contre le vif. Catherine était terrorisée : Gault semblait avoir ressuscité. Skink souffrait horriblement, l'eau saumâtre et souillée cautérisait son orbite à vif. Tout à coup, il parut couler.

Decker s'empara du harpon d'Eddie le « Rapido » et le ficha fermement au gras de l'épaule de Gault. Puis il tira de toutes ses forces, comme une brute, sur le cadavre et Skink se libéra d'un coup de pied. Tenant délicatement le poisson léthargique entre ses bras nus, il nageait sur le dos, la tête hors de l'eau, telle une loutre. Il luttait pour retrouver sa respiration.

– Merci, Miami, fit-il d'une voix sifflante. Et salut à toi.

En quatre coups de talon, il rejoignit la berge dont il gravit la pente, portant toujours Queenie. Decker n'avait pas besoin du spot pour le suivre des yeux, nu et blanc comme une Amazone, courant en canard le long de la levée. Il fredonnait aussi, quoique la mélodie fût indistincte.

Decker emballa le moteur et échoua le bassier dans un à-coup. Il sauta à terre et tendit la main à Catherine. Ils s'élancèrent en courant d'un même mouvement vers la digue, mais Skink était loin devant. Même chargé du poisson, il paraissait aller deux fois plus vite qu'eux.

Depuis le canal, dans son dos, Decker entendit Lanie crier le nom de Skink, suivi de deux coups de feu. Il eut le réflexe d'entraîner Catherine à terre. En levant les yeux, ils virent deux petites fusées éclairantes exploser dans le ciel nocturne, l'éclaboussant de vermillon. D'étrange façon, cela évoqua à Decker la chaude et rassurante clarté de la lumière inactinique dans la chambre noire. Il n'avait aucune idée de ce qui avait poussé Lanie à tirer une fusée éclairante ; peut-être n'avait-elle rien d'autre sous la main.

Se relevant, ils recommencèrent à courir, mais Skink avait déjà franchi la crête de la levée. Quand ils atteignirent l'autre côté, il n'était plus là, s'étant évaporé à la pliure de l'univers. Les fusées éclairantes achevaient de se consumer, leur lueur rougeâtre disparut peu à peu du ciel et l'obscurité cristalline se réinstalla sur le marais.

Une ondulation s'attardait sur les eaux tranquilles de l'étang. Des grenouilles piaulaient, des grillons lançaient leurs trilles, des notonectes patinaient entre les joncs. Aucune trace ni du gros poisson ni de l'homme.

– Tu entends ? demanda Decker.

Catherine chassa les insectes d'un revers de main et tendit l'oreille.

– Je crois que non, Rage.

– On nage quelque part là-bas.

C'était le plus ténu des remous, le son se perdait au loin dans les Everglades. Decker en était sûr.

– Attends, dit Catherine en lui prenant le bras. Maintenant, oui. Je l'entends moi aussi.

Cet ouvrage a été réalisé
par la Société Nouvelle Firmin-Didot
Mesnil-sur-l'Estrée
pour le compte des Éditions Denoël
en mai 1999

POCKET - 12, avenue d'Italie - 75627 PARIS CEDEX 13
Tél. : 01-44-16-05-00

Imprimé en France
Dépôt légal : mai 1999
N° d'impression : 46471